İSKENDER PALA

1958, Uşak doğumlu. İstanbul Üniversitesi Edebiyat Fakültesi'ni bitirdi (1979). Divan edebiyatı dalında doktor (1983), doçent (1993) ve profesör (1998) oldu. Divan edebiyatının halk kitlelerince yeniden sevilip anlaşılabilmesi için klasik şiirden ilham alan makaleler, denemeler, hikâyeler ve gazete yazıları yazdı. Düzenlediği Divan Edebiyatı seminerleri ve konferansları geniş kitleler tarafından takip edildi.
"Divan Şiirini Sevdiren Adam" olarak da tanınan İskender Pala, Türkiye Yazarlar Birliği Dil Ödülü'nü (1989), AKDTYK Türk Dil Kurumu Ödülü'nü (1990), Türkiye Yazarlar Birliği İnceleme Ödülü'nü (1996) aldı. Hemşehrileri tarafından "Uşak Halk Kahramanı" seçildi. *Babil'de Ölüm İstanbul'da Aşk*, *Katre-i Matem*, *Şah&Sultan* ve *OD* adlı romanlarının baskıları yüz binlere ulaştı, pek çok ödül aldı. Türk Patent Enstitüsü tarafından marka ödülüne layık görüldü ve adı tescillendi. Evli ve üç çocuk babası olan Pala, halen İ. Kültür Üniversitesi öğretim üyesidir.

iskenderpala.com
facebook.com/iskenderpala.official
twitter.com/iskenderpala

EFSANE

Bir Barbaros Romanı

İskender Pala

kapı

Kapı Yayınları 339
İskender Pala Bütün Eserleri 57

Efsane
Bir Barbaros Romanı
İskender Pala

1. Basım: Ocak 2013

ISBN: 978-605-4688-77-2
Sertifika No: 10905

Kapak Tasarımı: Utku Lomlu
Kapaktaki Tablo: George Philip Reinagle, 1828
Mizanpaj: M. Atahan Sıralar

Kapı Yayınları
Ticarethane Sokak No: 53 Cağaloğlu / İstanbul
Tel: (212) 513 34 20-21 Faks: (212) 512 33 76
e-posta: bilgi@kapiyayinlari.com
www.kapiyayinlari.com

Baskı ve Cilt
Melisa Matbaacılık
Matbaa Sertifika No: 12088
Çiftehavuzlar Yolu Acar Sanayi Sitesi No: 8 Bayrampaşa / İstanbul
Tel: (212) 674 97 23 Fax: (212) 674 97 29

Genel Dağıtım
Alfa Basım Yayım Dağıtım San. Tic. Ltd. Şti.
Ticarethane Sokak No: 53 Cağaloğlu / İstanbul
Tel: (212) 511 53 03 Faks: (212) 519 33 00

Kapı Yayınları, Alfa Yayın Grubu'nun tescilli markasıdır.

Hat: Cevat Uçar

Barbaros Hayreddin Paşa ve denizlerde şehit olanların aziz hatırasına…

Deniz ufkunda bu top sesleri nerden geliyor?
Barbaros, belki donanmayla seferden geliyor!

Adalar'dan mı? Tunus'tan mı, Cezayir'den mi?
Hür ufuklarda donanmış iki yüz pare gemi

Yeni doğmuş aya baktıkları yerden geliyor;
O mübarek gemiler hangi seherden geliyor?
Yahya Kemal Beyatlı

"(Akdeniz tarihi söz konusu olduğunda) İngilizler tarafsız olmaya çalışırlar ama pek beceremezler. İspanyolların hatırı sayılır bir dürüstlüğü vardır ama güçlü bir dinsel önyargıları da vardır. İtalyanlar gerçekleri bir sis perdesi gibi kullanırlar. Fransızlar düpedüz yalan söylerler. Amerikalılar ve Ruslar kendi tarihlerinden önceki dönemlerle pek ilgilenmezler. Ama Akdeniz'in tarihi önemlidir; çünkü tüm Batı kültürü bu denizden ve onu çevreleyen topraklardan çıkmıştır. Akdeniz havzasının kültürünü ve teknik gelişmelerini tamamen Avrupai görmek, elektriğin yalnızca pozitif olduğunu, negatif olmadığını savunmak kadar aptalcadır. Dünyanın bu bölümünde yükselen bütün kültürlerin hikâyesi, Doğu ile Batı arasındaki ilişkinin en şiddetli burada hissedilmesi gerçeğine dayanır."*

---

* Ernle Bradford, *Padişahın Amirali: Barbaros Hayreddin,* çev. Ahmet Fethi, Doğan Kitap, 2008, s. 99.

TEŞEKKÜR

Bu kitap size ulaşmadan evvel yazdıklarımı mesleki hassasiyetiyle okuyan Prof. Dr. Kemal Beydilli'ye, değerli makaleleriyle araştırmalarımıza rehber olan ve romanımı deniz tarihi açısından kontrol eden Prof. Dr. İdris Bostan'a, denizcilik tabirlerini gözden geçiren bahriyeli çarkçıbaşı İbrahim Belet'e, kitabın adını ilham eden tasarım üstadı Faruk Saraç'a, haritamızı çizen Neslihan Göncü'ye, yazım sürecimizi kolaylaştıran Tülin Ersöz'e, son aşamadaki katkılarından dolayı dostlarım Dr. Alim Kahraman'a, Bedia Ceylan Güzelce'ye, Ali Çolak'a, Cem Erciyes'e, Ömer Erdem'e, Kaan Murat Yanık'a, Barbaros'un izinde yaptığımız Akdeniz seyahatinin Tunus ayağını kolaylaştıran Gökhan Yavuz ve büyükelçimiz Ömer Gücük'e, kitabın mutfağını yöneten Mehmet Said Aydın'a, kapak tasarımını gerçekleştiren Utku Lomlu'ya, sayfa tasarımını yapan M. Atahan Sıralar'a, her kitabımda olduğu gibi yine özenilmiş bir kitap üreten Kapı Yayınları yetkili ve çalışanlarına, kitaplarımın her zamanki ilk okuyucusu sevgili eşime teşekkür ediyorum.

1511

Efsaneler denizindeydiler ve gittikleri yerlere kendi efsanelerini de götüreceklerini henüz bilmiyorlardı. Midilli'den görülebilen ufuklar dört kardeşin büyüklerine göz kırpıp duruyor, köpüklü bağrını göstererek ötelere, daha ötelere çağırıyordu. O ve İlyas, küçük olan ikisi, henüz kendilerine uğur getirecek süslü kalyetaları bile seçmemiş, bir akşam limana demir atıp seherde yola çıkar gibi kaderlerini etkileyecek zarif kadırgaları beklemeye bile başlamamışlardı. Ama ağabeyleri, İshak ile Oruç, açıklardan geçen gemiler dâhil bütün yüksek bordalı kancabaş, perkende ve karakaları, kürekli kalyetaları, kadırgaları, firkateleri; hatta denizlerde yeni yeni görülmeye başlayan yelkenli nev-icat kalyonlar ile gökeleri, ismiyle, rengiyle, pruva veya mizanalarında, seren veya babafingolarında dalgalanan sancak veya flamalarıyla tanıyor, başbodoslamasında heybetle kükreyen gemi aslanı veya ejderhaları birbirinden ayırt edebiliyor, hangisinde kaç kürek ve her kürekte kaç forsa; hangisinde kaç güverte ve her güvertede kaç top olduğuna dair iddialara bile girebiliyorlardı. Onlar Midilli'nin parmakla gösterilen bıçkınlarıydılar. Rum olsun, Türk olsun herkesin sevgisini kazanmışlardı. Özellikle de adadaki kızların tabii. Limandaki tacirler, tarlalardaki esirler, cami veya kilisedeki cemaat bile birbirine benzeyen bu kızıl saçlı çocuklara bakarken Yakup Ağa'nın oğulları değil, sanki adanın müstakbel koruyucu meleklerini görüyorlardı. Kostantiniyye'yi alan Fatih Mehmet Han'ın -Allah ona rahmet eylesin- iş becerir sipahileri arasında güç ve endamıyla ünlü bir kahraman iken Midilli'ye yerleşen kumral güzeli Yakup Ağa, adadaki Rum kızlarının güzellikte en müstesnasıyla evlenmiş ve üçer yıl arayla dört oğulları olmuştu. Çocukların hepsi babaları gibi iri kara gözlere ve anneleri gibi dalgalı kızıl saçlara sahiptiler. Yakup Ağa, nedendir bilinmez, büyümekte olan oğullarının bir zanaat ile ilgilenmelerini istiyor ve onlara sık sık denizlerin insanı iflah etmeyeceğini, oynak koynuna bir düşenin bir daha kendini kurtaramayacağını, üstelik Akdeniz adalarının artık birer korsan yuvası haline geldiğini söyleyip duruyordu. Ulu hünkâr Sultan Bayezid Han hazretlerinin -Allah ömrünü uzun, saltanatını daim etsin- Adalar Denizi'nde Hıristiyanların ticaret yapmasını engelleyici önlemler aldırmaya başladığından ve bütün adaların gelirlerini hazinesine katmak istemesinden dem vuruyor, gemici olup adalar arasında alım satımla uğraşmanın kârlı bir gelecek sağlamayacağını onların genç zihinlerine kazımak istiyordu. Rodos şövalyelerinin öncülüğünde bütün adaların korsanlar tarafından tahkim olunmasına ilaveten Midilli'nin de, daha Çanakkale Boğazı girişinde Türk gemilerine pusu kuran Sicilya, Ceneviz, Katalan ve Floransa korsanlarıyla kaynamaya başlaması, zannederim herkes gibi onu da içten içe rahatsız ediyordu. Arsız ve sırnaşık herifler, bazen öyle ileri gidiyorlardı ki, tavus-ı cihan u sahipkıran sultanımız efendimizin topraklarına saldırıp kıyılardan Türk kızları ve delikanlılarını bile kaçırarak Ceneviz esir pazarında satabiliyorlardı. "Amma," demişti Yakup Ağa, Hızır'ın kendisini dikkatle dinlediği bir gün, "iyi bil ki oğul, rüzgâr eken hep fırtına biçmiştir ve bunların zulmüne de bir dur diyen çıkacaktır."

Bütün adalar gibi Midilli'de de hayat yavaş ilerler, genelde oğullar da babalarının kaderlerini takip edip giderlerdi. Büyük oğul İshak, alışılmış kuralı bozmamış, babasının sözünden hiç çıkmadan iyi bir marangoz olmuş, küçük bir dükkân bile açmıştı; Küçük İlyas ileride imam olmak üzere hafızlık yapıyordu. Yakup Ağa'ya sorarsanız üçüncü oğul Hızır'ın da çömlekçi olması gerekiyordu. Onu adanın en ünlü çömlekçisinin yanına çıraklığa bile vermişti. Tabii bu mesleği sevmesi için cami cemaatine dualar ettirerek. İkinci oğul Oruç'a gelince, o bütün kuralların dışında biriydi. Daima babasının öfkesini çekecek şeyler yapıyor, hiçbir işte sebat etmiyor, sahilde başıboş dolaşmayı veya gelip giden gemilerdeki adamlarla konuşmayı tarlada çalışmaya da, bir zanaat öğrenmeye de tercih ediyordu. Son birkaç haftadır camiye de gelmez olmuştu üstelik. Eve ise nadiren uğruyordu. Oysa babası, iki küçüğe ağabeylik yapma hususunda ona ne umutlar bağlamıştı.

Günlerden birinde, iki bin nüfuslu Midilli, Oruç'un denize gemi indirdiği, bir barça edinip ticarete başladığı haberiyle çalkalandı. Ballandırarak anlatanlara göre yanında 8 levend çalışıyor, 24 forsa tayın yiyor, adına da artık "reis" deniyordu. En imrenilerek dillendirilen kısmı ise artık gemici dili biliyor olmasıydı. Çünkü delikanlılar arasında ada halkının en seçkinleri denizciler, denizcilerin en seçkinleri de gemici dilini bilenler idi.

Bir yıl bile geçmemişti, Oruç, babasına rağmen bu işte parmakla gösterilir bir reis oluverdi. Konuşulanlara bakılırsa barçalarının sayısını üçe çıkarmış ve yedi düvele hükmeden hükümdarımız Sultan bin Sultan Bayezid Han hazretlerinin -ömrü uzun olsun- ülkesi açıklarına sanki birer nakış diye serpiştirilmiş şu Akdeniz adalarını avucunun içi gibi öğrenmişti. Arada bir Midilli'ye geliyor, barçalarını limana kıçtankara edip çarşının taşlık yolundan reis gibi geçerek annesinin elini öpmeye varıyordu. Elbette öfkeli babasına hiç görünmeden; yahut öyle zannederek...

Onun eve geldiği günün akşamında diğer üç kardeş için bir şölen başlıyor, getirdiği hediyelerin sevincine anlatacağı hikâyelerin heyecanı karışıyor, hatta dolunayda gizlice kardeşlerini barçalarına götürüp gezdirdiği bile oluyordu.

Öyle gecelerden birinde, küçük kardeşini, kardeşlerden üçüncüsünü, Hızır'ı yanına aldı, gemisinin serdümen mahalline oturttu ve o güne kadar hiç dillendirmediği, babasının anlattıklarına hiç benzemeyen bir masal anlattı. Deniz tanrısı Poseidon'un oğlu Tesos'un hikâyesiydi bu. 26 yaşındayken babasına ait Egesos Denizi'ne hâkim oluyor ve Girit'i mekân tutup cengâverliğiyle bütün Akdeniz'i kuşatıyordu. Hızır, masalı dinlerken ağabeyinin de tam 26 yaşında olduğunu fark etti ve aslında adalarda, İskenderiye ve Suriye limanlarında dolaşırken sadece zeytin veya sabun, ahşap veya kayış ticareti yapmadığını, gittiği yerlerde kahramanlık hikâyeleri alıp sattığını hissetti. İçindeki kıpırtının o gece uykularını kaçıracağını bilemedi. Bütün gece Girit'te, o masalın içinde olmayı hayal edip durdu. Tabii ki masalın büyücüsü yenilmez Media'dan korkarak.

Hızır, ertesi sabahın ilk ışıklarında kendini Girit'e doğru bakarken buldu. Oruç ağası gözünde Tesos idi artık ve Akdeniz'in doğu kıyılarına uzanan dalgaları arasında sanki hızla akıp gidecek yıllarını görüyordu. Bir gün onun gemisinde bir reis olup bahçeliklerde, güvertelerde kendini puntellere dokunur, zincir bosalar, barbarişka düğümler atarken hayal etti. Efsaneler yaşatan Akdeniz'de kendi hikâyelerinin de anlatılacağı zamanları düşlemeye ilk o sabah başladı. O, Yenicevardarlı sipahi Yakup Ağa'nın Midilli'de doğan oğlu Hızır idi ve Akdeniz'de efsaneler alıp satmaya başlayınca rüzgâr ekenlere kadırgalarından fırtınalar gönderecek, zulümlere kılıcıyla son verecek ve bütün dünyada adını Reis diye andıracaktı, Barba Rossa Hızır Hayreddin Reis.

Ben, Sidi Alkala, nam-ı diğer Seyyid Muradi, yıllarca ve yıllarca sonra, her şeyi gördükten, görmediklerimi de görmüş gibi dinledikten sonra onun hikâyesini bütün ayrıntısıyla anlatabileceğim günler geldiğinde yine böyle bir teşrin akşamıydı ve haşmetli sultan Grand Seignior Kanuni Süleyman Han hazretleri -Allah mülkünü ebedi kılsın- Hızır Reis'i huzuruna çağırıp, "Bak a Hayreddin Lala'm!" demişti, "Yaz!.. Evvelce olan işler, eski tarih kitaplarında nasıl yazıldı ise sen de öylece yaz. Yaz, çünkü sen her şeyi hatırlıyorsun, zihnin çok kuvvetli. Böylece benim zamanımda denizlerde ve karalarda neler olmuşsa, eksiksiz ve fazlasız, yalansız ve hatasız ortaya çıksın! Sonraki nesillerimiz bundan ibretler alsın, yol yordam gözetip iş yürütsün. Karlos Kral'ın yaptıklarını ve benim yaptıklarımı, ikimizin arasında senin yaptıklarını yaz," demişti. Hayreddin Paşa o vakit, "Sultanımızın kutlu fermanı baş üzeredir; illa ki bu kulunuz nerede, bir tarih kitabı yazmak nerede!.. Üstelik yazmaya başlayınca, ahir-i ömrümde kederli şeyleri de hatırlayıp üzülürüm. Binaenaleyh siz yüce hükümdarımızın emri yerine gelmek gerektir. Bu sebeple eğer izin verirseniz bizim bir Seyyid Muradi kâtibimiz vardır, benim her şeyimi bilen, sırdaşım; kardeşlerimi kaybettikten sonra kardeşim... Yıllar yılı, kadırgalarımda ondan daha ziyade güveneceğim ikinci bir kişi olmamıştı. Üstelik beni çok iyi tanır ve benim sizin kutlu eşiğinize anlatacağım her şeyi hakikatiyle bilir, ben yanılsam bile o yanılmaz, müsaade buyrulursa haşmetli hünkârımız, benim yerime o yazsın; saklamadan, yanıltmadan, abartmadan... Bilmediğini öğrenmek, görmediğini sormak için bana gelsin ve her şeyi dosdoğru anlatmak üzere kendi hikâyesini de ilave ederek ayan beyan yazsın," deyip yüce hükümdarımızın rızasını almış. Sonra ben kalemimi mürekkebe bandırdım ve o söyledi ben yazdım; ben yazdım, o tashih etti. Efrenci 1542 yılının teşrinlerinde, bütün hikâyeyi bitirdiğimde, beyaza çekmesi bir ay sürdü. Yazdıklarımda siz, Barbaros Hayreddin Paşa ile başımızdan geçenlerin yalnızca belli başlı kısımlarını okuyacaksınız. Bir tarihin doğru anlaşılabilmesi için gerekli olan kısmını. Hatıralarımıza aşina olduğunuzda ise bizim özel hayatlarımızdan çok Akdeniz'in zengin kıyılarındaki insanların ibretlik hikâyeleriyle karşılaşacaksınız. Satırlarıma Oruç'u anlatarak başlamam bu yüzdendir.

Delikanlı Oruç denize kapılanınca, babası, diğer üç kardeşin deniz kıyısında dolaşmalarını bile yasakladı. Ama buna hiç tahammül edemeyen biri vardı içlerinde. Hele de adı Hızır iken... "Biz ikimiz," demişti bir seferinde, "Hızır ile İlyas, biz ikimiz, üç yıl arayla aynı günde doğmuşuz; kuzuların annelerine meledikleri bir günde. Rum veya Türk, Hıristiyan veya Müslüman demeden bütün ada halkının kırlara çıkıp eğlendiği, baharın gelişini kutladığı, çömleklere niyet taşları attığı, genç kızların evlilik falları tuttuğu Hıdırellez gününde. Zaten bu yüzden benim adım Hızır (Hıdır), onunki İlyas (Ellez) olmuş. Annemin anlattığı masallar içinde en ziyade Hızır ile İlyas'ın maceralarını sevmemin sebebi bu olsa gerek. Melek annem bu masalı yılda yalnızca bir kez anlatır, lakin her yıl daha güzelleştirir -belki de bana öyle geliyordu- her defasında birazcık değiştirir ve zenginleştirir ama sonunu mutlaka şöyle bağlardı: '(...) Hızır, ertesi yıl, Hıdırellez gününde İskender Seddi üzerinde İlyas ile buluştuğunda, bir yıl boyunca denizlerde neler olup bitmiş, hangi çaresize çare olmuş, hangi geminin yardımına koşmuş, hangi uğursuzu denize batırmış, İlyas'a bir bir anlatırmış.' İlyas masal dinleyecek yaşa geldiğinde bu cümlesini şöyle değiştirdiğini de hatırlarım: 'Hızır ile İlyas, bir yıl sonra aynı gün, İskender Seddi üzerinde buluştuklarında, Hızır denizlerde, İlyas da karalarda neler yaptıklarını, kimlerin imdadına yetiştiklerini, kimlere yardım edip hangi uğursuzların uğurlarını kestiklerini birbirlerine anlatır, sonraki yıl neler yapacaklarını söyleşerek vedalaşırlarmış. Bakalım bir sonraki yılda neler neler olacakmış?!.' Annem, masalını anlatmayı bitirdikten sonra ellerini açar, dinince Tanrı'ya yakarırdı. Onun dudakları kıpırdarken sanki ben, 'Ey Yüce Tanrı! Tıpkı adaşları gibi Hızır'ımı denizlerde, İlyas'ımı da karalarda sen hâkim ve muzaffer eyle!' dediğini duyar gibi olurdum. Şimdi her sabah, iki sayfa Kur'an okuduktan sonra, Yüce Allah'ın, babamla annemi bağışlaması için dua edişim bu yüzdendir."

Babası Hızır'a kesin yasak koymuştu bir kez. Hayat da çekilmez olmuştu elbette. Adada yaşıyor ama deniz kıyısına bile gitmiyor, saraç dükkânında atlara kayış yapmakla oyalanıyordu. Lakin, tarlada çalışan esirlerin -Midilli'de en çok babasının esiri vardı- yemeklerini götürmek, kaldıkları kulübeyi her sabah ve her akşam kilitleyip açmak, her gün nöbetleşe birini ayırıp kulübedeki temizlik işlerine nezaret etmek, tek tek ayaklarındaki kadina zincirlerini açıp sağ veya sol bileklerine kelepçelemek ve annesinin hazırladığı yemekleri taşımak gibi sıradan işlerle oyalandığı yıllar boyunca bile hep aklı denizlerde oldu. Midillili yaşıtları ellerinde küçük zincirler sallayıp şuh delikanlılık rüyaları görürken onun neden avucunda denizci sicimi gezdirip durduğunu anlamakta zorlansalar da o, izbarço veya kanca düğümünü, camadan veya filasa bağını zincir sallamaya tercih ediyor, tıpkı ağabeyi gibi denizcilik deyim ve terimlerini öğreniyor, hatta ürettiği testileri merkeplere yüklerken denizciler gibi cunda veya çarmık palangasıyla sıkıca bağlamayı bir eğlence kabul ediyordu.

Annesini toprağa verdiği yıldı. Aldığı bir haber ile dünya başına zindan oldu. İlyas, tacirliği öğrensin diye Oruç ile Doğu Akdeniz'in en işlek limanı olan İskenderiye'ye gitmiş, olacak bu ya, dönüşte de Rodos şövalyeleri yollarını kesmişti. Haberi veren kişi, küçük İlyas'ın tekbir getirirken şehit edildiğini, Oruç'un ise bu kadar şansı yakalayamayıp kâfir gemisine zincirlendiğini ve sonunda Akdeniz'in en ürkütücü kaderi olan forsalığa mahkûm olduğunu söylüyordu. Hızır, elbette babasına bu olanları anlatamazdı. Genç bir elma fidanının toprağa devrilmesine bile yüreği dayanmayan dağ gibi Yakup Ağa, kendi fidanının denize devrildiğini duyunca çıldırabilir yahut forsa tutulan oğlu için yetmiş yedisinde eline kılıç almaya kalkardı. Bir gemide küreğe mahkûm forsa olmanın ölümden beter sayıldığını bütün Akdenizliler gibi elbette o da biliyordu.

Kötü haber tez yayılırmış, Yakup Ağa çok geçmeden oğullarının başına gelenleri duymuş, duyduğu yere yığılıp candan geçivermişti. Şimdi Hızır için hayat daha da zorlaşmıştı. Art arda bir kardeş ile anne babasını yitirmenin, ağabeyini köle vermenin ağırlığı altında üç yıl geçirdi. Hüzünler ve hasretliklerle dolu, çaresizlik ve çare arayışlarıyla dolu üç kara yıl. Sonra her şey birden değişiverdi, rüzgâr karayel iken meltem oldu. Rodos gemilerinde forsa bildiği Oruç üç gemiyi ardına takmış, bir Osmanlı reisi kılığında çıkagelmişti. Üstelik de dönüşü bütün adaları titretecek türdendi. Çünkü bir tacirden ziyade bir korsan gibi davranıyordu artık. Üç yıl boyunca Rodos şövalyelerinden çektiklerinin hesabını görür gibi acımasızdı. Tabii çok geçmeden adı Akdeniz korsanları arasında anılmaya başladı. Mısır sultanı ve Şehzade Korkut ile kâhyası Piyale Bey'den ikişer kalyeta alıp, "Harekette bereket vardır!" diyerek denize açıldı. Şehzade Korkut o sırada Teke ilindeydi. İki yıl kadar onun gemileriyle Akdeniz'in doğusunda korsanlık yaptı, eşiğine ganimetler sundu. Şehzadenin Saruhan Sancakbeyliği'ne gittiği yıl da, Anadolu kıyılarından Batı Akdeniz'e doğru dümen kırdı. Çok ganimetler elde etti, sefineler kovaladı, kadırgalar tuttu, zengin oldu.

Hızır, ağabeyinin başarılarını duydukça içindeki masalları ve bir zamanlar tutulduğu deniz sevdasını hatırlıyor, "Oruç Ağam, beni de yanına al!" demeyi çok istiyor ama bunu bir türlü söyleyemiyordu. Gelgelelim, onun düşündüğünü iki yıl sonra büyük ağabeyi İshak yaptı ve Cerbe adasını mekân tutan Oruç'un teknelerinden birinde yetmiş sekizinci levend kaydıyla deftere adını yazdırdı. Bedeniyle Midilli'de tek başına baba evini bekleyen, gönlüyle Doğu Akdeniz'de efsaneler harmanlayan Hızır ise Midilli sahilinde bekleşen gemilere baka baka, İlyas'ı kendisinden alan denize gidip onu geri istemeyi aklına koydu. Babası öldükten sonra Midilli'de şartlar değişmişti. "Şimdi olsaydı babam denizden uzak durmamız için ısrarcı olmazdı," diye düşünüyordu artık. Denize açılırsa babasının sözünden çıkmış olmayacağına böyle böyle kanaat getirdi. Yine de başlangıçta denizi öğrenmek, şimdilik yalnızca alıp satmak, o adadan bu adaya mal taşıyarak denizle dost olmaktı niyeti. Belki ileride Cerbe'ye kadar da gider, ağabeylerini görürdü. Satıp savıp kendisine bir Mısır karakası ile bir barça tedarik etti. Nakliye ve ticaret için en uygunu bunlar idi. Birinin baş bodoslamasında simurg motifi olduğu için adını "Simurg" koymuş, kendi de onun kaptan kamarasına bir tente koyup yerleşmişti.

Şehzade Selim'in Edirne'ye, Sultan Bayezid'in üzerine yürüdüğü aylardaydı. Rüyasında sık sık İlyas'ı görür olmuştu. İlyas onun öteki yarısı gibiydi ve tıpkı annesinin anlattığı efsanedeki Hızır ile İlyas'ın kaderleri gibi birbirlerine bağlı büyümüşlerdi, birbirlerini bulmayınca olmuyordu. Ardı kesilmez rüyalardan sonra onu ne çok özlediğini fark etti ve kokusunu duymak, hatırasını anmak için, ruhunu ve cesedini yitirdiği açık denizlerde dolanmaya başladı. İlyas şehit olduğunda hafızlığını tamamlamış, bazı bazı çarşı camisi mihrabında Kur'an tilavet etmiş, bir keresinde de minareden okuduğu sabah ezanıyla bütün Midilli Müslümanlarını uyandırıp ağlatmıştı. Sesi çok güzeldi ve o Kur'an okurken insanlar etkilenirdi. Ölümünden sonra Hızır, Midilli'de ne vakit sabah ezanı dinlese sanki onun sesini duyar gibi oluyordu. Kendine itiraf edemese de Midilli'den ayrılma sebeplerinden biri de bunu unutmak veya kulağında çınlayıp duran sesini denizlerin dalgalarına götürüp ruhunu sesiyle buluşturabilmekti. Midilli'de hatıralardan başka bir şeyinin kalmadığına böyle karar verdi. Sahildeki iki barçaya açık denizler için yeteri kadar forsa ve levend bulduğu gün küreklere asılması da bundandı. Çeşme, Kiryakos, Aydın ve Rodos limanlarında bir müddet alıp satıp Girit'i dolanacak sonra da Preveze önlerinden ver elini Cerbe diyecekti. Daha ilk gün, adamları tarafından adının sonuna bir "Reis" unvanı konulacağını hiç düşünmemişti. Galiba hoşuna da gitti: Hızır Reis!.. Kulak okşuyordu.

Dördüncü günün sonuna doğru açık denizde forsalar bir türkü tutturmuş, akıntı payında asude bir seyirde idiler. Başüstü serdümen mahallinde Hızır Reis gözlerini enginlere dikmiş, dalıp dalıp gitmedeydi. Bir an İlyas'ın sesini duyar gibi olduğunu hissetti.

"Korsan kadırgalarııı!.. Sancak omuzlukta korsan kadırgalarııı!.."

Bağıran babafingo çanaklığındaki gözcüydü. Uzaktan uzağa gelmeye başlayan uğultular ise forsaların korkunç bağırışları. Akdeniz'de hep olagelen şey, şimdi de onların başına gelmek üzereydi. Bütün Akdeniz milletleri bilirdi ki, bu denizlerde yelkenli bir gemi av, kürekli gemiler de avcı olarak seyrederlerdi... Av ile avcı... Yani kalyon sınıfı ile kadırga sınıfı... Belki keklik ile şahin... Kadırgalar küreklerini bir şahin veya kartal kanadı gibi açıp suya daldırmaya başladığında; ister apazlama seyir, ister orsa alabanda, besili gövdelerini zor hareket ettiren keklikleri sıkıştırır, mizana kırılır, kanat gabyalanır, av hikâyesi daima avcının zaferi olarak anlatılırdı.

Hızır Reis yaklaşmakta olan üç kadırgaya da uzun uzun baktı. Çocukluğundan itibaren Midilli sahillerinde sık gördüğü perkende, firkate ve kalyeta cinsi kadırgalara benziyorlardı. Üçü de dar, uzun, alçak bordalı, kıç taraflarını yükseltmiş, dümen kilitleyerek hızla yaklaşmaktaydılar. Grandiye toka edilmiş ucu çatallı şerit flamalarından Ceneviz korsanları olduğu anlaşılıyordu. Güvertelerinde büyük ve şiddetli gülleler atan sakuletalar görülüyordu. Hızır vaziyetin ürkütücü olduğunu düşündü. Daha ilk seferde bir korsan gemisine yakalanmak nasıl kötü bir kaderdi böyle! Birçoğu denizle yeni tanışan tayfaların canı ve malından sorumlu olmanın ağırlığı çöktü omuzlarına. Hepsinin bir bir esir edilip ayaklarına kadinalar ve zincirlerle gülleler takıldığını görür gibi oldu. Bazıları Midilli'den arkadaşı, dostu, komşusu idiler. Amaç birliği etmiş, bir umut ile denizlere açılmışlardı. Üstelik ona "Reis" demişlerdi. Şu anda kendisinden reislik bekliyor olmalıydılar. Üzerlerine gelen kadırgalara yeniden baktı. Bunca silahlı adamla baş edebileceğini, bu kadar hızlı gemilerin önünden kaçabileceğini hiç aklı kesmiyordu. Kadırgaların az su çektikleri ve hafif oldukları için hızlı manevra yapabildiklerini iyi biliyordu. Üstelik zikzak seyir izleyebilir, ani dirisalarla kendisini vurabilirlerdi.

Hızır Reis, kadırgaların boylarını 40, genişliklerini 15 kulaç kadar tahmin etti. Kürekler sayılamıyordu ama her birinde 25 veya 26 çift oturak -ecnebiler buna bank diyorlardı- bulunduğunu kestirmek zor değildi. Her oturakta üç veya dört forsa oturduğuna göre bunlar baştarde olmalıydı ve biraz sonra kendi barçalarının sancak bordalarına hızlı birer kama darbesi atmaları ve güvertelerinin adamla dolması kaçınılmaz olacaktı. Bu durumda düşmanın amacını kestirmek gerekiyordu. Kadırgaların baş bodoslamaları barçaların karinasına bu şiddetle girerse Hızır'ın her iki gemisi de ortadan yarılıp sulara gömülmüş, kendisi de adamlarıyla birlikte denizi boylamış olurdu. Ama eğer gelen korsanlar barçaları ele geçirmek istiyorlarsa küçük birer hasar ile hareketten düşürüp onları yedeklemek isteyeceklerdi. Niyetlerini anlamak için biraz daha yaklaşmalarını bekledi. Aradaki mesafe neredeyse yüz elli kulaca inmişti. O sırada kadırgaların baş omuzluklarının iskele ve sancak loça ıskarmozlarında birer darbzen ile iki yan topu bulunduğunu gördü. Bundan daha kötüsü de başlarında topları ateşlemeye hazır korsanların bekliyor oluşuydu. Buna karşın kürek oturaklarının arasındaki vardiyan yolu ile iki yandan dışarı çıkma yapan şahnişinlerde hiç muharip levend veya gemici görememişti. Belli ki forsalardan başka cenkçileri yoktu. Bu hem toplarına çok güvendiklerini hem de forsaların gayretli kişilerden seçildiklerini gösterirdi. Bu durumda forsaların tamamının esir değil bazılarının ücretli olması gerektiğini düşündü. Eğer forsalar ücretli ise ganimet elde etmek üzere barçaları ele geçirmeyi deneyebilirlerdi. Çünkü kürek mahkûmu esir forsalar bu tür savaşlarda genellikle birer ayaklarından praçollara zincirlenmiş olarak ve kamçı zoruyla iş görürken, ücretli forsalar küreği bırakıp ganimet aşkına saldırırlardı.

Hızır Reis artık karar vermesi gerektiğini biliyordu. Aradaki mesafe yetmiş kulaca inmişti. Kızanlarının her biri ya tedbir için koşturuyor veya bağırış çağırış bir şeyler yapmaya çalışıyorlardı. Anlaşıldı ki her iki barçanın da o anda gerçek birer reise ihtiyacı vardı. Herkes kendisinden emir bekliyordu. O düşünürken kadırgalar mesafeyi tamamen daraltmıştı. Artık kaçıp kurtulmanın imkânsız olduğu noktaya gelinmişti. Rüzgâr muhalif esiyordu. Yol vererek taşıdıkları zeytinyağı testilerini yahut şarap fıçılarını, satımlık tarım aletleri ve saraciyeyi denize atıp hafiflemek de kaçmak için çare olmazdı. Acemi reis olarak ne yapması gerektiğine karar veremediği o anda, hiç olmayacak bir şey oldu. Hamlacılardan biri kalın sesini yükseltti:

"Hey yaa Mevlaaa!.." Bunu üçüncü tekrar edişte diğerleri ona uydular ve gittikçe hızlanan bir tempoda tekrar etmeye başladılar. Bunu Endülüslü ve Afrikalı Müslüman kürekçiler yapar, bir yandan nefeslerini açıp yorgunluklarını azaltırken diğer yandan bir savaş gülbangı yerine coşkuyu arttırırlarmış. Tempo işe yaradı ve öyle bir hale geldi ki sesler sanki bir tek ağızdan akmaya başladı. "Heeey yaaa Meeev-laaa!.. Heee yaa Mev-laaa... Heceler kısaldıkça kürekler hızlanıyordu. He ya Mov-laa... He-ya-mo-la!..." Hızır Reis, barçalardaki adamlarına bunun bir ölüm kalım savaşı olacağını ve zaferden gayrı ihtimal bulunmadığını anlatmak istese böyle bir şeyi akıl bile edemezdi. Yüzünü kara çıkarmaması için Allah'ı anmaktan başka bir şey kalmamıştı geriye:

"Rabbim, halim sana ayandır. Bir tacirim ben ama şu anda savaşmam isteniyor. Rabbim, üstümüze gelen insanları tanımam, benim düşmanım olduklarını da bilmem, ama senin düşmanın olduklarını bilirim. O halde sen bana senin düşmanlarınla savaşacak cihat ruhu ver ki ben senin askerin olayım. Bu ruhu levendlerime de ver ki askerlerin olarak ölelim ve şehitler zümresinden yazılalım. Yahut ki kendi askerine zafer nasip et!"

Bir anda yüreğinin ferahladığını hissetti. İçinde neredeyse sevinçli bir azim vardı. Kahramanlık denilen şeyin böyle kazanıldığını hissedecek kadar kendinden emindi. Ölüm, o anda gözüne hem çok basit hem çok sevimli görünmüştü. Sesini yükseltti ve geride kalanları diğerlerinin himaye etmesini temin için yüksek sesle bir yemin etmeye başladı:

"Allahım! Ben kurtulursam şehit levendlerimin evlad u ıyal geçimlerini boynuma yaz!.." O sırada forsa çavuşunun aynı tonda tekrarladığını duydu:

"Allahım! Ben kurtulursam şehit karındaşlarımdan ikisinin evlad u ıyal geçimlerini boynuma yaz!.."

Sesler yükseliyor, coşku barçaları sarıyor, bu arada kadırgalar hızla yaklaşıyorlardı. Zaman tükenmek üzereydi. Barçalarda ne kadar can var ise tekbir getirmeye başlamışlardı bile. Nasıl olmasındı? Korsanlar ile aralarında ancak yirmi kulaç kalmış, boynuna bir yatağanın inmesi an meselesi olmuştu. O anda çevresine bakındı. Denizin üzerinde bu heyecan da neydi böyle? Dalgalar bile sesten etkilenip coşmuş gibiydi. Simurg'un iskele başomuzluğunda seyreden ikinci barça atik davranıp çimaları bosalıyordu. Düşmanın ilk sakuleta güllesi böylece isabetten düşmüştü. Kadırgaların pruvaları barçaların bordalarına bindirmek üzereydi. Hızır Reis bir ara darbzen nişancılarına baktı. Simurg'un mizana serenine nişan alıyorlardı. Mizana direğinde hasar olan bir geminin rota tutturamayacağını ve bulunduğu yerde oyalanıp kalacağını biliyordu. Düşmanın maksadının kendilerini batırmak değil ele geçirmek olduğunu anladı. Bu iyi sayılırdı. Derhal Midilli'den eski arkadaşı ve dostu Aydın'ı yanına çağırdı. Aydın ecnebi dili bilir bir deniz adamıydı ve tellal olabilecek kadar gür sesliydi. Korsanların reisine haraç vermeye razı olduğunu ecnebi lisanda birkaç kez bağırmasını söyledi. Nafile!.. Korsanlar oralı bile olmadı. Hatta duymazdan geldiler. Tam o sırada kadırgalardan birinin baş bodoslaması barçanın iskele karinasında bir gümbürtü kopardı. Ardından şiddetle çalkanıp sarsıldı, herkes yerinde sendeledi. İş çığırından çıkınca palamar kancaları üzerlerine gelmeye başladı. Çok geçmeden de alevli oklar ve arkebüz mermileri…

Hızır Reis denizde çatışmanın ve çarpışmanın ne demek olacağını Ceneviz kadırgası ile karina karinaya geldiklerinde anlayıverdi. Vaziyet çok ama çok kötüydü. Can havliyle haykırdı:

"Gaza vaktidir aslanlarım, Bismillah vira!"

Asıl gümbürtü o anda koptu. Barçadaki forsalar küreklerden boşanıp kılıçlara el attılar. Kadırganın cenkçileri bağırarak hücum ediyorlardı. Tekbir sedası "heyamola"ya, top gümbürtüsü davul sesine, zincir şakırtısı kanca çakıntısına karıştı. Kâfir kadırgalarının cenkçileri çok maharetli palamar ve kanca atıyorlardı. Her birini ya bir serene, ya bir direk veya puntele dolandırıyor, ırgat kastanyolasına bile çengel dokunduruyorlardı. Hızır, bu aşamada deniz üzerinde başka bir safhanın başladığını gördü. Kadırgalardan kendi gemilerine varagele donanımı kurulmuş, çırılçıplak ızbandutlar, halatlarla savrulup zincirlerini şakırdatarak barçaya atlıyorlardı. Ağızlarındaki yatağan ve kılıçlarını ellerine aldıklarında daha da ürkütücü olduklarına hiç şaşırmadı. Zaten çoğu yüzü yaralı, gözü veya parmakları olmayan, kulağı kopmuş vahşi deniz adamlarıydılar... Hızır'ın barçalarında kılıç ve hançer cengi başladığında artık hepsi kıyametin koptuğuna inanıyorlardı. Sallanan kollar, savrulan başlar, fışkıran kanlar ve uğuldayan rüzgâr...

Hızır, barça satın aldığına da, denize açıldığına da çoktan pişman olmuş, öylece kalakalmıştı. Gördükleri çok vahşi bir savaştı ve gemisinin her yanında acımasızlık kol geziyordu. Kesilen el ve parmakların güverte alabanda ve yatırmaları arasında zıpladığını görmek hangi gemi sahibini dehşete düşürmezdi ki! Denizin üstünde göğüslerin yarılıp iç organların dışa sarktığı böyle bir savaşın çok onursuzca olduğunu geçirdi aklından. Kimin kimi öldürdüğü belli bile değildi. Üç yüz ızbanduda karşı yetmiş Midilli köylüsü gemi tayfasının galip geleceğini kimse aklına bile getirmiyordu. Umutlar tükenmek üzereydi. Hızır Reis bir çare bulmalıydı. Kıç kıça durdukları düşman kadırgasına baktı. Balyemezin başını bekleyen topçular ile vardiyan neferi sayılmazsa kadırgadaki herkes barçasına doluşmuştu. Bir anda üzerlerine saldıran kadırganın bomboş göründüğünü fark etti. Sonra bunu bir fırsata çevirmeyi düşündü. En yakınındaki levendine işaret ederek grandi direğine çengelli palamarlar savurmaya başladılar. Üçü birden kadırgaya atladıklarında Cenevizli gemiciler neye uğradıklarını şaşırdılar. Çünkü gemilerinin kaptanları değişmişti. Üstelik barçada kılıç ve pala sallayacak on beş adamla karşılaştıkları halde kendi kadırgalarında hançerlerini bile bellerinden çıkaramayan bir vardiyan ile iki topçudan başka kimseleri kalmamıştı. Üstelik onlar da Hızır ile iki levendinin hançerlerini görünce denize atlamayı çare diye seçmişlerdi.

Savaş gibi rüzgârın da yön değiştirdiği bir andı. Barçadan alarga oluverdiler. Hızır Reis kulak kabarttı, yekesini tuttuğu kadırganın ambarlarından çığlıklar geliyordu. Üstelik Türkçe veya Arapça sesleniyorlardı. Belli ki sintinede istiflenmiş zincirli forsaların tamamı Müslüman kürek mahkûmlarıydılar. Yekeyi yanındaki levendine teslim ile gemiye yol verip derhal ambar kapaklarını açtı. Tahmini doğru çıkmıştı. Her bankta üçer beşer oturmakta olan forsalar şahadet getiriyorlardı. Ücretli forsalar savaş için yerlerini terk edince bunlar çaresiz, kaderlerine razı olup kalmışlar, birbirlerinin zincirlerini çözmeye veya ıskarmozlarından çıkarmaya çalışıyorlardı. Hızır büyükçe bir çengeli zincirin halkasına geçirip ceraskal çubuğuna bağladı ve manivela kolunu döndürmeye başladı. Forsaların zincirleri birdenbire boşanıverdi. Forsalar teşekkür için kopan zincirleri şakırdatıp, "Gazan mübarek ola reis baba!" diye bağrışırken levendlerden biri yelken donanımını idare etmeye çalışıyordu.

Hızır artık bir kadırganın sahibi ve reisi olduğunu düşündü. İş, topları ateşleyip kendi barçalarını takip etmekte olan çektiri ile perkendeleri batırıp adamlarını kurtarmaya kalıyordu. Zincirlerinden boşanan forsalar arasında iki topçu, üç de yelkenci var imiş. Her şeye onlar vaziyet etmeye başlayınca işler kolaylaşıverdi. Üstelik iskele baş omuzluk barut ve gülle fıçılarıyla doluydu. Hızır ellerini göğe açarak şükürler etti.

Gün sona eriyordu. Kadırga ve kalyetalarda roller değişmiş, Cenevizli efendiler forsa, yıllardır bileklerinde zincir sancısı olan kürek mahkûmları da efendi oluvermişlerdi. Hızır Reis ise bu ilk seferinde ticaret kârı yerine kızıl altınlara kavuşmuştu. Meğer Cenevizli kadırgalar, barçalara çatmadan evvel iki Floransa kalyonu ele geçirip yedeklemişler, ganimet olarak da Hızır'ın her bir yoldaşına yirmişer kızıl altın düşecek meblağı kadırgada tutmuşlar. Günün son ışıkları da denizin sularında eriyip gittiğinde Akdeniz'in üzerindeki her şey el değiştirmişti: Efendiler, sahipler, gemiler, silahlar, hamuleler, eşyalar ve elbette esirler...

Hızır Reis, yaşadıklarına inanamıyordu. Zafer için şükrün binlercesi dillerdeydi. Bir reis olarak, daha ilk seferinde donanımı fevkalade güzel iki gemiye daha sahip olmanın sevinciyle gözyaşları döküyordu.

Akdeniz'in hafif akşam meltemi yerini sert bir imbata bırakırken Girit önünden geçip Yunus Adası'ndaki kayalıkların ardına demir attılar. Hepsi denizlerdeki hayatın, olumlu veya olumsuz manada, hiç de düşündükleri gibi olmadığını öğrenmiş, kendilerine hayret etmedeydiler. O gece yaptıkları en iyi şey, kurtardıkları Müslüman forsaları giyindirmek oldu. İçlerinde üç yıldır çırılçıplak tutulup utanç içinde aynı bankta oturmaya mahkûm edilenler bile vardı. Hızır Reis, gönüllerini almak için bir geceliğine levendlerinin tentelerini onlara verdi. Bir metreye iki metrelik bu tenteler, akşam olunca mevsimine göre kadırganın güverte üstüne veya altına yan yana asılır, herkes yan yana uyurdu. O gece forsalara tentelerini veren levendler, bir iyilik daha yapıp kadırgada ele geçirilen pamuklu kumaşları da tentelerin içine serdiler. Gecenin sabaha evrilen saatlerinde zavallı kürek mahkûmları, kaç yılın yorgunluğuyla ilk defa sırtları üzerinde uyumanın keyfiyle horluyorlardı.

Şafakta Midilli'ye doğru yola çıktıklarında Hızır Reis puntellere tutunmuş uzaklara bakıyor, hâlâ olanlara inanamıyordu. Zafer denilen şey böyle kolay olmamalıydı. Altı ayda ticaret ve nakliye yaparak kazanacakları ücreti keselerine koymuş, üç haftalığına çıktıkları seferden dört günde dönüyorlardı. Üstelik de daha pazara çıkarılacak esirleri ve limanda satacakları bir kadırga ile yedeklenmiş bir firkateleri vardı. Gelgelelim işin zor kısmı, denizde cesetlerini bile bulamadıkları levendlerin çocuklarına veya eşlerine ne diyecekleriydi! Bir ara enginlerden İlyas'ın okumakta olduğu ezan sesini duyar gibi oldu... Düşündü; belki de zafer, bu sesin ardında gizli olan şeydi.

1511

“İlk ağlayan insandı Beatrix, cennetten çıkarılmıştı,” diye fısıldadı yaşlı papaz Ojeda, göğsüne yaslanmış kızın başını şefkatle okşayarak, sonra da titrek bir sesle devam etti, “ilk unutan da yine ilk insan oldu ve cenneti unuttu, sevgili kızım.” Durdu. Kendi sesini dinledi. Teselli ediciydi; “Hepimizin kaderi biraz da o ilk insanın kaderidir, onun için ağlama artık ve unut yavrum, Billure!” Bu son cümleyi söylediğinde bir yandan telaffuz ettiği ismi kimsenin duymadığından emin olmak için çevresine bakıyor, diğer yandan yanağına doğru süzülen yaşları Beatrix'in görmemesi için beyazlanmış sakallarını sıvazlıyormuş gibi yapıyordu. Gerçekten de Beatrix'in asıl adını öğrenmenin çelişkili şaşkınlığını yaşadığı o dakikalarda dinlediği gerçek hikâye, bütün ömrü boyunca okuduğu kitaplarda bile olamayacak kadar acıklı ve yürek yakıcıydı.

Sonsuz ufuklara bakan küçük bir tepenin yamacında, minimini bir çiçek ormanının arasındaydılar. Kral Fernando, Malaga'daki bu yazlık bahçeyi küçükken ölen kızı Juana için yaptırmış, sonra doğan beş çocuğunun da burada büyümesi için yalnızca çocuklara tahsis etmişti. Bir zamanlar eşi Aragonlu

Isabella'nın son ricasını kırmayarak saray çocukları yanında onlara hizmet etmek üzere yetiştirilecek kölelerin de bu bahçede bulunmalarına izin vermişti. Yeni kraliçe Germana de Foix ise Tuleytula'daki sarayında hem evvelki kraliçenin çocuklarından hem de çocukları sevmekten uzak yaşamak istediği için burayı gözden çıkarmış, böylece bir zamanlar yazlık olan bahçe, kısa zamanda bir saray okulu haline dönmüştü. Denize bakan yamaçların en güzel mevsimiydi ve pembelenmeye başlayan ince badem dallarının alaca gölgeleri arasında koşup oynayan çocukların cıvıltısı İspanya sarayına taze bir hayat aşılıyordu. Yaşlı papaz Ojeda, Beatrix'in yumuşacık sesinden soluksuz dinlediği acıklı hikâyenin gerçekliği karşısında sarsılmıştı ve baharın tatlı rüzgârlarıyla sarhoş martıların çılgın bağırışları arasında fısıldayarak ayağa kalktı, kızın başını okşadı ve şefkatle mırıldandı:

"Haydi bakalım, şimdi arkadaşlarının yanına!.."

Öğrencilerin hepsi sahile inen taşlık yolun sağında kalan havuzun başındaydı ve başlarını, üzüm bağlarını çevreleyen beyaz kayrak duvarların ardına çevirmişlerdi. Baktıkları yerde sahilden limana ilerleyen üç kalyon ile onları takip eden on bir kadırga durgun denizde martılar gibi süzülüyor, rüzgâr gemicilerin ağıtlarını getiriyordu. Ağıdın ağır terennümünü duyan çocukların korkulu gözleri, kadırgaların arasında seyreden sandalları aramaya başladı. İçlerine ot, tahta ve odunlar yığılmış, üzerlerine de birer ceset uzatılmış sandallardı bunlar. Ölen asil denizcilerin cenaze merasimi için hazırlanırdı bunlar ve gün battığında denize doğru salınarak enginlere yollanır, biraz uzaklaştıktan sonra da sahilde bekleyen kraliyet okçuları tarafından ateşe değdirilmiş oklarla tutuşturulurlardı. O gün de kayıklar yanarak gözden kaybolasıya kadar bütün çocuklar yatmaya gitmeyecek, denizi aydınlatan öbek öbek alevlerin suda oynayışlarını seyrederken ölenlerin ruhu için dua edeceklerdi. Öğretmen papazlar, nedense çocukların bu merasimleri seyretmelerini ısrarla ister, onların körpe zihinlerindeki heyecan ve tedirginlikler arasına hüzün ve ölümü katarlardı. O akşam, bütün çocuklar gibi Beatrix de, o kadırga ve sandalların denizde kayboluşlarından dehşete kapılıyor ama ağıt okuyan forsaların iniltiyi andıran seslerini duydukça diğerlerinden ziyade titriyordu. Üç yıl evvel Menteşe vilayetinde ve Datça bölgesindeki Yazıköy'ü basarak babasını öldürüp annesiyle kendisini kaçıran Rodos şövalyeleri de böyle kadırgalar ile gelmiş, sonra onu ve annesini bunlara benzeyen sandallarla kaçırmış, kalyonların sintine bölmesine tıkıştırıp İspanya'ya dümen kırarak sonunda yine böyle bir akşam vaktinde, ölülerini denizde yakarken ağıtlar yakmışlardı. O geceden geriye bir tek Yusuf adı kalmıştı zihninde, küçük kardeşi Yusuf'un adı. Zavallı Yusuf, acaba yaşıyor muydu? Yaşıyorsa şimdi Yazıköy'de tek başına ne yapıyordu acaba?

Beatrix, limana bakarken kırmızı şeritli beyaz yelkeniyle ortada seyreden kalyona takıldı gözleri. Kendisini esir pazarına getiren gemiydi bu. İnsan pisliği kokan sintinesinde kim bilir bu sefer kaç esir vardı? O geldiğine göre demek yarın yine limanda esir pazarı kurulacak, yine tartışmalar, kavgalar, cinayetler arasında ışıksızlıktan gözleri içeriye kaymış, açlıktan mecalsiz düşmüş esirler satılacaktı. Annesinin ar belasıyla ağlayıp durduğu günlerin sonuncusunda muhafızın belinden hançeri kapıp kendine kıydığı sahne geldi gözünün önüne. Henüz sekiz yaşındaydı ve ne yapacağını bilmeden annesine sarılıp çığlıklar atmış, sonra da onun hareketsiz kalan elindeki hançeri kapıp korsanlara saldırmıştı. Tam şişleneceği sırada kralın başmabeyincisi Salvador Domingo'nun, pazarın her yerinden duyulan

"Yirmi real!" teklifinin cazibesi şişi elinde tutan korsanı durdurmuş ve yirmi real, ona Kral Fernando'nun ihtişamlı sarayına giden yolu açmıştı. Domingo'nun o gün satın aldığı esir kızların en küçüğüydü ama en güzeliydi. Hiç konuşmamış, zaten anlamadığı sorulara günlerce hiç cevap vermemiş ve Tuleytula'da kral sarayına vardığında Beatrix adıyla çağrılmış, bunun nedeni ve niçiniyle hiç ilgilenmemiş, kaderini öylece, hiç değiştirmeye çalışmadan kabullenmişti. Gündüzleri balmumu için içyağı işleyip geceleri çamaşır yıkadığı saray hizmetkârları arasında geçen bir yıl boyunca konuşma orucu tutmuş, bu arada çevresinde konuşulan her şeyi inatla öğrenip anlamaya başlamıştı. Önceleri onu dilsiz zannettiler. Ta ki yazlık saraydaki mektebin başpapazı Decan Ojeda kralı ziyareti esnasında zekâsını keşfedip onu Malaga'daki okula getiresiye kadar.

Okul bir yandan sarayın çocuklarını, diğer yandan da ileride kral ve kraliçelere hizmet etmek üzere nedim ve nedimeleri yetiştiriyordu. Okuma yazma, ok atma, at binme, hikâye anlatma, hesap, süslenme, terzilik gibi dersler, Tuleytula'da geçen balmumu kokulu günlere nazaran çok eğlenceli ve rahattı. En azından burada mum kazanlarının ateşine yakın konulmuş bir hasır üzerinde yatmıyor, içinde ocağı olan, soğuk günlerde ateş yakıp ısınabildiği bir hücrede yumuşak bir şiltede uyuyordu. Beatrix okulu sevmişti. Bahçeyi daha çok sevmişti. Yazıköy'deki bağları ve zeytin ağaçlarını hatırlatıyordu. Burada geçen ilk yılda kralın kızlarından Isabella, Joanna, Maria ve Catherine'i uzaktan görmüş, Prens Juan'ın aşağılamasına uğramış, yine de onlara hürmet göstermiş, bir kere de en küçük kardeş Catherine'i yarım saatliğine avutmak ve eğlendirmekle görevlendirilmişti. Elbette en çok özlediği şey Türkçe konuşabilmek idi. Bilhassa yalnız ve ıssız gecelerde annesinin kelimeleri diline takılıyor, yutkunuyor, sonra başını yastığa gömüp ağlıyordu.

Billure'yi tanıdığımda ben on beş yaşındaydım ve o da on üçüne basmak üzereydi. Kutsal Kitap öğretmenlerimizden biri konuşabildiğimiz dillerin sayısını sordu. Ben beş dili konuşabildiğimi söyledim. Ders çıkışında yanıma yaklaşıp bana Türkçeden sordu. "Hayır," dedim, "bilmiyorum, ama alfabesini biliyorum, çünkü Arapçayla aynı şekilde yazılıyor."

Kralımızın topraklarında pek çok millet yaşıyordu ve pek çok dil konuşuluyordu. Eğitimli bir aileden geliyorsanız bu dillerden birkaçını zevk için, tüccar bir aileden geliyorsanız mecburiyetten öğrenirdiniz. Ama yine de İspanyolcadan sonra kullanılan dillerin en güçlüsü Arapça idi. İspanya her kıtada arazisi bulunan geniş bir devletti. Majesteleri Fernando yalnızca İspanya kralı değil aynı zamanda Kastilya Kralı, Aragon Kralı, Sicilya Kralı, Napoli Kralı, Valencia, Sardinya, Navarre Kontu idi. Avrupa'da Ferdinand diye biliniyor ve Akdeniz'in çevresinde adı anıldığında herkes titriyordu. Eski kraliçe Aragonlu Isabella ile birlikte İspanya'da Müslümanların kökünü acımasızca kazımış, Endülüs devletini ortadan kaldırarak bütün Hıristiyan dünyanın hâkimi olmuştu. Bu yüzden güneş batmayan ülkesinde pek çok dil konuşuluyor, saray hizmetkârları da bunlardan kaç tanesini bilirse o kadar itibar görüyordu.

Sonunda Beatrix ile aramızda kalacak şekilde bir anlaşma yaptık. Tabii ona adımı söyledikten sonra. "Alcala benim adım, Saint Alcala," demiştim gülümseyerek. O da gülümsemiş, "Alkala," diye tekrar etmişti. Galiba adımı tek kelime halinde ve ince k okunan "c" harfini kalın ka şeklinde, tıpkı Müslümanlar gibi telaffuz etmek kolayına gitmişti. Anlaşmamız gereği ben ona Arapça ve Almanca dilbilgisi öğretecek, o da karşılığında bana Türkçe konuşma talim edecekti. Türkçe benim için altıncı dil olacaktı ve heyecan duymuştum.

Beatrix ile anlaşmamız gereği her ikimiz de güya çizim atölyesinde haritalar üzerinde çalışmaya başladık. Ben harita çizmeyi, pusula hazırlamayı, usturlap okumayı ve deniz seyir usulünü biliyordum. Beatrix bu kadar çok şeyi nasıl bildiğimi merak ediyordu elbette. Ben de onun Türkçeyi nasıl öğrendiğini. Akdeniz sahillerinde kimse kimseye hangi dili neden konuştuğunu sormazdı. Birinin dilini sorgulamak, onunla arkadaşlığın, dostluğun bitmesi anlamına gelirdi. Çok kimlikli insanlar ve savrulmuş hayatlar birbirine girince böyle bir kural oluşmuştu. Biz de birbirimize bildiğimiz dillerin menşeini hiçbir zaman sormadık. Ama ben hep merak ettim. Birlikte çalıştığımız altı ay boyunca onun da benim kadar meraktan çatlayacak hallere geldiğini hissediyordum. Üstelik o sıralarda artık birbirimize iyice alışmış, hatta yan yana veya yakınlarda olmaktan mutlu olmaya başlamıştık. Belki de altı aylık dostluğun sonunda birbirimizi tanıma arzusunun dayanılmazlığıydı bu. Beatrix o günlerde on üçündeydi ve nedense artık bana eskisi kadar sokulmuyordu. Elbette kaçağan tavrını merak ediyordum ve merakım da gitgide onu keşfetme arzumu kışkırtıyordu. Aslında ikimiz de birbirimize hem yaklaşıyor hem yaklaşmaktan çekiniyorduk. Bir gün Arapça dersinde oldu olanlar. Fiil çekimleri, isimler derken sıra cümle kurmaya gelmişti. Anlatıyordum:

"İsimlerin başına gelen cer harfleri, Beatrix, sonlarını esre okutur. Mesela Allah isminin başına 'li-' cer harfi gelirse 'Li'llâh-i' denir."

"Min, ila, an, fi gibi bütün cer harfleri de mi?"

"Elbette, min'elkitâb-i, ila'ttarîk-i, fi'lleyl-i... gibi. Hatta bu cer harflerinden sonra gelen sıfatlar da esre okunur: 'Li'llâh-i Rabb-i' veya 'mine'l kitâbi'lesved-i'... gibi."

Beatrix çok zekiydi ve çok hızlı öğrenirdi. Bunu da beni dikkatle dinlemesine bağlıyordum. Yine öyle dikkatle dinliyordu ve söylediklerimi öğrendiğini göstermek için bir örnek verdi. O anda duyduğum cümlenin hayatımın geri kalanını rehin alacağını bilemezdim:

"Anladım, Alkala, hani Fatiha'daki 'Elhamdü li'llâhirabbi'l-âlemîn' der gibi, değil mi?"

"?!."

Uzunca bir süre aramızda sessizlik oldu. Her ikimiz de suskunluğa sığınıyorduk. Zannederim Beatrix söylediği cümlenin altında eziliyor, kanının damarlarından çekilir gibi olduğunu hissediyordu. Hiç belli etmemesi gereken şey açığa çıkmış, masum bir cümle olarak ağzından dökülüvermişti. Bunu bile bile söylediğini ve beni denemek istediğini sanmıyordum. Şimdiki suskunluğunun altında benim bu sırrı saklayıp saklamayacağım sorusu yatıyor olmalıydı. Çünkü o anda ben de duyduğum sırrı nasıl saklayabileceğimi düşünüyordum. Endülüs'e hayat hakkı tanımayan Fernando ve onun hükmündeki İspanya sarayında bir Müslüman ha?!. Kim böyle bir sırrı saklamak isterdi ki? Üstelik nerede bir Müslüman var ise, ihbar etmeyenin suçlu kabul edilip cezalandırıldığı yasalar şiddetle uygulanıp dururken...

Beatrix, "Ah, dilim kopsaydı!" diye sayıklıyordu. Zannederim zihninde, "Şimdi ne olacak?" sorusunu takip eden binbir ihtimal dolaşıyor, doluya koysa almıyor, boşa koysa dolmuyordu. Böyle bir günü yaşamayı hiç istemezdi şüphesiz. Kendisi gibi hizmetkâr olmayan birinin büyük sırrını öğrenmesi çok tedirgin edici olsa gerekti. Her ne kadar ona bir okul arkadaşı gibi davransam, hizmetçiliğini hissettirecek küçük bir imada bulunmamış bile olsam, onun Müslüman kimliğini öğrendikten sonra nasıl davranacağım konusunda kendisini rahatlatacak hiçbir imkâna sahip değildim. Çünkü İspanya'da Hıristiyan olmayan herkesin, yani Sefarad, Mudajares veya Müdeccenlerin engizisyon zabitlerine ihbar edilmesi bir vatandaşlık görevi idi ve yerine getirmeyenler soruşturmaya tâbi tutuluyorlardı. Beatrix başını eğmiş, öylece duruyordu. O da benim gibi çaresizliğin bitkinliğini yaşıyordu. Uzun bir sessizlik oldu. Onun susması benim konuşmamı gereksiz kılıyor, benim susuyor olmam da onun için durumu gittikçe ağırlaştırıyordu. Saniyeler ikimize de bir ömür geçmiş kadar uzun gelmeye başladı. Gecenin sükûnetini dışarıdan gelen bir kertenkele tıslaması bozdu. Bunu fırsat bilerek mırıldandım:

"Gerçek adın ne senin?"

Ömrünün en zor sorusuyla karşılaşmış olmalıydı ve bunu, Türkçeyi nerede öğrendiğini söylememek kadar kolay geçiştiremeyeceğinin farkındaydı. Doğru söylemek gerektiğini düşünsün istiyordum. Sesinin tonunda bir samimiyet vardı:

"Billure!"

"Billure ha, gerçek adın Billure?"

"Hı..."

Ağır gerçeği öğrenmek bu sefer beni tedirgin etti. Keşke yalan söyleseydi, keşke adının Beatrix olduğunu tekrar edip dursaydı. Onun çaresizliğine ben de kapılmış oldum. Öğrenmesem sorumlu olmazdım, ama şimdi ne yapacaktım? Ağlıyordu. Onu teselli etmem gerektiğini düşündüm. Kendim teselliye muhtaç iken bir de onu düşünmenin şaşkınlığı içindeydim. Sesim titredi:

"Kimin kimsen yok mu?"

"Bir kardeşim var, Yusuf... Burda değil."

"Yüzüme bak lütfen!"

Bunu, yalan söyleyip söylemediğini anlamak için istemiştim. Gözlerinin içine bakarsam sözlerindeki hileyi sezebilirdim. Ama gözlerimin o kadar derinlere bakacağını hiç tahmin etmemiştim. Ne kadar sürdü, kaç dakika geçti bilmiyorum, ama engin denizlerin bütün turkuvaz ve mavilerini, ta yosun tonlarına varasıya kadar onun çakır gözlerinde görebiliyordum. İçinde küçük de olsa hileli bir renk yahut yalancı dalga yoktu. Üstelik derinlere daldıkça ne gördüğümü, neyle karşılaştığımı, neler düşündüğümü bilemedim, öylece baktım, baktım... Elimdeki kıl kalem, harita parşömeninin üzerine düşüverdi. Ben mi dondum, zaman mı durdu, kestiremedim. Neden sonra yerimden doğrulup kapıya ilerledim. Gitsem iyi olacaktı. Kapı kapanırken mırıldandığını duyar gibi oldum:

"Alkala, yalvarırım..."

Sersem gibiydim ve ne yapacağıma karar veremiyordum. Türkçe öğrenme macerasının benim için tehlikeli olacağını artık çok iyi anlamış durumdaydım. Ertesi ve daha ertesi gün yanına gitmedim. Çok istediğim halde gitmedim. Ama yine de sınıfa her defasında koşa koşa vardım. Çünkü sınıfta onu görebiliyor, hatta uzun uzun izleyebiliyordum. Üzgün, çaresiz, suskun ve perişandı... İçimden yanıma gelsin, bir şey sorsun, bir şey söylesin istiyordum. Belki o da benim bir şey söylememi, itham etmemi, tehditler savurmamı, hatta hınç ile üzerine yürümemi bekliyordu. Günler geçti, hiçbiri olmadı. Ta ki bir akşam hücresinin kapısını çalasıya kadar... İçeride kalbinin çarpmaya, dizlerinin titremeye başlamış olduğunu biliyorduk. Kapıya kadar yürüyecek gücü bulamamış olmalı ki sesi uzaktan geldi:

"Kimdir?"

"Beatrix, benim kızım, Decan Ojeda!"

Decan Ojeda'nın yanında beni görünce yüzü kıpkırmızı oldu. Ne diyeceğini şaşırmıştı. Böyle bir sahneyi görmemek için kim bilir kaç gece Tanrı'ya yalvarmıştı. Ama sanki yapacağım ihbar sonrasında başına geleceklere kendini hazırlamış gibiydi. Gözleri kızıl ceketli engizisyon zabitlerini aradı. İçimden, "Uzun bir gece olacak," dedim. Neden sonra derin derin nefes aldı. Kapısına gelen iki kişinin, Müslüman olduğunu bilmelerinin tedirginliğini yaşıyordu. Gece vakti bu gelişin iyi niyetli olması adına bildiği bütün duaları tekrar edip duruyor olmalıydı. Daracık hizmetkâr hücresinde nefeslerimiz birbirine karışarak oturduğumuzda, kalbinin şiddetle çarptığını göğsünün kabarıp inmesinden anlayabiliyordum. Decan Ojeda açtı konuyu. Bütün konuşmaların fısıltı olmasına dikkat ederek elbette:

"Beatrix, yavrum, Endülüs'te Müdeccenlerin başına gelenlerden sonra Billure olarak yaşamanın tehlikesini biliyorsun değil mi küçüğüm!"

"Elbette Decan Ojeda! Elbette biliyorum. Lakin ne yapabilirim?"

"Tanrı bize her zaman bir çıkış kapısı bırakır kızım."

"Esirler için bırakmıyor galiba efendim. Kaç yıldır o kapıya bir türlü ulaşamadım çünkü. Müslümanlığı içimde saklayıp durmanın ağır yükünü bilemezsiniz."

"Bana kalsa, küçük meleğim, elbette sen Billure olarak yaşayasın, Tanrı Beatrix için de Billure için de aynı Tanrı'dır, lakin O'na giden yollara ölümü koyanlar seni bunda koymazlar."

"Ne yaparlar muhterem peder, sürerler mi? Ben burada zaten sürgün bir esir değil miyim?"

Beatrix, başına gelecekleri kabullenmiş gibi metanetli konuşuyordu. O anda ölüme götürseler başını dik tutacağından şüphem yoktu. Fakat onu bu fikrinden vazgeçirmek gerekirdi. Sesimi yükselterek açıklamaya çalıştım:

"Sürmezler, Beatrix, Kastilya Prensesi Isabella'nın kurallarına uyup diri diri yakarlar."

Hiç istifini bozmadan karşılık verdi. Sesinin tonunda sanki sessizlik içinde geçen günlerin hıncı, kendisiyle konuşmayışımın intikamı var gibiydi:

"Katil Kirli Isabella öldüğüne göre bu düşmanlık kraliçenin değil, nesiller boyu birlikte yaşadıkları komşularını yok etmek isteyen İspanyolların olsa gerek, ha Saint Alkala? Yoksa kraliçenin adını anarak sen mi beni ateşlerde yakacaksın!?"

"Öfkelenme kızım, Saint Alcala seni ele vermeyecek!.. İlla ki iki kişinin bildiğini üçüncü kişinin de bilmesi ihtimalini konuşmamız gerekir, öyle değil mi?!"

"?!.."

"Burada artık Billure olarak yaşamayı da, Billure adını da unutmalısın yavrum; geleceğin Beatrix olmanda saklı. Sana Beatrix olarak öğrettiğim hangi bilgide şüphen var ki evladım?!. Tanrı her dilde güzel şeyler söyler, öyle değil mi?!"

"Elbette Decan Ojeda, Tanrı'dan değil benim şikâyetim; kaderimden. Siz bana güzel şeyler öğretiyorsunuz ama ben her gece hemen şu limanda annemin canına kıyışını hatırlıyor ve onun bana öğrettiği dualarla Allah'a yalvarıyorum. Babamı öldüren haydutların Hıristiyanlık adına bunu yaptıklarını övünçle söyleyişleri geliyor aklıma sonra. Otuz iki farzı ezbere saymaktan ve birkaç dua ile sureden gayrı İslamiyet'in ne olduğunu da bilmem; ama eğer bir gün bir dini öğrenecek olursam, onun Hıristiyanlık değil İslamiyet olmasını isterim!.."

"Sakın böyle bir şey yapma, sakın İslamiyet kelimesini ağzına alma!"

"Ne yaparsın Saint Alkala, Endülüs Müslümanlarına yaptığınız gibi beni de işkencelere mi yatırırsın? Belki de celladım olup ipimi çeker, kellemi keserek krala götürürsün ha?"

"Hayır ben götürmem, ama bir gün biri gelip seni mutlaka bulur ve korktuğun o işkencelerde etlerini lime lime koparır!.."

"Anlaşılan sen de yapmışsın bu işi!"

"Beatrix, güzel kızım, Alcala'ya öfkelenmen seni bekleyen tehlikeyi bertaraf etmez. Biz ikimiz burada Müslümanlara ve Yahudilere yapılanları senden iyi bildiğimiz için seni korumaya çalışıyoruz. Alcala evladım haklıdır, İslam kelimesini ağzına aldığın an sen de bütün Endülüslü Müslümanlar gibi takibata uğrarsın. Onun için buraya sana dikkatli olmanı söylemeye geldik!"

Decan Ojeda'nın cümlesini tamamlama ihtiyacı duydum:

"Ve bizden emin olmanı söylemeye! Sana selam-aleyk veya merhaban-bik demeye! Nasıl deniyordu Türkçede, "e-sen-lik" dilemeye."

O gece, gerçekten uzun olmuştu. Beatrix'i ikna edebilecek hangi cümle, hangi sebep, hangi tavır var ise hepsi konuşulmuş ve gösterilmişti. Billure'nin hücresinden ayrıldığımızda gecenin ikinci yarısı da bitmek üzereydi. Decan Ojeda ona şefkatle sarılmış, güvende olduğunu ama dikkat etmesi gerektiğini bir kere daha tekrar edip, "Kalpler Allah'a aittir kızım, içindeki İslam sesini gömleğin bile duymasın artık!" diyerek kapıdan çıkmıştı. Ben, gülümseyerek yüzüne baktım. Öyle donuk, öyle durgundu...

Artık harita dersleri hayal olmuştu. Ve elbette hayat sıkıcı bir hal aldı. Her gün daha fazla tedirgin olarak uyanıyordum. Benden daha tedirgin uyanan birinin olduğunu bilmek de dayanılmaz olmuştu. Günlük dersler içinde onunla yalnız kalmak için çaba sarf ediyordum ama bu sefer de o buna fırsat bırakmıyordu. Bana kızgın mıydı, sitem mi ediyordu, defterinden silmiş miydi, karar veremez durumdaydım. Resmiyet gereği birkaç cümle konuşabilirsek bunu kendime nimet biliyordum. Sırrını sakladığımı bilmesini istiyordum; belki bunun için bana minnettar olmasını, gülümsemesini, yakınlaşmasını da istiyordum. Onu görmeden duramaz olmuştum. Peki ama o nasıl duruyordu? Bu derece acımasız olması gerekir miydi? Biz iki arkadaştık. Birbirini seven iki arkadaş... Yoksa birbirini çok seven iki arkadaş mıydık? Yüreğimi yokladığımda kendime ben bile hayret ettim. Çünkü onu yüreğimin ta içinde, en derin yerinde buldum. Son günlerdeki davranışlarını ve bana karşı ilgisizlik ve istiğnasını düşününce onun da aynı duyguları taşıdığına hükmettim. Sırrını öğrendikten sonra onu kendimden uzak tutmakla ne büyük hata ettiğimi anladım. Şimdi o da bana aynısını yapıyordu, bundan emindim. Düşündüklerimde haklı çıkınca yalvarmaya başladım:

"Yüce Tanrım!.. Ya ona azıcık merhamet ver, ya bana çokça dayanma gücü. Ya bendeki sevginin birazını ona ver; ya ondaki vurdumduymazlığın birazını bana. Tanrım!.. Ya onu bana ver, ya beni ona!.."

Bir ay kadar sonraydı. Yine uykum kaçmış, yatağımın üstünde dönüp duruyordum. Gece alacalanmış, gün doğmaya yaklaşmıştı. Kapımın hafifçe tıklatıldığını duydum. Korktuğumu itiraf etmeliyim. Yaklaşıp kısık sesle sordum:

"Kimdir?!"

"Decan Ojeda oğlum!"

Bu sefer de içeriye ikisi birlikte girdiler. Beatrix'in yüzünde zoraki bir tebessüm, pederin elinde de küçük bir torba vardı. Bu saatte gelişin hayra olmayacağı belliydi. Yatağımın örtüsünü yere serdim. Oturduk. Rahip Ojeda anlattı:

"Alcala, oğlum, dün bir tehlike belirdi. Kral Fernando saray hizmetleri için on kadar genç kız istetmiş. Yarın kralın özel kâhyası ile kadınefendisi gelip öğrencilerle tek tek görüşecekmiş. Beatrix ile akşamdan beridir konuşuyoruz. Muhtemeldir ki her öğrencinin kim olduğu, nereli olduğu, saray için ne zaman ve nasıl satın alındığı yeniden incelenecektir. Bunu göze alamayız. Karar verdik, Beatrix bugün buradan ayrılmak için bütün hazırlıklarını yapacak. Öğleye doğru hep birlikte bir gezintiye çıkacağız. Sen onu bir müddet saklanacağı bir yere götürecek ve ilk fırsatta Halkulvâd veya Tunus'a gitmesini sağlayacaksın. Ben de burada onun yokluğunu örtmeye çalışacağım. İnşallah kısa zamanda şansınıza bir Müslüman kadırgası veya firkatesi rast gelir de..."

Bu son cümleyi Beatrix'i -belki de artık Billure demeliydim- teselli için söylediği her halinden belliydi. Yapılan plan mantıklıydı ve güzele benziyordu. Uygulamakta yarar vardı. Eğer Beatrix'i kaçıramazsak, yataklık cürmüyle muhterem peder ile benim de yollarımızın engizisyonun işkencelerine çıkması kaçınılmaz olacaktı. Meseleyi halletmenin en kolay yolu Beatrix'in ortadan kayboluvermesiydi. Zorda kalırsak planımız hazırdı; Decan Ojeda iki öğrencisini alıp sahilde bir gezintiye çıkacak, kız kayalıklarda yürürken denize düşüp boğulacak, cesedini de deniz sürükleyip götürecek, diğer öğrenci de buna şahitlik edecekti. O diğer öğrenci ben oluyordum. Decan Ojeda'nın beyanı ve benim şahitliğim okuldaki herkesin buna inanması için yeterdi. Saray muhafızları için cesedin bulunamayışı o kadar da büyük bir mesele olmayacaktı. Zaten köle makulesinden kimsesiz bir hizmetçiyi kim arardı? Üstelik de okulda saray kâhyasının ve kral kadınefendisinin geldiği telaşlı günlerde. Esir pazarında en güzeli bir fıçı şarap fiyatına satılan yeni bir hizmetçi, yeni bir Beatrix olarak daha bile işe yarayabilirdi.

Beatrix'in hücresinde sözler, ışıklar ve renklerin birbirine karışmaya başladığını üçümüz de hissettiğimiz bir andı. Sevinç ile hüzün bir aradaydı. Dışarıda güneş doğuyordu. Decan Ojeda elindeki torbayı açtı. İçinden çocuk karışıyla bir karış boyunda üç heykelcik çıkarıp Billure'nin önüne koydu. Üçü birbirinin aynısı olan mavi, sarı ve kahverengi renkte rahip heykelleriydi bunlar. Eski Romalı senatörler gibi omuzlarından sarkan pelerinleri vardı.

"Benim temiz kalpli kızım, güzel Beatrix'im!.. Bu heykelcikleri almanı istiyorum. Aynı heykeltıraşın elinden çıkmış. Üçü birbirinin aynı gibi görünse de onu bana veren dostum, birinin diğerlerinden daha değerli olduğu söylemişti. Ve onlar seninle konuşurmuş. Sırlarını bilirsen hayatını güzelleştiririrmiş. O sırrın ne olduğunu ben bilmiyorum ama bu senin de bilmeyeceğin anlamına gelmiyor. Bunlar senin ömür sermayen olsun, sırrını çözmeye çalış. Say ki bunlardan biri sensin, biri benim, biri de Saint Alcala. Bundan böyle birbirimizin sırrını saklayacağız. Çünkü doğru kişi, kulağından gireni kalbinde saklayan kişidir, yavrum. İhtiyacın olmazsa hiçbirini elden çıkarma. Ama gerekiyorsa hangisini önce satacağına sen karar vereceksin, bu sonbaharı mı, şu gökyüzünü mü, yoksa şu toprağı mı?"

Beatrix, Decan Ojeda'nın söylediklerinin hiçbir harfini kaçırmadan dinliyordu. Bu teklifin savrulmuş hayatına bir umut mu, yoksa bir hüsran mı getireceğini bilemeden her şeyi kabullendiğini ve boyun eğdiğini anladım. Sırrını öğrendikten sonraki zamanlarda ne benden ne Decan Ojeda'dan bir kötülük görmediğini o anda düşündü zannederim. Çünkü o andan itibaren o sitem ve istiğna dolu Beatrix gitmiş, yerine sevecen, cana yakın hakiki Beatrix gelmişti. Aramızdaki perdeyi, tam da güneşin doğduğu sırada, "dost" kelimesini bildiği bütün dillerde tekrar ederek araladı:

"Dost!.. Amigo!.. Camarade!.. Ally!.. Freund!.. Pal!.. Fellow!.."

Ertesi gün iki kat giysi -ki biri Yazıköy'den kaçırıldığı vakit üzerinde olan çocukluk fistanıymış-, bir yazı takımı ve birkaç parşömenden ibaret eşyasının arasına üç heykelciği katarak kralın bahçesinden çıktık. Geriye dönüp baktı ve ileride burayı Yazıköy'deki evi kadar çok özleyeceğini söyledi. Gözündeki yaşları Decan Ojeda ve benden gizlemeye çalışıyordu. Uzun müddet hiç konuşmadı. Arkasından sürüklenip gittiği kaderi kendisine bizim layık görmediğimizi bilerek yanımızda dostça yürüyordu. Mevsim yaza girmek üzereydi ve o gün Billure, -artık ona Billure diyebiliyordum- on üç yılını sürükleyip götüren kaderin sahibine kendini teslim edercesine yürüdü, yürüdü, yürüdü...

Gideceğimiz yeri ben biliyordum. Decan Ojeda, Malaga'nın son evlerine kadar bize eşlik etmişti. Hava ayaza kesmeye başladığı sırada, "Kutsal Meryem seni her zaman gözetip korusun!" deyip istavroz çıkararak Beatrix'i kutsadı. Başını denizden yana çevirdi ve bir müddet dalgın, enginlere baktı. Sonra hiç konuşmadan dönüp gitti.

Decan Ojeda'yı ilk kez üzgün görüyordum. Bunca yıl beni korur, gözetirdi, hiç benim için bu derece üzüntülü olduğu zamana rastlamamıştım. Sırlarımı bilen adamı üzüntülü görmek beni de üzdü.

Billure ağlıyordu. Malaga'dan çok uzaklaşmış, sahil boyunca ilerliyorduk ve o durmadan ağlıyordu. İçli içli ve küçük hıçkırıkları boğazına düğümlenerek. Ağlamasına çare bulamazdım ama onu en iyi bildiğim yollardan, ağaçlıkların arasından, ırmak kıyısından, patikalardan, sakınması gereken yerlerde ikaz ederek ve kimseye görünmeden götürmeye çalışıyordum. İyi bir rehber sayılırdım. Yanında olmaktan, beraberinde yürümekten bahtiyarlık duyuyordum. Birkaç gün sonra bu duyguların yerini hicrana bırakacağını bile bile seviniyordum. Zamanın akıp gittiğini, eldeki nimete her zaman şükretmek gerektiğini elbette biliyordum. Ama duygularım karmakarışıktı. Ağladığını görüyor, üzülüyor, çaresiz kalıyordum; yine de yanında yürümekten mutlu oluyordum. Onu teselli edecek bir cümlem yoktu. Öylece yürüyorduk. Birbirimize sokularak, birbirimizden güç alarak ve hiç yorulmadan...

"Burası, Billu... ıhım... Beatrix," dedim, yıkık kapıdan girerken, "kalacağımız yer burası." Şaşkındı, etrafına bakındı. Benim kekelememden dolayı mı şaşırmıştı, yoksa gördüğü yıkık evlerden mi kestiremedim. Çünkü terk edilmiş bir hisara gelmiştik. Denize meyilli bir yamaçta ve ufku gören arazide kurulmuş eski bir hisar. Harabeye dönmek üzere olan burç ve bedenlerin içindeki birkaç yıkık ev ve bozulmuş yol, uzunca bir süre evvel terk edildiğini anlatmaya yetiyordu. Engizisyonun boşalttığı Yahudi Sefaradların veya Müslüman Müdeccenlerin köy ve kasabalarını koruyan hisarlardan biri gibi duruyordu. Çevrede ne bir ses ne bir hayat emaresi vardı. Otlar yeşermeye, ağaçlar tomurcuklanmaya başlamıştı.

Kapısı olan bir ev buldum. Billure'ye içeriyi temizlemesini söyledim. Ben de diğer evlerin döküntü eşyalarından tahtalar koparıp derme çatma bir yatak hazırladım. Üzerine ot yığıp çürümeye yüz tutmuş bir hasır örttüm. Yanımızda meyve ve yiyecek dolu bir torba getirmiştik. Onu yanına bıraktım ve akşam güneşinin denizin üstündeki dalgalarla oynaştığı son dakikalarda yanından ayrıldım. Hisarın aşağısındaki geçitte sabahlayıp onu korumaktı niyetim. Bir hazine için nöbet tutmak gibi hani. Veda ederken gerçek adıyla ve Türkçe olarak söylemeye çalıştım:

"Billure!.. Sa-bah ge-ri ge-lirim. Da-ha erken gel-irim. Bu geceyi at-latır-san her şey yoluna gi-recek. Merak etme!.. Türkçe dersleri-mi yarım bı-rakmak-ma-yaca-ğım!.."

Hayret!.. Beni anlamıştı. Oysa ben derdimi anlatamayacağımı sanıyordum. Bütün yol boyunca bu birkaç cümleyi içimden kaç kez kurup tekrarlamıştım. Ağzımdan ilk kez Türkçe bir cümle çıkmıştı ve kendime aferin demekle meşguldüm. Billure'nin lisanı çok da zor değildi anlaşılan. Ama o benim cümlelerimden ziyade adını Türkçe telaffuz etmemden memnun olmuştu sanırım. Yüzüme baktı ve gülümsedi. Yüreğinin ta içinden gülümsediğini anladım. Ve yine anladım ki Türkçe söylemem bana güvenmesini sağladı. Bütün sıkıntıların ve dertlerin arasında bu mutlu anı bize bağışlayan duygunun Türkçeye hasretinden mi, yoksa bana güvenmesinden mi kaynaklandığını kestiremedim. Ama Billure sevindi... Çok sevindi... Belki de ömründe hiç sevinmediği kadar sevindi... Kendisini sahiplenecek bir dost bulduğuna sevindi. Anne, baba, kardeş bulduğuna sevindi... Türkçe kelimeler duyduğuna sevindi. Hisarın yana yatmış duran demir kapısından çıkarken artık gözündeki yaşların üzüntü ile değil, sevinç ile aktığını biliyordum. O anı hiç unutmak istemedim ve bunu o da hep hatırlasın diye arkamı dönüp avazım çıktığı kadar haykırdım. Kelimelerim Türkçeydi ve önce terk edilmiş hisarın duvarlarında birkaç kez yankılandı, sonra yükseldi, gökyüzünü kapladı. Bir Hıristiyan olmadığımı bilmekten hoşnut olabilirdi:

"Ben bir mudajeresim Billureeeee!"

Billure özgürlüğü hissetmişti. Türkçe onu özgür kılmıştı. Nasıl olsa duyan olmazdı. Duyan olsa da ne dediğimizi anlayan olmazdı. Bu cesaretle ellerini bana doğru açtı. Sevinci yüzünden okunuyordu:

"Ben bir Türk'üm Alkalaaaa!"

Billure'yi yalnız bırakmamış, yanına biraz sevinç, biraz umut koyup dönmüştüm. Ama onun o gece bunların dışında bir şey düşündüğünden emindim. Muhtemelen içinden Saint Alcala adını tekrarlıyor ve kendi kendine binlerce soru sorup şöyle sayıklıyordu:

"Saint Alkala! Demek sen mudajeressin. Bu demek olur ki Hıristiyan değilsin. O halde kovuşturmaya uğramış bir Sefarad olmalısın, öyle mi? Saint Alkala, sen ne kadar sır dolusun? Gerçi siman hiç andırmıyor ama eğer bir Sefarad isen, kraliyet mektebinde nasıl okuyabiliyorsun? Yoksa bir Müslüman Müdeccen misin? Eğer öyle isen Emevilerden bir Arap veya Berberi olmalısın. Belki de Katalan yerlilerden bir ailenin çocuğu. Hizmet edenlerden olmadığını biliyorum ama hizmet edilenler sınıfından da değilsin. Peki sen nesin? Kraliyet mektebinde nasıl yer bulabildin? Bir Müdeccen veya Sefarad isen Engizisyon'dan nasıl kurtuldun? Hıristiyan değilsen acımasız kırımların yaşandığı Reconquista zabitleri seni nasıl da ele geçiremedi Alkala? Hıristiyanlaştırma savaşlarından belasız çıktın diyelim, peki ama sarayda nasıl barınabiliyorsun? Bir Morisko'ya, değil kral sarayında, İspanyol topraklarında bile tahammül edilemezken sen nasıl oluyor da Engizisyonculardan gizli bu saray okulunda eğitim alıyorsun? Kim senin koruyucun veya sen kimin nesi oluyorsun? Yoksa kraliyet ailesinde Hıristiyan bir akraban mı var? Eğer öyle isen, Hıristiyan olmayan büyük sanatçılar ile bilginleri bile sarayından çıkaran kraliçe seni nasıl barındırıyor? Okulda bir hizmetkâr olsaydın Sefarad veya Müdeccen olmana aklım yatardı, peki ama okulda hizmet için yetiştirilenlerden değil de ileride yönetim için yetiştirilenlerden olabilmeyi nasıl başardın? Alkala, evet, evet, sen mutlaka Yahudi bir Sefarad olmalısın. Bu saray mektebinde barınman için bir Müslüman olma ihtimalin yok çünkü. Ama eğer Müslüman olsaydın, Müdeccenler üzerindeki onca kötü muamelenin şiddetlendiği zamanlarda saraya karşı seni koruyan yine bir saraylı olması gerekirdi. Yoksa öyle misin Alkala? Belki de vazgeçilemez bir bilgin, usta veya sanatkârın oğlusun! Güzel harita çiziyor olmandan anlamalıydım, sen bir yeteneğin çocuğusun!.. Hımm!.. Gırnata'yla birlikte Kurtuba ve Tuleytula'nın düşmesinden sonra ülkenin bilim ve sanat yönünden fakirleştiğini gören kralın Müslüman sanatçılar ile bilginlerin ülkeden çıkışını yasakladığını duymuştum; peki senin baban nerede Alkala? Belki de sen bir şeyin diyetisin, ha?.. Evet, evet; her kim tarafından korunuyorsan, sen bir şeyin bedeli olmalısın. Eğer bedel ödüyorsan Sefarad olmana şaşırmam, ya Müdeccen isen? İspanya'da Sefarad olmak Müdeccen olmaktan bir gömlek emniyetli iken... Peki ya Zuzuva'lardan isen, yahut Berberi?.. Üff!... Kafam karıştı. Alkala sahi sen kimsin? Ve ben seni neden seviyorum?"

1512

Bir yıl sonra...

“Hiçbir zaman savaşmayanlar hiçbir zafer elde edemezler!” diye gürlemişti Cenevizli kaptan Andrea Doria, üç ay önce, yolculuk yaptığım gemiyi ele geçirip beni kadırgalarından birinde esir diye küreğe bağladığında. O günden bugüne artık ezberlediğim bu sözün, Doria için bir hayat tarzı olduğunu çok iyi öğrenmiştim. Öyle ki, kısa zamanda ben ve diğer kaderdaşım olan forsalar, savaş için bilenmiş, adeta zafere susamıştık. Sol ayağımızdaki bukağıların gevşetilmesine bile razı olmadığı halde onun için savaşmaya hazır idik. Diğer ayaklarımıza da camadan düğüm attırsa yahut zincirlerimizi sintine bodoslamasına tokalasa yine de onun için savaşmaya can atıyorduk. Zihinlerimizi öyle doldurmuştu.

Andrea Doria, Papa Innocentius’un en güvendiği ve en başarılı yüzbaşısı iken önce Dük Urbino’nun sarayına, sonra çocukluğundan beri heves ettiği denizlerin dalgaları arasına kendini atmış maceracı ruhlu bir kaptandı. Askerden çok siyaset adamı gibi davranıyor, papalık veya İspanya'nın menfaatlerinden ziyade ileride elde edeceği mevkileri hesap ederek iş görüyordu. Çok maharetli bir savaş kaptanı olduğuna şüphe yoktu. Her an savaşı düşündüğü için olsa gerek, üç aydır ben ve kaderdaşlarımın, hâlâ yerimizden bir metre uzağa hareketimize müsaade etmemişti. Gece ve gündüz demiyor, rüzgâr fırtına dinlemiyor, Akdeniz'de karış karış zafer arıyordu.

Gemicilik fennini iyi biliyordu. Dediklerine göre pusulalarını kendisi imal eder, haritaların başında saatlerce vakit geçirirmiş. Vardiyan vasıtasıyla haritalar hakkında çok şey bildiğimi ve kendisi için harita çizebileceğimi dillendirdiğimde hiç yüz göstermeyip, "Herkes işini yapsın, ben haritalarla, forsa da kürekle ilgilensin!" cevabını vermişti. Bu soğuk ve buyurgan tavrı yüzünden vardiyanlar ve forsalar kadar yolcular da ondan korkuyorlardı. Daha evvel onun kalyonlarında bulunmuş bir forsa, bu bahis konuşulurken, "Elbette ki kadınlar hariç," diye açıklama getirdi muzipçe. Ve iç geçirerek devam etti sonra: "Yolcularımız veya esirlerimiz arasında onu çekici bulan pek çok asil kadının konuşmalarına şahit oldum. Hatta içlerinden biri onu, adeta mitolojideki Proteus'a benzetmişti."

"Hayır hayır, o kendisini Poseidon'a benzetir. Gerçi Floransa'da Bronzino nam bir ressamın önünde çıplak poz verip Neptün'e benzeyen bir resmini yaptırtmıştır ama Poseidon'a benzetilmekten çok hoşlanır. Bir keresinde bir leydiye anlatırken duymuştum; henüz teğmen iken İskenderiye'ye gitmiş, ünlü Pharos Feneri'nin üzerinde ihtişamla duran bin altı yüz senelik büyük heykele bakıp, 'Senin şöhretini silmeye and içiyorum yüce Poseidon!' diyerek yolunu çizmiş ve o günden sonra denizcilikle alakalı ne varsa öğrenmiş. Poseidon... Deniz Tanrısı..."

Kürek mahkûmu yaşlı oturak arkadaşımın, denizlerde her an, her şeyin değişebileceğini söylediği sıradaydı. Billure'yi düşünerek küreğe asılırken kurtuluş umudumu diri tutmaya çalışıyordum. Kadırgamızın burnu bir göğe kalkıyor, sonra şiddetle suya düşüyor, kemereleri çatırdıyor, bordası gıcırdıyor, o sırada dalgalar güvertenin üzerinde ne varsa yalayıp süpürüyorlardı. Forsaların banklarda hop oturup hop kalktıkları, tutunmak için direndikleri şiddetli bir hava vardı ve rüzgârın uğultusu kulakları sağır edecek cinstendi. Fırtınadan göz gözü görmüyordu. İyi de bütün bu çalkantı ve savrulma arasında, ağızlarında silistre, ellerinde kamçı ile forsaları yöneten şu vardiyanlar nasıl ayakta kalabiliyorlardı? Oysa gemide ıslanmadık hiçbir yer, hiçbir şey, hiçbir kimse kalmamıştı. Buna rağmen hepimiz zafer çığlıkları atmaya hazırdık. Doria bize bu ruhu vermişti.

Yine de kulaklarımı hezimet homurtularının istila etmesi için uzun zaman geçmedi. Ne olmuştu, nasıl olmuştu da kovalamak için ceylan ararken bir ejderhanın üzerimize çullandığını görüvermiştik? Yılan başlı kadırgaların gelişlerine bakarken çok korktuğumu kendime bile itiraf edemiyordum. Aklımda, yaklaşan kovalamaca esnasında ayağımdaki zincirden kurtulup denize atlamak vardı ve bunu yapamazsam bir sonraki sefere kadar çıldıracağıma inanıyordum. Yaklaşan gemilerin Kaptan Doria'ya galip gelmeleri için dua etmeyi istemem bu yüzdendi. Teşrinler gelip deniz kuzulanmaya başladığında her forsa gibi esir damında zincirlere vurulup bütün kışı ruh işkenceleriyle geçirmek değildi beni çıldırtan düşünce, hayır, Malaga'dan uzağa düşmek, ondan ayrıldığım günün yıldönümünde onu bekliyor olamamaktı. Birbirimizden uzağa düşürülmüştük ve ikimiz de birbirimizi nerede arayacağımızı bilmiyorduk. Bu yüzden onu kaybettiğim günün yıldönümünde, onu kaybettiğim yerde bekliyor olmalıydım. Belki o da aynı gün beni kaybettiğini hatırlar, eğer imkânı var ise beni kaybettiği yere gelirdi.

Papalık kadırgalarının forsaları olan bizler, yeme içme gibi ihtiyaçlarımızı zincirle bosalandığımız oturaklarımızda gördüğümüz, dolayısıyla hacetimizi de bulunduğumuz yerde giderdiğimiz için sintine kuyusu bir hela kuburuna dönmüş, çalkantı esnasında genizleri yakıyordu. Vardiyanlar iğrenç kokudan duydukları tiksintiyi elbette forsalardan kırbaç yoluyla çıkartmaya hevesliydiler. Bank arkadaşıma göre bu koku zamanla alışkanlık da yaparmış. Alışkanlık yapan diğer şey ise yirmi altı sıra bankta oturan iki yüz altmış -bazen bu sayı üç yüz sekize çıkarmış- forsanın küreklerini suya çaldıkları anda çıkan fışırtılı sesler olurmuş. Yıllar uzadıkça her forsa, sanki bir deniz türküsü gibi o sesi aramaya başlar, bir türkü gibi dinlermiş. İş göremez diye sahillerde terk edilen yaşlı forsaların geri kalan ömürleri boyunca en fazla özledikleri ses işte bu kürek fışırtısı olurmuş. "Bir forsa başka neyi özleyebilir ki Alcala?" dedi söylediklerini delillendirmek için ve yeni hatırlamış gibi ilave etti: "Günde on beş saat sırtında şaklayıp duran şu kırbacın ıstırabını, yahut, güçsüz düşüp bayılmayalım diye iki üç saatte bir ağzımıza tıkılan, suya veya şaraba batırılmış yumruk büyüklüğündeki somun parçalarının acımış lezzetini özleyecek değiliz ya!"

Silistre sesi, kırbaç ıstırabı, dalgalar, düşüp kalkmalar ve fışırtılar derken Kaptan Doria'nın kükremesi geldi:

"Atmacalarıııım!. Açın kanatlarınızı, sülünler üzerimize geliyor!"

Rüzgârüstü sancaktan yaklaşan kadırgaları gördüğümüzde şaşırmıştık. Kaptan Doria sesinin gürlüğü kadar çevikliğiyle de mürettebatına üstün görünüyordu; maharetle salladığı üçlü çengel iskele istikametinde seyreden firkateye uçtu, babafingo serenine dolandı. Kaptan halatın ucuna denizci bağı atıp sağlamlığını kontrol etti, varagele makarasını tokalayıp sanki çarmık palangası yükler gibi kendini boşluğa bıraktı. Seyir halindeki iki gemi arasında insanlar birinden diğerine böyle geçiyorlar, akıyorlar, daha da doğrusu uçuyorlardı. Çatışma esnasında kaptanların veya lüzumlu kişilerin gemi gemi dolaşmaları gerekebiliyordu çünkü. Savaşa kumanda edecek kişilerin manevra kabiliyeti daha yüksek olan firkatelere geçmeleri ise adeta bir zorunluluk olup beylik gemi şaşırtmacaları bu yüzden kafa karıştırır. Kaptan Doria'nın aradığı zafer için can attığını, dalgaların sesini bastırıp bütün kadırgaları dolaşan o haykırışını ikinci kez tekrar etmesinden anladık:

"Şahbazlarım!.. Av zamanıdır, açın kanatlarınızı!.."

Artık şahbaz ile sülünlerin temas vaktiydi. Gemiler şiddetli gürültüler çıkararak birbirine değiyor, kancalar atılıyor, kılıçlar aborda oluyordu. Küreklere asılan bütün eller, tıpkı benim gibi, av olacak sülünlerin dalgalara girip çıkan kanatlarına doğru uzandılar. Lakin bunların, hiç de öyle sülün gibi kolay avlar olmadığını anladılar. Akıntılarında bıraktıkları beyaz köpüklerden de anlaşılıyordu ki bunlar ya şahin, ya kartal olmalıydılar. Aklıma nedense babam geldi. Küçük bir çocuktum ve başımı okşamış, "Evlat!.." demişti, "Kaderin olmayınca kadrin bilinmez!" Kaderimin güzel olması için yalvardığım sırada etrafım yavaş yavaş karardı, gözümün ışığı gitti, damarlarımdan kanım çekilir gibi oldu, en son üşüdüğümü hissettim. Evet, kaderim beni tutuyor, sıkıyordu.

Kadırgamızın bahçeliğine çıkmış, arkasında batmakta olan güneşin kızıl ışıkları arasında haykırıyordu. Sesi Doria'nınkinden daha gürdü:

"Bağlandığınız zincirin anahtarını ele geçiremiyorsanız zinciri suçlamaktan vazgeçin!"

Bunu mecaz anlamında mı söyledi, yoksa gerçekten ayaklarındaki zincirleri çıkarmaya çalışan forsaların haline acıdığı için mi, kestiremedim. Hiçbir şey hatırlamıyordum, kolumda şiddetli bir ağrı vardı. Kovalamaca bitmiş, kovalayan kovalanandan güçlü çıkmış, sülünler şahbazları tuzağa düşürmüş, büyük balık ile küçük balık arasındaki mücadelede büyük balık kuyruğunu kaptırmış, çareyi kaçmakta bulmuş, kaçarken de iki küçük balığı yutmuştu. Fırtına sakinleşir gibi olmuştu. Denizin üzeri yanan gemi avadanlıkları, kalaslar, kemereler, yelkenler, flamalar, çırpınan insanlar ve ölülerle doluydu. İki taraf için de kesin bir zafer görünmüyordu ama kazançlar yahut kayıplar, hesabı uzun sürecek kadar yüksekti. Üzerimize gelen kartallar forsa olduğum kadırgayla birlikte bir kadırgayı daha yedeklemiş, iki çektiriyi batırmış, buna mukabil iki kalyeta kaybetmişler. Ufukta kaybolmak üzere seyreden Kaptan Doria'nın gemileri ise o iki kalyetayı çekip götürmedeydi. İyi ama ben şimdi zincirin anahtarını mı ele geçirmeye çalışmalıyım, yoksa zinciri suçlamaya mı başlamalıyım?

Bahçelikteki adamın sesi yüreğime dokunmuştu. Kaptan Doria'nın sesinde cesaret, bunun sesinde ise emniyet vardı. Söylediği cümleden sonra zincirin ayağımda değil yüreğimde olduğunu hissettim. Yüzünü göremiyordum. Batmakta olan güneş tam da başının arkasında gözlerimi kamaştırıyordu. Ne yapacağımı bilemiyordum. Bildiğim, özgürlüğümü yeniden alıp Billure'yi kaçıranların peşine düşecek olmam, değilse bu uğurda öleceğime inanmamdı. Geçen üç ayda, ayağımda zincirle yaşayamayacağımı çok iyi anlamıştım. Berberiler, Zuzuvalar veya Kuzey Afrikalı diğer siyahi forsalar gibi kaderimi kabullenen bir ruha sahip değildim. O sırada kaderimin beni tuttuğu anı hatırlamaya başladım. Peşimizdeki çektiriler yaklaştıkça nedense küreğe daha iğreti yapışmak istemiştim. Galiba böyle yaparsam kurtulacağımı umuyordum. Tam da Akdeniz'in sonbahara özgü alışılmış sert rüzgârı esmeye başlamıştı. "Kızılerik Fırtınası" denir, dümen kırdırır, kürek bıraktırırmış. Elbette fırtınayla birlikte sırtımda şaklayan kırbaçların sayısı da artmıştı. Kolumu o dalgınlık esnasında küreğin palasına çarptığımı hatırladım. Sonra bazı Müslüman forsaların da benim gibi davrandık-

ları geldi gözümün önüne. Yine de arkamızdaki çektirilerin gitgide yaklaşmaları forsa taifesinin işi yavaşlatma arzusundan değil, çektirilerin rüzgârlı havalarda baştardalardan daha hızlı hareket ve daha üstün manevra kabiliyetine sahip olmasındandı. Yaklaşan çektirilerdeki sesleri duymaya başladığımızda bazı Türkçe kelimeler kulağımıza çarpmıştı. O sırada Billure'nin hatırası gözümün önünde canlanıverdi. Dünyamın kararması da, kendimi kaybetmem de, koluma çarpan kürek de hep bu Türkçe kelimeler yüzünden olmuştu. Can pazarı kurulmak üzereyken ben Billure'yi hatırlamış ve kendi dünyama dönmüştüm. Sanki savaşın şiddetini hissetmemem için Billure başucuma gelmiş gibiydi. Çünkü eğer ölürsem dünyadan en son hatırladığım şey onun sesi ve görüntüsü olsun istiyordum. Dudağımdaki tebessüm ile celladım olacak çektirilere baktım. Baş üstü toplarının menzilindeydik ve topçuların bir ellerinde çakmak ateşlerini, diğer ellerinde topların fitillerini görebiliyordum. Üstelik darbzen topçular elleri barutlukta, okçular da uçları alevli okları yaylarına kurulmuş nişan alıyorlardı. Sonra olanlar oldu.

Kürek çekilmeyen bir gemide zincirlerimle bekliyordum. Denizde çırpınan insanlar birer ikişer çıkartılıyor, kimisiyle kucaklaşırken kimisi zincire vuruluyordu. Yaralıların feryatları ciğerler parçalıyordu. Bunların bir bölüğü, hâlâ ayakları birbirine zincirli olan forsalardı. Denize düşmüşler, bağlı oldukları için birbirlerini batırıyorlardı. O anda fark ettim ki bu adamların hepsinin omuzlarında, göğüslerinde korkunç dövmeler vardı ve çırpındıkça dövmeleri de deniz canavarları gibi hareket ediyor, hatta onlar da çırpınıyordu. Sıralarında otururken fazla dikkat çekmeyen bu adamların denize düşünce sakat, kör, kulaksız ve mutlaka korkunç yüzlü vahşi tavırların sahipleri olduğunu anladım. Akdeniz'de forsa olmak bu demek olsa gerekti. Vahşet ve dehşet!.. Belki bir de haşyet!.. Çünkü zincirlerin ucunda grup grup birbirlerine tutunuyor; aralarında bazıları ölmüş olduğu için diğerleri yüzmekte zorlanıyor, ölülerini de beraberlerinde taşıyarak batıp çıkıyorlardı. Firkatelerden birinde, forsaların üzerindeki güvertede çıkan yangın söndürülmeye çalışılıyordu. Yangın arasında zincirlerinden kurtulmaya çalışanlar vardı ve yanlarında da onlara müdahale eden adamlar. O sırada bahçelikteki reisin gürleyen sesi denizdekilerin kurtarılmasını kesin dille emretti. Hayret, bütün çektirilere aynı emri veriyor ve duyuruyordu. Kimdi bu adam? Kadırgamızın istikameti değişesiye kadar bekledim ve güneş kursundan ayrılan başını o vakit görebildim. Otuz beş yaşlarındaydı. Kükreyişine bakılırsa gücü kuvveti zehir gibi olmalıydı. Yüzünü gördüğümde irkildim. Geniş alnının altında gür fırça kaşlar, tatlı kızıl bıyık ve sakallar, başlığının altından şakaklarına doğru kırlaşmaya başlamış birkaç tutam perçem ile sevimli bir yüz. O anda içimden, "İşte!.." dedim, "benim aradığım adam bu!" Sonra da onu neden aradığımı bile düşünmedim; galiba ruhum öyle hissetti. Bize doğru geliyordu ve birden aklıma takıldı; yoksa Akdeniz'de adı yayılmakta olan "Barba-Rossa" bu muydu? Bütün Hıristiyan korsanların "Kızıl-Sakal" diye birbirlerini korkuttukları adam eğer bu reis ise Allah yüzüme bakıyor demekti. Billure'yi bulma ihtimalim yükselirdi.

İçimden onun Barba Rossa olması için dua ettim. Bağlandığım zincirin anahtarı elimde değildi; lakin dilimdeki anahtar ile bazı kapıları açabilirdim. Diğer bazı forsalar gibi ben de şahadet getirmeye başladım. Bize gülümsedi. İşte o anda, gür kaşların altındaki kömür gözlerin dostça baktığı o anda, hem galip gelenler hem de zincirlerinde mağlup olanlar için sevinçten ağlama vaktiydi. Üzüntüden ağlayanlar ise az sonra Barba Rossa'nın bukağılarını bileklerinde hissedecek olan eski efendilerimizdi. Akdeniz, tılsımlı bir gün yaşıyordu. Sabah efendi uyananlar yine akşam köle oluyor, sabah köle uyananlar da yine efendiliğe yükseliyorlardı. Anladım ki bu sularda her şey umut ile korku, gam ile sevinç arasında birden değişiveriyordu. Kaderler ise en çabuk değişen şeydi.

Akdeniz'de ünü yayılmış bir korsan değilseniz, önce savaşır, savaştığınız kişinin kim olduğunu sonra öğrenirsiniz. Tabii eğer hâlâ başınız omuzlarınızın üstünde ise... Forsalar omuz üstünde baş götürmek bahsinde efendilerinden daha şanslı sayılırlar. Çünkü yeni efendilerinin de küreklerine yapışacak eller lazımdır. Bunun için efendiler kölelerini hızla tanımak isterler. Benimle görüşme sırası gelip de kaptan köşküne, onun ifadesiyle reis hücresine -buna Hıristiyan gemilerinde "kamara" denildiğini henüz bilmiyordu- ilerlediğimde ılık ve yıldızlı gecenin neredeyse sonuna geliyorduk. Sakin suların dingin hışırtısını bastıran levendlerin bağlamalar eşliğinde söyledikleri zafer türküleri yüzünden konuşanlar birbirini zor duyuyordu. Kıç üstü bahçeliğindeki reis hücresi kadırga fenerinin sallantılı ışıklarıyla aydınlanıyor, birbirimizin yüzünü zar zor seçebiliyorduk. Müslüman olduğuma inanması için okuduğum Fatiha'dan sonra gülümsedi:

"Hikâyeni anlat çocuk, bana hikâyeni anlat!"

"Adım, efendi Barba-Rossa, adım..."

"Dur!.. Sen Barbaros'u daha evvel hiç gördün mü?"

"Hayır efendi Barba-Rossa, lakin..."

Karşımda bağdaş kurmuş bir aslanı andıran adam sakalını sıvazlayıp sözümü kestiğinde duamın kabul görüp görmediğinden endişe duydum:

"O halde yalnızca denileni yap ve hikâyeni anlat!.."

Beni ürkütmüş olmaktan memnun gibiydi. Elini göğsü hizasında aşağıdan yukarıya makara sarar gibi çevirerek anlatmamı istedi.

"Adım, efendimiz, Sidi Alcala'dır. Endülüs'ten bir Müdeccenim. İstanbul'dan Hıristiyanların kaçtığı yıllardaydı, atalarım da İspanya'dan kovuldular. Halife Abdullah'ın ardında bıraktığı herkes gibi Kral Ferdinand ile Aragonlu Kirli Isabella benim ailemi de hiç acımadan katlettirdi. Engizisyon ve Reconquista askerleri geldiklerinde ailemden hiç kimseyi sağ bırakmamışlar. Ben o gün sokak arkadaşlarımla sahilde balık tutuyordum."

"Kaç yaşındaydın?"

"Henüz beş efendimiz. Akrabalarımdan sağ kalan iki kişi, bir ihtiyar dede ile ben, bir yıl gizlenerek yaşadık. Sonunda o ihtiyar beni saray okulunda görevli bir papaza teslim etti. Çok güvendiği Decan Ojeda'ya. O beni babam gibi yetiştirdi. Lakin ona Müslüman olduğumu hiç söylemedim. O da hep bilmiyormuş gibi davrandı. Kralın mektebinde beni kendi çocuğu diye okuttu, yetiştirdi, yol gösterdi, her şeyimle ilgilendi, sırdaşım oldu, sırlarımı bildi. Bir emanete riayet eder gibi beni el üstünde tuttu. Bugün hayatta isem ona borçluyum ve ne biliyorsam onun eseridir. Ben şimdi onu baba bilirim ve her kış mutlaka yanına gider hizmetinde bulunurum. Beni okutmamış olsaydı..."

"Ne okudun?"

"Her şeyi, ama öncelikle denizcilik ilmini yüce efendimiz!"

"Nasıl yani, İspanya kâfiri denizciliği mektepte mi öğretir?"

"Hayır efendimiz, onu ben Endülüslü âlimlerden miras kalan kitapları okuyarak öğrendim! Decan Ojeda'nın sayesinde elbette. Ama Kaptan Doria okulda öğrendiğini söylüyor."

"Kim dedin?"

"Doria efendimiz, bu kadırganın eski sahibi Kaptan Andrea Doria!"

"Ha!.. Şu korkakça kaçıp giden adam! Canı cehenneme!.. Sen denizcilik hakkında ne biliyorsun, onu anlat!"

"Neyi emrederseniz efendim!"

"Dalkavukluğu bırak, ne bildiğini söyle!"

"Estağfurullah efendimiz, ben denizcilik ilminden harita hazırlamasını, pusula imalini, yıldızların konumunu, usturlap kullanmayı, yön ve hedef tayinini, kerteriz almayı, milyem hesabını..."

İnanmadığı belliydi, sözümü kesti:

"Kaç yaşındasın çocuk?"

"On altı efendimiz, yaşım on altı ama tam on yıldır..."

Elini uzatıp sandığından bir usturlap çıkardı. Önce vidasını gevşetip parçalara ayırdı. Sonra sabit parçanın üzerine parçalardan birini takıp çevirdi ve, "Bak bakalım, sabah namazı vaktine ne kadar var!" diye sordu. Beni sınadığını düşündüm. Çünkü usturlabın kutbuna oturttuğu disk, yıldızların yerlerini ölçmeye yarayan milyem hesapları içeriyordu. Namaz vakitlerini veya saatin kaç olduğunu kestirebilmek için başka bir disk gerekirdi. Parçayı korka korka değiştirip saati söyledim. Usturlap okumayı bilmediğini öğrenmemden mahcup olmuştu. Ben de yeni efendimi fazla utandırmamak için artık Harran'daki büyük üniversitede yazılan usturlaba ilişkin ilk kitaplardan, Bağdat'taki bilimsel gelişme ile çeşitlenip Şam'da Ali ibn İsa tarafından tekâmül ettirilen usturlaplardan, İslam dünyasında ilk usturlabı kullanan Ebu İshak el-Fezarî'den veya bu konuda kitaplar yazan Birunî, Nasırüddin Tusî veya Habeşü'l-Hasîb'den hiç bahsetmedim. Usturlabın yine Müslüman âlimlerden olan Şâmin ve Zerkalî tarafından geliştirilerek mekanik saatin temelinin atıldığını ise söylemeye gerek bile görmedim. Ama yine de onu inandırdım. Çünkü usturlap ile beni sınava tâbi tutmaktan vazgeçip önüme haritalar serdi. Şafak aydınlanasıya kadar haritalar üzerine konuştuk. Akdeniz'i avucumun içi gibi bildiğimi öğrenmekten mutlu oldu. Sabah namazından sonra da bana özgürlük ıtıknamemi verdi. Sonra da kendi özel haritacısı olmamı emretti. Sohbetimizin konusu Akdeniz olunca da uzun uzun konuştuk. Sanki acemi bir korsan, kolunun uzanacağı suları öğrenmek istiyor gibiydi. Ama kazandığı savaşa bakılınca hiç de acemi gibi durmuyordu. Ona Akdeniz'de korsanlığın hiç bu kadar acımasız ve şiddetli kinleri büyütmediğini anlattım. O da Gırnata'nın düşüşünden sonra Müslümanların Akdeniz'in güneyinde, Hıristiyanların ise kuzeyinde iki kutup oluşturmalarının tehlikelerinden söz etti. Ben, binlerce Mağripli Müslüman'ın yedi yüz yıldır vatanları olan yurtlardan ayrılırken neler çektiklerini, ayrılamayanların da Fernando ile Kirli Isabella'nın elinde nasıl kıvrandıklarını anlatırken üzüldüğünü gördüm. Samimiyetini de, bana inanmış ve güvenmiş olduğunu da o anda hissettim. Hatta içimden geçenleri dillendirip onu teselliye bile çalıştım:

"Üzülmeyiniz efendimiz, elbette kendi yurtlarında savaşı görenler, savaşlarını gittikleri yerlere taşıyacaklar ve bir gün gelecek, Endülüs yeniden gücüne kavuşacak."

On altı yaşında bir çocuktan böyle siyaset cümleleri duymaya alışkın olmadığı yüzündeki hayret ifadesinden belli oluyordu. Yine de inanmış gibi sordu:

"Akdeniz'in çevresi bu derece ısınmış ve sular ayrışmışken mi Sidi?"

"Yüce Barba-Rossa," dedim ona, bana gösterdiği yakınlıktan güç alarak ve sesimi yumuşatarak, -çünkü onun ünlü Kızıl Sakal olduğuna tamamen inanmıştım- "bu köleniz, henüz çok küçükken babamdan dinlemiştim; Tuleytula'daki rahiplerin reisi Gonzales de Mendoza, Endülüs'teki Müslümanların Hıristiyanlaştırılması için yöneticilere baskı yapıp uyguladıkları siyaseti değiştirmeye zorlarken krala bu işi, 'İspanya'yı kendilerine bahşeden Tanrı'ya karşı bir şükür' olarak yerine getirmesi gerektiğini söylemiş. Hatta daha da ileri gidip din değiştirmeler neticesinde Müslümanların ruhlarının temizleneceğine onu inandırmış. Endülüslülerin İslam dini üzere kaldıkları sürece Müslümanlar ile Hıristiyanların huzur içinde yaşamalarının mümkün olamayacağını ilave etmeyi de unutmamış. O sırada

Kraliçe Isabella'nın Hermando de Dalavera adında, iyiliğiyle tanınan bir rahibi varmış. Dalavera, Gırnata Başpiskoposluğu'na atandırılmış ve mal ve emek dâhil bütün gayretiyle Müslümanlarla ilgilenip vaazlarında güzellikle Hıristiyan olmalarını telkin etmiş. Başarılı da olmuş."

"Dalavera'nın başarısındaki sırrı bilmek isterdim!"

"Yüce efendimiz, Dalavera önce Arapça öğrenip herkese kendi dilleriyle hitap etmiş. Her zaman şiddete karşı olduğunu söylemiş ve Hıristiyanlığın öğrenilmesi konusunda her türlü kolaylığı sağlamış! Babam, sırrının bu olduğunu söylerdi."

"Peki Hıristiyanlaşan o Müslümanlar şimdi nerede?"

"Gırnata ve Tuleytula'da düşkün hayatlar yaşıyorlar!"

"Elbette öyle olacaktır; çünkü yaramazlıktan gebe kalanlar hatadan başka bir şey doğuramazlar. Bir Müslüman, eğer iman nuru kalbine bir kez girmişse, başka bir şekilde inansa hata üstüne hata etmiş olur."

"Yüce efendimiz, Akdeniz'in altında da yaramazlıktan gebe kalmış çok Hıristiyan olduğu söyleniyor. İspanya okulunda bize onlar için 'Mağrib'in en güvenilmez adamları' diye öğrettiler."

"İşte bu yüzden, Akdeniz'de dolaşan her gemi, artık ya av, ya avcı olmaya mahkûmdur Sidi Alkala. Bundan böyle kargayı bülbüle çeviren iksirin şişede durmakla değer kazanmayacağını herkes anlamak ve ona göre davranmak zorunda."

"İslam'ın her milletten insana kucak açan ve komşusuna iyi davranan anlayışı ile Romalılardan Bizans'a oradan Avrupa'ya miras kalmış bir düşmanlığı besleyen ve komşularına iyi davranmayı artık önemsemeyen Hıristiyanlık arasında bırakınız kargaların bülbül olmasını, nice bülbüller kargaya dönecekler-dir. Hıristiyanlık artık Hz. İsa'nın vahiyle getirdiği din değil de

Avrupalı milletlerin kendi çıkarlarına uydurdukları bir buyruktur. Dolayısıyla Akdeniz'in altı ile üstü arasında kinler var. Tıpkı Roma ile Kartaca arasında bir zamanlar olduğu gibi. Şimdi de Serşel, Oran ve Cicel bir yanda Ceneviz, Katalan ve İspanya diğer yanda. Artık komşuluk ilişkilerine riayet edilmiyor, yapılan anlaşmalara uyulmuyor, büyük balık küçük balığı..."

"Bir büyükten daha büyük bulunur küçük Sidi," dedi sözümü keserek ve ufukta bir tepsi gibi doğmakta olan güneşe bakarken devam etti: "Önemli olan ne uğruna büyüklük tasladığındır. Şu güneş gibi olursan, şu fenere -kadırganın kıç üstündeki yeşil feneri söndürdü- muhtaç olmazsın! Büyüklük, gittiğin yere güneş gibi doğabilmektir. Şu tayfalara ve levendlere bir bak. Bunlardan kaçı ne için buradalar, kestirebiliyor musun?"

"Cihat için demeyeceksiniz herhalde!"

"Keşke öyle olsaydı!.. Öyle olsaydı büyüklük bize yakışırdı!.. Hepsinin kazanmayı istediği kızıl altınlar var elbette!"

"Bunun için onları suçlayamazsınız efendimiz!"

"Suçlamıyorum, hayır, altın hırsıyla gerçeği; mutlak gerçeği fark edemeyişlerine hayıflanıyorum."

"Neden söz ediyorsunuz efendim; nedir mutlak gerçek dediğiniz?"

"Hayat Sidi, hayat!.. Allah insana ömrü biçerken yıl, ay, gün hesabıyla biçmiyor; hayır. Kader defterlerimizde ömrümüz şu kadar yıl, şu kadar ay, şu kadar gün diye yazılmıyor. Tek kalemde şu kadar nefes diye yazılıyor. Diyelim yüz milyar yüz bir nefes... Yüz milyar yüz birinci nefesi aldığında, zaman denilen kutsal emanet senin üzerinden çekiliyor, bedenin bir kalıp olurken sen zaman ötesi bir başka yere taşınmış oluyorsun."

"Bu gerçek hepimiz için eşit olduktan sonra..."

"Elbette hepimiz için eşit, illa ki birileri altınların, birileri iyiliklerin sahibi olarak gidiyor gittiği yere. Filvaki insanda altın hırsı ile iyilik arzusu dengeli yaratılmıştır, yani kişioğlu madde ile manayı, müşahhas ile mücerredi eşit tuttuğu müddetçe insaniyetini korumaya devam ediyor. Bu dengeyi bozduğu vakit insanlığından çıkıyor ve mana lehine bozarsa melekliğe, madde lehine bozarsa iblisliğe meylediyor. Akdeniz'de insanlar maalesef iblisin uşağı olmuş durumdalar. Bunun sebebi kendilerindeki mananın farkında olamamak."

"Mananın farkında olmak ne demek efendimiz?"

"Bak çocuk, insan bedeni dört gemiye hükmeder. Mide gemisi, gönül gemisi, zihin gemisi ve ruh gemisi. Bunlardan yalnızca birincisi madde ile, diğer üçü mana ile alakalıdır. İlahi denge insanın maddesini değil manasını önemsediği için böyle yaratılmışız. Şimdi insan zaman denizinde yüzerken bunlardan hangisini sancak gemisi yahut beylik gemi yapacağına, hangisinin dümen suyunda gideceğine karar vermelidir. Mide gemisini diğer üçünün arasında seyrettirdiğimizde yaratılışımızın gereği olan dengeyi bulmuş, insaniyetimizi korumuş oluruz. Aksi takdirde mana lehine sahip olduğumuz üç gemimizi, maddenin yönettiği tek gemiye uydurursak madde hırsı bizi iblisliğe sevk eder. Zaman denizinde gönül gemisini rehber edinenler bahtiyar ömürler sürerler. Zihin gemisini rehber edinenler bilge ömürler sürer ve mutlu olurlar. Ruh gemisini rehber edinenler ise hem bu dünyada hem öte dünyada kazanmış olanlardır. Mide gemisini rehber edinenlere gelince, er veya geç diğer üç gemiyi parçalayacak kayalıklara sürükler veya şeytanın askerlerine teslim ederler. Çevrene bir bak ve insanları buna göre ayır bakalım, kim hangi gemide yolculuk yapıyor..."

"!"

"Yoksa sen de mi o gemidesin çocuk?"

"Hayır efendimiz, ben altın peşinde değilim."

"Neyin peşindesin o halde?"

"Altın ile ölçülemeyecek bir şeyin, bir hazinenin peşindeyim. Diyelim ki gönül gemisinde."

"Aradığını bulabilecek misin bari?"

"Bilmiyorum, belki bulurum ama onun beni bulması için elinde bir haritası var!"

"Latifeci bir çocuksun sen Sidi, anlaşılan. Bir hazine, elinde bir haritayla denizde seni mi arıyor yani?"

"O hazinenin iki ayağı var efendimiz ve bir kalbi!"

"Hımm!.. Bak sen! Denizde bile seni bulduracak bir harita taşıyor, öyle mi?"

"Hayır yüce efendimiz, hayır; belki beni hiç kaybetmeyeceği bir harita diyelim! Deniz haritası değil, metruk bir hisarın haritası!"

"Muamma gibi konuşmaya başladın çocuk!.. Hazine haritası desen belki anlardım, ama sen bir hisar haritası diyorsun!"

"Geçen yıl Endülüs'te beraber saklandığımız, nefesinin nefesime karıştığı bir hisardı efendimiz!.. Birinci teşrinin son günüydü..."

"Çocuk, sakın bana bir kadının hikâyesini anlatma ve sakın âşık olduğunu söyleme!"

"Neden efendimiz, az evvel gönül gemisine binmek gerektiğini söyleyen siz değil miydiniz?"

"!"

"Hikâyemi sordunuz, ben de anlattım efendimiz."

"Pekâlâ, nasıl bir haritaymış bu?"

"Haritayı iki karışa bir karış ebadında perdahlanmış ceylan derisine çizmiştim. Malaga'da ne kadar farklı renkte boya ve mürekkep var ise hepsini kullandım. Haritamda işaretlediğim her nokta ve mekân için ince ince tanımlar yazdım. Haritayı bulduğu gün iki şey dikkatini çekip şaşırmış olmalı. Birincisi, günlerce beraber sahile baktığımız halde hiç deniz çizmemiş olmam, ne bir sahil ne bir kıyı işareti koymamam; -zaten sonraki gün sahile inmiş ve geri gelirken ceplerimize sarı kumlar doldurmuştuk, harita çizerken yayıp eskizler yapmak için- ikinci de haritamın bütün tanımlarını yüreğiyle yüreğim arasına işaretlemiş olmam. Zannederim böylece ne demek istediğimi anlamıştır."

"Ne demek istiyorsun çocuk!"

"Yüce efendimiz, çizdiğim haritadaki ırmağın üzerine, 'Onunla kıyısında gezindiğim ırmak', tümsek oluşturulmuş çizgilerin yanına, 'Onunla güneşin batışını seyrettiğim tepe', rüzgârgülünün üstündeki yeşil boyanın altına, 'Onunla evimizi yapacağımız vadi' gibi tanımlar yazdım. Aralarda da, 'Onun elini tuttuğum geçit, onunla altında oturduğum ağaç, yağmurdan kaçtığımız mağara, onunla su içtiğimiz pınar, onun bana gülümsediği kaya...' gibi işaretler..."

"Bu kadar mı, bütün harita böyle mi?"

"Değil elbette efendimiz! Haritanın en altına 'Diyar-ı Kalb' yazmıştım. Tam ortasına da mavi, sarı ve kahverengi üç heykel resmi çizmiş, heykellerin ortasını bir siyah nokta ile işaretlemiş ve kenarına ok çıkılarak 'Süveyda' demiştim!.."

"Süveyda ha? Haritandaki sır bu muydu?"

"Sır üç heykel resmindeydi efendimiz! Altın kadar değerli üstelik!"

"Sırrı çözen heykelleri alacak öyle mi?"

"Öyle sayılır?"

"Heykeller altındı değil mi?"

"Evet efendimiz, altındı!"

"Böyle bir haritayı neden verdin peki?"

"Ben vermedim; o alıp gitmiş!.. Heykelleri alıp gitmesi gerekirken haritayı alıp gitmiş. Geceler boyu o heykellerin sırrını çözmek için beraber çaba sarf etmiştik oysa. Hatta bir keresinde bana, 'Bak Alkala,' demişti, 'şu mavi olan heykel sanki geçmişim, şu kahverengi olan içinde bulunduğum halim, şu sarı olan da zannederim benim geleceğim olacak.' Ben de hiç düşünmeden ona Ojeda'dan öğrendiğim renk bilgisiyle, 'Şu mavi gökyüzünü, şu kahverengi toprağı, şu sarı da ateşi anlatıyor olmasın?" deyivermiştim. Yüzüme tuhaf baktığını görünce kırdığım potu anladım ve sarı ile mavinin yer değiştirmesi için yüksek sesle dua ettim.

"Metruk hisarda saklanırken birbirimize çok alışmıştık. Limanda Cezayir'e giden bir gemi bulur bulmaz onu kaybedeceğimi düşündüğüm günlerden birindeydi. Hissettirmek istemedim ama içten içe üzülüyordum. Bana, 'Şu heykeller konuştuğunda beni sana getirecekler ve sen bana sahip olabileceksin,' deyiverdi. Heykellerin sırrını çözdüğünü anladım. Haritama o heykelleri bu yüzden işledim ve ortasına süveyda dedim. Çizdiğim haritadan hiç haberi yoktu!.."

"Alıp gittiğine göre varmış anlaşılan!"

"Ben yok zannediyordum ve kendisine vurulduğumu anlamasın diye de haritamı ondan saklıyordum."

"Kadınların her şeyden haberi vardır; sen haberdar olduklarını bilmesen bile..."

“Bunu ben de düşünmedim değil. Hatta onunla geçirdiğim tek gecede, onun derin uykuya vardığı saatlerde, gizlice yanına sokulup yatağına uzandığımda, sırtıyla sırtımın arasına haritamı koymuş, sonra da acaba beni duyuyor ve hissediyor mu diye içimden geçirmiştim! O gece sabaha kadar kaç kere yüzümü ona dönmek istediysem haritam buna mâni oldu, içine çizdiğim aşkımın saflığı ve duruluğu boğazıma hasret olup düğümlendi. O bilsin istiyordum ama bildirmeye cesaretim yoktu. Zaten ertesi gün ben limanda gemi aramaya gittim ama geri döndükten sonra bir daha ne yüzünü ne izini görebildim. Yalnızca sahilden getirdiğimiz sarı kumların üzerinde, içinden ok geçen bir kalp işareti çizilmişti, o kadar. Sonra okun gösterdiği yön dikkatimi çekti. Her zaman oklar kalbin içine sağdan girer ve sola doğru kanatarak çıkardı. Bazen küçük bir meyil ile ok yukarıdan aşağıya da çizilirdi. Ama onun çizdiği ok kalbin üstünden giriyor ve altından çıkıyordu. Bana bir şeyler söylemek istediğini düşündüm. Okun ucunun gösterdiği yöne baktım. Tam da altın heykelleri sakladığı yeri işaret etmişti. Koşup baktım. Heykeller yerindeydi ve yanında bir küçük kâğıt parçası vardı. Üzerinde, ‘Bu üç heykel benim geçmişim, halim ve geleceğimdi... Artık hepsi senin oldu,’ diye yazmıştı. Bana sadece heykelleri vermek için böyle bir pusula bırakmasına gerek yoktu. Bana bütün hayatını verdiğini söylüyordu. Demek ki o da beni seviyordu. Ah, keşke bunu birbirimize bir kerecik olsun söylemiş olsaydık.”

“Gemi bulmuş muydun peki?”

“Mevsim kışa giriyordu. Birinci teşrinin son günündeydik. Limanda bir Ceneviz kalyonu ile bocurgatların çekmeye hazırlandığı on kadar kadırga vardı. Demir almak üzere olanların ise ne rotaları ne de niyetleri bana güven verdi.”

"Olan olmuş desene!.."

"Öyle efendimiz!.."

"Peki, heykeller nerde şimdi?"

"Elbette ki Süveyda'da. Onun hatırasını yine onun olan yere, tam da haritada gösterdiğim yere gömdüm! Bana bıraktığı küçük not ile birlikte."

"Başka bir şey yazmamış mı notunda?"

"Yazmış efendimiz, 'Heykeller konuştuğunda seni bana getirecekler ve sen onlara sahip olduğun gün bana da sahip olabileceksin,' yazmış."

"Bak sen zeki kıza!.. Peki ama kimdi bu kız?"

"Adı Billure efendim. Ama orada Beatrix diye çağırıyorlardı?"

"Kimi, kimsesi?"

"Bir küçük kardeşi olduğunu söylerdi. Adı Yusuf. Sağ olup olmadığını bilmiyor."

"Peki, haritaya gelelim... Hangi dildeydi!"

"Onunla birlikte okuduğumuz mektebin dilinde!"

"Kefere dilinde yani!"

"Hı hı."

"O halde sen o dilleri biliyorsun. Yani ki bana da öğreteceksin çocuk... Ha?"

"Tercüman kullanmanız daha ucuz olmaz mı yüce Barba-Rossa!"

"Dili senin hazineni almak için değil, bütün Akdeniz'i hazineye çevirmek için öğreneceğim, emin ol!"

Bana "Çocuk!" deyip durmasındaki sevecenlik gururumu okşamıştı. Cesaretimi toplayıp merakımı gidermek istedim:

"Yüce efendimiz! Adınız gerçekten Oruç mu?"

"Hayır Sidi, Oruç değil. Benim adım Hızır, Kızıl Sakal Oruç Reis'in biraderi Hızır!.."

"Ama siz de kızıl sakallısınız efendim, şimdi Akdeniz korsanları iki Barba-Rossa ile başa çıkmak zorunda kalacak!"

Hoşuna gitti.

"Sen çokbilmiş biri misin, yoksa çok şey bilen biri mi çocuk!"

"Çok şey bilmek, iyi bilmek sayılmaz efendimiz?"

"O halde en iyi bildiğin nedir?"

Şaşırdım. Gerçekten de en iyi bildiğim şeyin ne olduğunu hiç düşünmemiştim. En çok istediğim şeyi biliyordum, her sonbaharda birinci teşrinin son gününde İspanya'da olmak, Billure'yi yitirdiğim hisara gidip onun dönmesini beklemek ve her yıl karlar yağdığında ettiğim yeminin gereğini yerine getirmek. Bu uğurda ölmeye de gönüllüydüm. Çünkü o yemini hisardaki yıkılmış evlere, bozulmuş ocaklara son kez bakarken etmiştim. Gözümün önüne parçalanmış cesetler geliyordu ve kulağımda küçük kardeşimin fısıltısı vardı. Yemin etmiştim. Allah ile aramda bir anlaşma gibi. Hiç unutmamak ve hiç vazgeçmemek üzere üstelik... Karlar yağdığında İspanya'da bulunmam bunun için önemliydi. Ama şimdi bunu Hızır Reis'e elbette söyleyemezdim. Gözlerimi ondan kaçırmak istedim. O sırada köşede duran satranç tablasını gördüm. Sırf cevap vermiş olmak için, "Satranç," dedim, "en iyi bildiğim şey satrançtır efendimiz!" Güldü ve elinin tersiyle artık çıkmamı söylerken sanki unuttuğu bir şeyi hatırlatır gibi mırıldandı:

"Ha levend Sidi, sen de bana herkes gibi yalnızca Reis de; Hızır Reis!.."

Bana levend Sidi demesinden güven duymuştum. Onun yanında olmanın hayatımı kolaylaştıracağını ve belki amacıma daha tez ulaşmamı sağlayacağını hissettim. Belki de gönlümden geçenler zihnimi istila etmişti de ben öyle düşünüyordum. Nitekim sabah çorbasını içerken Billure'yi hisarda bulamadığım günden itibaren içimi kemirip duran soru yeniden bir çengel gibi zihnime batmaya başladı.

"Acaba kaçırıldığında, kendisini korsanlara benim mi ihbar ettiğimi düşünmüştü? Eğer öyle ise şimdi onu benim sattığımı düşünüyor olmalıydı. Tabii eğer sağ ise!.. Onu bulmalı ve neden altın heykelleri değil de haritayı götürdüğünü öğrenmeliyim. Yoksa bu merak beni de, içimdeki aşkı da divaneliğe götürecek!.."

O günün tarihini aklıma yazmıştım. İspanya'da "octubre" dedikleri ilk teşrinin son günüydü. Billure'nin doğduğu gün. Ve onu kaybettiğim gün. Her yılın aynı gününde buraya gelip onu beklemek üzere kendime o gün, orada söz verdim. Çünkü bu günü onun da unutmayacağını biliyordum. Onunla bir yaz boyunca saklandığımız hisardaki son gün. Aramızdaki her şeyin birdenbire bitiverdiği gün... Onu özlemeye başladığım gün. Eğer kader fırsat verir de onu bir kez daha görebilirsem yine görmek isteyeceğim gün.

Çok üzülmüştüm. Gönlüm kırgındı. İçimi dinledim, her şeyi bitiren kaderin her şeyi yine o günde yeniden başlatabileceğini söylüyordu. İçimden geçenler, ayrıldığım günün, birdenbire umutları biriktiren bir gün oluvereceğini de söylüyordu... Belki bir sene sonra, belki iki, belki beş, belki on... Senede bir gün... Belki de Billure'nin zihnimde daima canlı duracak hatırasının umuda döndüğü ilk gün... Eğer bir gün beni arayacak durumda olursa ve aramak isterse bu günü hatırlayabilir ve benim burada olma ihtimalimi düşünüp buraya gelebilirdi. Evet, senede bir gün... Umudun adı... Metruk hisarda onu beklemenin heyecanı...

1512

Ona nereden geldiğini sordu. Cevap alamadan tekrar tekrar sordu. Nafile, İspanya'ya ilk kaçırıldığı zamanki gibi yine söz orucuna niyet etmişti. Susuyordu. Birden Ojeda adını duydu. Adam Ojeda'yı tanıdığını söylüyordu ve Beatrix'e onun şefkatiyle yaklaşıyordu. Elbette bu isim, öfke dolu kalbini yumuşatmaya yetmişti. Kendisinde Decan Ojeda'yı hatırlatan ne bulmuş, ne görmüştü, bilmiyordu; neden başka bir ismi değil de Ojeda'yı telaffuz etmişti, onu da bilmiyordu ama sevimli yüzü, şefkatli sözleri ve gülümsemesiyle bu yaşlı adam, 20 gece ve 21 gündür süren tehlikeli ve şiddet dolu deniz yolculuğunun sonunda sanki sığınılacak bir liman, hatta o limanda bir baba kucağı gibi görünüverdi gözüne. İyi niyetli birine benziyordu ve yalnızca ona değil, diğer kader arkadaşlarına da çok sevecen davranıyordu. Sanki Ojeda'nın Cenova'da temessül etmiş haliydi. Üstelik iyi niyeti, o gün büyük limana getirilen iki bin kadar esirle birlikte birbirlerine zincirlenmiş 34 bakirenin hepsini de kuşatmış gibiydi. Adının Giuliano olduğunu söylüyordu ama önünde saygıyla eğilen bütün kızıl cübbeli papazlar ona Aziz Julius diyorlardı. Aziz Julius; Hz. İsa yoluna giden Hıristiyanların en büyüklerinden biri...

Beatrix, Aziz Julius'a yaklaştı. "Üzerinde papaz kıyafeti olmasa da yüzüne bakanlar bu ihtiyarın bir din adamı olduğunu hissedebilirler," diye geçirdi içinden ve konuşma orucunu bozmaya karar verdi. Ojeda'nın dostu olduğunu söyleyen birinden kendisine zarar gelmeyeceğini biliyordu. Zaten sorularına cevap verirken de zihninden, "Hıristiyanların halifesi galiba bu adam!" diye geçirmeye başlamıştı. Sonra bu fikrinden şüpheye düştü. Çünkü dağlara sırtını dayamış Ceneviz limanına kıçtankara olan donanmanın kalyonlarından indirilen zincirli Müslüman veya Yahudi esirler onun önünden yürütülüyor, o da elindeki tütsülü tombak ile onları kutsuyor, ruhlarını arındırıyordu. Halife olsaydı başka dine inanan birine müsamaha gösterirdi. Müslüman halifenin böyle yaptığını biliyordu çünkü. Sonradan öğrendi ki Aziz Julius beşinci Lateran konsilini toplamak üzere Roma'ya gitmek üzereyken papalık gemilerini görünce âlicenap davranmış ve Hıristiyan olmayan esirlerin ruhlarını şeytandan kurtarmak adına limanda toplanan halka bir saat boyunca dua ettirmişti. Halk ona "episkopos" diyor ve Fransiskan düzenine önem vermesinden dolayı çılgınca tezahürat yapıp yüksek sesle övüyorlardı. Eğer kalyonlara girip köle tacirleriyle konuştuğunda onlardan şefkatli davranmalarını istemeseydi, zincir kelepçelerinde titreşen iki bin kadar esirin onda biri, sırf dinlerinde ısrar ettikleri için ucuz fiyatla engizisyona satılıp ruhları temizlenmek üzere şehir meydanında yakılıyor olacaklardı. Çünkü liman, Müslüman esirleri -onlar kâfir diyordu- satın alıp ruhlarını arındırmak üzere bekleşen koyu dindar zenginlerle doluydu ve her biri bu yolda hayır yapmak için servetlerinin tamamını harcamaya hazırdılar. Elbette bu hayra nail olmak üzere 34 bakire de ön sıralardaki yerlerini alacaklardı. Üstelik limandaki orta sınıf ve fakir halkın çoğu yanarak ruhları arınanları seyretmek için toplanmışken. Onları bu gösteriden mahrum etmemek lazımdı.

Papalık gemileri limana girdiği vakit kâfirlerin yanık et kokusunu hissetmek isteyenler yanında, çiftliklerinde ve atölyelerinde her türlü işlerini gördürmek üzere esir satın almayı tercih eden zenginler de koşuşmuşlardı. Liman girişinde esirlerin gemilerden inişini seyrediyor ve alacakları köleleri orada seçiyorlardı. Aziz Julius, Ceneviz dağlarından akıp gelen bu adamlara da nasihat ile kölelerine şefkatli davranmalarını tembihlemek üzere ayrılırken Beatrix, Cenova meydanında yakılmayıp Polcevera ırmağının mendereslerini ve limanı tepeden gören manastırda eğitim görecek kızlar arasındaki yerini çoktan almıştı. Kulağında ise Aziz Julius'un, kalyoncuları ikna etmek üzere söylediği cümleler vardı: "Bakire Meryem'in anısına bu kızları Kutsal Baba'mıza adayalım. Onların manastırda ettikleri dualar sizin denizlerde emniyetinizi sağlayacaktır. Kilise bütçesinden her bakire için üç altın meblağ da ayrıca tarafınıza ödenecektir."

Beatrix, sonbaharın deniz dalgalarını yükselttiği o tehlikeli yolculuktan sonra karların savrulduğu kış boyunca, manastırda birbirlerine tutunan tutsak bakirelerin arasında kaldı. İlk zamanlarda kalyonda iken başlarından geçen vahşi hadiseleri anlatışlarına bakarak, bunların değil bir kış, bir ömür konuşacak hatıraları olduğunu düşünmüştü. Her biri dokuz ila on dört yaş arasında değişen 34 genç kızın gözyaşıyla ıslanmış hazin hikâyeleriydi bunlar. Müslüman ve Yahudi... Fakir ve kimsesiz... Tutsak ve çaresiz... Başlangıçta Beatrix de herkes gibi hatıralarına sığınmış, içine kapanmış, kimseyle konuşmaya yanaşmamıştı. Ama bir gün kendi yaşında biri geldi yanına. Mavi gözlü, kapkara saçlı ve pembe yanaklı bir kız. Cıvıl cıvıl, hayat dolu... Şakacı, konuşkan ve heyecanlı... Zeki ve fettan. Ona tasalarını unutturacak şeyler yapıyor, taklitleriyle eğlendirmeye çalışıyor, güzel ve ilginç olaylar anlatıyordu. Adı Conradina idi ve Beatrix onu sevmişti. Nihayet bir gün onun şakalarına gülmeye başladı, tanıştılar:

"Adım Beatrix benim, Doğu Akdenizliyim. Sen de Conradina'sın değil mi?"

"Bana Conri de, yeter! Bohemyalı Conri!"

Bu iki cümle, takip eden günlerde birbirlerine tutunmalarına, güvenmelerine ve paylaşmalarına açılan kapı oldu. Uzun kış gecelerinde manastırın rutubetli duvarlarını sıcak dostluklarla ısıttılar ve kederli anıları değil, güzel hayalleri konuşmaya özen gösterdiler. Kış bittiğinde Conradina, Beatrix hakkında pek çok şeyi öğrenmiş, Saint Alcala adını çoktan ezberlemişti. Metruk hisarda olup bitenleri ise çatlarcasına merak ediyor ama onu konuşturmayı bir türlü başaramıyordu. Nihayet kasvetli bir akşamüstünde, Beatrix, içinde saklayıp durduğu hasret ve hicran acısını paylaşırsa belki çıldırmaktan kurtulacağını ve bir parça rahat edeceğini düşünerek Conradina'ya sırlarını anlatmaya -ve elbette onu meraktan kurtarmaya- karar verdi. Mevsim bahara dönüyordu ve hisarda geçirdiği son geceki gibi kurşuni bulutlar ufku kaplamış durumdaydı. Hikâyenin başlangıç cümlelerini geçtiklerinde ılık bir rüzgâr esmeye, iplik iplik bir yağmur serpiştirmeye başlamıştı:

"Sonra?"

"Sonra sevgili Conri, tesadüfen Saint Alkala'nın gizli gizli bir harita çizdiğini öğrenmiştim. O hisardan ayrıldığı vakit haritasına bakarak hayaller kurar, umutsuz ve çaresiz halime güç katmaya çalışırdım. Zaman akıyor, harita her gün bir parça daha zenginleşiyordu. Birinci teşrinin son günüydü. Benim on üçüme bastığım gün... Malaga'ya yine bir gemi aramaya gitmişti. Müdeccenleri götürecek bir korsan gemisi... Saklandığımız -belki de saklandığım demeliyim- metruk hisardaki ıssız evlerin arasında dolaşmış, bademleri dökülmeye başlayan ağaçların altında oyalanmış, sonra da Alkala'nın haritasına yeni bir tepe veya çeşme çizilmiş mi diye bakmaya girmiştim. O, benim haritadan haberim yok sanıyordu elbette. Her gün onun elinin dokunduğu yere dokunduğumu bilmiyordu.

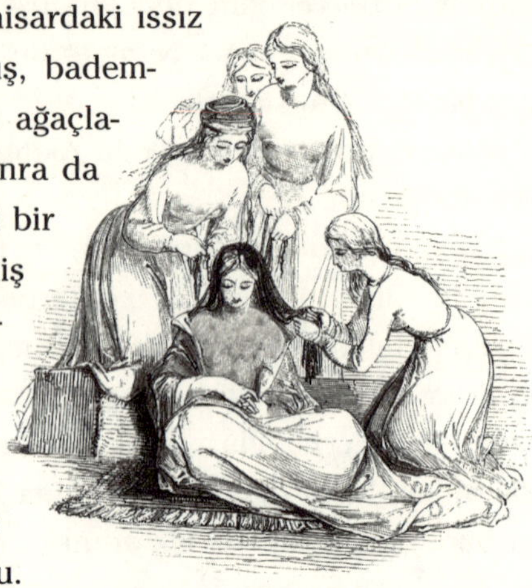

Denizden esen rüzgârların, yamaçta harabeye dönmek üzere duran hisar evlerinde uğultulu sesler çıkarmaya başladığı hüzünlü ve yalnız anlarımda, gündüz hayal, gece düş olup benliğimi kaplayan bakışları veya gülüşleri, üzülüş veya ağlayışları, söyleyiş veya susuşlarıyla meşgul olduğumu bilmiyordu. Bense bir gün ondan ayrılıp gideceğimi çok iyi biliyordum. Her gün, beni götürecek bir gemi bulma umuduyla yanımdan ayrıldığında ben, gemi bulamaması için Kutsal Baba'mıza yalvarıyordum. O gelesiye kadar okulda geçirdiğimiz günleri düşünüyor, harita atölyesinde birbirimize ders anlattığımız zamanları tıpkı şimdi hatırladığım kadar taptaze hatırlıyor, üzüldüğüm zamanlardan ziyade hoşuma giden zamanları anmak istiyordum. Bunu da gizlice o çizdiği haritaya bakarak, dokunarak yapıyordum. Haritadan haberim olmadığını zannetmesi bu yaramazlığıma biraz daha heyecan katıyordu sanki. Hemen her gün oda döşemesindeki tahtayı kaldırmak, haritayı koyduğu şekli incelemek, saatler sonra yerine koyarken aynı biçimde koymak benim için alışkanlık olmaya başlamıştı. Bundan kendimce bir heyecan duyduğumu zannediyordum ama şimdi düşünüyorum da, galiba onun parmak izlerine dokunmak ve adımı her gün çoğaltarak yeni çizimler yaptığını görmekle o metruk hisarın tenhalığında teselli buluyor, yalnızlığımı gideriyor, mutlu oluyor, belki de umutsuz ve çaresiz görünen halime bir umut ve çare arıyordum. Böyle böyle neredeyse koca bir yazı beraber saklanarak geçirmiştik. Haftanın üç günü öğle üzeri koşarak geliyor, akşama doğru arkasına baka baka okula gidiyordu. Artık Alkala benim için her gün yeni bir umutla beklemenin adıydı. Onunla birlikte bazen bir gemiyi, bazen bir yolculuğu, bazen bir özgürlüğü ama her zaman bir umudu beklemeye başlamıştım. Haritasını çizmeyi sürdürdüğü günler boyunca, saklandığım hisardan gidip gitmemek hususunda tereddütler geçirir olmuştum. Gemi bulmaması, bulamaması için dua etmeye o vakit başladım. Çünkü haritaya çizilen her bir çizgi Alkala'nın bana olan bağlılığını gösteriyor, beni de ona bağlıyordu. Parşömenin üzerindeki şekillerin çoğalması kadar 'Onunla altında oturduğumuz ağaç', 'Onunla kıyısında yürüdüğümüz ırmak' gibi tanımlar da hoşuma gidiyor ama en çok da haritayı benden ısrarla saklamasına hayran kalıyordum."

"Çok asil biriymiş senin şu Alcala!.. Keşke ben de bulsam böyle birini!"

"Yine rahibe olduğunu unutuyorsun Conri!.."

"Alcala gibi birine yüz rahibe feda olsun Beatrix!.. Sen dünyada böyle erkekler kaldığını mı zannediyorsun?"

"Bilmem, bu senin ilgi alanına giriyor, öyle değil mi?"

"Tamam, tamam, kapa o küçük çeneni de anlatmaya devam et. Harita derslerin ne oldu?"

"Hisara geldiği her gün bana yine atölyede olduğu gibi harita çizme eskizleri gösteriyor, parşömenin üzerine renkleri ve çizgileri nasıl desenlemem gerektiğinin inceliklerini anlatıyordu. Elbette nefesi nefesime karışıyor, saçı saçıma değer gibi oluyor, gözlerimin ta içine bakarak harita çiziminden bahsediyor, çizgilerden, desenlerden, ağaçtan, dağdan söz ediyor ama asla çizdiği gizli haritasından söz etmiyordu. Ben de ona lisan dersleri anlatıyordum elbette."

"Hangi lisan bu?"

Beatrix böyle bir soruyu hiç beklemiyordu. Conradina'ya pek çok şeyi anlatmış ama Türk olduğunu söylememişti. Bunu öğrendiği vakit arkasından sayısız sorunun geleceğini biliyordu. Rahip Ojeda veya Alkala'dan daha fazla sorular sorabilirdi. İlk sorusuna "Türkçe" cevabını vermek belki Billure adını da açık etmek olacaktı. Öyle ya, Türk olduğunu söylediği vakit dili kadar dini, adı, kimliği, kültürü, geleneği velhasıl her şeyi sorgulanmaya başlanacaktı. Önce yutkundu, hayatta tek arkadaşı ve sırdaşı olan bu samimi kıza yalan söylemeyi kendine yediremeyecekti; ama gerçeği de söyleyemezdi. Söylediği vakit yüzündeki meraklı mimiklerin nasıl bir şekil alacağını görmek istemiyordu. İleride belki söylerdi, ama şimdilik geçiştirmek en iyisiydi:

"Boş ver hangi dil olduğunu Conri!"

Akdeniz'de herkesin bir sırrı olurdu ve sırlar öğrenilmeden de dostluklar yürütülebilirdi. Nitekim o güne kadar paylaşmadıkları sırlar ile dost kalabilmişlerdi. Conradina onun, "Boş ver!" demesi üzerine sorduğu soru için mahcup bile olmuştu. Kendince ortamı yumuşatmak istedi:

"Bazı gecelerde sayıkladığın kelimeleri anlamaya çalışmaktan yoruldum da sevgili Beatrix, o yüzden sordum... Neyse, Alcala'yla neler konuştuğunuzu anlat sen..."

"Neler konuşmadığımızı anlatayım. Asla umutsuz şeylerden bahsetmiyorduk mesela. Rahip Ojeda'nın bizim için lazım olan eşya yahut azık tedariki hususunu tartışıyor, bir gün limana gelecek bir gemiye binip özgürlüğe yelken açacağımı sevinçle söyleşiyor, bunun olmama ihtimalini ve o ihtimalin hüznünü veya sevincini ise hiç dillendirmiyorduk. Bütün yaz boyunca yalnızca bir gece hisarda benimle aynı evde kaldı. Burçlardan birinde saatlerce oturmuştuk. Geç vakte kadar denizin kokusunu ve meltemlerin genze dokunan nemini hissettikten sonra üşümüş ve artık yatma vaktinin geldiğini söylemiştim. Hiç itiraz etmedi. Beraberce yerimizden kalktık. Bütün evler harap ve metruk idi. Bana kaldığım evin kapısına kadar eşlik etti ve ayrıldı. Ona her gece yalnız kalmaktan korktuğumu, bir gece olsun birinin nefesini duyarak güvende uyumayı istediğimi yine söyleyememiştim. Ve tabii odanın diğer ucunda onun yatması için hazırladığım hasırı da göstermedim.

"Tek başına kalmışsan Conri ve birilerinden, bir şeylerden saklanıyorsan, uykular tilki kadar hafif olur, bilirsin. Bütün yaz boyunca en küçük bir kertenkele hışırtısında bile uyanarak yatmaya alışmıştım. O gece, geç vakitlerde, kaldığım evin bahçesinde bir ayak sesi duydum. Yere korkarak basan ve duyulmaktan korkan bir ayak sesi. Alkala'nın ayak sesiydi bu. Yerdeki otların çıtırtısından anladım. Bulunduğum odaya doğru geliyor, bana yaklaşıyordu. Odamın kapısı yoktu ve sırtım kapı boşluğuna dönük yatıyordum. Öylece bekledim. Gözlerimi yumdum, uyuyor gibi yaptım ve bekledim. Ama kalbim şiddetle çarpıyordu. Sebebini anlamakta zorlandım ama itinalı adımlarının her yakınlaşmasında biraz daha heyecan duydum. Tedirginlik yahut korku değildi hissettiğim, hayır, değildi; ama kalbimin vuruşu gitgide hızlanıyordu. Uykum açılmıştı ve onun ayak sesindeki sevgiyi hissettim. Beni uyandırmak istemeyen, ama yakınımda uyanık olmayı isteyen tavrı kalbimi burkmuştu. Ayak sesinin adım adım yaklaşması daha da heyecan vericiydi. Bir an onun ayağının geliş sesini beklemenin lezzetine vardım ve bu lezzet uyumadan, acıkmadan, susamadan kıyamete kadar sürsün istedim. O bana doğru geldikçe zemin aralansa ve mesafe uzasa, gelişinin zevkini duyan kalbim daha çok çarpsa ve bu hiç bitmese... Gece bitmese, zaman bitmese; günler, aylar, yıllar akmasa ve onun adımları hep bana doğru gelse. Ama bitti Conri. Bir an oldu, üzerinde kıvrıldığım şiltenin ucuna ayak parmağının değdiğini hissettim. O sırada eğilip uyuyor muyum diye kontrol ettiğini ve gözlerimi yumuk görünce rahatladığını anladım. Çünkü üzerimdeki örtünün ucu kıpırdamıştı. Yine de tedirgin oldum; hatta korktum. Alkala'yı tanıyordum, çizdiği haritayı seviyordum, bana karşı çok dürüst ve nezaketli olduğunu biliyordum ama böylesine bir gece vakti, gizlice benden istifade etmeye çalışmasına şaşırdım. Bütün o heyecanımı bir titreme bürüdü. Bana dokunduğu anda karşılık verip yataktan fırlamak üzere kararımı verip yumruklarımı sıktım ve bekledim. O sırada örtümün bedenime gelmeyen kısmı yavaşça açılmaya başlandı. Dikkat kesilip dinledim. Nefes alıp verişinden ve örtünün bir yarısındaki hareketlenmelerden bana sırtının dönük olduğunu anladım. Bu biraz daha emniyetli idi. Birisinin yüzü sana dönük değilse kötü niyetle yaklaşmıyor demektir, öyle değil mi?"

"Eee!.."

"Dışarıda üşümüş olabileceğini, ısınmak için yanıma geldiğini düşündüm. Ama hayır, o usulca örtüyü açtı, şilteye tıpkı benim gibi kıvrılıp uzandı, sırtıyla sırtımın arasında bir el kadar mesafe olduğunu hissettim, ama bana asla değmedi. Örtüyü de örtmedi üstelik. Demek ki üşüdüğü için gelmemişti. Gözlerimi açmadım. Ama onun gözlerinin açık olduğunu ve dışarıdan odaya dolan ay ışığına baktığını tahmin edebiliyordum. Bekledim. Öylece bekledim. O da bekledi, öylece bekledi. Benim gözlerim yumuk, onun gözleri açık. Ben soluma, o sağına kıvrılmış yatarak... Ben onun nefesini duyarak, o nefesini duyduğumu bilmeyerek... O beni uyandırmaktan, bense hissettiğim heyecanın kaybolmasından korkarak..."

"Üff yaa!.. Üff yaa!.."

"Evet Conri, haritasını benim için çizen ellerini tutmak, kalbine başımı yaslayıp atışını dinlemek, dışarıdan gelen badem kokularını saçlarında hissetmek istedim. Bunun için planlar kurdum, planlar bozdum. İnsan uykusunda hareket edebilirdi hani, yalancıktan dönsem, beni yine uykuda sanabilirdi. Kaç kere buna yeltendim Conri, ama o anın büyüsünü bozmamak için kılımı dahi kıpırdatamadım. Sırt sırta değil de yüz yüze olsaydık neler konuşur, neler yapardık, bilmiyorum; ama sırtı sırtıma değmeden öylece uyanık durmanın yüz yüze uyumaktan bin kat, milyon kat lezzetli olduğunu hissettim. Gün ışırken yine sessizce yanımdan kalkıp gittiği anda Alkala'yı sevdiğimi, hem de çok sevdiğimi, bu sevginin bir himaye ve şefkat eseri olmaktan ziyade bir aşk olduğunu, gerçekten onun kalbinin benim kalbime hükmettiğini anladım. Ve elbette ertesi gün gizlice baktığım haritasında yeni bir işaret daha gördüm: 'Onunla uyuduğum ev!' Bu, yüreğimde sevgili edindiğim Alkala'nın söylediği ilk ve son yalan oldu. Uyumamıştım çünkü. Ve o da uyumamıştı."

"Bir gün Alkala'nın dışarıdaki tavırlarıyla hisardaki davranışlarının farklı olduğunu hissettim. Hisardayken sanki daha hırslı davranıyor, burada kendisi için istediği bir şey varmış da elde edemiyormuş gibi hareket ediyordu. İçten içe yıkık evlerle, bozulmuş ocaklarla konuşuyor, hesaplaşıyordu. Hani bir şeyi yapmaya gizlice yemin edersin de sonra o yeminini tutmak için kendini yer bitirirsin ya, Alkala öyle davranıyordu. Hepimiz gibi onun da sırları vardı senin anlayacağın. Hayır hayır, bana hissettirmemeye çalışarak taşıyordu sırlarını. Bu hisarda hatıraları olmalıydı; bilemiyordum. Dedim ya, birinci teşrinin son günüydü. Rüzgârlar şiddetini arttırmış, saklandığımız hisar insanı ürperten, uğultulu bir tepeye dönmüştü. Alkala o gün nedense yine tedirgin uyanmıştı. İçinde hangi duyguları taşıyordu, bilemiyordum. Belki de sonbaharın gelişiyle limanların ıssızlaşmasıydı düşündüğü. Deniz mevsimi kapanıp gemiler kızağa çekildiğinde, bocurgatlar toparlanıp kilitlendiklerinde Akdeniz'de hayatın durduğunu söylemişti çünkü. Yaklaşan kış mevsimini bu metruk hisarda geçiremezdik. Tedirginliği bundan da olabilirdi. Anlayamadım. Bana gülümsedi ve son bir umutla limana gemi aramaya gitti. Akşama gelecekti; öyle demişti. Ben de ona yemek pişirmek için çalı çırpı toplamış, kırık güvece su koymuştum. Niyetim duvar diplerinde biten otlardan sıcak bir çorba hazırlamaktı. Gün ikindiye vardığında henüz dönmemişti. Geciktiğini düşünüp hisarın burcuna çıktım. Galiba yolunu gözlemeye başlamıştım da bunu kendime itiraftan kaçınıyor, kabul ettiremiyordum. Onun gelişini görmek hem sevindirici, hem rahatlatıcı olmaya başlamıştı çünkü. Lakin bu sefer onun yerine hisara tırmanıp çıkan patikada başkalarını gördüm. İçime birden bir ateş düştü. İlk aklıma gelen şey, sırrımızın ortaya çıktığı ve saray muhafızlarının beni almaya geldikleri oldu. Ama hayır, yaklaştıkça daha iyi görüyor ve işitiyordum ki gelenlerin giysileri limandaki gemicilere benziyordu. Beraberlerinde üç kadın seçebildim. Pervasızca şamata edişlerine bakarak bunların deniz haydudu ızbandutlardan olduklarını anladım. Peki ama Alkala neden gelmemişti? Bu gelenler niçin geliyorlardı? Yüreğim çarpmaya başladığında alelacele bir plan yaptım. Kaldığım ev, hisarın en bakımlı eviydi; derhal hasırımı ve örtümü toplayıp harabelerden birine saklanmam gerektiğini düşündüm. Koşup eşyalarımı topladım. Kaynayan suyu devirip ocaktaki ateşi söndürdüm. Acele etmeliydim. Alkala'yla birlikte taban tahtalarının altına gömdüğümüz heykellerimi almaya zamanım yoktu. Her şeyi topladığımdan emin olduktan sonra Alkala'nın haritasını sakladığı viranenin çatısına gizlenip ses çıkarmadan beklemeye başladım. Tahmin ettiğim gibi gemiciler viraneler arasında en bakımlısı olan evime girdiler. Ellerinde gışâre, rabel ve bendirler vardı. Çalıp oynayacaklardı anlaşılan. Zaten az sonra, evden dışarıya eğlence şamataları ve çalgılı terennümler yayılmaya başladı. Limandaki hayat kadınlarının gemicilerden para kazandıkları sıradan bir eğlenceydi işte. Bir saat kadar sonra müzik ve şarkı sesleri birden kesildi. Kadınlardan biri yarı çıplak kapıdan fırlayıp benim bulunduğum istikamete doğru kaçmaya başladı. Telaşla etrafına bakıyor ve titriyordu. İki dakika içinde ayak seslerini saklandığım evin eşiğinde duydum. O sırada dışarıda ızbandutların gürültüleri, bağrışmaları da çoğaldı. Biri, 'Her yeri didik didik edin!.. Bulun onu!' diye avaz avaz bağırıyordu. Alkala'nın haritasını sakladığı yeri keşfettiğim günden sonra bu evin odalarını ve giriş çıkışlarını iyice öğrenmiştim. Her gün gizlice ve iz bırakmadan girip çıktığım yerdi ve artık karanlıkta bile evi tanıyabiliyordum. Sessizce ilerleyip haritanın olduğu dolaba saklandım. Harita zarar görmesin diye de alıp karnımın üzerinden böğrüme sardım.

"Izbandutların yaklaşan adımlarını duymakta çok gecikmedim. Kapıda beş veya altı farklı ses vardı. Kadını yakaladılar ama götürmekte zorlanıyorlardı. İspanyolcaya benzeyen bir dilde konuşuyorlardı ve aksanından bir Katalan olduğunu anladığım kadın bazı batıl inançlarından bahsediyor, ölse de ocağa işeyen bir adamla yatmayacağını, ocağına işenen bir eve gitmeyeceğini söylüyor, denizcilerden biri de, 'Hayır, patron böyle bir şeyi yapmaz!' deyip duruyordu. Katalanların ve Cenevizlilerin ocağa işemeyi uğursuz saydıklarını biliyordum. Aklımdan neler olup bittiğini yorumlamaya çalıştım. Ocağı söndürmek için kırık güveci devirmiştim. Muhtemelen ızbandutların patronu, kadın ile odada yalnız kalmak istemiş, o da ocağı ıslak görünce oraya işediğini zannedip çıngar çıkarmıştı. Şimdi bu adamlar onu geri, patronlarına götürmek istiyorlar, bunun için onun Cenevizli olduğunu, ocağı kirletmeyeceğini öne sürüyorlardı. Yüreğim ağzımdaydı. Kadın ellerinden kurtulup benim olduğum dolaba doğru kaçmasın diye dualar etmeye başladım. Hiç kıpırdamadan, nefes bile almadan öylece bekledim. Saniyeler yıl kadar uzadı. Annemden öğrendiklerim yetmiyor, Decan Ojeda'nın öğrettiği duaları da içimden tekrar ediyordum. Nihayet kadını zorla sürükleyip götürdüler. Tekrar müzik ve şarkı sesleri gelmeye başladığında birazcık rahatladım.

"Uzunca bir süre sessizliği dinledikten sonra dolabın kapağını açıp etrafı kolaçan ettim. Her şey sakindi. Bir gece evvel hiç uyumamıştım. Yaşadığım korku da damarlarımdaki kanın çekilmesine yol açmış, beni yormuştu. Izbandutların çıkışını görebilecek şekilde pencere kenarına oturup gözetlemeye başladım. Aklım Alkala'daydı. Neden gelmemiş veya gelememişti? Yoksa gelmişti de bu adamları görüp bir yere mi gizlenmişti? Ama böyle olsa beni mutlaka bulurdu? Belki de beni bulmuş, gözetliyor olabilirdi. Çünkü son ana kadar sessiz kalmak gibi bir huyu vardı. Yine sessiz kaldığını düşündüm. Bu ihtimal hoşuma gitmişti. Birisinin beni korumak üzere bir yerlerde siper aldığını ve beklediğini düşünmenin mutluluğuyla gözlerimin kapanmaya başladığını hissettim. İkinci uykusuz gecenin sabahına yaklaşmıştım ve gözlerim bana itaat etmiyor gibiydi. Uykunun ne güzel şey olduğunu düşünüyordum. Şimdi uyusam Alkala elbette beni korurdu; ama asla uyumamalıydım. Heyhat!..

"Gürültülü şiddeti önce bir kâbus zannettim Conri. Değilmiş. Gözlerimi açtığımda sarhoş yedi çift ayağın beni tekmelediğini, yedi çift elin de üzerime doğru çakaralmazlarını doğrulttuklarını gördüm. Henüz on üç yaşında bir çocuktum. Canım yanıyordu ve üzerime çullanıp beni bağlamaları ancak birkaç saniye sürdü. Ocaktaki ıslaklığın gerçek sebebini araştıracaklarını ve odada kendilerinden az evvel birinin olduğunu anlayacaklarını hesap edememiş, üstelik de uykuya dalmışım. Sürüklenip götürülürken durmadan aynı soruyu sordular: 'Bakire misin?' Limana kadar gözlerim Alkala'yı aradı ve bu soruya asla cevap vermedim. Çünkü her an bir yerlerden çıkıp beni kurtarmasını bekliyordum. Sintinesine tıkıldığım kadırganın basamaklarına kadar bu umudum sürdü, ama nafile!.. Kadırganın güleç yüzlü ve iyi yürekli kaptanı Andrea Doria'nın, ki onu sen de biliyorsun Conri, huzuruna çıkınca artık direnmekten vazgeçtim:

"'Evet bakireyim!'

"Sonrasını biliyorsun, senin de başına gelenler işte."

"Nasıl bilmem, o uğursuz geminin izbe çalkantıları arasında güneşin doğuş ve batışını yirmi defa saymıştım ve her sabah veya akşam, aklımdan öyle şeyler geçmişti ki..."

Billure, Alkala'dan bahsetmenin bu kadar kâfi geleceğini düşünüp konuşmanın seyrini Conradina'nın öfkeli hatıralarına yüklemeyi denedi:

"Ne kadar da karanlık ve rutubetliydi değil mi? Diğer kızların uğultu ve ter kokuları arasında, ben de çok şey düşündüm o sintinede. Çocukluğumu, babamın öldürülüşünü, yollarını unuttuğum bahçelerde esen rüzgârları..."

"Lafı değiştirme Beatrix, Alcala'ya ne oldu?"

"Ih-ım... Ben de çok merak ettim ne olduğunu. Neden beni kurtarmamıştı, hep merak ettim. Geri geleceğini söylediği halde neden gelmemişti? Başında hangi bela vardı? Benim yakalandığımı görünce korkup saklanmış olamazdı; buna ihtimal vermiyordum. Kraliyet okulundan bir öğrenciyi kaçırmak ise hiçbir korsanın cesaret edemeyeceği bir şeydi. Belki de kralın muhafızları ile başı derde girmiş, okuldan kaçtığı için hapsedilmişti. Belki benim kimliğim ortaya çıkmıştı da bu yüzden onu yakalamışlardı. Peki ya öldüyse; öldürüldüyse? Bunların hepsini düşündüm durdum. Ne olmuştu, hiç bilmedim. Merak ettiğim o kadar çok şey vardı ki Conri. Mesela beni hisarda bulamayınca ne düşünecekti? Heykellerimi almadığıma bakıp belki kaçırıldığımı anlayabilirdi? Kaçırıldığımı anlarsa peşime düşebilirdi. Belki de heykellerimi ona bıraktığımı düşünürdü; haritasına karşılık olarak!.. İyi ama haritasını yerinde bulamayınca ne yapacaktı? İçimden, 'Onu benim aldığımı düşünmesini ister miydim?' diye geçirdiğimi hatırlıyorum. Cevabını bulmakta da çok zorlanmıştım üstelik. Hem haritadan haberim olduğunu öğrendiğinde ne hissedecekti? Kendisini sevdiğimi anlar mıydı; yoksa beni sahtekârlıkla, gizli niyet veya hırsızlıkla mı suçlardı? Belki de yalnızca bir emanetin sahibine ulaştığını düşünürdü, kim bilir!?."

"Züğürt tesellisi diyelim!.."

"Şaka yapma Conri. Kaptan Doria'nın gemisinde yirmi gün ve yirmi gece boyunca ben bütün bu şüpheler içinde kıvranıp durdum. Her gece rüyalarımda Alkala'nın beni almaya geldiğini, sorularımın cevapları üzerine yorumlar yaptığını gördüm."

"Hâlâ o rüyaları görüyorsun değil mi Beatrix?"

"Neden böyle söyledin?"

"Bazı geceler adını sayıklıyorsun..."

"Evet sevgili Conri, görüyorum. Galiba beni hayata bağlayan o rüyalar."

"Belki de cevapsız kalan sorular!"

"Belki... Ama inan Conri, rüyalarım bana umut vermeseydi, daha o zaman, Kaptan Doria'nın gemisinde, farelerin bile yaşamayacağı o ışıksız, pis ve kokuşmuş sintinede hayatıma son vermek hiç de zor olmayacaktı."

"Üç kız canına kıymıştı zaten, sen dördüncü olurdun."

"Endülüs'teki zulümden kaçmak isteyen Tuleytulalı Müslüman kızları mı söylüyorsun? Zavallılar, gemiye binerken taşıma ücretlerini ödeyerek özgürlüğe gittiklerini sanıyorlarmış üstelik."

"O gemi ne kâbustu ama... Kamaralardan yükselen çığlık sesleri, tecavüze uğrayan Müslüman kadınların çıldırışları..."

"Korsanların ne derece sefil ve alçak mahluklar olduğunu o gün anladım ben."

"Sen ona şükret ki bakireydik ve papalık o günlerde manastırlar için bakireler arıyormuş."

"Yoksa intihar edenlerden biri de ben olurdum herhalde!"

"Eğer bakire olmasaydın, Beatrix, Ceneviz limanında bir okka soğan fiyatına satılan esirlerden biri olarak şimdi kim bilir hangi ahırda inek pisliği temizliyor olurdun."

Beatrix ile Conradina, o geceden sonra birbirlerinin gözü kulağı, kolu kanadı olmaya and içtiler. Conradina ona ne dili, ne gerçek adı hakkında hiçbir şey sormadı, onu Beatrix adında bir rahibe olarak kabullendi ve manastırda yakınlığını hissetmek istediği bir arkadaş edindi. Billure de eğer içini dökmek isterse her sırrını saklayacağına dair ona söz verdi. Üstelik onunla sık sık konuşmaktan haz duydu, lezzet aldı. Kısa sürede Alman lisanını tamamen çözdü. Gerçi mizaçları birazcık farklıydı ama manastır şartlarında bunu hiç dert edinmiyorlardı. Conradina, şuh bir rahibeydi. Adının anlamı kadar da gözü pek ve cesur idi. Manastırda başrahibenin kurallarına bir tek o karşı çıkabiliyordu. Tabii isyan etmeden ve tatlı dil ile.

Beatrix, Cenova'daki manastırda da, Malaga'daki saray okulundaki gibi korkarak yaşadı. Cenevizlilerin Türklerden nefret etmeleriydi bunun sebebi. Üstelik bu şehrin halkı denizden ve denizcilikten başka bir şey de bilmiyorlardı. Bu sayede birçok devletle irtibatlı çalışıyor olmak belli bir bilgi akışına da hükmetmelerini sağlamış, hepsinin burnunu havaya kaldırmıştı. O kadar ki artık din adamlarına bile fazla itibar etmiyorlardı. Akdeniz'den ta İstanbul Galata'sına ve Karadeniz içlerine kadar ticaret kolonileri kurdukları için zenginliklerine diyecek yoktu. Lakin Tanrı'ya isyan konusunda bütün milletlerden daha öndeydiler. Venedikliler ile sürekli savaşmalarının bir sebebi de bu dikbaşlı ve isyankâr tavırlarıydı. Fakat son zamanlarda Venedik'ten daha büyük bir düşman edinmişlerdi; Türkler. Meğer Osmanlı Devleti'nin sınırları genişledikçe Cenevizli asilzadelerin Doğu Akdeniz ve adalarındaki menfaatleri ve gelir kaynakları birer birer ellerinden çıkmaya başlamış. İstanbul muhasarası esnasında Fatih Sultan Mehmet'e tarafsızlık sözü verdikleri halde ihanet ettikleri zaman olmuş olanlar. O zaman Bizans'ın yeni Sultanı, bu ihaneti cezalandırmak için büyük dedesi Murat'ın onlara verdiği ticaret imtiyaz anlaşmasının bazı maddelerini ortadan kaldırıvermiş. Bütün bu sebeplerden dolayı Beatrix bu şehirde Türk olduğunu unutmak zorunda kaldı. Rüyalarını bile Türkçe görmenin tehlikeli olduğunun farkındaydı. Ama yine de her gece, "Yattım sağıma, döndüm soluma, melekler şahit olsun, dinime imanıma," diyerek uyuyor, her gece Alkala'nın kendisini almaya geldiği rüyayı görüyor, her sabah bakire Meryem'in huzurunda istavroz çıkararak güne başlıyordu. Conradina onun anlattıklarından, başka hiç kimseye söz etmedi. Manastırda onu Balkanlar'dan savrulmuş bir kız olarak bildiler. Uzun sarı saçları ile çakır gözleri ona bakanları fazla da yanıltmıyordu.

Conradina ile Beatrix, manastırda kaderlerini kabullenmiş iki mazlumeydi. Bir yıl geçtiğinde, "Cennetteki Babamızın emrettikleriyle dünyada yaşamak elbette en büyük bahtiyarlığımızdır," diyecek kadar rahibe eğitimi almış oldular. Akdeniz ve çevresindeki acımasız hayata karşı burada bulunmanın gerçekten de kendileri için bir lütuf olduğunu düşünüyorlardı. Hatta bir ara riyazete girip çile ile ruhlarını arıtmak isteyen rahibe adayları arasına bile katıldılar. Billure bir zamanlar Yazıköy'de evlerine gelen bir dervişi hatırlıyor ve babasının onun hakkında, "Dünyayı fazla önemsemez, yalnızca Allah için bir şeyler yapma amacıyla yaşar, sırf evimizde Kur'an okunmuş olsun, biz de Kur'an dinleyelim diye gelip misafirimiz olur," dediğini hatırlıyordu. Billure, bir yılın sonunda kendisini o derviş gibi hissetmeye başlamıştı. Çünkü Conradina ile haftada bir gün şehre iniyorlar, ev ev dolaşarak Bakire Meryem ile İsa hakkında ezberlenmiş vaazlar vererek insanları kiliseye davet ediyorlardı. Tıpkı o derviş gibi. Gerçi Conradina bu daveti çok işveyle yapıyor, Beatrix de Kutsal Babamız yerine "Tanrı", Mesih yerine "Hazreti İsa" ve Bakire Meryem yerine "Meryem Anamız" demekten vazgeçemiyordu ama yine de şehre indikleri günler çok eğlenceli geçiyordu. Bazı evlerin çocuklarına -eğer aile isterse-din dersi vermeleri de görevleri arasında sayılıyordu. Cenova halkı rahibe adaylarına bu hizmetleri karşılığında bazı hediyeler ve bahşişler veriyor, onlar da başrahibeye götürüp teslim ediyorlardı. Beatrix manastırda bulunduğu için samimiyetle Allah'a şükretmeye o zaman başladı. İki sebepten ötürü; birincisi kölelikten kurtulmuş olması, ikincisi manastırdaki hayatın, bekârlık geleneğini katı bir şekilde uygulaması. Bu sayede, annesinden telkinlerini aldığı iffet duygularını koruyabiliyor, Akdeniz ve çevresinde alınıp satılır ucuz bir metaya dönen kadın anlayışının dışında kalabiliyor, en önemlisi de kendini Saint Alkala için saklamış oluyordu. Umut ediyordu ki bir gün yolları kesişecek ve o gün, birbirlerine, tıpkı ayrıldıkları gündeki gibi kavuşacaklardı.

Manastırda onu ürküten tek kişi rahibelerin de himayesini üstlenen başrahip idi. O, manastırdaki rahibelerle ilgilenen dokuz papazın yöneticisiydi ve herkesi bakışlarıyla tedirgin etmeyi başarıyordu. Yaz başlangıcında bazı papazlar ile rahibeler arasında yasak ilişkilerin yaygınlaştığı konuşulmaya başlamıştı. Hemen herkes perhiz, sessizlik, dua, saflık, temizlik iddiasında bulunup da gündelik bahçe işlerinde bir üzüm asmasının gölgesinde yahut kilisenin izbe bir köşesinde nefsine uymanın sahtekârlık olduğunu söylüyordu ama buna uyanların sayısı gittikçe azalıyordu. Günde yedi kez dua eden, et ve şarap kullanmayan, basit bir giysi ile yetinen bir kadın veya erkeğin, din adına hareket etmesi ve dini yalnızca boynuna asılı haçtan ibaret görüp zina gibi büyük günahlar işlemesi elbette çok kötüydü. Bütün rahibelerin toplandığı son vaazda başrahip, Hıristiyanlık için bir manastırdaki masumiyet ve iffetin ne kadar önemli olduğunu üstüne basa basa anlatmıştı. Hatta pazar vaazında da zinanın Allah'a isyan anlamı taşıdığını ve Papalık'ın bütün kademelerini habis bir ur gibi sarmasından duyduğu rahatsızlığı vurguyla söylemişti.

Pazar vaazından sonra Conradina, Beatrix'i hücresine davet etmiş ve çok ilginç bir araştırmadan bahsetmişti. Conradina, arada sırada böyle davranır, biraz eğlence, biraz da kilisenin sıkı kontrolünden kurtulma amacıyla çılgınlıklar yapar, Beatrix onun bu taşkınlıklarına zoraki iştirak eder, daha doğrusu yaptıklarından zarar görmemesi için huyunca giderdi. O akşam da öyle olacağını düşündü, ama duyduklarının masum bir ruhsal rahatlamadan ziyade kilise otoritesine başkaldırı olduğunu görünce tedirgin oldu. Çünkü sırdaşının dediğine göre papalık makamlarında "Taxa Camerae" denilen bir metin hazırlanmaktaymış. Metnin ön çalışmalarını, ileride X. Leo adıyla papa olmasına kesin gözüyle bakılan Floransa'nın yıldızı Medici ailesinden Muhteşem Lorenzo'nun oğlu Giuseppe yapıyormuş. Sırf bunu araştırmak için de altı aylığına Cenova'ya gelmiş ve kiraladığı büyük konakta tek başına bazı müsveddeler de hazırlamış. Şehirdeki dedikodulara bakılırsa Taxa Camerae maddeleri içinde günah işleyen kişinin ruhunu makul bir para karşılığında kilisenin affetmesini önerecekmiş. Ne kadar kötü olursa olsun, papaz ve rahibelerin kilise tarafından bağışlanmayacak suçları olamayacağını iddia ediyormuş. Conradina bunları heyecanla anlatırken Beatrix'e muzipçe gülümseyip, "Görüyor musun, koca azizlerimiz zavallı halkın günahlarından çok, dile düşen kendi günahlarından aklanmanın yolunu açmaya çalışıyorlar," demeyi ihmal etmemişti. Koynundan çıkardığı parşömenden okumaya başladığında Beatrix'in dili tutulayazdı. Bunları konuşmaktan tövbe etmeleri gerektiğini söylediyse de Conradina okudu:

"İşte gelecekte bize de dayatacakları o maddelerden bazıları Beatrix: *İster rahibelerle, ister herhangi bir kadınla cinsel günah işleyen bir rahip, 67 libre 12 soldi ödemesi karşılığında bağışlanacaktır.*

"*Eğer rahip, zina günahıyla birlikte doğaya ya da hayvanlara karşı işlenmiş günahlarının da bağışlanmasını istiyorsa, 219 libre 15 soldi ödemek zorundadır. Fakat kadınlarla değil de sadece oğlanlarla ve hayvanlarla doğal olmayan günahlar işlemişse, 131 libre 15 soldi ödemelidir.*

"Bir bakirenin kızlığını bozan rahip, 2 libre 8 soldi ödemelidir.

"İster kaldığı manastırda ister dışarıda, aynı anda veya art arda, bir ya da birden çok erkeğe kendini veren rahibe, başrahibenin saygısını kazanmak istiyorsa 131 libre 15 soldi ödemelidir."

Conradina okumasını bitirdiğinde, Beatrix şaşkınlıktan bir müddet konuşamadı. Varıp kapıyı kilitledi. Çok şaşırdığı belliydi. Bu deli kız bu yazıyı nereden bulmuştu, neden konuyla ilgileniyordu, nasıl saklayacaktı, gibi sorular zihninde uçuşuyordu.

"Kilise adına böyle bir yüz karası metin yayınlayacak olanları Kutsal Babamız lanetlesin!"

"Lanetlesin Conri, lanetlesin... Sen var ya, belayı üzerine çekmeyi ne kadar çok seviyorsun! Derhal yak şu sayfayı, işte şamdan!"

"Ah benim saf Beatrix'im!.. Senin bela dediğin şey bir hazine! Hatta belki de benim Bohemya'ya, eski hayatıma, aileme dönüş belgem!"

"Nasıl olacak bu, haşarı kız?!."

"Basbayağı!.. Çünkü Muhteşem Lorenzo'nun kurnaz oğlu bunu bana kendisi yazdırdı!.."

"Neler söylüyorsun sen Conri?!. Ne yaptın sen?"

"Çok şükür hiçbir şey yapmadım; ama istersem yapabilirim. Geçen hafta o konağın kapısını çaldığımda sıradan bir Ceneviz ailesinin evine gireceğimi zannediyordum. İçeride Kardinal Giovanni'den başka kimsenin olmadığını nasıl bilebilirdim? Her zamanki gibi irşat için vazifemi yapacaktım. Bahçe kapısından girip de kimseyi göremeyince üst kat penceresindeki ihtiyara evin kadın ve çocuklarını sordum. Eliyle işaret ederek yukarıya varmamı söyledi. Çıktım. Bir masa başında çalışıyordu. Üzerinde rahip giysileri vardı. Saygıyla selamladım. Bana oturmamı işaret etti. Çok zaman sonra başını döndürüp selam verdi ve nasihatler etmeye başladı. Sonra da zina hakkında ne düşündüğümü sordu. Günah olmak dolayısıyla zanileri lanetledim elbette. Konuyu doğrudan doğruya zinaya getirmesinden korkmadım da değil hani. Başıma gelebilecek bir tehlike için hazırlıklı olmam gerektiğini düşünerek kendimce önlemler düşünmeye başlamıştım. Meğer sorma maksadı başkaymış. Bir rahibenin günaha karşı merhametsiz olmaması gerektiğinden başlayarak konuyu kadınla erkek arasında yatakta olup bitenlere getirdi. Gittikçe daha açık konuşmaya başladı. Beni baştan çıkarmak ister gibi anlatmıyordu ama. Belki de benim öyle anlamamı istiyordu. Bazen kendimden utanıyor, Floransalı Medici gibi asil bir ailenin saygın bir üyesi hakkında düşündüklerimden dolayı içimden tövbe ediyordum. Sohbetimiz ilerleyince masasına yaklaşmamı ve yazdıklarını okuyup fikrimi söylememi istedi. Etrafıma bakındım. İkimizden başka in cin yoktu ve beni yanına çağırıyordu. Kaba kuvvete başvurduğu takdirde bana güç yetiremeyeceğini düşünüp dediğini yaptım. Zaten o da asla benim düşündüğüm gibi davranmadı. Az evvel okuduğum satırları bana gösterip fikrimi sordu. Hepsine tek tek itiraz ettiğimi görünce üzüldü. Tanrı'nın merhametinden, affediciliğinden, bağışlayıcılığından bahsedip bunu insanlardan esirgememek gerektiğini söyledi. Sonra da kâğıdı kopyalamamı emretti ve bana verdi."

"Neden peki?"

"Genç ve bakire bir rahibe olarak cinsellik üzerinde düşünüp fikrimi söylemem ve yeni maddeler ilave etmem için tabii! Bu konuda en tutarlı fikirleri bakire gençlerden alabilirmiş, öyle dedi."

Beatrix duyduklarının şaşkınlığı ve korkusu içinde titremeye bile başlamıştı. Conradina hem inanmadığı bir şeyi yapıyor, hem de kurallara aykırı olarak bir kardinal ile senli benli görüştüğünü söylüyordu. Başrahibe bunu duysa şüphesiz şiddetle cezalandırır, tayınını ve haftalık tatlısını eksiltir, çilesini uzatıp konuşma orucunu çoğaltırdı. Beatrix böyle bir durumda asıl zararın kendisine dokunacağını biliyordu. Çünkü haşarı Conri ne zaman bir yaramazlık yapıp ceza alsa onun yerine Beatrix'in derdi artıyor, canı sıkılıyordu. Şimdi karşısına geçmiş, tehlikeli ilişkilerinden sanki bir oyun gibi bahsediyor ve oynamaktan da mutlu görünüyordu. Daha da ilginci, bunu yaparken eğleniyordu.

"Haydi Beatrix, şu Taxa Camarae için yeni bir madde de biz yazalım!" diye tutturduğunda Beatrix en samimi dostunun ve sırdaşının artık çıldırdığını düşünüyordu. Tekrar kapıyı yoklayıp mumun başına doğru yürüdüler. Çünkü Conradina'nın aklına koyduğunu yapmadan asla rahat etmeyeceğini iyi biliyordu. O gece mumları tükenesiye kadar Conradina ile Beatrix sayısız madde yazıp bozdular. Bunlardan çoğu şuh ve müstehcen maddeler idi. Konuştular, müzakere ettiler ve hatta güldüler. Son mumun son ışığı da gözleri gibi sönerken kâğıtta şu öneri de yerini almıştı:

"Kendi çocuğunu rahminden çıkararak yok eden annenin ve suça katkıda bulunan kocanın, her ikisi birden 17 libre 15 soldi ödemelidir. Kendisinin olmayan bir çocuğun kürtajını kolaylaştıranlar 1 pound eksik öderler."

Beatrix, o gece yazdıkları maddelerin iki ay sonra kilise duvarına asılan Taxa Camerae metninde yer aldığını görünce kendisinin manastıra ait olmadığını anladı.

1514

İki yıl sonra...

Kadirkale, Hızır Reis'in karargâhı idi. Ağasının sancağını yerinden kaldırdığı ama bir türlü yerine koyamadığı rüyayı ardı ardına görerek denize açıldığının üçüncü haftasında bulmuştuk burayı. Cerbe'ye, Oruç Reis'in yanına gidiyorduk. Ben donanmadaki bütün portolanları incelemekle meşguldüm. Katalan ve İspanyolların Formentera diye ad koydukları, bizim de kötülükle anacak olursak Cuhudluk, iyilikle anarsak Kevsere dediğimiz adalara yaklaşırken Hızır'ın azat ettiği eski bir forsa bize küçük bir ada gösterip, "Eskiden Berberi denizciler buraya Kadr-i Kal'a derlerdi, elli sene önceki Müslüman katliamında yerle bir edildi," bilgisini verdi. Metruk bir adanın kolayca kullanıma elverişli hale getirilebileceğini düşündüm. İsmi de güzel olurdu: Kadirkale. Ama gerek forsalar, gerekse levendlerin sonradan buraya Kaderkale diyeceklerini tahmin etmemiştim. Bazen kaderlerinin onları böyle bir kaleye sevk etmesinden duydukları şikâyeti, bazen de sevinçlerini ifade etmek için.

Oldukça büyük olan adanın güney yamacında metruk bir hisarı ve eteğinde de terk edilmiş bir Müslüman köyü mevcuttu. Bir limanı olmadığı için denizcilerin uğradığı bir yer değildi. Ne kadar portolan var ise inceledim ve burası hakkında ziyadesiyle malumat edindim. En yakınında Kevsere ile uzağında İbiza Adası, daha ileride de Balear'in Mayorka'sı vardı. Ada hakkında her bilgiyi değerlendirdim. Buna da mecburdum, çünkü Hızır Hayreddin Reis'in bana, "Bu seferde seyir süvarim sen ol. Bakalım haritaları bildiğin kadar Akdeniz'i de bilir misin?" dediği ilk seferimiz olacaktı ve kendimi göstermem, gözüne girmem gerekiyordu. Türklerin kadırgalara ad koymadığını, reislerinin adıyla andıklarını biliyordum. Buna rağmen bir istisna ile baştardaların en heybetlisine "Peleng-i Derya" demişlerdi. Bu gemi gerçekten de avının üzerine atılmaya hazır bir 'deniz panteri' gibiydi ve ben de onun hamleleri için denizi hazırlamayı başarmalıydım. Baktığım portolanlardan birine göre Kadirkale'de merkezden sahile bir ırmak akışı görünüyordu. Adanın çevresini dolanıp bu ırmağı aramayı önerdim. Mademki seyrin emniyetinden ben sorumluydum, fırtınalı zamanlarda liman yapacak koyu da ben bulmalıydım. Haritada çizilene göre umduğumuzdan daha büyük bir nehir çıktı karşımıza. O gece nehir ağzında emniyetle sabahladık. Sabah erken uyanıp iki levend ile birlikte nehri keşfe çıktım. Dört yüz kulaç içeride bir denizkulağı vardı. Akdeniz'de kovalamaca içindeki bir korsan için saklanacak bir denizkulağının hayati önem taşıdığını biliyordum. Ama burası saklanmaktan da öte, yerleşilip yaşanılacak bir tabiata sahipti. Derhal Hızır Reis'e haber verdik. Görünce o da çok beğendi. Nehrin nereden çıktığı, ne kadar akarak buraya geldiği yahut nehir boyunda kimlerin veya nelerin yaşadığını öğrenmemizi istedi. Kadirkale, Hızır Reis'in Akdeniz'de sahipleneceği özge bir mekân olabilirdi. Araştırdık. Nehir üç mil kadar ileride gürleyerek doğuyor, sarp kayalardan ve yerleşime elverişsiz dar vadilerden koşarak, köpürerek, düşerek, çırpınarak, dökülerek geliyor, bir yanı yüksek uçurumlu kayalar, diğer yanı küçük bir kumsala açılan bu kulakta gölcük yaparak dinleniyor, sakinleşiyor ve iki yüz arşınlık yayvan bir yataktan süzülerek dalgalarla buluşuyordu. Denizkulağı kırk kadırgayı alabilecek büyüklükteydi. Etrafta hayat emaresi yoktu. Daha önce birileri tarafından kullanıldığına dair bir işaret bulamadık. Yine de iki gün kadar orada teyakkuz altında oyalandık. Gelen giden olmadığı gibi gözcülerimiz en yakın geminin bu ırmağı seçebilecek kadar yakından geçmediğini söylediler. Haritacılar, -biri hariç- nedense Akdeniz portolanlarında böyle bir ırmak çizmemişlerdi. Bu bizim için büyük nimet sayılırdı. İşe giriştik. Önce nehrin yatağını on beş kulaca kadar daralttık. Böylece su seviyesi yükseldi ve kadırgalarımızı yüzdürebilecek hale geldi. Sonra ırmağın döküldüğü yeri sütrelerle tahkim edip gözden gizleyebildiğimiz kadar gizledik. Dışarıdan bakanların bir ırmak göremeyecekleri hale getirdik. Bununla da kalmayıp biz yokken kulağımızda başka bir gemi liman yapmasın diye nehrin dibine fıçılar batırarak gemi sintinelerini delecek çelik kamalar, çakmaktaşları ve sivri tuzaklar döşedik. Gemilerin çıma ile gidecekleri bir varagele düzeneği kurduk. Palanga ucuna palanga ekledik. Nehrin suyunu yetmiş kulaç kadar içeride üç kola ayırıp küçültecek bir ceraskal hazırladık. Artık istediğimiz zaman su içindeki bazı kapakları açarak veya kapatarak üç yayvan ırmak veya bir derin nehir elde edebiliyorduk. Bütün bunları başardıkları için Hızır Reis esirlerden dülgerlik bilen iki Ermeni forsayı azat etti; iki Türk ustayı da zengin etti. Artık Tunus ile Sicilya arasında uygun iskandillerde, birdenbire ortadan kayboluveren hayalet gemiler olabilirdik. Cerbe'ye Kızıl Sakal Oruç Baba'nın yanına bütün bu güven ve emniyet hissiyle varabilirdik artık.

Cerbe güzel bir yerdi. Açıklarına vardığımızda bir cehenneme girmiş gibi olduk. Oklar, alevler, toplar, gülleler, sakuletalar, yangınlar, çığlıklar... Aralarındaki ilk konuşma çok resmi geçti:

"Ağabey, nice zamandır bir düş görürdüm ki hayra yoramazdım! Hani derim..."

"Deme Hızır'ım, deme; çünkü bu denizlerde düşler değil hayaller vardır ve hayallerinin ötesine sıçrayan kahramanlıklar!.. Bu kâfirler yelkenimizi indirmeye geldilerse hayallerimizden vazgeçip ettiklerini yanlarına mı koysaydık!?"

"Ağabey, aldığın üç barçayla iki firkate yetmez miydi; hani derim, akşamın hayrından sabahın şerri iyidir!"

"Akdeniz'de başlanan hiçbir iş yarım bırakılmaz Hızır'ım, bunu iyi belleyesin."

Bu sözlerden sonra cenge onun bıraktığı yerden mecburen biz devam ettik. Akşama kadar can pazarı kuruldu ve nihayet gitgide deniz üzerinde sular duruldu, ölen öldü, yanan yandı, batan battı, kalan kaldı. Ortalık sakinleşince tedavi aklımıza geldi. Hekimlerin tavsiyesi üzerine Oruç Reis'e afyon macunu yutturduk. Peleng-i Derya'nın rotasını Tunus'a çevirdik. Yakısını değiştirdik, yine de geceyi iniltilerle geçirdi. Hızır başında bekledi, ben de yanında. Sehere yakın bir ses duyduk:

"Hızır'ım nerdeyiz?"

Hıçkırarak cevap verdi:

"Çok şükür iyileşeceksin ağam. Tunus'a gidiyoruz?"

"Kızanlarımız nerde?"

"Hepsi sağ ve esendir ağam; Becaye'den ayrıldılar; yarısı Cerbe'ye varıp seni bekleyecekler, diğer yarısı peşimizden gelecekler!"

"Gazamız ne oldu?"

"Barçalar ve kadırgalardan on üç pare tekneniz daha var ağam. Kâfir mürettebatı hep kölelerinizdir!"

"Poh yesinler!.. Zaferimize şükrâne!"

"Zafere elhamdülillah ağam!"

Sonra uzunca bir sessizlik oldu. Oruç Reis sağ eliyle durmadan sol dirseğini yokluyordu. Kolundaki hasarın ne kadar olduğunu anlamak istiyor gibiydi. Sanırım Hızır Reis o sormadan söylemeyi uygun bulmuyordu. Güneşin ışıkları kamaraya giresiye kadar öylece sessiz birbirimizi kolladık. Herkesin aklından neler geçiyordu, neler düşünüyordu, kimse kestiremiyor gibiydi. Neden sonra Oruç Reis anlatmaya başladı:

"Buralara ilk geldiğimde insanların ruhlarını okumaya gayret ettim Hızır'ım. Mağrib'in insanı Anadolu veya Midilli sakinlerine benzemiyor. Aralarında hep çatışmalar var. Emirleri ve murabıtlarıyla, yönetici ve amirleriyle, çarşı ve pazarlarıyla, sokak ve evleriyle, evlat ve aileleriyle, hatta kendi içlerinde bile çatışmalar taşıyor ve kavga etmek için vesile arıyorlar. Endülüslüler, Araplar, Mağribiler, Berberiler, Zuzuvalar, bedeviler, Sefardi yahut Sefaradlar... Herkesin derdi ve duyarlılıkları başka başka. Müslümanlar bölük pörçük. Afrika sahillerinde her burnu döndükçe ayrı bir kabilenin şeyhleri, bey veya murabıtları insanlara hükmediyor. Bu ayrılık gayrılık içinde hep kaybediyorlar; her şeylerini kaybediyorlar..."

"Kendini yormasan ağam, sonra söyleşsek?!"

"Dinle Hızır'ım. Madem benimle denizlerde rızık arayacak ve kaderimi paylaşacaksın, dinlemen lazım bunları. Çünkü bu köpüklerin üstünde senin kaderin benim kaderime benzemesin istiyorum. O yüzden kimlerle alışverişte olduğunu bilesin. İspanya bütün bu sahillerdeki parçalanmışlığı durmadan körüklüyor, tabii bundan menfaat temin ediyor. Fas sultanı belki büyük bir devlet olma bilincinde ama işte o da Selahaddin'i yolda bırakmış biri; Kudüs için yardım istediği vakit gidememişti, bilirsin. Kuzey Afrika'da halklara hükmeden Müslüman emirler ve şeyhler, çok yazık, yalnızca yönetici kalabilmek, hayatlarını yöneten olarak sürdürebilmek için menfaatleri için zalim kralların ayaklarına yüz sürmekten çekinmiyorlar. İberya, Kastilya ve Aragon krallıkları birleşip Endülüs'ü ortadan kaldırdıklarında, o mazlum milletin gidebilenleri gitmiş, yerinde kalanlar da kuklalar olmuş. Fernando denen cani onlara ait sanat yuvalarını sarhoş mekânları, ilim üreten akademilerini öküz ahırı, camilerini ise birer harabeye döndürmüş."

"Biliyorum ağam, şu kâtip Sidi bunları anlatır durur!"

O sırada Oruç Reis yüzüme dikkatle baktı. Fırça kaşlarının altında kara gözleri içimi delecek gibiydi. Neyse ki yüzünde küçük bir gülümseme belirmişti. Tanıştığımıza sevindiğini gösteren bir gülümseme. Sonra yine kardeşine döndü:

"Portugal yeni yeni güç sahibi bir devlet oluyor. Bunu hiç aklından çıkarma. Çünkü Kuzey Afrika devletlerinin ve Osmanoğlu'nun başaramadığını başardı ve güçlü bir donanma kurdu. Üstelik diğer kâfirlerden daha acımasız çıktı. Ona dikkat edeceksin."

Sözlerinin burasında tam bir vasiyet edası seziliyordu. Acaba öleceğini mi düşünüyordu. Hızır Reis açıklamaya kalkıştı:

"Elbette dikkat ederim ağam, illa ki sen..."

"Dinle Hızır'ım, sözümü kesmeden dinle! Akdeniz'de devlet olmak demek, donanmaya ve gemi filolarına sahip olmak demektir. Kuzey Afrika Müslümanlarının ne böyle hayalleri ne de buna dair bir idealleri vardır. Onlar çöl bedevileri gibi yaşamayı yeğliyor, Arapların yıllar yılı ellerinde bulundurdukları denizcilik fennine dair hiçbir şey yapmıyorlar; bunun için burada bir devlet olmak sana düşüyor! Unutma, Akdeniz çevresinde yaşayan insanlarda yalnızca iki duygu vardır: Umut ve korku. Umudu sen onlara verdiğin müddetçe korkuyu getirenleri kovarlar. Sen hüma kuşu olmaya bak ki devlet getiresin. Hüma varken kimse baykuş gölgesinin altına girecek değildir. Ayrıca güçlü düşmandan zahmet görmemek için zayıf halka merhamet etmen gerekir. Devlet mal ile değil hüner iledir; büyüklük yaş ile değil akıl iledir."

Hızır Reis afallamış gibiydi. Ne diyeceğini şaşırdı çünkü. Oruç Reis'in söyledikleri sanki bir kızılelma ülküsüydü. Acaba kardeşini ne zannediyor, nerede görüyordu. Kendisi bir devlet mi kurmak istemişti? Öyle ise şimdi onu kardeşine mi aşılamak istiyordu? Hızır Reis kekeledi:

"İyi ama ağam, ben nasıl devlet olurum? Kolum kanadım, canım kanım bir sen varsın. Şehzade Korkut'u da bulamayız ki sana tekrar gemiler versin. Üstelik Selim de adımızı kötü bellemiş. Bir vakitler seni ona gammazlayanlar şimdi benim de peşimdeler. Anadolu kıyılarından uzak durmak sana ne kadar emniyet ise bana da o kadar emniyet iken hangi devletten bahsediyoruz?"

"Hızır'ım!.. Zaman devran üzerinedir; kader aynasına bugün yansıyan yarın değişir. Şahin yavrusu yine şahin olur. Bayezid'in bir oğlu Korkut ise, Selim de diğer oğludur. Her ne kadar biz Korkut'un adamı diye anılsak da bir gün Selim elbette gerçeği görecek. Keskin bir zekâya sahip olduğu söylenir zira. O vakit Akdeniz'de bir donanma gücünü karşısına değil yanına almak isteyecektir. Sen yeter ki bu sularda güç olmaya, güçlü olmaya bak!.."

"Buralardaki Müslümanlar eğer anlattığın gibiyse, nasıl bir güç, nasıl bir devlet olunabilir ağam? Arap beylerini, murabıtlarını ben de görürüm, devlet olmak için bir şey yapmaya kalksalar, yükseltilen vergilerle halkın belleri bükülüp talan edilen yurtlarından çıkarılıyorlar. Üstelik erkekleri köle, kadınları halayık olmak üzere Hıristiyan dünyanın zengin evlerine gönderilmiyorlar mı?!."

"Belki öyle Hızır'ım, belki öyle... Ama bir devlet olmadan bu insanlara hürriyeti getiremezsin. Hürriyet bir hayattan daha değersiz değildir. Poh yiyesi Fernando Kral, Oran, Becaye ve Trablusgarp başta olmak üzere şu Afrika kıyılarında pek çok peyk ve tabyalar kurmuşken Müslümanların beylikleri, akıncı kaleleri neden olmasın? Osmanlı'nın Tuna boyundaki akıncıları ne ise, Akdeniz'de senin levendlerin o olmalıdır. Yoksa kısa zamanda Afrika'nın kuzey limanları hep İspanya sömürgesi haline gelecek... Dağlı Zuzuvalar geçen yıl da Tenes, Serşel, Celile'de İspanya hâkimiyetini tanıdılar. Ah zavallı adamlar!.."

"Biliyorum, Don Pedro dedikleri kaptanın işleri hep bunlar. Müslüman Zuzuvalara nefes aldırmıyor kâfir. Lakin ağam, şimdi bunların sırası değil, azıcık dinlensen diyorum."

Oruç Reis konuşmak istiyordu ama gücü kesildi, başı yığılıp kaldı. Hekimler rahat etsin, acılarını hissetmesin diye bir parça macun yutturdular. Afyon macunu. Gemilerde hep olurdu. Ve Oruç Reis ancak Tunus sultanının sarayında kendine geldi. Tunus'un bütün hekimleri kolunu kurtarmak için iki gün boyunca çalıştıktan ve şehrin kadim ibadethanesi Zeytuniye Camii'nde hatimler indirilip fakir fukaraya sadakalar dağıtıldıktan sonra.

Bir insan uyandığında uzuvlarından birini yerinde göremezse ne hissederdi acaba? Başucundan ayrılmadığımız için onu teselli edecek sözleri şimdi bizim söylememiz gerekiyordu. Ama öyle olmadı. Koca Oruç Reis, dağ gibi yüreğiyle yattığı yerden kollarını havaya kaldırdı, işi şakaya vurdu:

"Masraflı olmaya başladım ha, Hızır'ım; şimdi bir de elsiz koluma el tedarik etmen gerekiyor!"

O sırada levendlerimizden Yahya Beşe elinde bir kafes ile kapıdan girdi. Kafeste bir papağan vardı ve odaya girer girmez adeta şakımaya başladı. Oruç Reis'e moral olur diye levendleri, arkasından yollamışlar. Adı Çiko imiş. Uzun zaman önce edinip beslemiş, aynalar karşısına koyup konuşmalar öğretmiş. Çiko sahibini görünce coştu ki coştu.

Papağanıyla oynarken azıcık neşesinin yerine geldiğini anladık. Belki de bize öyle görünmeyi tercih etti. Sonra pencereye gidip başını sahile çevirdi. Belli ki donanmasını ve levendlerini görmek istiyordu. Arkasından gelmişler, limanı ıskarçaya çevirmişlerdi. Ama hayret, ele geçirdiği üç direkli iki geminin tirinket ve mayıstıra yelkenlerine pasaparola erleri flamalar asıyorlardı. Reisliğin ilk yarısı harita ile pusula okumak ise ikinci yarısı sancak dalgalandırmak diye bilinirdi. Şimdi Barbaros kardeşlerin kadırgalarında beraberce sancak dalgalanıyordu. Bütün gemilerde griva palangalarından cıvadra gönderine varasıya kadar makaralarla baş ve kıçüstüne uzanacak bir armada donanımı akmaya başlamıştı. Hızır Reis pencereye geldiğinde gözlerine inanamadı. Meğer gemi işaret dilini henüz bilmezmiş.

"Efendimiz," dedim, "büyük donanmaların gemilerinde belli şekil ve boyutlarda ve farklı renklerde flamalar bulunur. Bunlar yan yana dizilirse bir şifre dili oluştururlar. Harfler ve kelimeler flamaların dizilişiyle ortaya çıkar ve geminin baş ile kıçı arasında bir halat donanımı üzerinde sıralanıp dalgalandırılır. Hangi renk ve ebatta sancağın diğeriyle yan yana getirildiğinde hangi harf veya kelimeyi karşıladığını ise ancak o dili ezbere bilenler veya elinde renk ve şekil alfabesi barındıranlar anlayabilir."

Ben anlatırken Oruç ile Hızır Reis arkamızdan limana gelen on dört adet geminin serenine asılı halatlara bakıyor, baştan kıça rengârenk flamalarla donandığını görüp denizin ortasında bir şehrayin başladığını hissediyor gibiydiler. Belki de donanma kelimesinin aynı zamanda rengârenk bir sevinci de karşıladığını ilk o vakit anlamış oldular.

"Peki şimdi bunu ne okuyoruz?"

"Efendimiz, levendleri Oruç Reis'e geçmiş olsun dileklerini iletip Allah'tan şifa dileniyor ve sizi çok sevdiklerini söylüyorlar."

O sırada Hızır Reis kadırgaların grandi marsipetlerindeki sancakların değişmekte olduğunu görüp yüzüme baktı. İşaret dilini yüksek sesle okudum:

"Gazanız mübarek, uğrunuz açıktır!"

Sahildeki gemilere bakınca gururlanmamak imkânsızdı. Hızır Reis de tıpkı ağabeyi gibi o gün tekmil bir donanma sahibi olmuştu. Yüzüme baktı. On sekizime girdiğim gündü ve hayatımın onun reisliğiyle bütünleşeceğini hissettim.

Oruç Reis'in kolu iyileşirken Tunus Sultanı Muhammed'in bize gösterdiği itibar da arttı. Hızır Reis de limana gidip ganimetlerden sayısız hediyeler seçerek karşılık verdi. Ayrıca pencikten, liman hakkından ve aktarmaların yarı kıymetinden yekûn olarak beş bin Venedik altınını önüne koydu. İki kızoğlan kız ve dört Ceneviz dilberini hizmetine bıraktı ki her biri on dört, on beş yaşında, devlet külahı başında, mahbuplukta her biri Rum haracı değer güzeller idiler. Sultanın teşekkür konuşması bir dostluğu gösteriyordu:

"Kardeşlerim, Barbaros biraderlerim! Elhamdülillah ki gelişinizle vilayetimize şeref kattınız. Allah iki cihanda yüzünüzü ak eylesin! Bundan böyle siz benim vilayetimde misafir değil ev sahibi sayılacaksınız. Her ne ki ihtiyacınızdır, giderilecektir. Halkımın size minnettarlığı için şu kürkleri giyip şu yüzükleri parmaklarınıza takınız. Hızır Reis'im sana da şu elmas işlemeli tuğu takdim edeyim. Ağan Oruç, toprağımız olan Cerbe adasındaki asayişi sağlamış, orada yerleşmekle bize şeref bağışlamıştı; imdi sen dahi eğer istersen Cezayir toprağımıza varıp orada eğleşirsen dostluğun nişanesi olur. Akdeniz'de kuzey ile güneyin malları kralların saraylarına oradaki limanlardan gider. Oranın yerlisi aylaklık nedir bilmez, lakin muhacirler öyle değildir, biraz teşvik isterler. Eğer biraz gayret gösterirseniz orada kör ve topallar bile işsiz kalmaz, zengin sahiller olur. Orada birbirine yakın güzel adalar bulacaksınız. Bu ada çokluğundan sebep oraya biz Cezayir deriz. Orada kadırgalarınız için sütreler, denizkulakları, gizli koylar da bulabilirsiniz. Müdafaası pek kolaydır. İleride yirmi bin hür, on bin de köle barınacak mahaldir. Ve artık resmi konuşmayı burada keselim; geç oldu, konaklarınız hazırlatılmıştır, hizmetkârlarıyla birlikte sizindir. Varın sefanızda olun ve bu kardeşiniz Sultan Muhammed'i gönlünüzden ırak tutmayın."

Oruç Reis cevap vermedi, yeni donanmasına ve yeni reis olan kardeşine baktı. Hızır ancak o vakit birkaç kelime etmek gerektiğini anladı ve acemice kekeledi:

"Biz bu kardeşliği bundan böyle can ve mal ile yapmak isteriz. Ensâr ile Muhacir gibi yapmak isteriz."

O gece ikram üstüne ikramın olduğunu, satranç tablasının başında sohbet üstüne sohbetin demlendiğini gördüm. Konaklara gitmek üzere ayrıldığımızda reislerden bazıları içtikleri nadide şaraplardan dolayı biraz çakırkeyif idiler. Hızır ise hayretler içindeydi. Meğer o geceye kadar ağasına hizmet eden reislerin şarabı sevdiklerinden habersizmiş. Kendisinin hiçbir gün ağzına içki koymadığını biliyordum. Ama kadırgalarımızda şarap her daim bulunurdu. Nitekim limanda bıraktığımız bazı tayfa ve ücretli forsaların da o gecenin şerefine limandaki meyhaneye koştuklarını tahmin etmek zor değildi. Hızır Reis Akdeniz'de korsanların hayatının içki kokulu olduğunu ilk o geceki meclisten sonra öğrenmiş oldu. Taş döşeli yolda ağasının koluna girmiş, onu teselli edecek sözler etmeye başlamıştı ki Oruç Reis, adamlarının dilleri dolanarak konuşmaları ve yalpalayarak yürümelerinden duyduğu mahcubiyeti örtercesine mırıldandı:

"Denizin amansız hasretini ve derin kederini bu meret unutturur insana birader! Onları ayıplama sakın!.."

Hızır Reis daha sonra bana, "Akdeniz limanlarında şarabın neden altın pahasına satıldığını ve korsanların ele geçirdikleri gemi hamulesinin şarap olduğunu duyunca neden sevinç çığlıkları attıklarını ben o gece anladım Sidi," demişti. Birden dilimin ucuna, "Kaderkale'yi az müddet içinde Kederkale yapan levendlerinizi buna göre değerlendirin efendimiz," demek geçti, ama sustum. Çünkü söylemeye devam ediyordu:

"Sidi, kararım kesin; kadırgalarımda ayyaşlar asla yer bulamayacak. Forsa ve esir bile olsa, içki müptelası olanları derhal satacağım. Adamlarımı limanlarda sık rastlanan meyhanelerden toplamayacağım. Sen şahit ol!"

"Arada sırada eğlenmek isteyenlerin keyfine karışmayın efendimiz, bilhassa gayrimüslim forsaların ihtiyacı olan şarabı da yanlarında taşımalarına ses çıkarmayınız. Unutmayınız ki şu şarap denilen şey, bazıları için kutsal içecek, bazıları için de hayatın merkezinde bir eğlence vasıtası."

"Sus çocuk, bana ne yapacağımı sakın bir daha söylemeye kalkma!"

Tunus sultanının tahsis ettiği konaklar her bakımdan saray yavrusu idiler. Hızır Reis kendilerine neden bu kadar itibar ettiğini sordu bana, Sultanın önlerine serdiği sofralar ve nadide şarapların sebebini sordu. Kendi düşündüklerini doğrulatmak ister gibi. Bana göre Sultan Muhammed bu iki korsan kardeşi Kral Fernando'nun şehirdeki karakol müfrezesine karşı bir kalkan yapmak istiyordu. Çünkü bütün Kuzey Afrika kasabaları gibi burada da kırmızı ceketli İspanyol askerinden korkmayan yoktu. Limana giren her İspanyol gemisi yeni bir korkuyu beraberinde getiriyordu. Halkın elinde ne varsa alabiliyor, karşı çıkan olursa oracıkta canına kıyıyorlardı. Bu yüzden, Tunus'ta Muhammed'in sultanlığı yalnızca bir isimden ibaret hale dönüşmüştü. Fazla bir gücü yoktu ve iktidarını yavaş yavaş yitiriyordu. Çevresindeki adamlardan bazıları menfaatine düşkün, bazısı ayyaş, bazısı hilekârdı. Tunus'ta asayişi sağlamak adına hükmeden kızıl ceketlilerin her biri bir şehir eşkıyası gibi davranıyordu. Limana giren şarap yüklü her gemi limandan yukarı mahallelere kadar uzanan bir kargaşa zincirini tetikliyor, yeni kavgaları başlatıyor, her kavga limanda kundaklanmış bir kadırganın alevleriyle son buluyordu. Ben bunları anlattıkça başını salladı.

Orada iki ay kaldık ve halk Hızır Reis'i el üstünde tutmaya başladı. Levendler terbiye ve dürüstlükleriyle göz doldurmuşlardı. Bir akçalık mala beş akça verip satın alıyorlardı. Son gazada yüklüce bir nakit yanında gemilerde bol miktarda bal, yağ, peynir ve zeytin hamulesi ele geçirmiştik. Bir gemide top, tüfek ve avani, bir başkasında av için kuşlar ve tazılar vardı. Bütün bunları Tunus pazarında sattığımızda gaziler doyum olmuş, fakir fukaraya mal dağıtıyorlardı. O günlerde Hızır Reis bir tellal çığırttı:

"Levendlerim tarafından çarşıda, pazarda akçasız bir buğday tanesi de olsa alınan bana gelsin. İğnesi gidene çuvaldız vereyim. Biz buraya hayır dua almaya geldik. Kimsenin ırzına malına zarar verecek, hatırını kıracak, zulüm ve taşkınlık olacak şeylere razı değiliz. Öyle eden kimseler bizden değillerdir."

Tunus halkı ve Zuzuvalar bunların karşılığını, Barba Rossa Oruç Reis'i uğurlarken düzenledikleri coşkulu şenlikte gösterdiler. Oruç Reis'in kesik kolundaki yara tamamen kapanmıştı ve ondan kalan son görüntü, ucunda kanca bulunan sol kolunu havaya kaldırışı olmuştu. Bu kanca resmini gemisinin bordasına da işletmişti. Güvertede yine eskisi gibi yiğitçe duruyordu. Kaybettiği kolu için bizim kadar üzülmedi zannederim. Çünkü biz, dirseğinden itibaren kola benzetilmiş bir çelik silindiri ve ucunda el yerine ürkütücü bir çengeli bedeninden bir parça gibi görüp kabullenmenin ağırlığını düşünürken o, bu manzaranın kendisine verdiği heybet ve acımasızlığı hesap ediyor, bununla da dalga geçercesine övünüyordu. Oysa Hızır Reis'in dediğine göre hayatı boyunca her şey olmuş ama asla acımasız olamamış. Zannederim parmaklarını verip yerine taktırdığı kanca onun acımasızlık yanını tamamlıyordu. Hızır Reis, Çiko'nun kafesine bir şeker kellesi atarken gözlerinden yaşlar süzüldü. Ağabeyi Oruç, papağanı Çiko'yu ona hatıra olarak bırakmıştı. Papağan konuştukça adı hatırlansın istiyordu. Gerçekten de bu kuş sık sık "Poh yesin!" deyip duruyor ve gariptir, sesini de Oruç Reis'e benzetiyordu.

Oruç Reis'in gemileri ufukta kaybolup gittiğinde Hızır Reis kolunun kanadının kırıldığını hissetmiş olmalı ki beni yanına çağırdı. Konağının terasında oturduk. Sanki rolleri değişmiştik de o şefkate muhtaç bir çocuk gibi benim sırdaşlığıma sığınıyordu. Çok özel şeyler anlatmaya başladı çünkü. Meğer iki gece evvel yine bu terasta oturmuş ve Midilli'deki çocukluğunu, gençliğini düşünüyormuş. Derken gönlünü bir hüzün kaplamış. Çiko'nun bile ortak olurcasına sustuğu bir hüzün anı imiş. Kulağına içli bir nağme çalınmış. Ses, Tunus Sultanı Muhammed'in saray pencerelerinden geliyormuş. Bir genç kız sesi, denize karşı dizeleriyle serin geceyi, kanunun telleriyle de kim bilir hangi âşıkın kalbini ısıtan bir ses. Şarkıdan birkaç mısra ezberlemiş. Bana tekrarlayıp ne anlattığını sordu. Vatanından ayrı bir esir şarkısı olduğunu, Endülüs'te herkesin bu şarkıyı bildiğini ve hüzünlü ayrılıkları anlattığını söyledim. "İhtiyacım olan her şeyi nasıl bilebiliyorsun Sidi?" diye hayretini bildirirken, "Şarkıyı okuyan da Sultan Muhammed'in hanendesi Cemayma, efendimiz..." diye devam ettim, "o gece şarkıyı ben de dinledim ve dün sizin için söyleyeni araştırdım." Şaşırmıştı. Birbirimize baktık. Ona, "Şarkıyı dinlerken kendinizden geçtiğinizi de tahmin edebiliyorum efendimiz," diyemedim elbette. Zannederim o sırada aklında Midilli ve orada geçen yılları var idi ama bir kadın var mıydı, emin değildim.

"Şarkıyı söyleyen kadın her kim ise Sidi, çok güzel söylüyordu. Ne demiştin adına? Cemayma hı? Kanunu da pek maharetli çalıyordu."

Tam o sırada Sultan Muhammed'in konağından aynı kanun sesi gecenin karanlığına yayılmaya başladı. İkimiz de kanuna eşlik edecek sesin aynı ses olup olmayacağını merak ederek kulak kesildik. Evet, şarkıyı yine Cemayma okuyordu. Hızır Reis'in gayriihtiyari, "Cemayma!.." diye mırıldandığını duydum. Uzun uzun şarkıyı dinledi. O sırada Sultan'ın sarayındaki bu kadının kendisini, hikâyesini, hasretini merak ettiğine şüphe yoktu. Son cümlesi de zaten bunu gösteriyordu:

"Cemayma!.. Ne güzel bir isim!.."

Sonbahar gelip de gemiler kızağa çekilmeye başladığında İspanya'ya, Rahip Ojeda'nın yanına, sırlarımın içine ve elbette Billure'yi beklediğim hisara gitme zamanımın geldiğini fark ettim. Akdeniz'de teşrin rüzgârları estiğinde deniz mevsimi kapanır, kadırgalar limana çekilir, bazıları kızağa alınır, gemiciler ve forsalar için de uzun kış gecelerini esir damlarında pinekleyerek geçirecekleri günler başlardı. Hızır Reis iki yıldır bana izin vermiş, kışı İspanya'da geçirip baharın ilk günlerinde Becaye'ye yahut Kaderkale'ye dönmeme müsaade etmişti. Ama bu sefer o bir donanmanın sahibiydi ve seyir süvarisi olmadan bir donanma yürütülemezdi. İzin istemeye yüzüm tutmadı.

Ona, yeni sahibi olduğu ve beylik sürdüğü Cezayir hakkında teferruatlı bilgi edinmek istediğimi söyledim. Bazılarında hiç hayat bile olmayan, içinde kimin yattığı, kimin saklandığı belli olmayan cezirelerdeki insanları ve coğrafyayı araştırmamın iyi olacağını anlattım. Kendisi için çizdiğim portolan ve haritaları geliştirmek adına bu adaları, kıyılarını ve koylarını görmem de gerekiyordu. İleride hazırlamayı hayal ettiğim "Atlas Minor" için de lazımdı ayrıca. Ceneviz portolanlarında bile buralar teferruatıyla gösterilmemişti.

Hızır Reis bana her bakımdan güveniyordu. Satrançta dengi olabilecek tek rakibinin yanından gitmesi pahasına bana izin verdi ve kemerimi katar katar altınla doldurdu. Baharda geri dönmek üzere anlaştık. Bir Ceneviz kalyonuna bindim. Oradan İspanya'ya geçeceğimi kendisine söyleyemedim. Muhtemelen buna izin vermez veya her kış İspanya'ya gitmemin altında bir sebep arardı. Ama benim de Malaga'da Billure'yi beklemem gerekiyordu. Hem kim bilir, belki bu yıl geliverirdi de. Sonra da Madrid'e geçmek ve kimseye anlatamadığım yıllık işlerimi yapmak zorundaydım. İzin istediğimde bana uzun bir nasihatte bulundu:

"Akdeniz'de böyle bir mevsimde yolculuğa yalnız çıkan birinin canını ve hürriyetini tehlikeye attığını herkes gibi senin de biliyor olman lazım Sidi. Katalan tarlalarında prangalı bir köle, Venedik kadırgalarında zincirli bir forsa, İspanya zindanlarında işkence altında bir mahkûm veya adalardan birindeki esir damında bir zavallı olmaktan korkmuyor musun? Başına böyle bir şey gelirse -Allah korusun- seni kurtarmak için fidye rakamının yüksekliğine hiç bakmayacağımı biliyorsun, ama eğer geri dönemezsen, baharda çıkacağımız seferde seyir kâtibi ve yardımcım kim olacak? Yüreğim gitmemeni söylüyor Sidi. Kemerine koyduğum altınların boşa gitmesi değil derdim, hayır, uğrunda tehlikeye girecek bir amacın olup olmadığından şüphe duymamdır."

Bu son cümleyi neden söylemişti bilmiyordum ama bir an, beni İspanya'ya çeken şeyin yalnızca Billure'nin aşkı olmadığını öğrenmiş olduğunu zannettim. Çünkü uğrunda tehlikeye girdiğim için kendimi sorgulamaya başladığım bir yeminim vardı ve şimdilik kimseye anlatamasam da bu yemin bana yapmam gereken bazı görevler yüklüyordu. Sırları, bağrında gizli duran biri olarak yaşamanın ağırlığını kimse bilemez. Bir kış için izin istediğim Hızır Reis'ten iki yıl ayrı düşeceğimi bilmediğim gibi.

1516

İki yıl sonra...

Gün batmak üzereydi. Kraliyet landosu taze yağan karların çamurladığı dik yokuşun sonuna geldiğinde Prens Carlos'un içinden, atları bu kadar kamçılamasından dolayı seyisi cezalandırma isteği geçti. Ama bunu yarına, onuruna düzenlenen eğlenceden sonraya bırakarak şatonun kayrak döşeli iç avlusunda coşku gösterileri hazırlatan dük hazretlerine gülümsedi. Prensin önünde yerlere kadar eğilip saygısını göstermeye çalışan bu adam Kral VIII. Henry'nin İspanya'daki gözü kulağı sayılırdı. Tıpkı Henry gibi Tudor hanedanına mensuptu ve Madrid'de, İspanya sarayına tepeden bakan bu malikâneyi sırf İspanya Kralı Fernando'ya karşı kendi kralının menfaatlerini korumak için satın almış ve içinde düzenlediği eğlenceleriyle de şehirde destan olmuştu. Carlos, kraliyet armasıyla süslü landonun gümüş basamağına, on altı yaşına girmenin delikanlılık gururuyla ayak bastı ve karlı dağlardan gelen rüzgârı içine çekerek şatonun taşlık yoluna döşenen uzun halının üzerinde gururla ve asaletle ilerledi. Ardınca yürüyen ve her adımını takip eden hizmetkârları ile muhafızları onun bu asaletini tamamlayacak şekilde davranıyorlardı. Babası Güzel Philippe çocukken onu geleceğin kralı gözüyle büyütmüş, terbiyesine ve eğitimine ihtimam göstermiş, ülkesinde konuşulan dillerden İspanyol, Alman, Fransız, İtalyan ve İngiliz dillerini öğretmişti. Babası Philippe kral olamadan ölünce de dedesi Burgondiya Dükü Maximillian -halkı ona yalnızca Max diyordu- onu sarayına almış, bir veliaht kral gibi yetiştirmişti. Carlos, öz teyzesi Aragonlu Katherina'nın kocası olan İngiliz Kralı Henry'yi pek sevmezdi. Çocukluğunda iki yılını teyzesinin yanında geçirmiş ve kısa sürede Henry ile birlikte bütün Tudor hanedanından nefret etmişti. Teyzesinin burada mutsuz olduğunu düşünüyordu ve kendisi de bir Tudor olan dük hazretlerinin davetini, kadın düşkünü eniştesi Henry'nin hatırı için değil, asil teyzesi Aragonlu Katherine duyarsa üzülmesin diye kabul etmişti. Mamafih hayatın monotonlaştığı uzun kış gecelerinde birazcık eğlenmenin de kral dedesinin hastalığının ilerlediği son günlerin sıkıntısı arasında ruhuna iyi geleceğine inanmıştı.

Koridorda iki taraflı dizilmiş yarı çıplak hizmetkârların ve esir kızların arasından geçerek girdiği salon kandiller ve şamdanlarla donatılmıştı. Avizelerin kırdığı ışıklar akşam alacasına taravet veriyor, renkli camlarla süslü fenerlerin parıltıları duvarlarda oynak figürler çiziyordu. Ortadaki büyük havuza kadar uzanan beyaz mermerlere ayağını bastığında salonun alttaki bir külhan ile ısıtılmakta olduğunu anladı. Bu sistem henüz dedesinin oturduğu İspanya sarayında bile yoktu. Mevsim kış olmasına rağmen üzerinde kırmızı gül yaprakları ve o yaprakların arasında nilüferlerin yüzdüğü berrak havuzun çevresine sedef kakmalı ceviz ağacından Venedik mamulatı alçak masalar sıralanmış, üzerlerinde bilindik bilinmedik yiyeceklerden, meyve ve çerezlerden hiçbir şey eksik edilmemişti. Her masanın yanında, dışı altın yaldızlı kuş desenleriyle süslenmiş şarap tasları ve mücevher kakılarak süslenmiş muhteşem ibrikler vardı. Elbette hepsi beyaz veya kırmızı şarapla dolu ibrikler. Salonda erkek bedeninin ihtişamını sergilemek üzere küçük bir peştamala kadar çıplaklaştırılmış iki siyahi köle hariç tutulursa bütün hizmetkârlar on beş, on sekiz yaşları arasında güzel kızlardan oluşuyordu. Bunlar korsanlar tarafından yurtlarından kaçırılıp yüksek fiyatlarla Tudor düküne satılmış Maltalı, Endülüslü, Rum ve Arap bakireleriydiler. Hepsinin üzerinde şeffaf tül giysiler işveyle savruluyor, her adım atışlarının, her hareketlerinin, bükülüş ve doğruluşlarının bir eğitimden sonra öğrenildiği hemen anlaşılıyordu. Belli ki böyle gecelerde asil konuklara sunulmak üzere yetiştirilmişlerdi ve elbette kendileri de bu geceye şeref katan konuğun farkındaydılar. Saçlarına iliştirdikleri kızıl gül goncaları ile ellerinde taşıdıkları demetler, edalarına bir zarafet katmak bakımından çok özel düşünülmüş olmalıydı. Çok cazibeli bir görüntüydü. Tudor dükünün bu soğuk kar mevsiminde bu kızların saçlarını ve ellerine süslemekle yetinmeyip bütün havuzun üzerini kaplayacak kadar gülü nereden bulduğunu herkes merak ediyordu zannederim. Prens Carlos havuzdan üç basamak yüksekteki seyir tahtına oturduğunda, salonu neşeli ve ritmik bir müzik doldurmaya başladı. Afrika kıyılarında artık tarih olmuş sevinçlerin kıvrak esintisini getiren terennümlerdi bunlar ve İspanyolca sözlerle okunuyordu. Çalanların çoğu da zaten Sefarad ve Müdeccen çocuklarıydılar. Ellerindeki müzik aletleri de tıpkı onlar gibi artık ad değiştirmiş, udlar laud, gışâreler guitarra, rebâblar rabel, bendirler pandera, buklar elboque olup meclise gelmişlerdi. Tudor dükünün şatosunda hanende ve sazendeler başlarını yere eğmiş sanat icra ederken rakkaseler, göğüsleri cömertçe açılmış ipek elbiselerini savurarak havuzun çevresinde kıvrak danslar sergilemeye, ellerindeki zilleriyle salonu neşeye boğmaya başladılar. Etekleri yelpazelendikçe birbirlerine bakıyor, nispet ediyor ve kıskandırırcasına yeni bir bükülüş veya kıvrılışa geçiyorlardı. O sırada havuzdaki suyun, salonun duvarlarını takip eden bir karış enindeki kanallara akmaya başladığını fark ettim. Artık gül yaprakları yüzüyor, hizmetkârlardan bazılarının suya bıraktıkları elma, portakal ve ayva gibi kış meyveleri kendiliğinden salonu dolaşıp arzulu bir elin uzanması için amade hareket ediyordu. Tudor dükünün düzenlediği eğlencelerin şehirde neden ünlü olduğunu bu cümbüşü ve zarafeti görünce anladım.

Gece çok hızlı başlamıştı. Carlos, bütün bunların kendisini etkilemek için hazırlandığını ve Tudor dükünün yemek ikramına sıra gelesiye kadar başını döndürmek istediğini düşünüyor olmalıydı. Muhafızlarından ikisi iki yanında yerlerini almışlar, boşluğa bakar gibi heykel kesilmişler, bütün varlıklarıyla Carlos'u koruyorlardı. Salondaki diğer erkeklerin ve bilhassa Napoli, Sicilya, Ceneviz ve Portekizli tacirlerin gözlerini ayıramadıkları şuh hizmetkâr veya rakkaseler sanki onların gözüne hiç görünmüyordu.

Tudor dükü, genç Carlos'un bir basamak altında kalan şiltesine oturdu ve nazikçe sordu:

"Veliaht hazretleri, şeref verdiniz!.. İkram için hangisinden başlamak istersiniz?"

Zannederim Carlos, ev sahibinin "hangisinden" derken eliyle işaret ettiği ikramlara bakınca kendi kendine, "Ben neden buradayım?" diye sormaya başlamıştı. Adam şarap ibriklerini ve meyve sepetlerini gösterir gibi resmen genç kızları ve rakkaseleri işaret ediyordu. Aklından o anda, "Dük denen bu madrabaz tam da Kral Henry'ye yakışır aşağılık bir uşak besbelli," fikrinin geçtiği anlaşılıyordu. Ayrıca bu adamın tehlikeli biri olduğunu da düşündüğü anlaşılıyordu. Lafı değiştirmek istedi:

"Dük hazretleri, maşallah burası kral saraylarından daha zevkli bir yer!"

"Fazla abarttınız veliaht hazretleri; malikânemiz dostlarımızın zevkleri için her zaman amadedir!"

"Yalnız dostlarınız biraz zevksiz galiba! Baksanıza yemekten önce sarhoş olmaya başladılar!"

"Onları bağışlayınız veliaht hazretleri!.. Papalık donanmasının kaptanları. Dedeniz kral hazretleriyle görüşmek için şehrinize geldiler. Ben de, hani bilirsiniz işte... Birkaç gece..."

"Siz hep böyle birkaç gecelik işler mi yaparsınız yoksa dük hazretleri?!."

"?!."

"Şaka, şaka!.. Haydi yemeğe başlayalım!.."

Tudor kâhyası, zannederim, bu lakırdıdan hiç hazzetmemiş, yaptığı boşboğazlığa hayıflanıp duruyordu. Bir an, gecenin planladığı gibi gitmeyeceğinden endişe bile duymuş olmalıydı. Çünkü prens umduğu gibi çıkmamıştı. Ele geçirilebilecek birine benzemiyordu. Havayı dağıtmak için köşede sakin oturmuş, rakkaseleri seyreden adamı işaret ile gönlünü almak istedi:

"Size zevkli bir dostumu tanıtmama izin veriniz veliaht hazretleri!.. Hatta isterseniz hizmetinizde olur. Adı Andrea Doria!

Cenevizli Oneglia Prensliği'nden bir asilzade. Papa İnnocentius'un muhafız birliğinde iken denizlere sevdalanıp Dük Urbino'nun sarayında eğitim aldı. Şimdi Portekiz, Katalan ve Kastilya'dan hangisine hizmet edeceğine karar veremez durumda. Arzu buyurursanız sizinle tanıştırayım ve hizmetkârınız olsun!.. İleride işinize çok yarayacak bir kaptandır. Akdeniz korsanlarının korkulu rüyası!"

"Tanışalım elbette... Belki ileride hizmet isterim! Şimdilik asalaklara kapım kapalıdır."

Tudor dükü "asalak" kelimesinden de çok rahatsız olmuşa benziyordu. Bu veliaht gerçekten de tanıdığı hiçbir soyluya benzemiyordu. Birkaç dakika içinde ikinci kez kendisini mağlup edip susturmuştu. O sırada Carlos, tanıştığı kaptanın şakaklarında beyazlanmalar başlamış olmasına rağmen çok dinç ve bakımlı göründüğünü düşünüyordu. Konuşması, hareketleri, asaleti gerçekten etkileyiciydi. Tudor kâhyasının şatosunda tanışmış olmalarının dışında hiçbir olumsuz tarafı yok gibiydi. Sohbetinden lezzet almamak imkânsızdı. Yemeği beraber yediler ve siyasi, ticari, dinî pek çok meseleyi konuştular. Salonda eğlence artarak devam ediyordu ve herkes havuzdaki çıplak kadınların şuh ve erotik gösterilerini izlerken Carlos ile Doria fazla oralı olmadan samimiyetle sohbet demlendiriyorlardı:

"Peki Madrid'e neden geldiniz sevgili Doria?"

"Hayat arıyorum veliaht hazretleri; kendime göre bir hayat!"

"Size göre olan hayat, şu havuzdakinden farklı mıdır peki?"

"Çok farklıdır Efendim, sevişmekle değil, savaşmakla kazanılır."

"Denizci olduğunu sanıyordum, meğer şövalye imişsin!"

"Savaşmadan kazanmayı hayal eden krallardan kaçtığım için şövalyeliğimi denizde yapmaya karar verdim majesteleri."

"Savaş tek kazanç yolu mudur ki?"

"Denizi sevenler için evet majesteleri ve ben denizi seviyorum!"

Müzik, oyun, eğlence ve zevk çığlıklarının birbirine karıştığı sırada şatonun dışından yükselen sesler duyuldu. Ortalık bir anda karıştı. Çığlıklar, bağrışmalar... Sesler yükseldiği anda, heykel gibi duran muhafızları derhal Carlos'un etrafını sardı. Doria ise çevik bir şövalyeden beklenecek hareketle atılıp pençelerini açarak veliahtın önünü perdeledi. Ona gelecek bütün tehlikeleri göğsünde eritmeye hazır bir fedai gibiydi. Müzik durdu. Şaşkınlık başladı. Herkes birbirine bakıyor, ne olduğunu anlamaya çalışıyordu.

Avrupa hanedanlarının birbirlerine suikast düzenleyecekleri vakit eğlence tertip etmeleri ta eski Roma'dan bu yana gelenek olmuştu. Eğlenceye herkes silahlarını dışarıda bırakarak katılabildiği için de suikastçı ile ev sahibi genelde işbirliği yapmış olurdu. Tudor dükü bu kargaşa yüzünden başının belada olduğunu düşündüğünden olsa gerek, tir tir titremeye başlamıştı. O sırada içeriye imparatorun adamları girdiler. Başlarında başmabeyinci Marki Alehandro vardı. Pelerinini arkasına savurup elini göğsüne koyarak sol dizi üzerine çöktüğü sırada boru gibi çıkan sesi geniş salonu dolduruyordu:

"Habsburg, Aragon, Kastilya ve Katalan topraklarının yüce kralı, majesteleri V. Carlos hazretlerinin önünde saygıyla eğilirim!.."

Salonda bir uğultu yükseldi. Herkesin ağzı açık kalmış, bir şaşkınlık dalgası yükselmişti. Adam Veliaht Carlos'a, "Kral" demişti. Bu bir düzen olabilir, tahta el koymak adına uygulamaya konulmuş bir suikast girişimine dönüşebilirdi. Ve büyük sessizlik salonu kapladığı sırada kapıdan seyisin koşarak geldiğini gördüler. Adam çamurlu çizmeleri ve elinde kamçısıyla dük hazretlerinin önünde yere kapaklanmış, çığlıklar atıyordu:

"Öldürülmüş efendimiz, öldürülüp çengele asılmış. Bağrında dağlanmış hilal damgası var. Başmuhafızınız efendim. Vahşet... Korkunç..."

Salonun şaşkınlığı herkesin bir kenara çekilmesine sebep oldu. Bütün misafirler tedirgindi. Demek yaşlı İmparator Maximillian vahşice öldürülmüştü. Üstelik bunu şatonun başmuhafızı yapmıştı. Peki ama neden bağrına hilal işareti dağlamıştı? Hilal işareti İslam'ı, dolayısıyla Müdeccenleri akla getiriyordu. İspanya kralının katili sefil bir Müdeccen miydi yani? Bunu düşünmek bile saçmalıktı. Gözler birden Tudor düküne çevrildi. Prensin askerleri derhal adamın çevresini sarıp hançer üşürdüler. Salondakiler birbirini süzüyorlardı. Sanki ilk cümleyi kimin söyleyeceğini bekliyorlardı. Veliaht Carlos başmabeyinci Marki Alehandro'ya baktı. Alehandro sakin anlattı:

"Dedeniz ani bir hafakan nöbetiyle bir saat kadar evvel sarayında gözlerini yumdular majesteleri!.. İspanya toprakları himayenizi beklemektedir."

Bu sefer bütün gözler şatonun seyisine çevrildi. Adam hâlâ titriyordu. Kekeledi:

"Başmuhafızınız Felix efendimiz, öldürülmüş, gözleri oyulmuş. Cihannümanın çengelinde efendimiz."

Mesele anlaşılmıştı. Başmuhafız Felix İmparator Maximillian'ı öldürmemişti. Prens hazretleriyle birlikte birkaç asilzade pencereden cihannümaya baktılar. Orada korkunç bir cinayetin kurbanı dili sarkmış vaziyette asılı duruyordu. Tudor dükü, salonu yatıştırmak ve olayları toplamak üzere elindeki kadehi havaya kaldırıp dili dolanarak mırıldandı:

"Majesteleri Carlos hazretlerine yüz Felix kurban olsun!"

Muhafızlar hançerlerini kınlarına koyarken salon Carlos'a karşı sevincini göstermek için sesini yükselten adamların imtihan yerine döndü:

"Yaşasın kralımız!.."

"Viva Carlos!.."

"Viva İspanya!.."

Gece Carlos için sona ermişti. Doria'nın omzuna elini koyup dostane bir gülümsemenin ardından Tudor düküne, "Muhafızına ne olduğunu yarın öğrenmek istiyorum!" ikazında bulunarak kapıya yöneldi. Beraberinde Marki Alehandro da çıkınca salonu bir sessizlik kapladı. Kulaklar Tudor dükünün ne diyeceğine çevrilmişti. İhtiyar imparator Max ile işlerini yürütmekte olan dük, bundan böyle eskisi gibi davranamayacağını anlamıştı. Salonunu dolduran adamların gözlerindeki iştahı ve devlet ile bağlarını pekiştirme umutlarını görünce önce hepsini şatosundan kovmayı düşündü, sonra acı acı gülümsedi ve kadehini kaldırıp haykırdı:

"Yeni bir dönem başlıyor dostlarım!.. Kutlamamız gereken bir dönem!.. Bırakınız ölen ölsün, kralımız yaşasın. Kutlama için bakire kızlarımız ile Burbon şaraplarımız havuzda amadedir."

Gün ışıdığı sırada, benim dışımda salonda sızmayan bir Doria, bir de hanende ve sazende ekibi vardı. Doria denizdekinden daha dinç görünüyordu. Yüzüne bakıp izin isteyerek hanendelerime artık susmalarını ve eşyalarını toplamalarını işaret ettim. Gece başlarken Prens Carlos'un oturduğu yüksek koltuğa ilerledim. Kucağında siyahi çıplak bir kız ile Tudor dükü orada horluyordu. Ayılabilecek gibi görünmüyordu. Yine de omzuna hafifçe dokundum. Hayret, içtiği onca şaraba rağmen gözleri aralandı.

"Sen ne istiyorsun soytarı?"

"Eğer ücretimi verirseniz efendim, hemen giderim!"

"Neyin ücretini?"

"Müziğin, dük hazretleri, akşamınıza heyecan katan müziğin!"

"Haa!.. Anladım, sen şu rakkaselerin simsarısın!.. Git, ücretini vekilharcım ödesin… Ve sonra şatomuza yine gel!.."

"Hayhay, dük hazretleri, ne zaman arzu ederseniz rakkaseler emrinizde olacak."

"Sahi, adın neydi senin soytarı?"

"Alcala, efendim, Saint Alcala!.. Madrid'deki kıvrak müziklerin efendisi!.."

"Eski kralın yasını tutmayı unutma Alcala!.."

O gece veliaht Carlos, İspanya tahtının sahibi olacağını ve "V. Karl" adıyla ertesi gün büyük bir mirasa konarak üç devletin topraklarına hükmedeceğini bilmiyordu. Fransız, İspanyol ve Alman kanı taşımanın nimetiydi bu. Üç ay sonra ben Malaga'daki terk edilmiş kaleden ve Billure'nin hatıralarından ayrıldığım sırada o, anne tarafından dedesi II. Fernando'nun da ölüm haberini alarak Kastilya, Aragon, Napoli ve Sicilya krallıklarını şahsında toplamıştı. Cermen ve Felemenk dâhil artık sekiz ülke ile sömürgelerinin kralı idi. On altıncı yaşını tamamlamak üzereydi ve Hıristiyan dünyanın en güçlü hükümdarı olmuştu. Malaga limanından Akdeniz'e açılan ve beni önce Tunus, oradan da Kaderkale'ye götürecek olan gemiye bindiğimde, çeşitli milletlere mensup Hıristiyan yolcular ondan saygıyla söz ediyor ve adını anarken İngilizler V. Charles, Fransızlar yazarken Charles Quint ve okurken Şarlken, Portekizliler ile Kastilyalılar Kral Karl, İspanyollar da yalnızca Carlos diyorlardı. Hepsinin ortak heyecanı, bu ismi telaffuz ederken gösterdikleri ağız dolusu sevinçten okunuyordu. Onları dinlerken Endülüs, Gırnata ve vatanım için bir kere daha üzüldüm ve ona "Karlos Kral" diyen bir Türk yolcu ile sohbete daldım. Billure'nin kelimelerini hatırlayarak...

İspanya'da yeni bir dönem başlıyordu ve halk genç kralın coşkusunu sokaklara, tarlalara, atölyelere yansıtmış gibiydi. İspanyol limanları Akdeniz'deki donanmalar yanında Yeni Dünya'ya gidip gelen gemilerle ıskarçalanıyordu. Ülkeye akın eden seyyahlar ile tacirlerin çokluğu ise bu coşkuyu ikiye katlamıştı. Kendilerine Colombus'u örnek almış seyyahlardı bunlar ve hemen aynı hikâyeyi anlatıyorlardı, yolculuk yaptığım Türk'ün anlattığı gibi: "Colombus zamanında İstanbul'a gelmiş, Sultan Bayezid'in huzuruna çıkıp, 'Bana biraz gemiler verin, size yeni dünyalar vereyim!' demiş. Hindistan'a gitmekmiş niyeti ve oranın zenginliklerini getirmekmiş. Sultan, ulema ve vüzeraya danışıp Colombus'un sözlerinde gerçek payı var mı diye inceletmiş. O sırada Piri Reis denizlerdeymiş, işin doğrusunu anlatamamış. Bazı cahil vezirleri de, 'Aman hünkârım, ahir zamanda yeni dünya mı olurmuş; dünyanın yıkılması yaklaştı!' deyip Colombus'u geldiği yere yüzdürmüşler. Bunun üzerine

Colombus İspanya'ya gelmiş ve aynı teklifi kraliçeye yapmış. O kendisine gemiler verince..." "Yeter!" dedim adama, "Yeter!.. Osmanlı sultanının âlimleri ve vezirleri böyle zavallı değildir, bunu birileri kasten uydurmuş olmalı. Ama yine de hayal etmesi güzel. Eğer sultan, Colombus'a gemiler verseydi Yeni Dünya'nın nimetleri Müslümanların olurdu da Endülüs Müdeccenlerine bunca eziyet reva görülemezdi." Sonra da yeni sultanın böyle olmaması için içimden dua ettim. Çünkü Carlos gibi bir kral ile başa çıkmakta zorlanırdı.

Malaga'dan ayrılmadan limanda Macellan isminde bir kaptan ile tanışmıştım. Yeni Kral Carlos ile görüşmüş, Ümit Burnu'ndan dolanarak Hindistan'a, oradan Yeni Dünya'ya gitmekten, böylece dünyanın çevresini dolanmaktan söz ediyordu. Bana kalyonunda rehber kâtip olmam için altın teklif etti. Hisardan ayrılmak üzereydim ve Billure ile kendime verdiğim sözü hatırladım. Eğer onunla gidersem önümüzdeki yıl birinci teşrinin son gününde, Billure'yi kaybettiğim yerde onu bekliyor olamazdım. Ayrıca kış mevsimi geldiğinde Madrid'de bulunmazsam yeminime da sadık kalamayabilirdim. Hızır Reis'e verdiğim geri dönme sözünü ise asla unutamazdım. Kaptan Macellan'ın teklifini kabul etmemem için yeterli sebeplerdi bunlar. Ama kendisine teşekkür ettikten sonra, tanıdığım bazı Endülüslü ve Türk denizcilerin adlarını da söyledim. Daha önce Kaptan Gama'nın gemilerine Yeni Dünya'yı bulduran rehberlerin çocukları idi bunlar. Ona, son olarak, Akdeniz'de son zamanlarda adı fısıldanmaya başlanan "Kanca" Oruç Reis'i görmenin Yeni Dünya'yı görmekten daha cazip geldiğini söyledim. "Ölümü yakın olan kesik kollu bir Türk'ü, doğmakta olan Yeni Dünya'ya tercih edecek kadar akılsız olamazsın!" diyerek azarladı beni. Yanlış düşündüğünü söyleyemem; ama Akdeniz'de adı fısıldandıkça yüreklerin ürperdiği o kesik kollu Türk gitgide bir efsane oluyordu ve korsan hikâyelerini dillendirenler, önce onun kesik koluna taktığı kancayı nasıl şahin pençesi gibi kullandığını anlatarak söze başlıyorlardı. Oruç Reis tarih boyunca Akdeniz'de yaşanmış bütün korsan hikâyelerinin ya en iyi kahramanı, ya en acımasız kötüsüydü. Hikâye aynı hikâye oluyordu da iyi veya kötülüğü anlatana göre değişiyordu.

Bu seferki gelişimde Decan Ojeda'yı yaşlı ve umutsuz bulmuştum. Yaşama sevincini yitirmiş, kendini ahrete adamış gibiydi. Tek umutlu olduğu konu Kral Carlos'un geleceği idi. Ona göre genç Şarlken, Avrupa'yı işgal ederek bir Avrupa-Alman İmparatorluğu ilan etmek isteyecekti. Bunun için önündeki tek engel Fransa Krallığı idi. Ötedeki Bohemya ve Macaristan Krallığı ise şimdilik Tudor hanedanlığının yönettiği İngiltere'nin uzantısı olarak daha sonra onun hedefleri arasına girebilirdi. İtalyan çizmesindeki krallıklar dâhil bütün Avrupa'yı avucuna alacağı zamanlar yakındı. Önünde durabilecek en büyük rakip ise ancak Osmanlı Devleti olabilirdi. Daha üç yıl önce hükümdar olmasına rağmen Sultan Selim'in disiplin ve başarı hikâyeleri Madrid sarayına kadar geliyordu çünkü.

Billure ile baş başa kalıp haritalar çizerken birbirimizi sevdiğimiz hisar ufukta seçilmez olduğunda aniden çıkıveren poyrazın, yalnızca benim uzak hatıralarımı ve hasretliklerimi üşüttüğünü sanmıştım. Yanılmışım, bindiğim kalyonda Cezayir hasretiyle yanan Gırnatalı bir demirciyle karşılaştım. Borçlarını ödemek için gemicilik yapmaya, olmazsa forsa yazılmaya karar vermişti:

"Neden Cezayir'e?"

"Barbaros Hızır Reis adam topluyormuş!"

Ben yanında yokken Hızır Reis'in -belki ben de artık ona Barbaros demeliyim- Tenes, Tlemsen ve Oran'ı fethettiğini, Halkulvâd, Becaye ve Kaderkale ile birlikte Akdeniz'de altı adet deniz karakoluna sahip Cezayir beyi olduğunu elbette çok iyi biliyordum. O artık ağabeyinden devraldığı lakabıyla, benim efendim olan Barba Rossa idi. Altı noktada birden Akdeniz'e hâkimiyet sağlamak için topladığı adamlardan biri olmaya aday bu demircinin fikri, bana biraz da Endülüs Müslümanlarının onu hangi konumda gördüklerini anlatacaktı. Bilmezlenip sordum:

"Barbaros Hızır Reis de kim?"

Adam etrafına baktı, bana güvendiğini göstermek için kulağıma yaklaşıp fısıldayarak azarladı:

"Sen ne biçim Müdeccen'sin? Kadırga serenlerinde kendi sancakları dalgalanan, fenerleri de Müslümanlar için yanan şanlı Cezayir beyini nasıl tanımazsın. Tunus sultanının, Cezayir Arap emirlerinin, Berberi korsanlarının, İspanyol donanmasının ve Papalık gemilerinin hedefi durumundaki Türk beyidir o."

Sonra da bildiklerini hahişle anlatmaya başladı. Meğer Oruç Reis'in adı Kancalı Korsan'a çıkarken, Hızır Reis de koskoca Cezayir sultanlığına yükselmiş, şöhreti Endülüs Müslümanlarının arasına kadar gelmişti. Adamın anlattığına göre Cezayir denilen adalar topluluğunun yakınından geçen gemiler yeni bir Akdeniz devletinin sınırlarından geçer gibi davranıyorlarmış. Daha da ürkütücüsü, bu devletin sultanı hayalet gibi imiş, her yerde görünme ihtimali yüksekmiş. Akdeniz'de dolaşan her gemi Barbaros denince artık onu anlıyormuş. Tıpkı "Kanca" veya "Kancalı Korsan" denince Oruç Reis'in anlaşıldığı gibi.

Adamı yüreklendirmek için, "İnşallah şansın yaver gider, ona levend yazılırsın!" dedim. "Yazılırım, yazılırım..." dedi, kendinden emin şekilde ve devam etti, "Çünkü haritalarını çizip usturlabını okuyan seyir kâtibi Ernesto benim çocukluk arkadaşımdır... Barbaros, Grando Kaptan'ın İspanyol filosunu kırdığı zaman hizmetine girmişti..." Birden titredim. Hayır, poyrazdan değildi titreyişim. Zannederim yerimi alan seyir kâtibiyle ilgili sözler duymak istemedim. Lafı dolandırıp değiştirdim:

"Ne zaman olmuş bu kırım!"

"Geçen sonbaharda!.. Nasıl duymadın? Bütün Endülüslüler şükür duası yapmışlardı!"

Efendimin yeni bir seyir kâtibi olmasına elbette çok içerledim. Ama elden ne gelir, bu sonucu ben kendim hazırlamıştım. Yanına varınca kendimi affettirmenin yollarını arayacaktım artık. Bu arada Gırnatalının hem sohbeti güzeldi hem söyledikleri ilginç. Yol uzundu, vakit çoktu. Öylesine sordum:

"Daha taze havadislerin de var mı?"

"Kral Carlos'un, Tudor dükünü topraklarından kovduğunu biliyor musun?"

"Şu İngiliz Philip'in kethüdası olan mı; neden peki?"

"Bir muhafızı mı ne varmış. Öldürülmüş. Onun nasıl öldüğünü bulamadığı için."

"Bence başka bir sebebi vardır..."

"Olabilir... Ama bir yıl önce de kralın muhafızlarından biri aynı şekilde öldürülmüştü."

"Aynı şekilde mi?"

"Tıpatıp hem de... Bir yerlerde yaptıklarını planlı yapan bir katil dolaşıyor ama..."

"Bırak ölüleri Gırnatalı, Müdeccenleri anlat biraz."

"Gırnata'da..."

Adam anlatırken kendi dünyama çoktan dalmıştım. Cezayir'e gelmekte geciktiğimi fark ettim. Acaba Hızır Reis satrancı eskisinden güzel oynuyor muydu? Onunla konuşacak ne çok şey ve ona anlatacak ne kadar hikâyem vardı? Ve huzuruna varınca önce hangisini söylemeliydim? Billure'nin "geçmişim, geleceğim ve şimdiki halim" diye tanımladığı ve "Hepsi senindir!" diyerek bana emanet ettiği mavi, sarı ve kahverengi altın heykellerini önüne koyduğumda ne demeliydim? Kâtibi Ernesto'dan bahsetmek için nasıl bir yol izlemeliydim? Cezayir'de minareleri top güllelerine nişan edinen İspanyol garnizon kumandanını aynı topa koyup göklere savurduğunu nasıl keyifle anlattırmalıydım, hanende Cemayma Hatun'a olan tutkusunun devam edip etmediğini nasıl sormalıydım? Şehzade Korkut'tan sonra Sultan Selim'e zengin peşkeşler gönderdiğini biliyordum, elbette aralarının düzelip düzelmediğini de merak ediyordum.

Kaderkale'den Cezayir'e vardığımda vakit akşamdı ve sefer mevsimini bildiren badem çiçeklerinin kokuları genizleri yakıyordu. İçimde bir korku vardı. Unutulmuşluk korkusu. Cezayir körfezinde kadırgaların fenerleri yanıyordu. Baktım, eskiden yalnızca limanda parlayan gemi fenerleri artık Akdeniz'in enginlerine doğru uzanıp gidiyordu. Ve donanmasının gemileri neredeyse sayılamayacak kadar çoktu.

Ondan ayrıldığım salonda beni karşıladı. Kollarını bir çocuk gibi iki yana açmış haykırıyordu:

"Oğlum oldu Sidi!.."

Kırk yaşını aşkın bir erkeğin ilk babalık sevincini benimle paylaşmasından anladım ki beni unutmamış ve hâlâ itibar ediyor. Ömrü deniz kızlarına dair masallar dinleyerek geçen bir deniz adamının kendisini toprağa bağlayan babalık sevincini görmekten mutluydum. Dalgaların arasından dönüp gidecekleri bir yol bulanların, bir yere ait olma hissinin sevinciydi bu. Denizlerde her erkek, âşık olduğu bir kadının şefkatli yastığını özler ve âşık olduğu o kadının kendisine bir bebek vermesini hayal eder çünkü. Hızır Reis bu hayalinin gerçekleşmesinden bahtiyarlık duyuyordu. Bana bebeğin annesini anlattı sonra. Cemayma'yı. Zaten kendisine sormayı istediğim o genç ve güzel hanendeyi. Görenleri önce asaletiyle, sonra güzelliğiyle meftun bırakan Tunus güzelini. Artık şarkı söylemediği için sesinin efsununa hiç kapılmayacaktım, lakin taş yürekli Hızır Reis'i şarkılar mırıldanan bir his adamına çevirdiğine bakarak Cezayir'in gizli sultanı olduğunu söylemekten de çekinmeyecektim. Neden sonra birden hatırlamış gibi sordu:

"Billure'yi buldun mu?!"

Ellerini dizlerine koyup titrer gibi parmaklarıyla sıktı. Ben bu soruya "Evet!" cevabını verebilmek için ne kadar istekliysem, onun da "Evet!" cevabını duymak üzere o derece umutlu olduğunu gördüm.

1518

İki yıl sonra...

"Conri, uyan!.. Uyan Conri!.."

"Üff!.. Ne var kızım ya?"

"Dinle!.. Yaklaşan uğultuları duyuyor musun?"

"Rüzgârdır, denizlerde hep duyulur!"

"Şakanın sırası değil Conri, dinle bak!"

Conradina hamak tentesinden başını kaldırır gibi oldu, biraz dinledi. Dışarıda gerçekten de büyük bir uğultu vardı.

"Yoksa korsanlar mı Beatrix, Barba Rossa mı?"

"Gecenin bu saatinde Kaptan Doria'nın ve papalık donanmasının yolunu kestiklerine göre başka kim olabilir?"

"Hangisi peki, Kanca mı, küçüğü mü?"

"Ne fark eder, ikisi de Kızıl Sakallı olduktan sonra. Ama galiba Kanca olamaz, bu sularda küçük olan eğleşiyor olmalı."

"Neredeyiz?"

"Zannederim Ustica açıklarında. Akşam, vardiyanlardan biri Sicilya'ya yaklaştığımızı söylemişti."

Dört kalyon ve onları koruyan on üç firkate Ceneviz'den yola çıktığından beri iki ambarlı kalyonun anason kokan izbe kamarasında kilitli tutuluyorlardı. Burası, şarap fıçılarının çarmık palangasıyla istiflendiği geniş bir depoydu. Gözleri karanlığa alışmış, birbirlerini seçmeye başlamışlardı. Papa X. Leo, başrahibenin önerisiyle Conradina ile ikisini Bohemya'ya gönderiyordu. Prag manastırında üç yıl hiç dışarı çıkmadan, kızları eğitmekle cezalandırılmışlardı. Gemileri önce Sicilya'ya uğrayacak, Çizme'yi dönüp Adriyatik'te yol alacaktı. Conradina kendi memleketine gittiği, orada akrabalarını bulacağı ve zaten sevmediği rahibe kıyafetinden kurtulacak bir fırsat yakalamayı hayal ettiği için sevinçli olsa da, Beatrix katıksız bir sürgünün eşiğinde bulunduğunu düşünüyordu. Her şey, maalesef, haşarı Conradina'nın taşkınlıkları yüzünden olmuştu yine. Sürgün cezası bir rahibe için ömrünün sonuna kadar vebalı damgası yemek kadar netameli idi çünkü.

Kulak kesildiler; yaklaştıkça yükselen haykırışların ne anlama geldiğini bulmaya çalışıyorlardı. Kadırganın üst güvertesinde gitgide sıklaşan kırbaç sesleri iyi duymalarını engellemiş durumdaydı. Her biri forsaların çıplak sırtlarında çizik çizik kan izleri bırakacak şiddette şaklıyordu. İzbe kamaranın kapı aralığından görebildikleri kadarıyla da kadırganın fenerleri söndürülmüştü. Bu, hızla kaçtıklarını gösteriyordu. Vardiyanbaşının elindeki kırbacın her savruluşundan sonra kadırganın sıçrayarak ileriye atılması, gemideki herkese bu kaçışın hızını ve telaşını hissettirecek kadar da güçlüydü üstelik. Peki ama kimden ve neden kaçıyorlardı? Peşlerindeki gemiler gerçekten Barbaros kardeşlere mi aitti? Sesleri ve bağırışları uğultu halinde geliyor, kelimeler boğuluyor, bir türlü hangi dilde bağırdıkları duyulmuyordu. Neden sonra Beatrix tek tük seçmeye başladı. Evet, bunlar, Türkler idi. Hasretini çektiği dili konuşan Türkler. O halde yaklaşan gemiler olsa olsa Barbaros kardeşlere ait olabilirdi. Biraz daha dinledi. Evet evet, emindi, duyduğu kelimeler annesinden öğrendiği dilin kelimeleriydi. Vardiyan ve hamlacılar emirlerini Türkçe veriyorlardı. Birden beş yıl öncesine gitti. Henüz on altı yaşındayken bu kelimeleri duyabilmek için nasıl da can atmış, bulunduğu manastırdan kurtulma umuduyla her sesi nasıl da Türkçe bir kelimeye benzetmişti. Bu dil, bir zamanlar onun dualarının diliydi. Bir gün yeniden duyabileceğine dair umutlandığı ama bir türlü duyamadığı, umutlarını tüketen dildi. Sahi kelimeleri ne güzeldi bu dilin!.. Conradina'nın duyup merak ettiği, derin rüyalarında sayıkladığı Türkçe. Ve işte hece hece, kelime kelime, cümle cümle şimdi ona doğru geliyor, yaklaşıyordu. Birden karamsarlıkla ürperdi. "İyi ama," dedi içinden, "bu dil beni neye yaklaştırıyor, bana ne getiriyor? Çocukluğumu mu? I-ıh! Ailemin hatıralarını mı? I-ıh! Yaseminlerin kokusuyla yıkanan köyümün yıldızlı gecelerini mi? I-ıh! Yusuf'u mu? I-ıh!"

Hayret!.. Sesler yaklaşıyordu ve henüz Beatrix'in içinde umduğu kurtuluş heyecanı oluşmamış, sevinç çığlıkları atma arzusuna kapılmamıştı. Hayır, tam tersine, Türklerin gelişini gayet sakin karşıladı ve bundan sonra neler olabileceğine dair seçenekleri düşünmeye başladı. Türk korsanlarla yüz yüze geldiğinde nasıl davranacaktı? Türk olduğunu ispat etmek için neler yapması gerekecekti? Peki ya Müslümanlığından sorarlarsa? Çocukluğundan hafızasında kalan ve ne anlama geldiğini bile artık bilmediği birkaç Arapça duayı veya sureyi yarım yamalak okumak onu Müslüman yapacak mıydı? Cenova'da kaldığı yıllar boyunca yatağına girdiğinde, "Yattım sağıma, döndüm soluma, melekler şahit olsun, dinime imanıma," demeyi bile ihmal eder olmuş, tıpkı diğer rahibeler gibi Bakire Meryem'e sığınarak gözlerini yummak alışkanlığı edinmişti. Endülüs'teyken Decan Ojeda'ya sorduğu soru geldi aklına. Belki de o soruyu yeniden sormayı, "Ben Müslüman kalabilmiş miydim?" diye kendini yoklamayı denemeliydi. Gerçi başrahibenin ve papa hazretlerinin anlattığı Kutsal Baba ile çocukken annesinin ve babasının inandığı Allah aynı Yaratıcı sayılırdı. Keza Conradina'nın inandığı Tanrı ile esir damlarında çürüyen Yahudilerin Yahova'ları da yine O idi. İyi de acaba az sonra kadırgalarına saldıracak olan korsanlar da Allah'ı onun düşündüğü Cennet'teki Kutsal Baba gibi mi düşünüyorlardı? Elbette teslise inanmıyorlar ve belki de Kutsal Ruh'u kabul etmiyorlardı. Peki ama şimdi onlara Müslüman olduğunu nasıl söyleyebilirdi ki? "Söylersem bunu nasıl ispat ederdim?" diye sordu kendine. Cenova'da her kış sıkça gördüğü korkunç ve vahşi korsanları getirdi gözünün önüne. Hiçbiri Allah'a inanmıyorlardı. Acaba bunlar da öyle mi idiler? Akdeniz'in çevresinde insanlar, milletler, düşünceler kadar imanlar da farklı idi. Birden, hiçbir kilisede, hiçbir gün bir korsana rastlamış olmadığını hatırladı. Peki ama forsalar inanmazlar mıydı? İnanıyorlarsa kiliselere girmelerine mâni olan neydi? Ya Türk korsanlar?

Beatrix gerçek adını daha evvel Conradina'ya söylememiş olmaktan ilk kez o vakit rahatsızlık duydu. Keşke adının Beatrix değil Billure olduğunu Conradina'ya söylemiş olsaydı. Beatrix adıyla yaşarken Türkçe konuşan insanlara Türk ve Müslüman olduğunu nasıl ispat edebilirdi ki? Sonra birden ispat ettiğini varsaydı, acaba Conri'ye ne olurdu? Evet biraz haşarıydı, fettandı, dinsizdi ama kendisinin yegâne dostuydu. Bu sürgüne onun Papa X. Leo'yu baştan çıkarma suçlaması yüzünden çıkmış olsalar bile onu terk edemeyeceğini, hele böyle tehlikeli bir zamanda yalnız bırakamayacağını düşündü. Peki bu adamlar onu kendisine bağışlarlar mıydı? Papa hazretlerinin Taxa Camerae'yi yazdığı günden bu yana yaptığı güzel şeylerin arkasında hep Conradina vardı, onu terk edemezdi. Sonra başrahibenin başlarına ördüğü o çorabı düşündü. "Cenova manastırında Conri'siz kalmak, Bohemya'ya sürgüne onunla gitmekten daha kötüdür eminim," diye mırıldandığı geceyi düşündü yeniden. Ve ilave etmişti, "Alkala'dan sonra dünyada kendime yakın hissettiğim tek sığınağım o."

"Şu altınları al Beatrix!"

Beatrix, avucunu dolduran ağır keseleri görünce şaşırmıştı:

"Nedir bunlar Conri?"

"Birazı haftalık vaazlardan, birazı da muhteşem Papa hazretlerinden namusumla kazandığım birkaç kuruş, zor günler için saklamıştım!"

"Papa hazretlerinden para sızdırdığına şaşırmadım ama bunca yıldır haftalık vaazların parasını cebine mi attın? Üstelik fakir insanların üç beş kuruşundan..."

"Hepsi işe yaramaz rahibeleri besleyen kiliseye mi gitseydi yani? Bak şimdi işe yarayacak ve bize özgürlük sağlayacak!"

Beatrix, Conradina'nın aklından neler geçtiğini kestiremiyordu. Kendisine verdiği altınlar böyle bir durumda, özgürlük getirmek şöyle dursun, başlarının belası olabilirdi. Akdeniz'de altın her zaman belayı çekerdi. Endülüs'te kalan heykellerine hiç acımaması bundandı. "İnşallah Alkala'nın eline geçmiştir!" diye avuttu kendini belki milyonuncu kez. "Benim yerime Alkala'nın işine yaramış olması için ettiğim dualarımı kabul eyle Allahım," dedi sonra.

"Conri, bunları alamam. Hem aklından neler geçiyor senin?"

"Sen yalnızca al ve bekâret kemerine sakla. Malum, benimki kilit tutmuyor!"

Beatrix o anda Conradina'yı bu açık sözlülüğü ve içtenliği için sevdiğini düşündü. Kaç kereler dediği gibi fırsattır deyip yine ikaz etti:

"Sevgili Conri!.. İnsan, büyük bir iyilik için bile olsa küçük bir suç işlememelidir. Sense küçük iyilikler için büyük suçlar işliyorsun!"

Yüzüne sitemle bakarken, "Galiba fahişelik bu kızın ruhunda," diye düşündü. Öte yandan çok mürüvvetli ve aldırışsız olduğunu da hatırladı. Nitekim böyle bir zamanda bile şaka yapabiliyor olması ve kendisiyle alay edebilmesi ona güvenmesini sağlıyordu.

"Kes şu vaazı," diye azarladı Conri, "ve ben istediğim zamana kadar altınları kimseye bildirme yeter!"

Forsalar üst güvertede zincirlerini şakırdatmaya başladıklarında kadırga bir ceviz kabuğu gibi sallanıyor, dalgalar seren direğine sıçrıyordu. Beatrix ayakta durmakta zorlandığını hissetti ve derhal dizlerinin üzerine çöküp kutsal Meryem'e yalvarmaya başladı. Conradina kaportayı açmak için sürgüyü zorluyordu. Nafile. İçeride tıkılı kalmışlardı. Başlarına gelebilecek en kötü şey, dışarı çıkamadan geminin batırılması idi. Korsan savaşlarında böyle ölenlerin sayısı az değildi. Conradina kamaranın tek lumbuzundan dışarıya baktı. Buharlaşan camı sildiğinde dışarının yavaş yavaş aydınlanmaya başladığını gördü. Lakin ışık, düşmanı da ortaya çıkarmış ve kalyonlarının çevresini arma donanımında hilal nakışları olan kadırgaların sardığı ortaya çıkmıştı. Ürkütücü bir manzaraydı:

"Beatrix, bırak duayı... Ölüyoruz kızım, başımızın çaresine bakalım..."

Beatrix bildiği bir şeyi tekrar edip duran arkadaşına bakarak lumbuza yaklaştı. Pruvasını kalyona nişanlamış gibi karinadan bindirmek üzere hızla üzerlerine gelen beylik kadırgayı gördü. Diğer kadırgalar da çevrelerinde, sanki koca bir balinayı yutmaya çalışan köpekbalıkları gibi dolanıp duruyorlardı. Birden beylik geminin kıç üstündeki şahnişinde onu gördü. Kadırgasında üç fener birden olduğuna göre bu ondan başkası olamazdı. O, Barba Rossa. Akdeniz'de adı her yalıda, her konakta anılan Türk. Çevresindeki cenkçilere ve levendlere emirler yağdırıyor, diğer kadırgalara işaretler yolluyordu. Beatrix dikkatle onu izlemeye başladı. Biraz sevinç, biraz hayranlık, biraz da korku ile... Kadırganın baş bodoslaması kalyonun karinasında bir gedik açmak üzereyken yüzünü yakından görebilmişti. Elinde yekeyi tutuyor, kıvırcık sakalları ve fırça kaşlarıyla ağarmakta olan tan yerine ikinci bir kızıllık katıyordu. Bu kızıllıkta kandan ziyade güneşin rengi var gibiydi. Yaptığı işi bilerek yapanların rahatlığı içindeydi. Telaşsızdı. Levendleri ne kadar koşuşturuyorsa Barba Rossa o kadar sükûnetle duruyordu. Savaşıyor gibi değil de, sonucu belli bir planı uyguluyor gibiydi. Hatta yanında haritalara bakıp pusula tutan adam ile sohbet bile ediyordu. Beatrix aniden içinde bir kıpırtı hissetti. "Şu haritalara bakan adamın sırtı dönük olmasaydı keşke," diye geçirdi içinden. Belki konuştukları kelimeleri dudaklarından seçebilir, Türkçe kelimelerini anlayabilirdi. O anda Türkçeyi ne kadar özlediğini bir kez daha hissetti. Ve rüzgâr tam da istediği şeyi, Barba Rossa ile kâtibin konuşmalarını alıp getiriverdi:

"Bre Piri Reis!.. Sidi burda olmalı, seni görmeliydi!"

"Reis babamız! Sidi neyse de asıl Ernesto soytarısı görmeliydi bugünü. Haritalarımızı çalıp götürdüğü için."

Keşke Beatrix bulunduğu yerden Türkçe haykırabilse, bağırsa, konuşmaya katılabilse ve mesela, "Piri Reis, sen harita çizen Saint Alkala'yı tanır mısın? Yahut haritanda Yazıköy'ü çizebilir misin? Sidi dediğiniz kim olur?" gibi rastgele bir soru ile sohbete girebilseydi. İçi içine sığmıyordu. Sesini duyurabilecek olsa belki kendini alamayacak ve, "İşte ben buradayım, benimle iki kelimecik olsun Türkçe konuşun!" diye haykıracaktı, ama nafile, bu hengâmede, can pazarı kurulduğu şu sırada... Birden Conradina'ya baktı. Acaba şu sırada, Beatrix'in Türkçe konuşma arzusunu veya gerçekte adının Billure olduğunu öğrenmek ister miydi? Öğrenirse yüzünü aynı güven hissi aydınlatır mıydı? Biraz sonra öğrendiğinde ne yapacaktı? Beatrix, düşündüklerinin tehlikeli şeyler olduğunu biliyordu. Yüzünü dışarıya çevirdi. Barba Rossa'nın bizzat yekesinin başında durduğu üç fenerli kaptan kadırgasına baktı. İskele baş omuzluktan yol vermiş üzerlerine geliyordu. Bu süratle karinaya bindirmesi halinde geminin kemerelerini söktürmesi ve koca kalyonu, yolcularıyla birlikte denizin dibine göndermesi kaçınılmazdı. O sırada tavlon güverteden vardiyanların kırbaç şaklatmalarının hızlandığını duydular. Gemiye yol vermek istiyorlardı anlaşılan. Dışarıda kalabalık sesler vardı. Kamara kaportalarının kilitleri bir bir açılıyordu. Umutla beklediler, beklediler... Herkes, mahkûmlar, yolcular ve esirler hepsi dışarıdaydılar, ama kendi kamaralarına uğrayan yoktu. Unutulmuş olabilirler miydi? İhtimal deyip avazları çıktığı ve güçleri tükenesiye kadar bağırdılar. Kaportası sürgülü kamarada çaresizdiler. Doria yahut Rossa, hangisi kazanırsa kazansın, netice ne olursa olsun, cenk esnasında burada ölmeleri mukadder görünüyordu. Ne yapacaklarına karar vermeye çalıştıkları anda yeniden savruldular. Şarap fıçıları dağılmış, palanga bağları ve barbarişka düğümlerini boşandırmıştı. Ortalık bir anda karıştı. Varil büyüklüğünde fıçılar kamara zemininde her yöne yuvarlanmaya başladılar. Beatrix ile Conradina tutunacak bir yer aradılar ama geniş ve çıplak kamarada şarap fıçılarından başka tutunacakları bir mandal veya kaporta kolu bile yoktu. Kendilerini toparlayamadan kulaklarını tırmalayan bir gürültüyle yerlerinden fırlayıp bu sefer de santabarba tavanına çarptılar. Gemi hasar üstüne hasar alıyordu anlaşılan. İşte sonunda o da oldu. Kamaralarının bir yanında gedik açılmış, deniz görünüyordu. Yukarıdan gelen çığlıkların yönüne bakılırsa Rossa'nın pruvası kalyonun kıç kamarasında ve kaptan köşkünde hatırı sayılır bir gedik açmıştı. Koca kalyonun bütün tahtaları ve kemereleri yerinden oynamış da biraz sonra suyun üzerinde dağılıverecek gibi hissettiler. Kalyonun aldığı her bir hasar onların bedenlerinde yeni bir çürük oluşturuyor, bir yerlerini daha morartıyordu. Tenteleri bedenlerine sarmayı akıl ettikleri sırada Beatrix, uzaklardan gelen kadın ve çocuk çığlıkları duydu. Seslerin geldiği istikamete baktı. Çöken kıçüstü kamaradan tavlon güverteye düşmüş olmalıydılar.

"Demek gemide bizden başka da kadın varmış Beatrix!"

"Kaptanın eşi ve ailesi olmalı?"

"Ya da kaptan kamarasında ağırlanacak kadar değerli birileri!"

"Hımm!.."

Sesleri dinlediler. "Beş veya altı kişi olmalılar," dedi Conradina. Neyse ki çok merak etmelerine gerek kalmadı. Çünkü kıçüstü hasar alınca kamaralarının kilidi açıldı ve diğerleri de onların kaldığı sintineye getirilip tıkıştırıldılar. Conradina tahmininde yanılmamıştı. Beş kadın idiler. Kıyafetleri, konuşmaları, tavırları... Her hallerinden asilzade oldukları anlaşılıyordu. Rahibe kıyafetli kadınları görünce önce rahat davrandılarsa da mahkûm olduklarını öğrenince konuşmaya bile çekindiler. Mamafih kader buna fazla müsaade etmedi. Dışarıda şiddetli bir savaş vardı ve kimse yerinde sağlam duramıyordu. O sırada Conradina Beatrix'in kulağına eğilmiş, "Kıyafetlerine baksana kızım, bunlar dük ailesinin yosmaları!" diye fısıldadı. Sonra da sesini yükseltip ortamı yumuşatacak cümleler kurmaya başladı. Çaresizlik, insanları çabucak dost yaparmış, çok geçmeden birbirleriyle artık teklifsiz konuşuyorlardı. Dışarıdan gelen arkebüz sesleri herkesi korkutmuş, aradaki sınıf hiyerarşisini kaldırıvermişti. Hanımefendi Cleves Dükü III. John'un karısı Düşes Maria; yanındaki dört kadın da hizmetkârları idiler. William ile Sybilla diye çağırdıkları çocuklar henüz pek küçüktü ve Düşes Maria'nın kucağında bir de bebek vardı. Bu, üçüncü kardeş Anne imiş. Pek sevimli bir bebek. Conradina, Düşes Maria'ya saygılarını sunduğu sırada hemen üstlerinde bir patlamayla savruldular. Göz gözü görmüyor gibiydi. Anlaşılan Doria'nın zikzak seyrine karşı Barba Rossa'nın uzaktaki gemilerinden kümeleme top atışı başlamış, iki gülle birden santabarbaya isabet etmişti. Tutuşan tahtaların sıçrayan kıvılcımları başlarını, yuvarlanıp duran fıçılar da ayaklarını rahat bırakmıyordu. Bebeği emniyete almak için alçak tavana asılı hamaktaki salıncak tenteye yatırdılar. O sırada yan kamaradaki şilteler alev almış, koyu dumanlar şarap varillerinin üstünü örtmeye başlamıştı. Barba Rossa'nın levendleri çok yakında olmalıydılar. Her yanda oklar uçuşuyordu. Ve alev saçan bir ok kapıdan girip bebeği yatırdıkları hamak salıncağın tahtasına saplanıverdi. Bu ok, o güne kadar gördüklerine benzemiyordu. Ucundan sarkan paçavranın alevleri yere zift gibi damla damla dökülüyor, düştüğü yerde yayılarak çevresini de tutuşturuyordu. Barba Rossa alevli oklarla kalyonu yakmayı planlıyor olmalıydı. Bir anda beşiğin altında alevler birikmeye başladı. Üstelik hızla genişliyor, alttan kamarayı kaplıyor, üstten de hamak iplerini tutuşturuyordu. Bebek alevlerin arasında kalakalmıştı. Düşes şoka girmiş, öylece bakıyordu. Hizmetkârlardan biri bebeği kurtarmak için yaklaşmak istediyse de genişleyen alevden fırsat bulamadı. Beatrix, her taraf ateşle kaplanmadan bir şeyler yapmak gerektiğini düşündü. Düşes hâlâ donmuş gibiydi. Hizmetkârlar şaşırmışlardı. Conradina, "Ne de olsa zarif ve asil hanımefendiler (!)" diye mırıldanırken Beatrix ile göz göze geldi ve ikisi birden atıldı.

Rossa'nın adamları paçavrayı nasıl bir yağa batırdılarsa, her damla alev tahta zeminde yeni bir avuç yangına dönüşüp yayılıyordu. Conradina çocukları dışarı çıkardı. Sıra dumanların arasında kalan beşikteki bebekteydi. Zavallının çığlıkları gitgide yükseliyordu. Düşes şoktan çıkmış, büyüyerek bebeğini saran alevlerin karşısında çırpınıyordu. Beatrix, alevlerin içinde büyük bir kararlılıkla çabalıyordu. Oku yerinden söküp denize fırlatmaktı amacı. Var gücüyle kavrayıp çektiğini gördüler. Beatrix, her tarafı yakan bu okun neden yanmadığını düşündüğü anda iki avucunda birden şiddetli acılar hissetti. Burnuna yanmış et kokusu geldi birden. Okun bedenine sıkı sıkıya sarılmış telleri görünce anladı neden alevden etkilenmediğini. Ok yanmıyordu ama çevresinde ne varsa hepsini yakıyordu. İşte avuçları da yanıyor, etleri birbirine yapışıyordu. Yerinden sökülemesin ve yangın büyüsün diye Türklerin oklara tel sardıklarını nereden bilebilirdi. Tuzağa düşmüştü ve şu anda eline bulaşan neftin etkisiyle derisi soyulan avuçlarından alevler fışkırıyordu. Sihir gibi bir şeydi, ellerini birbirine çırpıyor yine de avuçlarında çoğalan alevleri söndüremiyordu. Gözü eteğinin tutuşmasına takıldı. Aklı durmuş gibiydi. Ne yapacağını şaşırmıştı. Son bir hamle ile beşiği devirip bebeği içinden kucağına düşürmeyi denedi. Evet, işte bunu başarmıştı. Bebek kucağındaydı. Kamarada açılan gediğe koştu. Denize atlamak üzereydi. Conradina onun niyetini anlayınca yolunu kesip ayağına çelme takarak düşürdü. Sonra da yanan elbisesini ve ellerini söndürmek üzere orta boy bir şarap fıçısını üzerine boca etti. Bebeği kucağından alıp diğer fıçıya daldırdı. Bu halde bile muzipçe mırıldanarak bebeği seviyordu:

"Gel bakalım yaramaz, senin vaftizini iyi yapmamışlar anlaşılan!"

Gün ışımaya başladığında Conradina'nın bol şarap ile vaftiz anası olduğu bebek Anne, hâlâ Beatrix'in kucağındaydı. Savaş sürüyor, gemiler alev alıyor veya toslaşıyorlardı. Düşes Maria, Beatrix'e binlerce teşekkür ediyor, ellerindeki yanıkları ıslatarak minnetini göstermeye çalışıyordu. Forsalar zincirlerini şakırdatarak son savaş çığlıkları için son nefeslerini harcadıklarında Kaptan Doria gelip düşese bilgi verdi:

"Efendimiz!.. Az evvel iki güvercini Sicilya'ya kanatlandırdım. Birisi vali hazretlerine, hamulemizin cevher olduğunu bildirecektir. Ve elbette haber alır almaz Aragonlu dostlarımızın firkateleri tez vakitte imdadımıza geleceklerdir."

"Diğeri?"

"Diğeri, efendimiz, esir ticareti yapan bir dostumun penceresine konacak!.. İşler kötüye giderse diye!.."

"Umarım işler kötüye gitmez ve senin güvercinleri birisi yakalayıp kebap yapmaz kaptan Doria! Yoksa bu kâfir Türkler seni sağ bırakırlarsa bile ben bırakmam; Papa bile seni elimden alamaz."

Beatrix'in gözleri fal taşı gibi açılmıştı. O güne kadar yırtıcı kuşun kafestekilerle arkadaşlık ettiğini hiç görmemişti. Kilise dışında güç ve iktidar denen şeyin ne olduğunu anlaması için bir kadının ağzından duyduğu şu cümleler yetmişti. Anlaşılan Düşes Maria hiç de göründüğü gibi bir kadın değildi.

Andrea Doria ile Barba Rossa'nın savaşında çok geçmeden her şey Kaptan Doria'nın aleyhine döndü ve kuşluk vaktinde önce kalyonları koruyan kadırgalardan ikisi denizi boyladı. Altı firkate, küçük hasarlarla ve yüzer vaziyette Türk levendlerin eline geçti. Yolcu ve yük taşıyan diğer iki kalyon yedeklendi. Doria'nın şahsi kalyonu denizin ortasında yelkensiz ve küreksiz Barba Rossa için alesta bekliyordu. Bordo ve yeşil nakışlı bu kalyonda asil atlar vardı ve okların getirdiği tutuşturulmuş yağlı paçavraların dumanıyla hayvanlar çıldırmış, gemi batacak duruma gelmişti. Uzaktan hâlâ hayvanların ıstırap dolu kişnemeleri duyuluyordu. Türk korsanlar önce o kalyonu en yakın adaya götürmek ve atları kurtarmak üzere yedeklediler. "Akdeniz'de at fiyatları esir fiyatlarından yüksek anlaşılan," diye mırıldandı Conradina. Beatrix de Türk korsanların, Akdenizli diğer korsanlardan farklı davrandıklarını anlattı ona. Başkalarının mancınıklarla attığı tutuşturulmuş yağlı paçavraları bunların oklara sardığını söyledi. "Böylece gemiler daha az hasar alır kızım!" diye açıklama getirdi Conradina. Ve Beatrix ilave etti:

"Tabii gemide hasar az olunca forsa veya yolculardan ölenlerin sayısı da asgari sayıda kalır."

"Demek ki yolcuları sağ istiyorlar?!."

"Yahut gemileri daha sağlam istiyorl..."

Beatrix cümlesinin gerisini getirmedi. Çünkü Barba Rossa'nın levendlerinin çıplak ayakları güverteye basmıştı. Derhal forsaların zincirlerini kopardılar. Ardından da Türkçe seslenip kendi saflarında savaşmaları halinde özgür bırakılmaktan öte bir de ödüllendirileceklerini tekrar tekrar söylediler. Barba Rossa savaşı iyi biliyordu anlaşılan. Ne de olsa, çift ambarlı bir kalyon ancak içindeki forsaların gücü sayesinde ele geçirilebilirdi.

Beatrix Türkçe konuşmak ve kendini belli etmek için henüz erken diye düşünüyordu. En azından Barbaros Hızır Reis'in huzuruna çıkarılmayı beklemeliydi. Conradina kadınlara sessiz olmalarını tembih etti. Şimdi güvertedeki sesleri dinleyerek bekleme zamanıydı.

Kalyona ilk çıkan Türk korsanların çavuşları her şeyi emirle ve bir disiplin içinde yapıyorlardı. Onlar gelince Doria'nın mürettebat ve cenkçilerinden bazıları can havliyle denize atlamayı tercih ettiler. Levendlerin kılıçları kınından çekildiği sırada diğerleri, "Pala mardiyos sinyor!" diye yalvararak forsalardan boşalan zincirleri ayaklarına kendileri kelepçelemeye başladılar. İşte Akdeniz'de yine efendilerin zincirlendiği, zincirlilerin efendi oluverdiği bir gün daha akıyordu. Ama Düşes Maria ile yanındaki kadınlar bunu ilk kez yaşıyor olmalıydılar. Titriyor, istavroz çıkarıp dua ediyorlardı.

Beatrix, Conradina'nın soğukkanlılığına ve zekâsına her zaman hayranlık duyardı ama bu sefer daha çok imrendi. Çünkü o hengâmede, artık hangi planın peşinde ise, elbiselerini çıkarmış, düşese giydirmeye çalışıyordu.

Onları ilk bulan, kazan kulpu bıyıklarıyla bir Türk levendi oldu. Kamaranın kapısını tuttu ve hepsini esir aldı. Gemide bir kadın görmek onu çok şaşırtmış olmalıydı. Ürkütücü bir adamdı. Omzunda dövmesi ve dazlak kafasında bir yara izi vardı. Manastırda dinledikleri korsan hikâyelerinin arasından çıkıp gelmiş gibiydi. Conradina yıllarca kendini o hikâyelerde geçen bir Türk korsanının kollarında hayal edip durduğu için dikkatle onu inceliyordu. Üzerinde bunca gösterişli duran düşes kostümüyle fırsatı kaçırmak istemiyor gibiydi. Beatrix içinden, "Yine hangi planların peşindesin yaramaz kız?" diye geçirirken o dişiliğini kullanmaya başlamıştı bile. Cazibeli ve güzel bir kadındı ve avucuna alamayacağı erkek yok gibiydi. En son Kaptan Doria üzerinde bu yeteneğini kullanmıştı ama ertesi gece yine şarap fıçılarının olduğu kamarada uyumaktan kurtulamamıştı. Beatrix onun aklından neler geçtiğini bilmiyordu. İhtiyatla bekledi. Rahibe kılığındaki düşes ile diğerlerine de işaret edip ona fırsat vermelerini anlatmaya çalıştı. Ama nafile!.. Levend oralı bile olmadı. Hatta kalkanıyla onu bağrından kenara ittiriverdi. Conradina tekrar cazibesini kullanmaya kalktığında ise öfkelenip köşeye sinmesini söyledi. Beatrix ilk kez Conradina'nın korktuğunu görüyordu. Hayır, onu korkutan Türk korsan değildi, bilakis, cazibesini yitirdiğini düşünmekti. Korsana gelince, muhtemelen bir şeyden çekiniyor veya düşesin kim olduğunu bilerek, asaletine hürmeten hareket ediyordu. Yoksa denizlerde bunca zaman geçirmiş bir korsan için arzulu bir kadın tepilecek bir nimet olamazdı. Belki de dindar bir adamdı ve inancı gereği Conradina'ya yaklaşmaktan kaçınıyordu. Gerçi o güne kadar Akdeniz korsanlarının fazla dindar olmadıkları, yaptıkları mesleği bir din gayreti veya devlet itibarından ziyade kendi çıkarları için yaptıklarını biliyordu ama bu Müslüman korsanın hareketleri bunu doğrulamıyordu. Belki de büyük balık veya küçük balık kuralı Barba Rossa'nın levendleri için sıralamada dinden sonra geliyordu.

Adam kaportanın önüne bir fıçı koyup üstüne oturmuş, kadınlara sessizce durmalarını işaret etmişti. Sonra da çocuklardan birinin başını nazikçe okşayıp palasını beline koymuş, başını yere eğerek beklemeye başlamıştı. Peki ama neydi şimdi bu levendin yaptığı? Yoksa söylentiler doğru muydu? Barba Rossa'nın levendleri, hakikaten Akdenizli kadınların âşık oldukları garip centilmenler miydi? Söylentiye göre bunlar esir aldıkları kadınları bile sahiplenir, bir meta gibi alıp satmazlarmış. Müslüman'dır diye Mısır ve Memluk gemilerine saldırmazlar, düşmanlarını Müslüman olmayanlardan seçerlermiş. "Eğer böyle ise..." dedi Beatrix, "bu adamların bir ülküsü, bir maksatları olmalı? Belki de Tanrısal, yüce bir maksat!.. Bir iman belki..." Sonra da bunun mümkün olup olamayacağını düşündü. Akdeniz'de kâr getirici bir meslek olan korsanlığın çerçevesi evriliyor olabilir miydi?

Cevapları Barba Rossa'nın huzuruna çıkartıldığında bulacağını düşünüyordu. Türkçe konuşup konuşmama kararını da o vakit vermeyi aklına koydu. Yirmi bir yaşına girmek üzereydi ve bohçasında hâlâ çocukluk fistanını saklayan Müslüman köylü kızı mı; yoksa Cenova manastırında gençlik yıllarını Hıristiyanlığa adamış bir rahibe mi olması gerektiğine dair içindeki şüpheyi o zaman ortadan kaldıracaktı. Üstelik o şüphenin ucunda bütün hayatının yeniden şekilleneceğini de biliyordu. Heyecanlanmıştı. Kararsızdı. Başına gelecekleri izleyecek, içinden değerlendirip dışından bir karar verecek ve buna rıza gösterecekti. Zor olacağı belliydi. Beraber bulunduğu kadınlarla birlikte Akdeniz'deki sıradan korsan maceralarından birine malzeme mi olacaktı, yoksa tek arkadaşı Conradina'ya Yazıköylü Billure'yi anlatarak kendine düşman mı ilan edecekti? Birincisinin tehlikeleri, ikincisinin de sorumluluğu büyüktü. Artık hayal meyal hatırladığı anne ve babası sağ olsalardı, kızlarının nasıl davranmasını isterlerdi? Allah (veya Kutsal Baba) yarattığı ve kimsesiz bıraktığı kuluna hangisini yazmıştı? Dünyada bütün eşyasının sığdığı küçük bohçasından başka bir şeyi yoktu, nerede, nasıl yaşayacağına kader hükmediyor, o da kaderin yazısına rıza gösteriyordu. Bu akışı Saint Alkala'nın yıllardır bağrında taşıdığı haritası değiştirememişti, az evvel kasığına sakladığı Conradina'nın altınları da değiştiremeyebilirdi.

"Sizi," dedi munis bir edayla, "sizi iki çocuğunuzla birlikte Sicilya'da Aragon valisine emanet edeceğiz. Ta ki kocanız dük hazretleri gelip sizi bulabilsin!"

Barba Rossa bunları söylerken yanında yardımcılarından Aydın ve Salih Reisler, her cümlesini "...kaptan babamız" diye bitirerek kaydeden Piri isimli bir kâtip ile Kaptan Doria ve onunla ilgilenen iki muhafız vardı. Beatrix ile Conradina önce birbirlerine sonra diğer kadınlara baktılar. Anlaşılan onlar da şaşırmışlardı. Çünkü Barba Rossa'nın arkasında duran adam Andrea Doria değil onun elbiselerini giyinmiş bir şövalye idi. Demek Doria da Conradina kadar zeki birisiydi. Barba Rossa bu üçüncü çatışmalarında Andrea Doria'yı ele geçirmiş olmanın sevinç ve gururuyla onu yanında gezdirdiğini sanadursun, o kim bilir şimdi nerede, hangi kılıkta kurtulup gitmişti? Yanında tutsak edilmiş Doria'yı gören Türk levendlerinin reislerine imrenerek baktıkları gibi ayaklarına prangalar vurulmuş papalık askerleri de herhalde içten içe gülerek bakıyorlardı. Beatrix yanan avuçlarına doladığı bezleri düzeltmeye çalışırken, "Barba Rossa için Doria, ya ezeli bir düşman ya da tam tersi, önemsiz bir soytarı!" diye geçirdi içinden. Çünkü yakaladığı adamın kılık değiştirmiş bir sahtekâr olduğunu anladığında adama neler yapacağını da, Doria'nın hakikisini yakaladığında başına ne çoraplar öreceğini de kestirmek zordu. "Denizlerde can güvenliğinin yolu kılık değiştirmek olsa gerek!" diye düşündü sonra. Çünkü kılık değiştirmek kimlik değiştirmek anlamına da geliyordu ve her kılık değiştirenin bir sırrı, bir de planı olurdu. Kontes Conradina'nın planı açıktı da Doria'nın planını anlamak zordu. Bir anda bunu Barba Rossa'ya bildirmeyi istedi. Hem de Türkçe konuşarak. Yutkundu. Acaba adamlarının önünde ve yüzüne karşı, aldatılmış olduğunu, en azılı düşmanının oyununa gelmiş olduğunu öğrenmek hoşuna gider miydi ve bunu söyleyen bir tutsağa nasıl davranırdı? Doria kaçmış, kaçarken de Barba Rossa'ya bir oyun oynamıştı. Belki de şimdi uzaklaşmakta olan kadırgalardan birinde kıs kıs gülerek çubuğunu tüttürüyordu. Tabii eğer mağlubiyeti kabullenebilmişse.

Beatrix ellerinin acısını ciğerinde hissetmeye başladı. Çevresine bakındı. Denizde Türk korsanları tarafından yedeklenmiş dört papalık kadırgası gördü. Demek ki gerisi hâlâ denizlerdeydi. İki gemi batırıldığına göre uzaklaşan diğerleri belki de arkadaşlarını kurtarmak üzere hazırlık yapıyorlardı. Canı yandı; ellerinin ıstırabı artıyordu. Hiç konuşmadı. Ne Türkçe, ne İspanyolca, ne Almanca, ne İtalyanca... Bekleyecekti. Doria'nın planını bekleyecekti. En azından Conradina'nın planını veya başına gelecekleri görmek için beklemesi gerekiyordu. Şu anda odaya hâkim bir eda ile hareket ediyor ve Düşes Maria olarak gayet güzel rol yapıyordu. Ama sahtekârlıkta her adımın, sahtekârlık ortaya çıkınca verilecek cezayı bir kat daha arttıracağı aşikârdı. Sırf bunun için bile kendinden evvel Conradina'yı kurtarmanın yollarını düşünmeye başladı. Yine de onun bir rahibe gibi değil de kırk yıllık saraylı gibi davranmasını hayranlıkla izliyordu:

"Siz büyük bir kaptan, asil bir insansınız yüce Barba Rossa. Şüphesiz bu yaptığınız âlicenaplık Akdeniz'in dört bir yanında duyulacaktır; lakin maiyetimdeki insanları esir bırakacak bir özgürlüğü kabul edemem!.."

"Nasıl yani hanımefendi!.. Sizi serbest bırakma teklifimizi geri mi çevirmektesiniz?!."

"Asla!.. Sizin gibi bir yiğit reddedilemez!.. Lakin benim de bir teklifim var. Eminim, şu hizmetkârlarımın çeşitli kabiliyetlerinden hoşnut kalacaksınız. Onları satmayıp kendi kullarınız arasına alınız ve onların yüzlerine baktıkça, seslerini dinledikçe, lezzetli yemeklerinden tattıkça Cleves düşesinin size hayatı boyunca borçlu kalacağını daima hatırlayınız."

Beatrix hizmetçilere baktı. İçinden, "Acaba yetenekleri var mı, yemek pişirebiliyor veya şarkı söyleyebiliyorlar mı?" diye geçiriyordu. Bir hafta sonra Barba Rossa'nın müzik yerine bed sesli bir kadını dinlerken aldatıldığını hissederek ne kadar öfkeleneceğini düşünmek bile istemiyordu. Ama Conri o kadar ciddi ve samimi idi ki değil Rossa, koynuna girdiği Papa bile burada olsa ona inanırdı. İşin ilginç yanı Barba Rossa bu teklifi kabul etmişti bile:

"Hayhay, dediğiniz gibi olsun. Lakin Cemayma Hatun, o benim eşim olur, bundan pek hoşlanmayacak ve evinde iki Hıristiyan hizmetçi istemeyecektir. Ben bu ikisini de sizin bu açık sözlülüğünüze bağışlayacağım."

Barba Rossa'nın, "Açık sözlülüğünüze bağışlayacağım," derken muhtemelen zihninden, "Açık göğüslerinize bağışladım," cümlesi geçiyor olmalıydı. Çünkü Conradina bir korsan gemisi için fazlaca dişi idi. Göz ucuyla muzip muzip Beatrix'e baktı. Henüz planlarının bitmediği anlaşılıyordu.

"Ve yine ey asil denizci! Bu düşes kulunuza da bugünün hatırasına şu iki rahibeyi bağışlayınız ki Akdeniz'de sancağınızın sonsuza kadar dalgalanmasına daima dua edebilsinler ve ben onlara her baktıkça yüce kereminizden yaptığınız âlicenaplıkla birlikte sizi daima hatırlayayım."

"Hanımefendi!.. Eğer asil bir kadın olmasaydınız ve asaletinizi zarafetle tezyin etmeseydiniz bu teklifinizden sonra sizi de esir damında zincirletmem gerekirdi; o yüzden şimdi bunu duymamış olayım. Eğer söylediğinizi yapacak olursam levendlerimin ganimet hukukuna riayetsizlik ederim."

"Kaptan Barba Rossa!.. O halde bu ikisinin diyetini levendlerinize ben ödeyeyim, lütfen onları bana satınız ki onlar dualarında, ben de hayallerimde sizi şükran duyarak yaşatalım!"

Barba Rossa öfkelenmek üzereydi. Önce hizmetkârların eteğine korkuyla yapışmış William ile Sybilla'ya, sonra da sargılı elleri arasında bebek tutan Beatrix'e baktı ve sesini yükseltti:

"Papazlardan bebek peydahlamış rahibeler için şükran duymak ha!.. İşte buna gülerim!.. Onları sana sattım gitti."

Barba Rossa'nın sözü bitmeden bir levend bebeğe bakarak alay edercesine gülmüştü. O anda Beatrix'in kalbindeki acı, ellerinin acısını unutturdu ve yüzü kıpkırmızı oldu. Bebek peydahlamış bir rahibe olmak ağırına gitmişti. Yine de kucağında bir bebek ile anne gibi görünmekten bahtiyarlık duyduğunu hissetti. Manastırlı bir bakireydi ama bir bebek kucağına yakışacaktı demek ki...

"Ama yüce Efendi!.. Akdeniz'de sizinle biz yeniden karşılaştığımızda siz bana borçlu mu olmak istersiniz, yoksa benim size borçlu olmamı mı?"

"Hanımefendi, Allah sizin kocanıza sabır ihsan etsin. Bağışladık ya işte. Katınızda değerleri ne ise kabulümüzdür, levendlerime ödeyiniz! Ve artık yakamı bırakınız."

"Son bir rica yüce Barba Rossa!.."

Herkesin yüreği ağzına gelmek üzereydi. Conradina sanki Hızır Reis'in sabrını deniyor gibiydi. Beatrix bir çuval inciri berbat ettiğini düşünmeye bile başlamıştı. O ise pervasız sözlerini sürdürdü:

"Gördüğünüz gibi şu rahibe kardeşinizin elleri yanmıştır. Siz de nazik bir beyefendiye benziyorsunuz. Ellerine merhem sürme..."

"Yeter kadın, fikrimi değiştirmeden hepiniz yıkılın karşımdan!"

Hızır Reis öfkesine rağmen kâtibine gerekeni yapmasını anlatan bir bakış gönderdi. Birkaç dakika sonra Endülüslü bir hekim Beatrix'in eline, yanıklar için hazırladığı macunu sürüyor, Conradina da düşesin kostümü içinde kendisini daha çekici hale getirerek Barba Rossa'nın ardından gidiyordu. Rahibe kimliği onun üzerinde ne kadar iğreti duruyorsa bu cilveli afet kimliği de o derece yakışmıştı haspaya. Cümlelerinin arasına sıkıştırdığı şuh ve davetkâr tavırlar ile karşısındaki erkeğin içini gıcıklamayı iyi beceriyordu. Barba Rossa onu ya öldürecek, ya tuzağına düşecekti. Rossa'nın iki karış yakınına kadar ilerlediği sırada, "Azıcık durun yüce kaptan!" dedi. Sonra yavaş yavaş elini dekolte kıyafetinin gerdanından koynuna sokarak şuh kıvranışlar sergilemeye başladı. Bütün levendlerin gözleriyle kendisini takip ettiğini bilerek koynundan kadife bir kese çıkardı. Elbette diri göğüslerini de cömertçe sergiledi ve Barba Rossa'nın başını döndürmeyi başardı. Sonra muzaffer denizcinin elini tuttu, yukarıya çevirdi ve diğer eliyle avucuna altınla dolu keseyi bırakırken parmaklarını elinde gezdirmeyi ve sıcak nefesini sakallarının kıvrımlarında duyurmayı da ihmal etmedi. O sırada kaptan Doria kılığındaki adam, olup bitenleri hayretler içinde seyrediyor ve yalnızca susuyordu.

Beatrix, "İşte benim Conri'm!" dedi içinden. "Özgürlüğü için biriktirdiği bütün altınları başkalarının özgürlüğü için feda etmekten çekinmiyor." Barba Rossa'ya Türk olduğunu söylemekten işte o anda vazgeçti. Çünkü Conri'nin yaptığı şu fedakârlık, vicdan terazisinde onun uğruna harcanacak iki ömür ederdi. Ve Barba Rossa'nın kaçarcasına ondan uzaklaşması herkesi şaşırtmıştı.

İlerleyen saatlerde Aragonlu dostların kadırgaları kadınları kurtarmaya gelmedi elbette. Levendler yedekledikleri kalyon ve kadırgalardaki bandıraları söküp serenlerdeki sancakları arya ettiler. Sicilya limanına girip karaya ayak bastıklarında bütün halk toplanmış kimi acıyarak, kimi elini ovuşturarak onları izliyordu. Akdeniz limanlarındaki bütün esir pazarları gibi Sicilya esir pazarının da erkekler ve kadınlar için iki ayrı bölmesi vardı. Kızıl Sakal bir gecenin kirası için oraya ne kadar filori ödeyecek veya kaç esiri pazarcıya devredecekti, kimse bilemezdi ama bunu daha ucuza getirmek için herkesi üst üste yığmaktan çekinmemişti.

O gece Beatrix, esir damında yanan avuçlarının sızısını hissederek sabahladı. Hiç uyuyamamıştı. Yalnız bir ara dalar gibi olmuş, onda da gündüz Conradina'nın göğüsleri arasından çıkardığı altın kesesini, kendisi bekâret kemerinden çıkarırken görmüştü. Korkarak uyandı ve bu kâbusun etkisiyle çatlayan dudağı, avuçlarındaki acıyı bastırdı. Sabah bütün esirlere arpa tayını dağıtılırken onlara çorba getiren muhafız, hazırlanmalarını söylemişti. Rahibe kılığında Düşes Maria ile çocuklar William ve Sybilla, Beatrix'in kucağında bebek Anne, Conradina'nın maiyeti olarak bir arabaya doldurulup tepelerin ardında oturan valinin sarayına doğru yola çıktılar. Üç muhafız ve bir çavuş eşliğinde elbette. Yine kaderleri değişmek üzereydi ve Beatrix, hâlâ Billure olup olmamayı düşünüyordu. Uzun bir tırmanışın sonunda tepeleri aştıklarında öğlen sıcağı bastırmak üzereydi. Bir çeşme başında durdular. Atlar sulanacak, çocuklar nefes alacaktı. Muhafızların başındaki adam, ihtiyacı olanların burada gidermesini söyledi. Conradina çalılıkların arkasında kaybolduğunda çavuş peşine bir muhafız gönderdi. Diğerleri beklemeye başladılar. Garip olan o ki ikinci giden de gelmiyordu. Çavuş bu sefer kendisi gitti. Onun uzaklaşmasıyla birlikte son iki muhafız rahibe kılığındaki düşes ile Beatrix'in üzerine saldırdılar. Beatrix bunun bir plan olduğunu anlamıştı. Önce onlara dinden bahsetti. Rahibelerin kendilerini kiliseye adadıklarından, Meryem Ana gibi bakire olmaya yeminli olduklarından ve bir erkekle beraber olamayacaklarından falan anlattı. Kollarıyla arkasından kavrayıp öpmek isteyen muhafızın pis ter kokusundan iğrenmişti. Kendisini çekmeye çalıştı. Muhafız, göbeği hizasından onu kavrayıp kaçırmamak istiyor, bir yandan da elini giysisinin altına sokuyordu. Beatrix ne kadar çırpınsa kurtulamamıştı. Adam elbisesinin önünü yırtmak üzereydi. Birden belinden yere bir şeyin düştüğünü gördü. Bir parşömendi bu. Beatrix'i bırakıp düşen parşömeni aldı. Üzerinde şekiller ve çizgiler vardı. Sonra Beatrix'e dönüp bozuk bir Türkçe ile sordu:

"Haritadır bu?"

"!"

Beatrix onun ne dediğini anlamazlıktan gelmişti. Adam bir müddet haritanın üzerindeki yazıları okumaya çalıştı. Ne haritası olduğunu öğrenmek istediği belliydi. Beatrix Almanca konuşarak onun bir hazine haritası olmadığını, sevdiği bin insandan hatıra parşömen olduğunu, haritaya benzeyen çizimlerin ne anlama geldiğini bilmediğini söyleyip el işaretleriyle de uzun uzun anlatmaya çalıştı. Ama nafile, adamı ikna edemedi. Bu arada William ve Sybilla, annelerine saldıran adamı ondan uzaklaştırmaya çalışıyorlardı. Yazık ki iri yapılı muhafız her iki çocuğu da birer tokatta yere serdi. Beatrix, Barbaros'un levendleri arasında bu türden adamlar bulunmasını anlayamamıştı. Türk olduğundan utanç duydu ve tekrar Billure olmaktan o anda vazgeçti. Onlara işlemek üzere oldukları suçu Hıristiyanlık gibi İslam dininin de günah sayıp yasak ettiğini söylemek çare değildi elbette. Korsanlığın insanları tabiatlarından sıyırdığı hususunda şüpheye düştü. Adalardaki Rumların veya Akdeniz çevresindeki her dinden ve her ırktan gençlerin Türk gemilerine levend yazılabildiklerini düşündü. Bir yandan ağlıyor, diğer yandan haritasını geri almak için yalvarıyordu. Gözü dönmüş muhafızın hiç oralı olmadığını görüp gözyaşlarını arttırdı. O yalvarırken adam, "İşimizi görelim vre; hazine haritasını sonra çözeriz!" diyerek torbasına koydu. Beatrix bu sefer

Türkçe yalvarmaya başladı. Adam önce şaşırdı. Beatrix Müslüman olduğunu, Yazıköy'den çocukken kaçırıldığını anlatmaya başladı. Adam bir tereddütten sonra vahşetle üzerine çullandı. Hatta Türkçe konuştuğunu kimsenin duymaması için eliyle ağzını bile kapadı. Beatrix nefes aldıkça kesik kesik Fatiha suresini okumaya başladı ve, "Bu sureye inanıyorsan beni bırak!" diyebildi. Nafile!.. Adam daha fazla öfkelenmiş, saldırıyordu. Beatrix, yıllardır içinde taşıdığı Müslüman kimliğinden de utandı. Yalan söylemediğini göstermek için bu sefer İhlas suresini okumaya başladı. Adamın cevabı, "Kandırazaksın beni? Seni kilise aziftesi!" demekten öte bir de şiddetli tokat oldu. Beatrix tokatın etkisiyle savruldu ve çığlık çığlığa ağlamakta olan bebeğin üzerine düştü. Bebek daha fazla ağlamaya başlamıştı. Bu adam hayvanın biri olmalıydı, "Sustur su pizi; yoksam ben sustururum!" diye hançerini çekip üzerine yürüdü. Beatrix önüne atılıp onu durdurmaya çalıştı. Yalvarıyordu:

"Bebeğe dokunmazsan sana hazine bağışlarım."

"Hazine benimdir!" diye sırıttı adam, torbasına koyduğu haritayı işaret ederek.

"Ama ben peşin hazineden bahsediyorum. Bebeğime -ağzından böyle çıkmıştı- zarar vermezsen sana altın bağışlarım."

Muhafız çevresine bakındı:

"Neredедir altınlar?"

"Önce bebeğimden -bu sefer bilerek söylemişti ve bundan hoşlandığını hissetti- uzaklaş!"

Uzaktan Conradina ile iki muhafız göründüler. Adam hançerini Beatrix'in boğazına dayayıp fısıldadı:

"Türkze konuzursan veya haritadan bahsedersen ölezeksin! Şimdi göster bakalım şu altınları."

"Gizlice mi olsun, herkesin önünde mi?"

Adam kolundan tutup onu çalılıklara doğru sürüklemeye başladı. Beatrix göz ucuyla arkadaşına baktı. Conradina bitkin, perişan, süreklenir gibiydi. Yarı çıplaktı. Düşes kıyafetleri parçalanmış ve yüzü morarmıştı. Göz göze geldiler. Yalnızca, "Conri!" diye fısıldayabildi. O da, "Yapma!" der gibi kaşını kaldırdı. Beatrix yine bir planı vardır diyerek adama direnmeye karar verdi. Conradina'ya yardım eder gibi koluna girmeye çalıştı. Adam onu korkutmak için hâlâ ağlayan bebeğe dönüp baktı. Beatrix çaresiz tekrar çalılıklara yöneldi. Bekâret kemerindeki altınları vermeyi, ama eğer yine saldırırsa tıpkı annesi gibi canına kıymayı aklına koyup kararlı adımlarla ilerledi. Adam, "Yeter gittik!" deyip onun önüne geçtiği sırada sendeledi. Birden bacağını tutmaya çalışmış ama üzerine yığılıvermişti. Beatrix'in son gördüğü şey, adamın bacağına saplanmış bir oktan fışkıran kanlar idi.

Gözlerini açtığında başucunda Düşes Maria'yı gördü. Düşes iki gündür baygın yattığını, çok şükür Sicilya ormanlarının arasında ve emniyette olduklarını söylüyordu. Eliyle omzunu yokladı. Bir ağrı hissediyordu sanki. Ellerinin sargılı olduğunu o vakit fark etti. Düşes sevinçle anlatıyordu.

"Bereket versin, Kaptan Doria'nın gönderdiği ikinci güvercin kebap olmamış, gerçekten de bir esir tacirinin penceresine konmuş. Adam yüklüce miktarda para ile esir pazarına koşmuş. Bizi satın almakmış niyeti. Tabii daha yüksek fiyata satmak için. Ne ki esirler arasında olmadığımızı, arabalara bindirilip uzaklaştırıldığımızı anlayınca peşimize düşmüş..." Düşes anlatırken

Beatrix, Conradina'yı merak ediyordu. Tam sormak için fırsat kolladığı sırada hayatta en sevdiği sesi duydu. Ne çare ki titreyerek çıkıyordu:

"Velhasıl adamın para hırsı kurtardı bizi sevgili Beatrix'im!"

"Nasılsın Conri, nasılsın güzelim?"

Conri susmakla yetindi. Beatrix onun kederli yüzüne bakarken haritasını merak etti:

"Peki Türk muhafızlarına ne oldu Conri?"

Cevap düşesten geldi. Conradina konuşamayacak kadar bitkindi:

"Korsan taciri onlardan vahşi çıktı. Hepsini çengellere geçirip yoldaki ağaçlarda sallandırdı. İçlerinden yalnızca birini, ayağındaki ok yarası olanı -elbette elmas tozu ile yarasını tahriş ve bacağını kangren ettikten sonra- ata ters bindirip Barba Rossa'ya geri gönderdi. Kızıl Sakallı kahramanımızın bunu duyunca ne yapacağını kimse kestiremez elbette."

Altı gün sonra Beatrix, Cleves'te Dük III. John'un şatosunda sevgili Conri'si ile kucaklaştığında o kendine güvenen, hayat dolu genç kızdan hiçbir eser bulamadı. Boynuna sarılan bitkin ve bıkkın kadın, "Düşes Maria iyi bir insan Beatrix, bebeğini kurtarmak için yaptığın fedakârlıkları unutmayacaktır!" diye mırıldandı. Sesinde Beatrix'i teselli arzusu vardı ama aslında kendi içindeki kederleri teselli etmeye çalıştığı belliydi. Beatrix bekâret kemerindeki altınlardan bahsettiğinde de hiç cevap vermedi, boş gözlerle yüzüne baktı, avucunu yanmaktan lekeler oluşmuş avucunun içine alıp ağladı.

O akşam Beatrix başını yastığa gömüp binlerce düşünce ile sabaha kadar hıçkırdı. Canrodina'nın yan odada sessizce akan gözyaşları onun boğazına hıçkırık olup düğümleniyordu.

Yaşadıklarından sonra yeniden Billure olmasının artık hayal olduğunu düşündü. Tıpkı Saint Alkala gibi. Hayal olmayan tek şey avucunda kalan yanık izleri idi. Bohçasında sakladığı çocukluk fistanını çıkardı, koklayıp koklayıp yeniden ağladı ve artık o hayata da, o uzak hatıralara da veda etti. Her gece rüyasında onu alıp götüren Saint Alkala'yı düşündü. Onun hayal olmaması için Yaradan'a yalvardı. Hayal olmasından korktuğu tek gülümseme, hatırasına yapışacağı tek gerçek oydu. Yüzünü hiç güldürmeyen kaderinin kendisine en büyük ihsanı saydığı haritası bile artık hayal olmuştu. Elbette ki Conradina hayal değildi ama o da üç hayduttan geri kalmış bir hayalete dönmüştü. Sabaha karşı hayatındaki tek gerçeğin yanında olmaya, onun yanında olabilmek için de Anne bebeğin dadılığını teklif eden Düşes Maria'ya evet demeye hazır olduğunu düşündü. Bundan böyle yeni hayallerini bu bebekle birlikte büyütmezse sonunda hayalete dönüşeceğinden korktu. Ve o gece gözyaşlarının sıcaklığını yitirdiğini hissetti.

1519

Zihnimde yine aynı soru: Huzuruna varınca hangisini söylemeliyim? O kadar çok konuşacak şey birikiyor ki!.. Sözgelimi İspanya sarayından tabakhanedeki yamaklara varasıya kadar bütün kış boyunca Madrid halkının konuştuğu cinayeti anlatmalı mıyım? Cesedi çengele asılmış olarak bulunan bu saray muhafızı cinayetini Portekizli Isabella'nın işlettiğine inanan saraylılardan bahsetmeli veya Karlos Kral'ın, tahta çıkışının dördüncü yılının kutlandığı karlı gecede, "Barbaroşo adını artık duymak istemiyorum!" diyerek hakkında ölüm fermanı yazdırdığını ona bildirmeli miyim? Bunu söylersem Tlemsen ve Oran'da kellesine ödül konulduğunu da söylemem gerekir çünkü. Kaptan Doria'nın denizlerde kendisini aldattığını söyleyerek her yerde adını maskara ettiğini elbette gizleyemem. Eski kâtibi Ernesto'nun ihanet üstüne ihanet ederek kendisine binbir tuzak kurduğunu anlatmam da gammazlık sayılmaz. En kötüsü de ağabeyi Kanca Oruç Reis'in şehit olduğunu ona nasıl anlatacağım? Velhasıl Tlemsen'de yaşadıklarım ve öğrendiklerimin Cezayir'deki yansımasının kötü olacağı, en azından Tenes, Serşel ve Becaye'de halkın korkusuna yol açacağı, Hızır Reis'in işlerinin zorlaşacağı kesindi. Acaba o bunlardan hangisini önce duymak isterdi? Ağabeyi Oruç'u uyarmam için beni gönderirken geç kaldığını ona nasıl söylemeliydim?!. Akdeniz'de artık iyiden iyiye rakip oldukları Kaptan Doria'nın, ağabeyi İspanyol donanması tarafından kuşatılırken kendisini denizlerde oyalamak için mahsus karşısına çıkıverdiğini ve aralarındaki savaşın Kanca'ya kurulmuş tuzağın bir parçası olduğunu mu? Kâtibi Ernesto'nun... Neden şu Ernesto'ya takılıyorum ki? Benim yerimi almış bir kâtip olduğu için onu kıskanıyor muyum yoksa?

Kararımı verdim; saray muhafızlarından birinin cesedi onu fazla cezbetmezdi. Nasıl olsa her yıl karlar yağmaya başladığında bir muhafız daha çengele asılmış olarak öldürülüyordu. Ama kalleş kâtibi Ernesto'nun ne haltlar karıştırdığını elbette bilmek isteyecekti. En azından Papa'nın fedailerinden olduğunu ve gizli bir görev ile yanına geldiğini öğrenmesi gerekirdi. Venedik, Floransa, Roma ve Cenova kent devletlerinin genel konseyinde, Kızıl Sakalların Akdeniz'de neler yaptıkları ve ileride neler yapabilecekleri görüşülürken orada bulunduğunu ve Papa tarafından görevlendirilip kâtip suretinde Hızır'a yamanma kastıyla Akdeniz'e gönderildiğini bir bir sayıp dökmeliydim. Hem, "Sizin kâtip edindiğiniz Ernesto, meğer bir vakitler adı Akdeniz'de sık duyulan acımasız Kaptan Doria'nın yanında dolanıp durmuş ve nihayet kışladığınız şu Cezayir'de eşiğinize kapağı atmış bir haindir," cümlesini söylerken içimin yağları da erirdi. "Harita çizmeyi, pusula hazırlamayı, usturlap okumayı bildiği için en yakınınıza kadar da sokulabilmiş üstelik," demeyi de ihmal etmemeliydim. Bu durumda gidip de geri dönmediğim için beni suçlayabilirdi. Ama bu herif de benim portolanlarımı çalıp götürmüştü. Adı her anıldığında Çiko'ya "Poh yesin!" dedirtmemi hak ediyordu. Çünkü anlıyorum ki haritaları çalıp götürmesi, işin sadece göstermelik kısmı imiş. Tuzağa göre o Tlemsen'e varıp Oruç Reis'i öldürecek, bu arada da Kaptan Doria kadırgalarıyla Hızır Reis'i oyalayacak, imdadına gelmesine fırsat vermeyeceklermiş. Bu planın işlemeye başladığı günlerde Hızır Reis de beni Kanca'nın yanına göndermişti. Kanca o sırada Tlemsen, Oran ve Becaye'yi almış, Halkulvâd'deki beylik merkezini Tlemsen'e taşımıştı.

Hızır Reis sık rüya görür, rüyalarını yorumlar, yorumları doğru çıktıkça da rüyalarına daha fazla sığınırdı. Babası ile ağabeyi Kanca bu rüyaların başkahramanları idiler. Ona ne yapması gerektiğini rüyasında söylerler, o da uyanınca aynısını yapardı. Ama bu seferki rüya biraz daha farklı olsa gerek ki yanından ayrılırken bana son olarak, "Sidi Can, yere düşen sancağı evvelce yerine koyamıyordum, bu sefer hiç kaldıramıyorum! Ağama yetiş, dikkatli olsun!" demişti.

Yaz sonuydu ve bir Portugal kalyonuna bindim. Önce Baleyr'e, ordan Tlemsen'e varacak, Kanca'ya Barba Rossa'nın söylediklerini iletecek ve her yıl olduğu gibi teşrinler geldiğinde Malaga'ya geçecek, ardından Rahip Ojeda'nın yanına varıp kışı sırlarımla baş başa geçirecektim.

Tlemsen'e vardığımda ortalık toz duman idi. Oruç Reis ve askerleri İspanya'nın kızıl ceketlilerince kalede kuşatılmış, çatışmalar devam etmekteydi. Bir Portugal gemisinden inmiş olmayı lehime çevirdim ve İspanyolca konuşarak tacir kılığında bir hana yerleştim. Handaki hücre komşum Endülüs'ten gelmiş bir murahhas idi. Kendisine cömert ikramlarda bulundum. Sohbet esnasında o akşam kalede yapılacak bir divandan bahsetti. Kanca Oruç Reis'in tepelenmesi için bütün hasımların katılacağı bir divan imiş. Elbette gerekeni fedakârca yaptım, belgesini ve kıyafetlerini o gecelik gasp edip divan başladığında ikinci halka murahhaslar arasındaki yerime geçtim.

Divanın birinci halkasında Enked şeyhi, Oran -onlar Vahran diyorlardı- markisi, Ceneviz elçisi, İspanyol komandor bir yanda, Tlemsen'in eski emiri ile Berberi kıyılarının Melila, Blida, Ucda, Semma, Buruciye, Mecene gibi yerleşimlerin şeyh, sultan, emir ve beyleri diğer yanda oturuyorlardı. Müslümanlar ile Hıristiyanlar, güya himaye edilenler ile himaye edenler; ama hakikatte sömürülenler ile sömürenler... Şiddetli tartışmalar oldu. Herkes birbirine bağırıyordu. Sonunda Tunus emiri, Vahran markisine dönüp açtı ağzını, yumdu gözünü:

"Yazıklar olun size! Ben sizi kendime vefakâr dost bilirdim. Üç yıl oldu, memleketimden, sultanlığımdan ayrıldım da beni hiç arayıp sormadınız. Halin nedir, demediniz. Malımdan, mülkümden, hazinemden oldum da dönüp bakmadınız. Devletim bir firkateci gidisine nasip olurken kılınızı kıpırdatmadınız!"

Markinin öfkesi ondan aşağı çıkmadı:

"Bre diyavolo, bu ne biçim sözdür? Evvelce ne muradın var ise bana bildirsen gerekti. Hiçbir firkateci serseri, kral ile başa mı çıksa gerek. Bildirse idin, mal ile mi, yoksa asker ile mi, derhal imdadına koşardım! Çünkü senin o firkateci haydut benim de kalemdeki zahire ambarlarına girecek buğdaylara mâni oldu, gemilerimizi ele geçirdi. Şimdiyse o Kancalı kâfir yüzünden Oran'da açlık başladı. Sıkıntımız seninkinden büyükken sana nasıl yardım edebilirdik?!."

"Kanca'ya karşı ayak diremememi söylerken böyle dememiştiniz ama!"

“Daha açık konuşalım emir hazretleri; daha açık konuşalım. Bilirsiniz ki her kim eşek, biz semer! Siz benim yirmi bin askerimi nasıl beslerim sanıyorsunuz? Siz enfiye çekip karılarınızın koynunda zevk u safa sürerken Kancalı korsanla benim kızıl ceketlilerim savaşıyor.”

“Benim de Ceneviz’den getirdiğim on bin askerimi unutma marki hazretleri!”

“İyi ya, Tanrı çarşına pazar versin! Zafere er, ganimet al.”

Bu tartışmadan sonra divanda her kafadan bir ses çıkmaya başladı:

“Elden ne gelir; bu sünepe Müsl...”

“Kene gibi sırtımıza yapıştınız, kanımızı emiy...”

“Kanca’nın ve Hızır Reis’in yaptıklarına şimdi hak veresi...”

“At sahibine göre kişn...”

“Aman sinyor...”

“Diyavolo!..”

Bütün gürültüyü bir hançerin tavana saplanırken çıkardığı ses böldü. Bütün başlar, belindeki hançeri tavanda zıngıldatan adama çevrildi. Nefes nefese içeriye girmiş anlatıyordu:

“Muhterem asilzadeler!.. Bilir ve istersiniz ki ya taht ola, ya baht ola. Barba Rossa bir iken iki olmuştu. Hayalet gemiler yüz iken bini bulmuştu. Kadirkale mi ne diyorlar, Pantelleria ayrı, Cezayir ayrı, Tunus ve Tlemsen ayrı baş vermeye başlamıştı. Ama işte bugün, bu iki belanın birinden, Kanca’dan kurtulduğumuz gündür. Müjdeler olsun!”

Sonrasını Hızır Reis’e olduğu gibi anlattım. Karşılıklı gözyaşlarımızı birbirimizden gizlemeye çalışarak:

“Birdenbire mecliste sevinç çığlıkları atılmaya başlandı efendimiz. Az evvel birbirlerine çemkirenler artık kucaklaşıyorlardı. Kanca Oruç Reis'in mağlubiyeti haberi beni de sarsmıştı. Ama ondan daha sarsıcı olan şey bu haberi getiren kişiyi görmem oldu. Poh yiyesi kâtibiniz Ernesto. Ortalık sakinleşince olup bitenleri ballandıra ballandıra anlattı. Kanca Oruç Reis'i nasıl tuzağa düşürdüklerini, son levendine kadar hepsini nasıl kırdıklarını, son hamlede iki yüz kişi birden üzerine nasıl çullandıklarını, bu arada sizi Akdeniz'de nasıl oyaladıklarını, yardıma gelemeyesiniz diye üzerinize Kaptan Doria ile göstermelik gemiler gönderdiklerini, Kanca'nın Cezayir'e, sizin yanınıza kaçmak istediğini ama Tarrare'den gelen Müslüman askerlerle çevresini nasıl sardıklarını bir bir dillendirdi. Hatta bu aşamada merhum ağabeyinizin levendlerini kurtarmak için onlara kaçış teklif ettiği vakit levendlerin hep bir ağızdan, 'Sürahi kırılırsa kadeh ortada kalmaz; ey saki, baş gitse ayak payidar olmaz. Bizim senden ölümüz ayrılsın. Senin kılının gittiği yerde bizim başımız fedadır,' diye ahmakça (!) ölüme gittiklerini söyledi. En ziyade de, kızıl ceketlilerin levendleri avlamak için tuzak üstüne tuzaklar kurduklarını ama başları sıkışınca, 'Pala mardiyos sinyor!' diyerek ölümden kurtulduklarını, avanak Türklerin kendilerinden aman dilendiği zaman adam öldürmediklerini alay ederek anlatması ağırıma gitmişti. Yüreğimi yaralayan son cümleleri, 'Kanca, yanında son levendin de öldüğünü göresiye kadar ayakta kılıç salladı ve en sonunda aldığı iki ok yarasıyla sendelediği sırada üzerine atılan bir kızıl cekete hamle yaptı. İkisinin kılıcı da diğerinin böğrüne saplanmış olarak birlikte Solado Nehri'ne düştüler,' oldu. Bu haberi kutlamak üzere şarap fıçıları salona getirildiği sırada oradan ayrıldım efendimiz."

Hızır Reis'in yıkıldığı andı. Susmak ve onu yalnız bırakmak istiyordum. Ama o eliyle devam işareti yaparak anlatmamı istedi.

“Ertesi gün her şeyi araştırmaya karar vermiştim. Kızıl ceketliler nehrin ilerisine ağ atıp merhum Kanca’nın sürüklenen cesedini denizden çıkarmışlardı. Meğer İspanya kralına onun ölümünü ispatlamak için başını kesmişler ve kıl bir çuval içinde bala yatırıp krala göndereceklermiş. Ardından limandaki Müslüman gemilerini birer birer yağmaya başladılar. Güverteye çıkmış armada donanımını değiştiriyor, karinaları boyuyorlardı. Renkler daha ziyade zafer sevincini yansıtacak tonlardan seçiliyordu. Tebdil giyinip limana vardım. Meğer Kanca Oruç Reis’in başını yine onun tekneleriyle İspanya’ya götüreceklermiş. Derhal bir plan yaptım. Bu gemileri kaçıracaktım. En azından merhumun karinasına kanca resmi çizdirdiği Turna isimli zarif kadırgasını onlara bırakamazdım. Bunun için en az otuz kişiye ihtiyacım vardı. Cezayir’e kadar kürek çekebilecek otuz kişi. Tlemsen’in ulu camisi sayılan Cami-i Kebir’e gittim. Burada merhuma kıymaktan dolayı istiğfar eden, pişmanlık duyan bazı şeyhlerle karşılaştım. Niyetimi açtım. Bana bu işin tehlikeli olduğunu söylemekle birlikte Oruç Reis’in hatırına kırk hamlacı -kürekçilere böyle diyorlardı- bulabileceklerini söylediler.

Ben de o kırk adamı Cezayir'e varınca zengin edeceğime dair söz verip razı oldum. Kırk kişiyle ancak tek gemi kaçırabilirdik. Planımı yaptım. Bir kadırgayı yerinden kımıldatmak asgari altı kuvvetli kürekçi ile maharetli bir yekeciye ihtiyaç gösteriyordu. Ben yekeyi tutabilirdim. Diğer altı kişiyi bizzat seçtim. Uygun giysiler kuşanıp kızıl ceketlilere karışarak kadırgayı limandan çıkaracak, kırk kürekçi de bizi Tlemsen Burnu'nda bekleyecekti. Kürekçiler Turna'nın küreklerine oturunca yükler boşaltılacak, hızla yol alınacaktı. Seçtiğim altı kişiyle atlanıp Solado Nehri'ne gittik. Niyetim hem adamları tanımak hem de kızıl ceketlilerin, başı kesilen ağabeyinizin cesedini ortada koymayıp Cezayir'e götürmekti. Ceset hafiften kokmaya başlamış. İç organlarını boşaltıp bir ata yükledik, akşam karanlığında limana taşıdık. Sonrası kolay oldu; vira Bismillah, tut elimden Cezayir."

"Allah senden razı olsun Sidi, evladım!"

"Gün ağardığında karadan oldukça açılmış, rahat nefes almıştık. Birden bahçeliğin alt kamarasından sesler duyduk. Yaşları yirmi ila otuz arasında değişen dört hayat kadını. Berberi oldukları simalarından belliydi. Meğer gemiyi kaçırdığımız akşamda kızıl ceketlileri eğlendirmişler, sonra da sarhoş olup sızmışlar. İçlerinden en genç olanın konuşması Endülüs aksanını andırıyordu. İki yıl evvel Kanca'nın kadırgaları Endülüs sahillerine seferler düzenleyip Müdeccenleri Kuzey Afrika'ya kaçırırken annesiyle birlikte gelmiş. Halkulvad ile Tlemsen arasında o gemi senin, bu gemi benim maişet edinip annesine bakarmış. İki ay evvel annesi ölünce ortada kalmış. Akdeniz'de bunca savaş, bu kadar asker ve gemilerde sayıları gittikçe artan forsalar olduğu sürece, elbette sahillerde hayatları savrulmuş kadınların sayısı da her geçen gün artacaktı. Kim bilir neler yaşamıştı, ne sırları vardı."

Sözümün burasında kapıya yönelip onu elinden tutarak içeri getirdim. Hızır Reis gözlerinden yaşlar süzülürken yalnızca beni izliyordu. Sonra bir şilteye oturtup elini bıraktım. Hızır Reis bir ona baktı, bir bana baktı. O sırada getirdiğim kadının Akdeniz'de bitmeyen sırlara bir yenisini eklediğini söylemek geçti içimden. Üstelik bu sır bana da sırrımı ve yeminimi hatırlatmıştı. O anda fark ettim ki sırrımı kuşatan sevgi ve aşk, yeminimde yer alan kin ve nefretten büyüktü. Yine hissettim ki sırrımla yeminimin, yeminimle de ruhumun arasında Billure duruyordu ve sanırım Hızır Reis içeri getirdiğim kadını o sanmıştı. Yerine getirmek zorunda olunan bir yeminin yükünün ne demek olduğunu bilmesem o anda bu kadını unutabilirdim. Ama ben o yemini yerine getirmek için Allah'a dua da etmiş, söz vermiştim. Gemide bulduğum bu genç kadın ise, anlattıklarıyla ruhuma dokunmuş, sanki beni kendimle yüzleştirmiş, sırrım ile yeminim arasında Billure'ye dair, daha evvel hissetmediğim bir çatışmayı su yüzüne çıkarmıştı.

"Dikkatle yüzüne baktım efendimiz. Çehresinde bir masumiyet gördüm sanki. Yüreğim ezildi, aldım getirdim."

"Adın ne senin kızım?"

"Aladule! Adım Aladule!.. Babam koymuş bu adı."

Aladule'nin, Arapçada "adaletli kadın" anlamına gelen "El-Âdile" kelimesinden geldiğini ve Müdeccenler tarafından böyle telaffuz edildiğini Hızır Reis de biliyordu. Ona, bu ismin yol boyunca beni başka hülyaların içine sürüklediğini, içimde ikilikler yaratan fikirler yarattığını söyleyemedim. Zihnimden kovmak ile sebeplerine yapışmak arasında tereddüt ettiğim nefretlerdi bunlar. Adaleti henüz sağlanamamış nefretler...

"Babanız ne iş yapardı?"

"Kadı imiş efendim! Ömrü boyunca adaleti savunan bir kadı. Ben çocukken Kral Philip'in adamları tarafından Müslüman diye öldürülmüş."

Hızır Reis aldığı cevaptan sonra bir müddet başını yere eğdi. Öğrendiği her şey onu kahrediyordu sanki. Neden sonra yüzüme baktı:

"Cezayir'e kadar arkamıza baka baka gittik efendimiz. Çok şükür peşimizden yetişen bir kadırga olmadı. Sonra Aladule ile yoldaş olduk, pek çok şey konuştuk. Bu kadın benim çiğnediğim toprakların, vatanımın kokusunu taşıyordu. Cezayir limanında onu öylece bırakıp gitmeyi kendime yedirememiştim, işte tuttum elinden..."

"Diğerleri peki?"

"Şehrinize gelince kemerlerini sucuk gibi akçeyle doldurduğum kürekçilere teslim ettim. Tunus'a dönecekler."

Yedi gün sonra beni çağırttığında, Oruç Reis'in naa'şı Sidi Abdurrahman'ın Kasaba'da bulunan ünlü camisinin haziresine defnedilmiş, Tlemsen'den gelen hamlacılar geri gönderilmiş, ihanet eden kâtip Ernesto'nun bedenini ortadan kaldırmak üzere iki fedai görevlendirilmiş, Tenes, Serşel ve Becaye'ye halkını teskin etmeleri, Tlemsen'dekine benzer bir ayaklanmaya fırsat vermemeleri için reisler gönderilmiş ve şehrin camilerinde gece ve gündüz yalnızca Kur'an okunmuştu.

Hızır Reis yedi günü hiç konuşmadan geçirdi. Nihayet benimle satranç tablasının önüne bağdaş kurduğunda, uykusuz geçirdiği yedi gecenin yorgunluğu gözlerinden okunuyor, ağabeyinin hatıralarına gömüldüğünü hissettiriyordu. Konuştuklarımızdan hiçbiri Oruç Reis'e ait olmadı. Anlattıklarımın tamamını yüreğinde saklamış ve bir daha ağabeyi hakkında ah vah etmeyeceğine söz vermiş gibiydi. Bir yandan taşlarımızı sürdük, filler ve kaleler ilerlettik, diğer yandan uzun uzun sohbet ettik. Hüzünlü bir akşamdı. Değişik konulardan bahsettik. Bana Akdeniz'in pek çok kıyısını, pek çok adayı, aralarındaki mesafeleri, gece veya gündüz seyir şartlarını, kayalıkları, ıskarça limanlarını vs. durmadan sordu. Kafasında hangi planlar vardı, bahar gelip sefer kurbanları kesildiğinde rotası nereler olacaktı kestirmek zordu. Görüşmemiz bittiğinde beni yemek için başka bir odaya götürdü. O sırada Aladule'yi sordu. Eğer kabul buyurursa eşi Cemayma'ya hediye etmek istediğimi söyledim. "Senin de hizmet edecek birine ihtiyacın var! Evine döndüğünde sıcak yemek her zaman iyidir," diyerek beni şaşırttı. Asıl şaşırdığım ise takip eden cümlesiydi:

"Üstelik o da Müdeccen!"

Ben hiçbir gün ona Müdeccen olduğumu söylememiştim. Müslüman gibi abdestim namazım yoktu üstelik. Yalnızca İspanya saray mektebinde harita ve gökbilim öğrendiğimi anlatmıştım. Peki ama Müdeccen olduğumu nasıl biliyordu? Belli ki beni araştırtmış, kim olduğumu öğrenmişti. Kim olduğumu biliyorsa neden daha evvel hiç belli etmedi? Satranç başında onca mahremane konuları birbirimize anlattığımız ve sırlarımızı paylaştığımız halde neden bu sırrımı bildiğini bana hiç söylemedi? Şaşırdığımı fark edip konuyu değiştirdi:

"Sen yokken şu heykellerin sesini duymak, ne dediklerini öğrenmek, sırlarını keşfetmek için çok uğraştım. Bir zamanlar üç maymun heykeli görmüştüm. Biri kulaklarını, biri gözlerini, biri de ağzını kapatıyordu. Buradan yola çıkarak bizimle konuşacakları bir farklılıkları olmalı diye hocalar çağırttım, âlimlere gösterdim. Nafile!.. Bileni bulmalı!"

Bu son cümlesiyle Billure'yi kast ettiğini biliyordum. Bileni bulmaya çalıştığımı ama umutlarımın gittikçe tükendiğini söyledim. Beni şaşırtmaya devam etti:

"Bileni bulamazsak biz de bilene buldurmalıyız!"

"?"

"Eğer sen razı olursan bu heykelleri Karlos Kral'a hediye gönderelim, biraz da o düşünsün, bileni aratsın; ha?"

Şaşırdım. Kellesine ödül koyan bir krala hediye göndermek de neyin nesiydi? Heykellerin sırrını hayli merak etmiş, kafa yormuştu ama sırf bu meraktan kurtulmak için krala üç altın heykeli hediye etmeyi beyhude buldum. Olmayacak şey değildi elbette. Kral Carlos böyle bir hediyeyi alınca Barba Rossa'nın kendisine gönderdiği mesajı merak edecek ve İtalya'dan Portekiz'e, Milano'dan Sicilya'ya, Avusturya'dan Felemenk'e, Bohemya'dan Moravya'ya sahip olduğu bütün ülkelerindeki rahipleri, filozofları, zeki adamları bu sırrı çözmek için seferber edecekti. Billure'nin geçmişim, halim ve geleceğim diye bana sunduğu altın heykellerin adı etrafa yayılınca belki de saray kapısına insanlar akın etmeye başlayacaktı. Heykelin sırrını bilme iddiasında insanlar... Decan Ojeda, heykelleri ölmek üzere olan bir dostunun verdiğini söylemişti. Bu durumda heykellerin bir sırrı olduğunu ve konuşacaklarını bilenler ancak birkaç kişiydi. İşte o sırada anladım Hızır Reis'in asıl maksadını. O Karlos Kral'a kendisi için değil benim için hediye gönderiyordu. Çünkü heykellerin konuştuğu tek kişi Billure idi. Eğer bir başkasına daha konuşmazlarsa heykellerin ne dediğini kral ancak Billure'den veya onun söylediği birinden öğrenebilirdi. Her halükârda sır ortaya çıktığında Billure'ye giden yol da belli olacaktı. Billure, "Heykeller konuştuğunda seni bana getirecekler," demişti. Belki de bunu kastetmişti. Hızır Reis'in planı çok güvenli sayılırdı. Can düşmanına bir hediye!.. Zekice!.. O da kendisinden korktuğunu sanacaktı üstelik. Tabii ki sır çözüldüğünde Kral Carlos bunu Hızır Reis'e bildirecek ve hatta başka sır dolu bir hediye ile mukabele edecek, övünecekti. Bizim için önemli olan sırrı bilen kişiydi, varsın kral övünsündü. Gerisi bir Madrid seyahati ve sırrı çözen kişiyle görüşmekten ibaret olacaktı.

Zihnim bunlarla meşgulken Hızır Reis'in ellerini kenetleyip parmaklarını çıtlattığını gördüm. Satranç oynarken daha ciddi meselelerden bahsetmek isterse böyle yapar ve sesinin tonunu bir kademe yükseltirdi:

"Derya cenginde ele geçirilen haritalara daha bakmadık."

Denizlerde ele geçirilen her şey korsanlar tarafından ganimet olarak paylaşılır, yalnızca seyir aletleri ve haritalar geminin malı sayılarak toplanır, hazineye konurdu. Akdeniz'de korsanlığın en yaygın kuralıydı bu. Levendler de bu kural gereği ele geçirdikleri irili ufaklı bütün haritaları toplayıp Hızır Reis'in önüne yığmayı âdet edinmişlerdi. Hızır Reis, hazinesinin harita ve seyir aletleriyle ilgili kısmını benimle istişare eder, seferden önce hangi haritaların ve aletlerin kadırgalara alınması gerektiğine ise ben karar verirdim. Sefer sonunda yeni ganimetler dâhil bütün haritaları tasnif ederek yerlerine koymak da yine benim görevimdi. Zaferlerden sonra ele geçirilmiş haritalar ise her ikimizi de heyecanlandırırdı. Bazen saatler boyunca bu yeni haritaları inceler, gezindiğimiz suları daha yakından öğrenir, uzak denizler hakkında bilgi sahibi olurduk.

Haritalardan söz açılınca neşelenmiştim. Hizmetini gören iki levend, kucaklarındaki tomarlanmış portolanları önümüze yığdılar. Her birerine ayrı ayrı dokunmak, şırkın bağlarını çözmek, derisinin kalitesini incelemek, tozlanan yüzeylerini silmek her zamanki gibi yine çok heyecan vericiydi. Adıma yazılmış bir mektubun zarfını açmak gibi. İçinden ne çıkacağını, hangi hatırayı getireceğini, kimin parmak izine dokunacağımı merak ederek bir zarfı açmanın heyecanına kapılıp tomarlanmış haritaları bağlayan kaytan sicimleri çözmeye başladım. Karşılaştığım renklerin tonları, çizgilerdeki ustalıklar, yer yer oluşmuş lekeler yahut suya maruz kalan kısımlardaki bozulmalar hep merakımı kışkırtırdı. Bazı haritaların hangi ülkede çizildiğini, bazılarının hangi usta haritacının elinden çıktığını, hangisinde rüzgârgülü ve pusula çizgilerinin daha ustaca olduğunu keşfetmek sanki bir bilmece oyunu oynamak veya lugaz çözmek kadar zevk verirdi bana. Akdeniz'de bilhassa Muhammed bin Muhammed İdrisi'nin harita kopyalarına çok rastlardım. Zuzuvalardan olan İdrisi, dört yüz yıl kadar evvel Kurtuba'daki harita okulunda tahsil görmüş, on beş yıl boyunca da Akdeniz'in tamamı, İngiltere ve açık denizleri, hatta İstanbul ve Orta Asya'yı bile dolaşmıştı. Sonra da Palermo atölyelerinde altı arşına iki arşın ebadında büyük bir harita çizmiş ve şöhreti Akdeniz'e yayılmıştı. Bir gün onun yeni bir haritasına dokunabileceğimi umut etmekten yorulmuştum. Heyecanım biraz da bu umudun yenilenmesindendi. Çünkü Akdeniz'de seyir haritası çizecek pek çok haritacı, kaptan yahut korsan onun bilgilerinden yararlanırlardı. Yüz sene kadar evvel ölen Endülüslü haritacılar Tancalı Ahmed veya Mürsiyeli İbrahim Kâtibî'nin çizdikleri de yine seyirlerde çok işe yarayan kıymetli portolanlar idiler. Onlardan biriyle de karşılaşabilirdim. Kemal Reis'in yeğeni Piri Reis'in çizmeye başladığı haritalardaki eskizlerin tam birer usta işi olmaya başlamasında bu haritalar çok önemli katkı sağlıyordu. Mamafih şimdilerde İstanbul'daymış. Devlet-i Aliyye'nin haritalarını görmek ve Hızır Reis'in sultana gönderdiği peşkeşleri götürmek için. Keşke burada olsaydı da zaman zaman konuştuğumuz ve paylaştığımız bilgileri şu haritalar üzerinde yeniden söyleşebilseydik. Ama yine de bu haritaları onun için saklayacağım. İtiraf etmeliyim, boynuz kulağı geçiyor; benden daha maharetli...

Hızır Reis heyecanımın arttığını söylediğinde haritaları boylarına göre ayırmaktaydım. Ona cevap vereceğim sırada dilim tutulayazdı. Önümde iki karışa bir karış büyüklüğünde küçük bir harita duruyordu. Bana tanıdık gelen bir ceylan derisi. Gözüm kararır gibi oldu. Hayal gördüğümü, Billure'nin heykelleri üzerine konuşmaktan dolayı zihnimin beni aldattığını falan düşündüm. Hayır, hayal değildi, gözlerim de beni yanıltmıyordu. İşte, dokunabiliyordum. Bu benim kendi haritamdı. Renkleri, çizimleri hep ezbere bildiğim, metruk hisarda kendi ellerimle gizlice çizdiğim haritam. Teşrinler gelmemişti ama bir an kendimi Malaga'da hissettim. Başım hâlâ dönüyordu. Kulağıma sanki Billure'nin sesi geliyordu. Koklasam kokusunu duyabileceğimi sandım ve gayriihtiyari haritayı kokladım. Evet, Billure kokuyordu. Başım dönmeye devam ediyordu. Avuçlarımdaki harita değil sanki Billure'nin elleriydi. Elimi tutmuş, metruk hisarda neşeyle yürüyorduk. Başım dönmeye devam ediyordu. Rüzgâr tıpkı o günkü gibi esiyordu. Başım...

Alnımda gülsuyu kokusuyla uyandığımda Hızır Reis ile birlikte Aladule, Cemayma ve birkaç hizmetçi ile konak hekiminin sorularla dolu bakışları üzerimdeydi. Şimdi onlara açıklama yapamazdım. Benim sorularım daha mühimdi:

"Bu haritayı kim, nasıl ele geçirdi?"

Bu sorunun arkasından Cleves Düşesi Maria'yı Sicilya valisine götürürken uyluğuna ok saplanan Rum muhafızı bulmam zor olmadı. İğrenç bir adam olduğu her hareketinden belli oluyordu. Ona keseyi aldığı kişiyi tarif ettirdim. Evet!.. Bulmuştum, o Billure'ydi. Demek hayattaydı ve yakınımdan geçmişti.

"Billure... Gözümün nuru..."

1519

Gülümsedi. Ona hep "Hızır Reis" veya "Efendimiz" diye hitap ederdim. İlk kez Kaptan Baba dedim. Bana Sidi Can demişti çünkü. Galiba hoşuna gitmişti. Tıpkı benim gibi. Oruç Reis'ten sonra herkesin kendisine "Baba" demeye başladığını hatırlamış olmalı ki eşikten omuzlarını daha bir kaldırarak geçti. Burası Cemayma'nın büyülü şarkılarını ilk dinlediği salon idi. İçeri girdiğimizde şaşkınlıktan dilimi yutayazdım. Aladule, bu konağa bir taze ıtır gibi gelmiş, yavaş yavaş her şeyi başkalaştırıyordu. Hızır Reis'in çok sevgili eşi Cemayma, zarif ruhunu anlayan bir yardımcı ve dost bulmuş gibiydi. Aladule de sanki bu eski konağın ruhuna tılsımla dokunmuştu. Şamdanlarda renk renk balmumu huzmeleri duvarlardaki nakışları yaldızlıyor, Hint baharatlarından ıtırlar ve karanfil ile üzerlik usareleri dimağlara dokunuyor, çeşit çeşit meyveler tepsileri dolduruyor, gül şerbetleri ve süt sürahileri dizilmiş, göz ferahlatıyordu. Hizmet eden üç delikanlının hepsi birörnek giyindirilmiş, bürümcük cepken ve keten poturları yaraştırılmıştı. Zannederim bu tavanın altında bulunan kırk reis ve kadırga levendleri kendilerini Cezayir Sancakbeyi'nin konağından ziyade Cezayir Sultanı'nın sarayında hissettiler. Az sonra Oruç Reis için bütün kadırgalarda mevlid-i şerif okunmaya başlayacaktı. Savaşın üzerinden üç yıl geçmişti ve gaziler, oyuna getirildiklerini bir türlü hazmedememiş, unutamamışlardı. Hızır Reis ise Doria hakkında düşünüp duruyordu. Akdeniz'de yolları sık sık kesişmeye başlamış, her burnun ucundan, her adanın gerisinden, her fırtınanın ardından karşısına o çıkmaya başlamıştı. Ve gittikçe de daha kalleşçe davranıyordu. Doria korsan değildi, artık düşmandı. Bundan böyle Akdeniz'de mal ve ganimet için çattığı kalyonlar ve kadırgaların hiçbiri Doria'nın kalyonlarını kovalamak kadar onu tatmin etmeyecekti. Merhum Kanca'nın matemini tuttuğu onca zaman boyunca Doria adını kendisi için bir cihat, Müslümanlar ve İslamiyet adına bir mefkûre, belki kardeşi İlyas'ın okuduğu ezan olarak anladı. Vaktiyle onu onurlu bir korsan kabul ettiğine pişmandı. Ağabeyine kurulan tuzakta yer aldığını öğrenmemeyi yeğlerdi, ama işte gerçek buydu. Levendleri arasında intikam isteyenler ile tevekkül isteyenler ikiye ayrışmıştı ve kadırgalarda mevlid okunurken bu salonda hangi yolun seçileceğine dair karar alınmış olacak, bu karar Cezayir'in şeyh ve murabıtlarına tebliğ edilecek ve Tunus'takiler gibi ikiyüzlü davranıp davranmayacakları belli olacaktı. Bu karar bir bakıma Cezayir'in istikbali demek olacaktı.

Karlos Kral'dan aldığı mektubu onlara okumamı istemesinin sebebi buydu. Herkes sessizce dinledi:

"Ben ki kutsal Roma İmparatoru Karlos'um. Adıma İngiliz kardeşlerim Charles, İspanyol evlatlarım Carlos, Dutch askerlerim Karel, German kullarım Karl, İtalyan hizmetkârlarım Carlo,

Frenç vatandaşlarım Charles Quint, Osmanlı düşmanım Şarlken der. Ve senin dahi Karlos Kral diye çağırdığın kudretli adam... İşte ben oyum..."

"Poh yesin!.."

"Çikooo!?. Sus bakayım! Devam et Sidi."

"Sen ki Barba Rossa nam firkate hırsızı Hızır'sın!.. Şöyle bilip anlayasın ki, senin evvelden fırsat bulup bizim üzerimize gelip başarılar elde etmen, senden değil bizden idi. Kral dedem zamanında ülkemin insanları taşkınlık ve isyanda o derece ileri gittiler ki kutsal azizlerimiz bile bize gücenip yüz çevirdiler. Ne vakit ki ben tahta geçtim, topraklarımda düzen ve intizam hâkim oldu, Hıristiyanlık ve Kutsal Babamız adına halkım uyandı ve siz kâfirler ile savaşa azmettik. Böylece kutsal kilisemizin azizleri size verdikleri fırsatı şimdi bize verdiler. Hıristiyanlığın kutsal askerleri senin o ağabeyin olacak kâfirin büyüğü Kanca nam Barba Rossa şeytanını ve çapulcu diyavolo askerlerini tepelediler. Artık Becaye, Halkulvâd ve Tunus elinizden çıktı. Şimdi sıra Cezayir'de. Senin de akıbetin ağan Oruç gibi olacaktır. Etrafına topladığın beş on akılsız korsan eşkıyasıyla sen şimdi ne edecek, askerlerimizin elinden nasıl kurtulacaksın? Eğer aklın varsa bu mektup eline vardığında Cezayir'in anahtarlarını alıp ve boynuna makrama bağlayıp ayağıma gelerek affolunmanı isteyesin. Böyle yaptığın takdirde belki yüksek merhametim sayesinde esir olmaktan kurtularak bir miktar mal ile vilayetinize gitmenize izin verebilirim. Yok, inat ve muhalefet edersen azizlerin başı için sana bir iş ederim ki, dünyada kimse kimseye etmemiştir. Var imdi bildiğin gibi davran!"

Okumam bitince Hızır Reis inandığı biçimde haykırdı:

"Evlatlarım!.. Kim bilir hanginiz ne vakit kadırgalarımdan birine bindiniz ve yükselip reisim oldunuz. Kim bilir hanginiz ile ne vakit omuz omuza can pazarına atıldık. Şimdi karar zamanıdır. Kâfir, mektubunda her ne ki demiştir, yabana söylemiş, ağamın ifadesiyle poh yemiştir! Her ne karar verirseniz, hak din adına, bize Allah'ın yardım edeceğini hiç unutmayın. Dileyin, onlara bir iş edelim, ta ki bir zaman gelsin, tarihlerde yazılıp ruhlarımızı rahmetle yâd ettirsin; isteyin, memleketlerinize zafer haberleriyle birlikte altınlar gitsin. Yeter ki dikkat edip doğru karar verin. Kadırgalarıma -tıpkı ilk günde dediğim gibi- Allah için cihat etmek, denizlerin akıncıları olmak ve ganimetten evlatlarınıza rızık götürmek üzere bindiniz. Akdeniz'in sıcak yüzü sizi bunun tersini yapmaya zorlamasın, yoldan azdırmasın. Kendinizi yoklayınız. Niyetimizde halis olmayan bir şeyler var ise onu içinizden atınız. Niyetimiz evvela cihat, sonra rızık olur da bu sıralamayı değiştirmezseniz, beni şad edersiniz. Değilse de kararınız kararım olur."

"Bizim kararımız senin kararındır Reis Babamız!"

"Evlatlarım!.. Yerimizden yurdumuzdan bu kadar uzaklarda, kimimiz kimsemiz yok iken tutunduk, bey olduk, sultan olduk. Bekâr olanlarımız evlenip barklandı, Cezayir'in taş evlerinde vatan tuttuk. Bütün bunlar bize dünya emanetidir. Emaneti la-

yık olduğu şekilde korumazsak bizden alınıp başkasına verilir. Eğer intikam istiyorsanız bunu şahsınız için değil, Allah için istemelisiniz. Hepinizin bellerinde altınlar dizili, hepinizin memleketlerinize gönderdiğiniz paralar çocuklarınıza değil torunlarınıza yeter. Kalbinize sorunuz. Kalpleriniz ne istiyor? Alacağınız kararda ileride kazanacağınız maddi zenginlikler mi; daha ileride kazanacağınız manevi nimetler mi ağır basıyor? Alacağınız intikamda Kaderkale'ye birlikte geldiğiniz arkadaşlarınızın intikamları mı, yoksa yüce dininizin emirleri mi etkili oluyor? Canınızı pazara çıkardığınızda karşılığında ne isteyeceksiniz? Birkaç dakika için vicdanınızla baş başa kalıp şu kararı veriniz: Dünyayı mı istemektesiniz, ahireti mi?"

Hep bir ağızdan çıkan aynı ses salonu doldurdu:

"Bizim kararımız senin kararındır Reis Babamız!"

Hızır Reis cümlelerini bitirdiğinde, Doria'dan intikam alma duygusunu cihat lehine ne derece bastırabildiğini merak ettim. Bazı levendler hâlâ aralarında fısıldaşır ve karar vermeye çalışırken reislerden biri gözyaşları içinde bir ağıt okumaya başladı. Yanık dizeler herkesin ciğerine işleyecek türdendi ve kopuzun tellerine vuran ozan da sanki bunu hissettirmek için elinden geleni yapıyordu:

Yerimiz var yücelerde
Fikr-i dünya hecelerde
Kâh gülerim kâh ağlarım
Uyku tutmaz gecelerde

Türkü sona ermeden, karar belli olmadan uğultular duymaya başladık. Dikkat kesildiğimizde bunun gülbank olduğunu anladık. Dışarıdan, limandan geliyordu:

"Allah Allah, illallah... Eli kan, kılıncı kan... Sinesi üryân, ciğeri püryân... Meydan-ı şehâdette Allah yoluna revân... Kahrımız, gazabımız düşmana ziyan... Adüvden korkmadık, korkmayız hiçbir zaman... Kur'an'da zafer vâdediyor Hazret-i Yezdân..."

Gelenler Piri Reis ile Muslihiddin Reis'in kadırgalarıydı. Piri Reis'in kadırgası iki yana turna kanadı açılmış gemilere baş çekiyor, onun köpüklendirdiği dalgaları beylik kalyetalar ile saltanat kadırgaları dağıtıyordu.

Farklı bir gündü. Dünyayı titreten iki hükümdarın elçileri aynı gün gelmişlerdi. Önce düşman, sonra dost... Piri Reis sevinçle içeri girdi. Kucaklaştılar. Şadlık doyumluk oldu, meclis sabaha kadar gönülleri şad eyledi. Meğer yüce sultanımız Yavuz Sultan Selim Han -Allah devletini daim etsin- , Piri Reis'imizi kabul etmiş. Hilatler giydirip izzet ü ikramda bulunmuş. Bu hususta anlattıkları orada bulunanlara taze can bağışladı. Dediğine göre sultan, bir vakitler Şehzade Korkut'a yaslanan Oruç ve Hızır kardeşleri çoktan affetmiş, iki kardeşin Haçlı denizlerinde İslam adına yaptıkları cihatlara gıpta edip rahmetli Oruç Reis'e "Nasreddin (dinin yardımcısı)", Hızır Reis'e de "Hayreddin (dinin hayırlı evladı)" diye lakap biçip hilatler göndermiş. Hediyelerini saltanat hediyesi olarak çattırdığı iki kadırgaya yükletmiş. Çeşit çeşit hediyelerle birlikte elmas kabzalı iki kılıç ile iki sorguç ve bir sancak-ı şerif yollamış. Sevinçle anlatıyordu:

"Hızır Hayreddin babamız!.. Padişah-ı dü-cihan, şevketlü hünkârımız Selim Han hazretleri -ömrü uzun olsun- 'Bak a reis,' dedi, gözümün içine bakarak ve elbette başımı eğdim; sultanın yüzüne bakılabilir mi, güneş göz kamaştırmaz mı, sonra gür seda ile ferman buyurdu, 'Verdiğim kadırgalarımdan birine

Hızır lalam bizzat kendisi binsin. Sorguçlarımdan birini sokunsun, kılıçlarımdan birini kuşansın! Cümle peşkeşleri makbulüm olmuştur; bundan böyle her ne ki ihtiyacı olur, eşiğime arz etsin!' O sırada bütün devletlular, vezirler, ağalar, beyler oradaydı. Hepsi tahsinler okuyup sizin için dualar ettiler, âminler dediler..."

Hızır Reis hediyelerin huzura getirilmesini istedi. Sultan ona "Beyim" demiş ve Cezayir sancakbeyi olarak sorguçlar, kılıçlar, diba kumaştan çifte flandra ve yeşil ipekten bir sancak göndermişti. Bir sancak ki herkesi hayran bırakacak cinsten. Hızır Reis sultanın hediyesi sorguç ve kılıçlardan birerini eline alıp öptü, alnına götürdü, sonra ağlamaya başladı. Herkes onunla birlikte ağladı. Biz sevinç gözyaşlarının heyecanını duyuyorduk, meğer o hasret ile yaş dökermiş:

"Bize nasip olan ağamız Oruç Reis'e nasip olmadı. Bu sorguç ve bu kılıç kadırgamızın direğindeki sancak Kur'an'ının yanına asılsın. Bunlar orada parladıkça siz dahi bilesiniz ki ağamın ruhu bizimle birlikte savaşmakta, kancası düşmana korku salmakta olacaktır. Bu flandra bundan böyle seferlerde benim bindiğim gemiye alamet olsun, ben hangi gemideysem onun grandisine çekilsin. Şu ipek sancağa gelince, gördüğünüz gibi üzerinde bir Zülfikâr nakşedilmiş ve bize Hazreti Ali'nin kahramanlığı layık görülmüştür. Derhal şimşir dalından bir gönder hazırlansın, tepesine altın hilal başlık konulsun, beylik gemimizin direğinde dünya durdukça dalgalansın. Her büyük gazadan zafer elde ettikçe, üzerine bir nakış da biz işleyelim ve bizden sonra da gazi evlatlarımıza yadigâr kalsın."

Cemayma ve Aladule'nin hazırladığı salon uğurlu gelmişti. Akşam salona korsan reisi olarak giren Hızır Reis, gecenin sabaha evrilen saatlerinde Osmanlı cihan devletinin hizmetinde bir bey olduğunu, Cezayir'e sancakbeyi olduğunu düşünüyordu. Bundan böyle Sultan Selim Han'ın gücünü de, hassasiyetini de yüreğinde hissedecek bir kapıkulu idi artık. Değil mi ki gönderilen sancakta Zülfikar var idi, elbette Hacı Bektaş Ocağı'nın kazanı Cezayir'de de kaynayacak demekti. Hızır Reis'in beylik gemileri Osmanlı cihan devletinin gemileriydi artık. Avrupa'nın en büyük kralı olan ve cihanda kendisine rakip olmadığını söyleyen Kral Carlos, artık Osmanlı'nın büyüyen gücü ile tanışacaktı. Piri Reis görevini bitirip de kapıdan çıkacağı sırada yeni hatırlamış gibi dönüp koynundan bir kitap çıkardı ve ona Hayreddin lakabıyla hitap etti. Onu dinlerken bu lakabı sevdiği yüzünden belli oluyordu:

"Hayreddin Babamız! Âdab-ı padişahîyi yerine getirip sultana veda ettiğimizden sekiz gün sonra Koron'a gelmiştik. Burada on sekiz pare vardakosta Venedik kadırgası yolumuzu kesti. Evvel kaçalım dedik, sonra sultanımızın Rodos şövalyelerine yazdığı mürur tezkiresini bunlara gösterdik. Ben elçi olup kaptanın huzuruna çıktım. Fermanı gösterip bize dokunmamaları gerektiğini söyledim. Kaptan zeki bir adamdı. Nereye gittiğimizi sordu. 'Cezayir Sancakbeyi Hızır Reis'in yanına!' dedim. 'Demek Barba Rossa şimdi de sancakbeyi oldu ha!' diye başını salladı. Sonra da fermanı hiç okumadan bize eman verip haykırdı: 'Bak a Türk! Sahipli sürüyü kurt dalamaz. Size şimdi dokunmayışım, ileride yine karşılaşacağız diyedir. Var yolunda ol, Barba Rossa'ya selam söyleyip şu kitabı benden hediye götür!' deyip bizi bıraktı."

Hayreddin Reis kitabı bana uzattı. Baktım, yer yer resimlenmiş güzel ciltli bir elyazması idi. Latinceydi. Başlık kısmını okudum: *Divina Commedia*. İspanya kraliyet okulunda Decan Ojeda bize okutmuştu. Rahat, cevap verdim:

"Venedik hukemâsından Dante nam bilgenin Cennet, Cehennem ve Araf'ı anlatan şiir kitabıdır Hayreddin Beyim. Kiliselerde okutulur."

"Beyim!" deyişimin hoşuna gittiğini gösteren bir neşe ile sesini yükseltti:

"Kış gelince okuyup eğlenelim o halde. Lakin kefere neden göndermiş ola ki? Neuzübillah bizi dinimizden mi döndürmek ister?"

Soruya cevap bulabilirim diye kitabın içine baktım. Ve buldum. Kitabın yalnızca cehennem bahsi yazılı kalmış, geri kalan sayfaların üzerine savaşan gemi tasvirleri çizilmişti. Bunu açıklayarak Hayreddin Reis'i gücendirmek istemezdim ama ondan bir şey saklamak da imkânsızdı. Gözümün içine bakıyordu.

"Okuyabileceğimiz bölüm yalnızca cehennemi anlatıyor beyim," deyip resimli sayfalara bakması için iade ettim.

"Kâfir güzel de tasvir edermiş!.. Hele adını söyledi mi bu kaptan Piri Reis'im!"

"Doria, beyim, adı Andrea Doria imiş."

Uzunca bir süre sessizlik oldu. Doria adının onu her şeyden koparmaya başladığını o anda gördüm. Tereddütle sordu: "Piri Reis'im! Doria kâfiri neden bu kitabı göndermiştir sanırsın?"

"Akdeniz'i size cehennem etmeyi düşündüğü için beyim."

"Doğru dersin. Böyle düşünür. Lakin Allah'ın izniyle hilesini başına çevirmek ahdim olsun."

"Su uyur, düşman uyumaz beyim! Hemen sen yolunda olagör, erenler meydanı boş komaz."

"Sidi Can, şu Doria kâfirinin hediyesine yarından tezi yok, mukabele edelim. Kitabını tartalım, ağırlığınca mücevher gönderelim."

"Maddi ağırlığını değil manevi ağırlığını ölçelim derim beyim. Biz de ona geçen yıl kiliseyi karıştıran 95 yeni kuralı yazdırıp gönderelim; Protestanlığın 95 yeni kuralını."

"Yok Sidi, daha iyisini yapalım. Yunus Emrem hazretlerinin ilahiyatından bir tuhfe hazırlatalım, çocukken babam bize okurdu da çok hoşumuza giderdi, işte onu gönderelim. Sonra da bekleyelim. Bakalım bize Dante şiirleri gönderen Doria, Derviş Yunus'un sırrını mı önce çözecek, Müslümanlara eziyetle meşgul olan Karlos Kral altın heykellerin sırrını mı?"

Dediği gibi yaptık. Ertesi gün konağındaki birkaç kitaptan biri olan *Yunus Divanı* ile üç altın heykeli nakışlı birer atlas keseye koyup ağızlarını ayrı ayrı mühürledik. Heykellerin yanına konulacak mektubu da o söyledi, ben yazdım:

"*Ben ki, Akdeniz'de hikâyeleri hep anlatılan ve anlatılacak olan Kanca nam korsanlar şahı Barba Rossa'nın kardeşi ve yüce Osmanlı Devleti'nin ulu hükümdarı Sultan bin Sultan, es-Sultan Yavuz Selim Han hazretlerinin Cezayir ilindeki Sancakbeyi Kızılsakallı Hızır Hayreddin Reis'im. Ey kendisine kral diye sayısız ad bulan hınzır! Helâk ettik diye övündüğünüz yiğitlerimizin hepsi bilesiniz ki şimdi cennette, nimetler içindedir. Yani ki muratlarına nail olmuşlar, şâdlık sürmektedirler. Biz dahi onların nail oldukları makamı özleriz. Çok şükür ki Muhammed ümmetinden ve İslam dinindeniz. Hayatımız da paktır bizim, memâtımız da. Öyle olunca bizim ne ölümden ne de sizden bir korkumuz vardır. Hemen elinizden geleni geriye koymayın, bildiğinizden kalmayın. Siz azizlerden yardım istiyor iseniz, biz bütün kâinatı yoktan var eden zevalsiz Allah'ımızdan isteriz. Hazır olun, siz de kısa zamanda bizim ne mertebe er olduğumuzu göreceksiniz. Var imdi sen dahi bildiğin gibi davran!*

Hamiş: Gönderdiğim heykeller sana konuştuğu zaman belki beni yenebilirsin!"

Hızır Reis, ertesi gün Cezayir'in bütün şeyh ve murabıtlarını, bütün ileri gelenlerini toplayıp sultanın fermanını okuttu ve onlara sancak beyliğinin ne olduğunu anlattı. Hepsi Osmanlı Devleti'nin himayesini kazandıkları için çok sevindiler, şenlikler yapıldı, fukaraya sadaka dağıtılıp kurbanlar kesildi. Cezayir sevince boğuldu; halkı da, yöneticileri de Devlet-i Aliyye adına Hızır Hayreddin Bey'e sadakat sözü verdiler. Kazanlar kaynadı, davullar vuruldu, sancak dalgalandırıldı, sancakbeyliği oldu.

Aynı gün elçi sancağı çektiğimiz firkatemiz Cezayir burnunu dönerken Aladule'nin salladığı mendili gördüm. Gözümün önünde ise yakınlarımdan geçip giden Billure'nin hayali vardı. Sonbahar geliyordu. Mektup ile heykelleri krala, Yunus şiirlerini de Doria'ya verip Decan Ojeda'ya gidecektim. Ojeda iyiden iyiye ihtiyarladı ya, konuşacak çok şey biriktirmiş olmalıydı. Doğrusu onu kaybedersem karlı mevsimleri kiminle paylaşacağımı bilemiyorum. Rüzgârlara başımı yasladım. Sırlarım ile yeminim arasına yine bir kış geliyordu. İlk teşrinin son günü, metruk hisara gidip Billure'yi beklemeliydim. İnşallah bu sefer gelir diye dua ediyorum. Hızır Reis'in tembihi kulaklarımda:

"Billure'yi bul getir. Getiremiyorsan donanmamı çekip getirmem için bir güvercin kanadına dokun yeter!"

1521

İki yıl sonra...

"Altmış dört kadırga sayabilmiştim Sidi!.. Şehrimize arkebüz ve top namlularını çevirmiş tam altmış dört İspanyol kadırgası..." diye başladı anlatmaya. Sesinde ağır bir hüzün, yüzünde küçük bir seğirme ile. Şaşkındım. Reisleriyle bile görüşmeyen, mağlubiyetini nefsine yediremeyen, ağabeyinin intikamını alamadığı için kendini yiyip bitiren, Osmanlı ülkesinin Cezayir ilindeki sancakbeyi olduğundan şüphe duyarak içlenen bu kişi Hızır Hayreddin Reis olamazdı. Cezayir'i vatan bilmişti, adalardan çıkarılmaktan çok sanki adaları elden çıkarmış olmanın acısıyla yanıyordu. Kaderkale'deki mütevazı kulübede şiltesine oturmuş, gözleri yaşararak anlatıyordu:

"Cezayir halkı sözlerinde durmadı Sidi. Murabıtlar, şeyhler, Arap beyleri ve Berberi kabile reisleri, Tlemsen ve Tunus beyleri, üzerimize İspanya'yla birlikte asker çıkardılar. Meğer Cezayir Türkleri hiç sevmemiş!.."

"Hiç olur mu efendimiz, sevmeseler yemin ederken 'Türkler üzerine' derler mi hiç?!"

"Sevseler Cezayir önlerinde İspanyol donanmasını görüp de gülleler şehre düşmeye başlayınca minarelere beyaz bayraklar asmazlar, gidip kızıl ceketlilere yaranmazlar, Roma'nın Kartaca'yı yeniden kıskaca almasına fırsat tanımazlardı."

Bir şey diyemedim. Çok üzüldüğü belliydi. İçine kapanır gibi oldu. Sesinde bir mırıldanma edası vardı:

"Sidi, hani şu İspanya kralının muhafızlarını sırayla öldüren adam var ya, bence o adam buraya da gelmeli ve Cezayir'in Müslüman geleceğine ziyan eriştiren şeyhleri, murabıtları, beyleri, reisleri bir bir temizlemeli."

Cevap vermedim. Yüzümde bir seğirme hissettim. Hızır Reis'in böyle bir şey düşünmesi için çıldırmış olması lazımdı... Üstelik iki yıl önceki bir olaydan bahsediyorduk, ben Cezayir ilinden çıkalı iki yıl olmuştu çünkü. Ayrıca İspanya sarayında olup bitenleri takip etmesine de şaşırmıştım. Ama o bununla yetinmedi, konuyu değiştirir gibi beni daha da şaşırttı:

"Kral, öz muhafızlarını öldüreni bulabildi miydi Sidi?"

"Hayır efendimiz, üstelik İspanya halkı son üç kışta, üç tane daha çengele asılı cesedin üzerine kar yağdığını gördü. Yine bağırlarında hilal vardı efendimiz. Ama lütfedip siz, ben yokken burada neler olduğunu anlatsanız, merakım hadden aşkın."

"Sidi Can, elemi anlatmak da insana elem verir, işte olan oldu; hem de göz göre göre... Basiretimiz bağlanmış, iyi niyetimiz gözümüzü kör etmiş meğer. Cezayir ihanet etti."

Hızır Reis gerçekten de bambaşka bir adam olmuş gibiydi. Cemayma Hatun bir meyve tepsisiyle içeri girdiğinde başını yere eğdi. Ona karşı da kendisini mağlup ve mahcup hissettiğini anladım. Onurlu erkekler başarısızlıklarını eşlerinin görmesine veya bilmesine tahammül edemezlermiş. O sırada Hasan neşeyle gelip dizine oturdu. Büyümüştü. Hesap ettim, altı yaşında olmalıydı. Oğlunu görünce biraz efkârı dağıldı. O oyalanırken Cemayma hal hatır sordu. Onun için bir halhal getirmiştim. Hediyeyi severdi. Teşekkür ettikten sonra Aladule'den bahis açtı. Özleyip özlemediğimi bilmek istiyordu. Yanaklarım kızarıverdi. Onu neredeyse tamamen unutmuştum. Ama demek o beni hatırlamak istiyordu. Yoksa bir hanım, kendi hizmetkârının tanıdıklarından haber alma konusuyla neden bu kadar ilgilensindi? Peki ama meyve tepsisini neden o getirmemişti? Soramadım, ama merak ettim. Huzurdan çıkarken Hızır Reis'in sesindeki üzüntü gitmiş gibiydi:

"Geldiğine sevindim Sidi... Ve elbette yalnız geldiğine de üzüldüm!"

Dışarıda Aydın Reis'i buldum. Karamsarlık içinde gördüğüm Hızır Reis'in anlatmadıklarını ona anlattırdım. Cezayir'in nasıl elden çıktığını, bunun levendleri nasıl üzdüğünü, sonra neler olduğunu, Kaderkale'de inziva hayatını, Akdeniz korsanlarının Barba Rossa adını neredeyse unutmak üzere olduklarını uzun uzun anlattı ve ilave etti:

"Bütün bunlardan daha üzücü olan ise Kâtip Sidi, Hızır Reis'in sessizliği. Onu kimse kabuğundan çıkaramıyor nedense! Bize o eski denizci tekerlemesini söyleyip Kaderkale'den dışarı çıkmayacağımızı söylüyor."

"Hangi tekerleme?"

"Türk gemiciler hep söyler ya hani, 'Teşrinin altmışında yat, yetmişinde kalafat, sekseninde suya at, doksanında donat, yüzde yüz.'"

"İyi ya işte, yüzde yüzeceğiz!"

"Kaç yüzdür geçiyor, yüzdüğümüz de yok, Hızır Babamızın keyfi de. Böyle giderse ya Cezayir'i tamamen unutmadan, yahut yeniden almadan da neşelenecek değil."

"Peki böyle bir hazırlığı var mı?"

"Ne gezer? Hasan ile oynamaktan başka meşgalesi yok.

"Aydın Reis, onu meşgul edecek şeyi ben biliyorum."

"Söyle ki bilelim!"

"Andrea Doria... Onu hayata döndürecek tek isim Andrea Doria'dır!"

Ertesi gün bir havadisle gittim huzuruna. Satranç oynayarak biraz konuşmaktı niyetim. Her şey hazır gibiydi. Aladule'nin, içine kar konulmuş gül şerbetini yudumlarken ağzımı açacak oldum, o benden evvel davrandı:

"Dediklerine göre Sidi Can, Karlos Kral İslam düşmanı kraliçenin tesirinde kalıp yine eski Endülüs yurtlarında katliamlara girişmiş. Doğru mu?"

Bu soruya cevap vermeden evvel içim ürperdi. Her kış İspanya'da olmam gerektiğini Hızır Reis'e zaten açıklayamıyordum:

"Maalesef doğru Reis Babamız!"

Sonra da sesimi bir perde düşürerek samimiyet gösterdim:

"Ben de oradaydım efendimiz. Kral Müslümanlara karşı Kastilyalı Isabella'dan daha acımasız bir katliam başlattı. Müdeccenleri sindirme siyasetinin son dalgasıydı. Mescitler yıkılmış, Müslümanlar suçlu ilan edilmişti. Eski kral din değiştirmeye zorlamaz, itaat edenleri haraca bağlar, ancak etmeyenleri kılıçtan geçirtirdi. Bu ise din değiştirmeye zorlamakla kalmadı, Müslümanların doğan çocuklarını ellerinden almaya başladı. Ta ki aralarında üremesinler, soyları tükensin."

Üzüldüğü her halinden belliydi. Aklımda onu harekete geçirecek soru vardı ve planladığım şekilde sordum:

"Reis Babamız, Kaptan Doria'yı hatırlıyor musunuz?"

Yerinden fırlayacak gibi oldu.

"Ne olmuş Doria'ya Sidi?"

"Hiç efendimiz... İki yıl evvel size bir selam göndermişti de..."

"Ne selamı?"

"Demişti ki: 'O firkateci zağarına selam söyle; denizaslanı kükreyince kuyruğunu kıstırıp kaçmakla elimden kurtulamaz. Ben Yunus'un şiirlerini okurken Barba Rossa'nın kalyetaları benim cennetim olacak; ama o Dante'yi okurken o benim kalyonlarımı cehennem görecek, böylece ilet!'"

"Cehennem öyle mi; göstereceğim ben ona!"

"Poh yesin! Poh yesin!"

"Çikooo!"

Başımı yere eğip mırıldandım:

"Cezayir'den ayrıldığınız vakit sizi kovalayan oymuş efendimiz?"

"Sancağını neden açmamış o halde?"

"Kral Karlos'un kutsal imparatorluk amiralleri müsaade etmemiş efendimiz. Kadirkale önünde sizi birden kaybedince çok korktuğunu da itiraftan çekinmedi üstelik. Anladığım o ki sizden hem çekiniyor, hem saygı duyuyor."

Hızır Reis'in yüzüne yansıyan mimikler, onun da Doria'dan hem çekinip hem saygı duyduğunu anlamama yetti. Onu kendisine denk bir rakip olarak gördüğü belliydi:

"Demek karargâhımızı, Kadirkale'yi biliyor!.. Vay hınzır vay!.. Bu durumda geçen baharda bize kök söktüren donanma da onundu demek. Ama neden kendini bildirmedi; hırsız gibi gelip gitti?!"

"Sizi kışkırtmak için olsa gerek efendimiz. Ve galiba şu altın zinciri avucuma koyarken söyledikleri bunu anlatıyordu?"

Hürmetle takdim ettiğim ve bir forsanın ayaklarını bağlayan zincirlere benzetilerek dövülen altın kolyeyi incelerken sordu:

"Ne demişti?"

"Önce 'Hediyemizdir; boynuna taksın ve bizi unutmasın,' demişti. Sonra dayanamadı, 'Baharda biz gelir ayağına takarız,' diye ilave etti. Hatırlayacaksınız, ben de bir güvercin kanadında bu haberi o vakit size ulaştırmış idim."

"Demek baharda gelen de oydu? Hah hah!.. İyi ki oymuş!.. Çünkü bir oyun ettik ki dünyada kimse etmemiştir."

Evet, işte Hızır Hayreddin Reis neşeleniyordu. Doria onun hayata tutunduğu rüyası, ülküsü idi. Kardeşi İlyas'ın denizlerde yankılanan ezan sesine ne kadar değer veriyorsa, Doria'nın rakip olmasına da o derece önem atfediyor, Cemayma'ya ve oğlu Hasan'a ne derece korumacı davranıyorsa sanki ona da öyle hınç ile yaklaşıyordu. Bir gün Doria'yı bulup öldürürse sanki kardeşlerinin, Kanca'nın, Cezayir'in ve levendlerinin intikamını topyekûn almış olacaktı. Doria onun için bütün bir İspanya, baştan sona bir Hıristiyanlık dünyası, Papalık ile arasındaki cihat ruhuydu. Doria bütün levendlerinin 'kızılelma'sı, zafer rüyası idi. Tam da neşelenmişken yaptıklarını sorarak nefsini kabarttım:

"Nasıl bir oyundu efendimiz?"

"Onları hayalet kadırgalara inandırdık!"

"Aydın Reis anlattı efendimiz; beyaz mintanlarla..."

"Yok yok, o değil... Şu açıkta gördüğün gemi mezarlığı kayalıklar yok mu?"

"Eee!."

"Muslihiddin Reis o sığ kayaların arasında geniş bir bölge keşfetmiş. Yedi metre derinlikte, tamamen kumla kaplı geniş bir saha."

Ne anlatacaktı, meraklanmıştım. O sırada kapı çalındı. Bir hizmetkâr tepsi içinde taze bakla ile pekmez ve kaymak getirmişti. Ben Hızır Reis'in anlatacaklarına kilitlenmiş öylece bekliyordum. Tepsiyi bırakan hizmetkârın oyalandığını hissedince yüzüne baktım. Aladule'ydi bu. Büyülü gözlerle gözlerimin ta içine bakıverdi. Bambaşka biri olmuş, tavırlarına bir asalet gelmişti. Titredim. Mahcup, öylece bakakaldım. Haksızlık etmiş, geldikten sonra bir merhaba dememiştim. Başımı yere eğmeyi denedim, yapamadım. Bakışlarında, "Bunca yıl, bunca zaman..." diye başlayan sorular görüyordum. Aladule, toprağımın çocuğu, ülkemin yadigârı... İçimden ne kadar vefasız olduğumu geçiriyor, kendime sövüp sayıyordum. Gözleri kalbime işliyordu ve başımı çeviremiyordum. Hızır Reis imdadıma yetişti:

"Aladule evimizin kızı oldu Sidi, Hasan'ın ablası, Cemayma Hatun'un sırdaşı..."

Utanarak gözlerimi çevirdim. Nutkum tutulmuştu. Ne ona merhaba diyebildim, ne Hayreddin Reis'in cümlelerine bir karşılık verebildim, öylece susup kaldım. Bereket versin, Aladule, "Hoş geldiniz, Kâtip Sidi!" deyip kapıya yöneldi. Hızır Reis teşekkür etti.

"Sonra Sidi, Muslihiddin Reis bir tedbir düşündü. Her biri otuz okka çeker kum torbaları hazırlattık. Bunları zincirle birbirine bağlayıp kayaların arasına döşedik. Zincirin ucuna halat ile bir şamandıra bağladık. Bir kanca ile hemen güverteye alınabilecek şekilde gizledik. Önce ben de inanmamıştım ama tecrübe edince gördüm. Zinciri babafingoya bağlayıp kadırgaya yol verince kum torbaları birer birer karinaya yapışmaya başladı. Bu arada kürekleri bağlamak gerekiyordu. Torbaların ağırlığı kadırganın ilerlemesini ağırlaştırdığı için döşek başı ıskarmozlarından itibaren yavaş yavaş alabandayla yan yatmaya da başladı. Kadırga alabora olmuş gibi tamamen yan yatıp suya gömülerek görünmez olduğunda karinası yüzeyden bir kulaç aşağıda duruyor ve yüzeyden bakınca görünmez oluyordu. Üstelik torba halatları gabya istirilyalarından bir pala ile kesilip bosa edildiğinde, gövdesi küçük bir sarsıntıdan sonra yüzeye çıkıveriyor ve kürekler açılıp yüzmeye hazır hale geliyordu. Güvertedeki suyun boşaltımı için bordada beş adet kapaklı firengi lumbarı açmak kâfi idi."

Hayreddin Bey denizde hayalet gemilerle ilgili bir şeyler anlatıyordu. Galiba yüzüne de bakıyordum, ama dinlemiyordum. Gözlerimin önünde Aladule'nin gözleri, aklımda da pek çok soru vardı. Hızır Hayreddin Reis, Aladule'ye neden teşekkür etmişti? Getirdiği tepsi için mi; yoksa benim kabalığım yüzünden mi? Aladule resmi dil kullanmış, "hoş geldiniz" demişti. Neden böyle söylesindi ki? "Kâtip Sidi!" derken de sanki sesinde bir sitem mi vardı? Eğer sitem ediyorsa bunun derinliği ne kadardı? Evet, ben çok ayıp etmiş, kaba davranmış, Cezayir'den ayrılıp giderken salladığı mendilin hatırına olsun ona bir selamı çok görmüştüm. İyi ama, bundan ne gibi bir mana çıkardı ki? Hem ben ona bir söz vermemiştim...

"Nasıl buldun?!."

Kendime geldiğimde ne diyeceğimi şaşırdım. Galiba kendisini dinlemediğimi anlamıştı. Zihnimi toparlamaya çalıştım. Zincir, kum torbası, ağırlık, batıp görünmez olmak, sonra yüzeye çıkıp görünmek gibi kelimeleri hatırlıyordum ama dimağımda sıralamanın yerine gelmesi pek yavaş oluyordu. Nihayet, "Dâhiyane!" diyebildim ve ilave ettim:

"Peki ama serenleri ve kürekleri nasıl yok ettiniz?"

Dinlemediğimi asıl o zaman anladı, ama yüzüme vurmadı. Ben de yaptığım gafın farkına vardım ve telafi için sordum:

"Bir gemi, içinde insan olmadan denize batırıp çıkarıldığında gemideki her şeyin ıslanması ve barutun kullanılmaz olması dışında bir işe yarar mı ki? Yoksa semender gibi ateşte yanmaz, suda boğulmaz levendler mi edindiniz?"

"Forsalar ile levendlerin eline nefes almaları için birer arşınlık kamış borular verdiğinde, ellerine de kılıç ve baltaları tutuşturduğunda gemi denizin altında istediği kadar kalabilir. Tabii adamlar buz tutmayı göze alabilirse."

Anlattıkları hem ilginçti hem de zor. İnanmak istemedim:

"İşe yaradı mı peki?"

"İşe yaraması için uzun talimler yaptık ve çima çimaya dört kadırgayı birden batırıp yeniden çıkarabilir hale geldik. Doria geldiğinde, -eğer gerçekten gelen o idiyse- şu burnu döndüğü vakit takip ettiği kadırgaları göremeyince çok şaşırmış olmalı. Bir saat kadar şu açıklarda şeytan görmüş veya cinlere uğramış gibi dolandıklarını gördük. Hepsinin pruvası adaya dirisalandığı sırada manevrası yüksek birkaç firkateyi yem olarak sahile sürdük. Tam da düşündüğümüz gibi bütün kadırga ve kalyonları firkatelerin üzerine yürüdü. O sırada işaret fişeğiyle denizdeki kadırgalara hücum emrini verdim. Doria asıl şaşkınlığı o vakit yaşadı zannederim. Çünkü açık denizde arkasından gelip gemilerine çengel atan, balta savuran eli kılıçlı hayalet gemileri ve beyaz çarşaflar içindeki levendleri hiç beklemiyordu."

"Ben de olsam buna şaşırırım elbette. Çıldırmış olmalı."

"Çıldırmaktan öte, çok öfkelenmiştir! Hah ha... Rakibin sekiz kadırganı yedeklese sen öfkelenmez misin?"

Hızır Hayreddin Bey'i denizlere döndürecek sebebi keşfetmiştim: Doria. Sonra bana bu hayalet gemilerle neler yaptıklarını, iki yıl boyunca kaç gemi ele geçirdiklerini, kaç yerde iskandiller sarkıtıp uygun kumsal aradıklarını anlattı, ama içinde Doria olmayan hiçbir hikâyede bu derece heyecanlanmadı. Akşam olurken yorulmuş olmalı ki biraz da benim anlatmamı istedi:

"Billure?"

İşte duymaktan korktuğum soru buydu. Kendime bile soramadığım, sorma cesaretim olmayan soru. Satranç tablası gözümün önünde dönmeye, sanki bütün taşlar yerlerinden hareket etmeye ve atlar, filler üzerime hücuma başladılar. Zihnim bulandı:

"Yarın yirmi dört yaşına girmiş olacak efendimiz," diye keledim. "Ve on bir yıldır onu şimdiki kadar hiç özlemedim. On bir yıldır, metruk hisarda, onu kaybettiğim yerde, senede bir gün umutla beklemenin ne demek olduğunu size anlatamam. Yüzü hâlâ çocuk masumiyetinde midir, çakır gözleri daha koyulaşmış mıdır, on bir yıldır hep sorup duruyorum kendime."

"Onu buldun mu, bulmadın mı Sidi?"

"Evet efendimiz, buldum! Bir rüya idi."

"Bulduysan özlemekten bahsetmek neden? Yoksa getirmedin mi?"

"Rüya idi efendimiz."

"Ne demek istiyorsun Sidi. Hangisi rüya, hangisi gerçekti, buldun mu, bulmadın mı, doğru anlat."

"Buldum efendimiz, daha doğrusu..."

"Bulduysan neden getirmedin, getiremediysen neden bana bir haber uçurmadın?"

"Getiremezdim efendimiz!"

"O halde sen neden geldin Sidi?"

Bakakaldım. Ağzımdaki üzüm tanesi boğazıma dizildi. Aklından kim bilir neler geçiyordu? Billure'nin izini sürerek iki yıl boyunca aranıp durduğumu ona nasıl açıklamalıydım, kestiremedim. Şu sırada muhtemelen aklından Billure hakkında sayısız ihtimaller geçiyordu. Artık beni unuttuğu, başkasıyla hayat kurduğu, köleleştirildiği, kötü yola düştüğü ve daha kim bilir neler neler. Odadaki sessizlik uzadıkça bu ihtimaller zihninde çoğalıyor olmalıydı. Yine dilim tutulmuş gibiydi. Bekledim, bekledim. O da bekledi. Merakla. Sonra bir babanın çocuğunu azarladığı gibi sesini yükseltti:

"Yazık ki seni yanlış tanımışım Sidi. Bana bir sır gibi aşkını anlattığında sana gıpta etmiştim. Meğer sen aşkında yalancıymışsın. Vefasızlık etmişsin. Sevdiğini bulduktan sonra onun eşiğinden ayrılıp dönecek kadar vefasızlık... Senin bana anlattığın Billure bunu hak etmiyordu. Yazık sana Sidi, çok yazık!.."

Söylediklerimden onu bulduğum ve onun da gelmek istemediği mi anlaşılmıştı acaba? Kelimelerle başımın hiç bu kadar derde girdiğini hatırlamıyordum. Her zaman selis ve beliğ konuşan ben, Billure'den bahsetmek istiyordum ama dilim dolanıyor, meramımı yanlış anlatıyordum. Aşk galiba bu demekti. Birden cesaretlendim. "Efendimiz, meselenin aslı böyle değil, ben yanlış ifade ettim!" demek için hazırlandım ama ağzımdan çıkan sözler yine başka oldu. Galiba Billure'yi müdafaa etmek gayretine düşmüştüm, onu yine onun arzusuyla terk ettiğimi söyleyecektim:

"Efendimiz, seven sevgilinin iradesine boyun eğmişse eğer..."

Sözümü kesti:

"Tut ki öyledir, sevgili ne istediğini her zaman söylemez, seven anlamalıdır!"

"Sevgilinin hayır dediğine sevenin evet demesi yakışık almaz zannederim efendimiz; belki onun isteğine uyup fedakârlık yapmak gerektir!"

"Sevgide fedakârlık üç altın heykel kadar ucuz değildir Sidi!?.."

Neler konuşuyorduk; mesele ekseninden sapmış, aramızda bir soğuk rüzgâr estirmişti. O sırada Cemayma Hatun, Hasan yahut Aladule'yi aradı gözlerim. Birisi içeri girse belki havadaki olumsuzluk dağılır, düşünceler doğru kelimelerle ifadesini bulurdu. Çaresiz, toparlamam gerektiğini düşündüm. Yalvarır gibi mırıldandım:

"Efendimiz, isterseniz en başından anlatayım, altın heykellerden..."

Eliyle satranç tablasını devirdi. Bütün taşlar bir yerlere dağıldı. Başını küçük pencereye çevirirken sitemle bağırdı:

"Elbette anlat, birer birer..."

"Efendimiz! Mektuplarınız ve hediyelerinizle İspanya sarayına vardık. Muslihiddin Reis ve iki levend daha. Günlerden salı idi. Karlos Kral'ın mabeyincileri elçi diye bize izzet ü ikram ettiler. Lakin kral ancak bir ay sonra bizi huzuruna kabul etti."

"Poh yesin!"

"Mektup ile heykelleri birlikte takdim ettim. Önce heykellerin neden mavi, sarı ve kahverengiye boyalı olduğunu sordu. Ona, 'Mavi gökyüzünü, sarı sonbaharı, kahverengi de toprağı anlatmak için,' dedim. Sonrasını da ancak gönderenin bilebileceğini, öyle ihtişamlı ve heybetli birine de benim bunu sormaya cesaret edemeyeceğimi dillendirdim. O vakit sizin hakkınızda beni soru yağmuruna tuttu. Kızıl sakalınız ve fırça kaşlarınızdan başlayarak nasıl yaşadığınızı, boyunuzu, yürüyüşünüzü, konuşurken nasıl hareket ettiğinizi falan inceden inceye sordu. Bilhassa yüzünüzü tarif ettirdi. Meğer yanındaki danışmanlarından biri ilm-i kıyafet bilirmiş!"

"İlm-i kıyafet de ne ola bre?"

"Bir kişinin yüzüne bakarak karakter tahlili yapabilme ilmidir, efendimiz. Endülüs İslam âlimlerinin pek çoğu bu ilmi bilir, üzerinde yeni araştırmalar yaparlardı."

"Peki isabet ettirdikleri olur muydu?"

"Her daim efendimiz, kişinin burcu ve bedenî özellikleri ruhunu her zaman ele verir."

"Güzelmiş. Biz de öyle birini bulalım tez vakitte!"

Bu cümleyi söylerken öfkesi biraz geçmiş gibiydi. Daha sakin bir merakla sordu:

"Mektubu okuyunca ne yaptı?"

"Önce yüzünün rengi değişir gibi oldu. Özellikle son satırda öfkelendiğini anlayıp arkadaşlarımla dua etmeye başladık. Neyse ki öfkesini çabuk yenen ve siyaset bilir türden bir insandı. Sorular soruları takip etti. Sonunda, 'Seninle de hesaplaşırız Barba Roşo!' diye dişlerini gıcırdatıp heykellerden birini eline aldı. Evirdi, çevirdi... 'Demek bu heykel konuşacak?' derken gözlerimin içine bakışından ürktüm. Onu daha evvel de görmüştüm. Henüz on altı yaşında bir delikanlı iken. Dedesi Cermen İmparatoru Maximillian'ın ölüp yerine kral olduğu gece. Ama kral olduktan sonra kişiliğine yansıyan vakarın ve bakışlarının bu derece etkili olabildiğini hiç fark etmemiştim.

Bedenimdeki bütün tüylerin ürperdiğini hissettim. "E-ee-e-vet majesteleri, ö-öy-le imiş!" diyebildim. Huzurundan ayrılırken topraklarında emniyet içinde seyahat edebileceğimizi, hatta şahsi olarak bir şeye ihtiyacımız olursa yardım olunacağını söyleyip mabeyincisine bir belge hazırlatarak bize vermesini emretti. Bu belge sayesinde kralın hükmü geçen her memlekette rahatça dolaşabildim, efendimiz."

"Heykeller konuştu mu peki?"

"Tam iki ay bunu öğrenmek için bekledim. Maalesef, ses çıkmadı. O günlerde limanda Doria'dan haber soruşturmaya başladım. Nihayet yirmi gün sonra Sardunya civarında kendisine çattık. O sizin Balear Adaları'nda olduğunuzu söyleyince ben Kadirkale'ye gittiğinizi anladım. Sonra o hayalet gemileri falan konuşup Yunus'un kitabını verdim. Önce, 'Bunu okumak için şimdi dilinizi mi öğreneceğim yani?' diye alay etti, sonra Türkçe bilen bir tercümana okutup anlamaya çalışacağını söyledi. O da kral gibi hakkınızda çok sorular sordu. Ben de anlattıkça anlattım. Elbette nasıl bilmesini istiyorsam öyle söyledim. Zannederim sizi kolay alt edebileceği bir rakip zannediyordu, öğrendiklerinden sonra öfkelendi ve geçen size arz ettiğim şekilde, 'O firkateci zağarına selam söyle; deniz aslanı kükreyince kuyruğunu kıstırıp kaçmakla elimden kurtulamaz!' dedi. Sonra ben Süleyman Reis'i sizin yanınıza yönlendirip İspanya'ya döndüm."

"Billure için?"

Ben bocalayıp ne cevap vereceğimi düşünürken içeriye bir haberci girdi. Gemilerden birinde tayfalar isyan çıkarmak üzereymişler. Atılırcasına çıktık.

1522

İsyana teşebbüsün sebebi, her zamanki gibi, atalet ve boş durmak idi. Kaderkale'deki rehavet ve miskinlik herkesi şaşırtmıştı anlaşılan. Doria ile Hızır Reis'i bir an evvel tutuşturmak gerektiğine bir kez daha inandım. Bunun için Aydın ve Piri Reis ile istişare ettim. Aynı fikirde olduğumuzu gördük ve her fırsatta bu fikri işleyecektik. Bir hafta sonra beni yanına çağırdığında Doria ile ilgili efsaneler anlatmaktı niyetim ama o aynı soruyu tekrarladı, unutmamış:

"Billure içindi değil mi?"

Çaresiz, cevapladım:

"Beli efendimiz, Billure içindi... Lakin ben vardığımda sokaklarda kargaşa hüküm sürüyordu. İtalya'daki kent devletleri karışmış, Papalık Martin Luther nam bir keşişin söyledikleriyle sarsılmış, Kral Karlos da Müslüman kıyımını yeniden başlatmış durumdaydı. Limanlardaki denizci kaynayan meyhaneler suçtan geçilmiyor, sokaklar isyana meyilli karanlık tiplerle dolup taşıyordu. Gündem kargaşa olunca Billure'yle alakalı bilgi toplamak çok dikkat çekici oluyordu. Üstelik Müdeccen ve Moriskalara da yardım etmem gerekiyordu."

Bu cümle ağzımdan çıktığı anda ona yeminimden bahsetmek geldi içimden. Belki zamanı gelmiştir diye düşünüyor ve onu haberdar etmemeyi haksızlık olarak görüyordum. Çünkü Madrid'de Decan Ojeda'nın -toprağı bol olsun- genç yardımcısı Mateo ile buluşmaya gitmiş, sırrımı onunla paylaşmıştım da Hızır Reis ile hâlâ konuşamamıştım. Bu ayrıcalık içimi kanatıyordu. O sırada Decan Ojeda'nın ne kadar iyi bir insan olduğu geldi aklıma ve İspanya'da olup bitenleri düşündüm. Hızır Reis'e söylemem gerektiği halde sakladığım şeylerdi bunlar. Decan Ojeda mesela. Her yıl, Endülüs'le ilgili bütün haberleri onunla paylaşır, müzakere ederdik. Yeminimden bir tek onun haberi vardı. Bunu Billure'ye bile söyleyememiştim. Oysa bu sevimli ihtiyar, ben Akdeniz'de iken benim bilmem gereken her şeyi akıl defterine kaydeder ve yanına vardığımda bir bir bana anlatırdı. Çocukluk hatıralarımın canlı kalmasını böyle sağlıyordu. Ne çare geçtiğimiz yaz vefat etmiş ve bana bir mektup bırakmış. Mektupta yardımcısı Rahip Mateo ile irtibata geçmemi yazıyordu. Mateo bundan böyle sırlarımı paylaşacağım adamdı. Konuşma ve tavırları güven telkin ediyordu. Endülüslü Sefarad ailelerden birine mensuptu. Çocukluğunda Tevrat'ı da, Kur'an'ı da iyi öğrenmiş. Reconquista esnasında ailesi kaçarken kızıl ceketliler onu ele geçirip kiliseye teslim etmişler. Anlattığına göre müzik yeteneği sayesinde Engizisyon zabitlerinden kurtulmuş. Yıllarca kralın katıldığı ayinlerde katedralin büyük orgunu o çalıp durmuş. Mateo'ya ısınmış, Decan Ojeda'dan sonra benimle onun yoldaşlık etmesinden haz duymuştum. İspanya'da sık rastlanan gizli Müslüman veya gizli Musevilerden biri olabilirdi. Bunu ona hiç sormadım ama başlangıçta sözlerine güvenme konusunda temkinli davrandım, yeminim hakkında fazla bilgi paylaşmadım. Decan Ojeda'dan benim hakkımda ne kadar bilgi öğrendiğini kestiremezdim. Daldığımı, Hızır Reis'in sesini duyunca fark ettim:

"Haklısın, o sırada buraya da çok hüzünlü haberler ulaşıyordu. Müdeccen ve Sefarad sığınmacıları taşımaktan av peşinde koşmaya fırsat bulamadığımız zamanlardı."

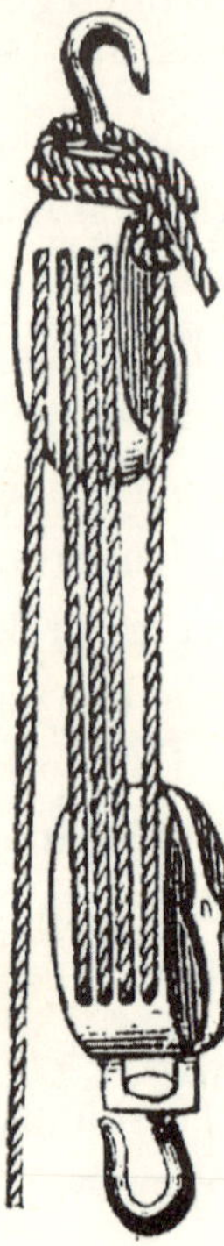

"Evet efendimiz. Aydın Reis'in Gırnata ve Malaga sahillerine yaptığı on dört seferin yarısında ben Endülüs Müslümanlarının yanında idim. Sonra Madrid'e geçtim. Ama gelişmeleri hep takip ettim. Yalnız Endülüslü Müslümanlar da, Yahudiler de bu yüzden size çok dua ediyorlardı. Gözleri yollarda her gün yeni gemiler gelsin istiyorlar, akşam olunca üzgün Müslümanlar saklandıkları mağaralara, harabelere; Yahudiler de fakir evlerine dönüyorlardı."

"Keşke her gün yeni gemiler gönderebilseydim. Lakin o sırada biz de Akdeniz'de karakol gemisi dolaştırıp Serşel ve Kaderkale'de tutunmaya çalışıyorduk."

"Tabii bazı devlet ileri gelenleri kızıl ceketlileri de kışkırtarak Aydın Reis'in gemileri için köpürmekte gecikmediler ve üzerinize donanma çıkartılması için Karlos Kral'ı sıkıştırmaya başladılar."

"Henüz gelen olmadı!"

"Gelemediler, çünkü Saksonyalı Martin Luther nam Cermen papaz ortalığı yeterince karıştırdı."

"O da kim?"

"Efendimiz, biliyorsunuz Papalık halktan para alıp cennetten yer satar ve anahtar verir. Endüljans diyorlar. Bir tür günah çıkartıp ölümden sonra cennete gitme garantisi!"

"Çikoooo! Haydi konuş!"

Çiko'dan ses çıkmadı. Ama ikimiz de gülümsedik. Öfkesi tamamen geçmişti. Sesimi samimileştirdim:

"Meğer efendimiz, Katolik kilisesi, harcamalarının artması üzerine yeni para kaynakları aramış. Hristiyanların günahlarından arınabilmek için kiliselere bağışta bulunmayı akıl etmiş."

"Luther dediğin papaza gel."

"O, geçen kışta 'Endüljansın Kuvvetine Dair Tezler' başlıklı, 95 maddeden oluşan bir metin yazmış. Saksonya'dan gelen birileri de bunu Madrid'e getirip yaymış. Ortalık birbirine girdi. Halk Luther'i haklı buldu. Meğer o günlerde Papalık Luther'i aforoz edip mahkemeye vermiş. O da dilini keskin kılıçlar gibi zağlamış. Sussa iyiymiş ama hiç durmadan konuşmuş."

"Hüner sahibinin hazinesinin anahtarı ağızdaki dilidir, Sidi. Kapı kapalı olursa kim ne bilecek mücevheratçı mı, yoksa hırdavatçı mıdır? Erdemli kişilere ziyanı dokunan iki şey vardır, konuşmak gerekirken susmak ve susmak gerektiğinde konuşmak. Adam konuşmakla iyi etmiş. Sonuçta keferenin batıl dini ihya olacak değil ya."

"İhya olmadı, hatta ikiye bir ilavesiyle Kutsal Baba'ya giden yollar üçe ayrıldı. Hangi yol kimi hedefine ulaştırır belli değil."

"Senin hedefine giden yol gibi desene!"

Dilim tutuldu. Bu cümleyle neyi kastetmişti? Yeminimi ve hedefimi biliyor muydu? Biliyorsa, Saint Alcala olarak büyüdüğüm gerçek adımı da biliyor muydu? Yoksa bu soru, benim hangi Hıristiyan mezhebinden olduğumu mu sorguluyordu? Eğer böyle ise beni yanında tutması yahut sırdaş edinmesi hususunda şüpheleri var demekti. Ama o beni Sidi diye biliyordu. Bu bir Müslüman adıydı. Eğer 'hedefine giden yol' derken buna vurgu yaptıysa İslam dairesinden olup da Müslümanlığın ibadet bahsinde gösterdiğim ihmalleri mi hatırlatıyordu? Böyle ise bütün levendlerini, tayfalarını, forsalarını da sorgulaması gerekirdi. Aralarında pek azı kendisi kadar dindar idi. Kadırgalarında birer imam bulundurmaya başlaması bile Sultan Selim'in iltifatına mazhar oluşundan sonraki dönemin icraatıydı. Pek çok deniz adamı gibi onun da evlendikten sonra daha mazbut bir hayat yaşadığını herkes biliyor, hatta Müslüman pek çok levend ve forsa sırf bu yüzden ya memleketlerine dönme veya adalardan birinde evlenip bu çalkantılı hayattan kurtulmayı düşünme cesareti gösteriyorlardı. Benim şimdilik böyle bir hedefim yoktu. Ne demeliydim, kestiremedim. Belki de sırrımı öğrenmiş, yeminimin gerektirdiği işlerimi soruyordu. Terlemeye başladım; bedenimi ateşler bastı. Bocaladığımı görünce lafı değiştirdi:

"Billure'ye giden yol seni ulaştırmamış anlaşılan?"

Daha önceki cümlesini bilmeyerek telaffuz ettiğini sanmıyordum. Beni utandırmamak için lafı değiştirdiği belliydi. Gerçi bu ifadesi bana itibar ettiğini de gösterirdi. Ben Saint Alcala bile olsam beni kabul edecekti yani. Onun bu güvenini sarsacak hiçbir şey yapmamıştım, bundan sonra da yapmamalıydım. Bu yüzden Billure'yle ilgili her şeyi olduğu gibi anlatmaya karar verdim:

"Efendimiz!.. Madrid'deki kargaşadan kaçıp Barselona meyhanelerindeki forsaların arasına karıştım. Billure'yi sormak için elbette. Kraliyet sarayındaki mabeyinciye kadar herkesten bilgi almaya çalıştım. Aylar geçiyor, bir haber çıkmıyordu. O arada İspanya liman meyhanelerinde siz efendimin ve rahmetli Kanca'nın hikâyelerini anlatmak, deniz adamlarına bir tür itibar veriyordu. Hemen herkes akıl almaz savaş hikâyeleri uydurarak sizi ya nasıl yendiklerini yahut nasıl kurnazca kaçarak sizden kurtulduklarını tekrar tekrar anlatıp duruyordu. Nihayet Cenevizli yarı sarhoş bir forsanın hikâyesinde bildiğim bir gerçeği gördüm. Sizin Doria Kaptan ile yaptığınız Sardunya cenginden sonra olanları anlatıyordu. Adamı takip edip ertesi gün önüne birkaç altın koydum. Her şeyi baştan sona bir de benim için anlatmasını istedim. İki saat dinledim ve sözlerinin arasında Bohemya'dan, Cleves Dükü III. John'un eşi Düşes Maria ile yanındaki dört kadından bahsetti. William ile Sybilla adında iki de çocuktan. Dört kadından ikisi hizmetkâr, diğer ikisi rahibe imişler. Hizmetçilerden birinin Billure olabileceğini düşündüm. Yüzlerini tarif etmesini istedim. Pek hatırlayamadı. 'Çakır gözleri var mıydı?' dedim, 'Rahibeleri mi soruyorsun?' dedi. Anladım ki adam iyi hatırlayamıyordu. Billure'yi rahibe sanmıştı çünkü."

"Hayır, adam iyi hatırlamış Sidi. Çünkü rahibelerden birinin gözleri çakır idi, hizmetkârların değil."

Kanım donar gibi oldu.

"Bunu nasıl biliyorsunuz efendim ve daha evvel bana neden söylemediniz?"

"Evet, keşke söyleseydim, hatta keşke o iki hizmetkârı geri vermeyip Cemayma'ya getirseydim. O vakit her şey anlaşılmış olurdu."

Zihnim karmakarışık olmuştu. Devam ettim:

"Her neyse efendimiz, adamın anlattıkları bitti dediğim sırada, kadınların Doria ile konuşmalarını da hatırlayabileceğini söyledi. O da bana üç altına mal oldu tabii. Dediğine göre kadırga Barba Rossa tarafından ele geçirilecek olursa kadınları esir pazarından Aragon valisi satın alacak ve kocasına teslim edecekmiş. 'Lakin işler böyle gitmedi,' dedi. Doğru bilgi üzerinde olduğumu anladım. Çünkü sonra anlattıkları, haritamı Billure'den alan ayağı ok yaralı Rum levendin söyledikleriyle aynı idi. O da Sicilya valisine götürüldüklerini söyledi. 'Ama götürülemediler, değil mi?' diye sordum. Adam, 'Nereden biliyorsunuz?' der gibi yüzüme hayretle baktı ve, 'Götürülemediler, çünkü Barba Rossa'nın onları Sicilya valisine götürmek üzere görevlendirdiği korsanları saldırıya uğramış. Kimse kadınların nerede olduklarını bilmiyordu artık. İşte tam o sırada Sicilya'da bir kaptan türedi. Barba Rossa'nın köpek fiyatına sattığı esirlerden tazı fiyatına forsalar satın alıyordu. Ben de bileğindeki bukağılardan kurtulmak isteyen o yüz altmış kişinin arasındaydım. Kafiledeki kadınlarla tekrar karşılaşmam küreğine asıldığım kadırgada oldu. Fenerlerimizi söndürüp kaçar gibi gidiyorduk ve tek hamulemiz bu kadın kafilesi idi. Cenova limanına kadar sağ salim götürdük. Sonrasını bilmiyorum, galiba Barba Rossa onları ucuz fiyata kendilerine satmış,' dedi. Sonra da kazandığı altınların keyfini çıkarır gibi şuh bir kahkaha ile ilave etti: 'Sinyor, aradığın kadın o düşes ise eğer, sana helal olsun! Çünkü iki gün iki gece süren seyir boyunca kürek çeken forsalar arasında düşesi yatağında hayal etmeyen bir tek kişi bile yoktu,' diye ilave etti."

Hızır Hayreddin Bey tekrar pişmanlığını bildirdi:

"Hata etmişim Sidi, o iki hizmetçiyi alıp getirmeliymişim."

"Ah keşke!" dedim içimden ama yüzüne böyle diyemezdim:

"Üzülmeyiniz efendimiz, şair hani, 'Olacak olsa gerek çar u naçar / Gerek kalbin gen tut, gerek dar' demiş ya... Sonra ver elini Cenova. Cenova'da hizmetçilerden birini bulabildim. Rahibe kılığında gidenlerin düşes, düşes kılığında gidenin de rahibe olduğunu o vakit öğrendim. Adı Conradina imiş. Renkli gözleri olan rahibenin adı da Beatrix. Papalıktan sürgün edilip Bohemya'ya gönderilmişler. Eğer yollarda ölmedilerse artık ya

Bohemya'da bir manastırda rahibe veya bir şato veya sarayda hizmetçi, yahut da herhangi bir yerde herhangi biri de olabilirlerdi. Bütün bunlardan önce ben kendime Billure'nin Beatrix olup olamayacağını sordum. Karların yağmaya başladığı sırada Barselona limanına şahin gözü gibi bakan Montjuic kalesinde işimi görmüş, forsa yazılmak üzere gemi arar olmuştum. Kışı sakin geçirmekti niyetim. Ama olmadı, her gün zihnime kıymık gibi Billure ile Beatrix adları batıyor, kanatıyordu. Bilmek zorundaydım. Sefil, aç ve daima üşüyerek geçen bir kışın ardından denize veda edip burglar, şatolar ve kraliyet arazilerinden uzak, tenha ve uzunca bir yol teptim... Venedik, Güns, Viyana, Prag'dan geçtim. İki ay sonra Bohemya'daydım. Cleves'e geldiğimde önce kilise ve manastırları dolaştım. Elbette rahibeleri teftiş edecek durumda değildim, ama en azından her kilisenin önünde gizli gizli birkaç gün geçirdim. Kapıdan her çıkan siyah giysili kadını o zannetmenin nasıl bir umut ve sonrasında gelen umutsuzluk olduğunu anlatamam. İki papaz ile arkadaşlık peyda etmem bir yana kilisenin cezalandırdığı mahkûmlar hakkında bilgi almak için bulunduğum bağışlar da işe yaramadı. Üstelik bu bağışların her bir kuruşunu limanda harita çizdiğim dükkânın Yahudi sahibi Mişon'dan binbir dil dökerek elde ediyordum. Çevredeki burg ve şatoları da araştırdım. Küçücük bir bilgi kırıntısı umarak Cleves Dükü John'un iri göbekli kâhyasına tam 21 gün pusula hazırlamayı ve 21 gece usturlap okumayı bile öğrettim. Salyalar saçarak konuşan iri ağzından Billure'yi işaret edecek bir tek kelime çıkmadı elbette. O günlerde fırsat el verdi, Düşes Maria'yı dört yaşındaki kızı Anne ile lüks landosu içinde gördüm. Yanlarında on kadar nedime vardı ve hepsi birbirinden güzel giyinmiş saray melekleri gibiydiler. 'Keşke,' dedim içimden, 'keşke Billure'nin de kaderi bu kızlar kadar açık olsaydı, hemen hepsi onun yaşında üstelik.' Gerçekten, hayat ne garip değil mi efendimiz, kimine nimet, kimine zahmet, kimi yürekte, kimi kürekte!"

"Allah ile kul arasındaki imtihanın özüdür bu dediğin Sidi Can."

Artık öfkesinin tamamen geçtiğine inandım. Devam ediyordu:

"Her kadın ve erkeğin kendi halince bir sınavı var. Kimisi onu saçlarıyla yürekleri bağlayarak, kimisi de ayaklarından küreklere bağlanarak kazanıyor. Keşke Billure'nin de kaderi o nedimeler gibi bahtiyar olsaydı!"

"Dört ayın sonunda bütün umutlarım tükenmişti efendimiz. İspanya'ya dönmeye karar verdim. Yolculuk harcımı biriktirmiş, limana gelecek bir gemi kolluyordum. Sonbaharın serin rüzgârları başlamak üzereydi. Deniz kuzulanıyor, beyaz köpükler çoğalıyordu. Limanda bir İspanyol kalyonu göründü. Bir hafta sonra hareket edecekti. O gün de çalışıp Mişon Usta'ya veda edecektim. Akşam saatlerine doğru dükkâna elinde sepet ve sarı saçlarında defne dallarından çelenk taşıyan küçük bir çocuk geldi. Asil ailelerden birinin çocuğu olduğu her halinden belliydi. Gülümseyerek yanıma kadar sokuldu. Bir müddet yaptığım işe, rüzgârgülünü çizişime, denizleri dalgalandırışıma baktı, mürekkebi karıştırışımı, deriyi perdahlarken kullandığım aletleri, üzerine çizgi çekerken kullandığım kıl kalemin hareketini falan izledi. Ben Mişon Usta'nın bir akrabası yahut tanıdığının çocuğu zannettim. Adını sordum. Bana Yasef dedi. Ama kendi adını yabancı dilde söyler gibi, sanki Yusuf demeye çalışıyordu. Neden sonra kulağıma eğilip kendisine öğretilmiş cümleleri tekrarlar gibi fısıldadı ve şaşkınlığımdan istifadeyle kaybolup gitti:

"'Siz osunuz belli!.. Yıllar önce bir kalede bir harita çizmişsiniz. Şimdi aynısını çizmeniz isteniliyor. Eğer siz o iseniz dediğimi anlamış olmalısınız. Yarın geldiğimde haritayı sizden alıp götüreceğim.'

"Sarı saçlı çocuk gitmişti. Şaşkındım. Hayretteydim. Çok düşündüm. Heyecandan tir tir titrediğimi hatırlıyorum. Kimdi bu çocuk? Adının Yasef olduğunu söylemişti. Billure'nin kardeşinin adı Yusuf'tu. Bendeki haritayı bu çocuğa kim söylemişti? Bunu söyleyen veya söyleten, acaba Billure'den alan levend gibi onu bir hazine haritası mı zannediyordu, yoksa Billure'den haberi olan biri benimle bağlantı mı kurmak istiyordu? Eğer öyle ise neden Billure kendisi gelmemişti de bir aracı kullanmıştı? Yoksa gelememiş miydi? Peki ama bu çocuğu gönderenin amacı ne olabilirdi? Birileri kötülük peşinde olabilir miydi; yahut yeminim beni ele vermeye mi başlamıştı? Eğer sadece haritanın peşinde biriyse haritayı alıp ne yapacaktı? Ben haritayı vermeli miydim? Verirsem mi iyi olurdu, vermezsem mi? Billure ile aramdaki tek bağlantı bu harita kalmıştı. Kafamın içinde çok soru vardı efendimiz, hem de çok soru."

"Hangi cevabı buldun peki?"

"O gece uyumadım. Haritamın kopyasını çıkardım. Yalnızca bir işaret eksiğiyle: Süveyda!"

"Süveydayı neden çizmedin?"

"Onu herkese emanet edemezdim efendim."

"Çocuk geldi mi?"

"Geldi. Bir sepet gül getirdi. İçinde küçük birer ısırık olan üç elmayla birlikte! Ve üstünde de şu yazı!"

Hızır Reis uzattığım kâğıdın üzerindeki cümleyi okudu ve iade ederken, "Nasıl yani?" diye sordu. Elbette anlayamamıştı. Tıpkı benim anlayamadığım gibi. Kim, gül yaprağıyla doldurulmuş bir sepette üç elma bulunca, "Efendimin gül bahçelerinin ne kadar güzel, elmalarının ne kadar leziz olduğunu bilseydin!.." yazısına şaşırmazdı ki? O da şaşırdı ve meraklı gözlerle bunun ne anlama geldiğini anlamaya çalıştı. Merakını giderebileceğime dair küçük bir umutla başımı sallayıp devam ettim:

"Kışın sonunu Cleves'te geçirdim elbette. Araştırmam gerekiyordu. Geldiği gibi kaybolup gidiveren çocuğu bulabilmeyi veya haritamın kopyasını isteyen kişiden bir ses çıkmasını umarak. Ve tabii ki gül dolu sepet ile elmaların sırrını çözmeye çalışarak. Sonunda buldum."

Hızır Reis macera dinler gibi heyecanlanmıştı. Bakışlarında merakını sona erdirmemi isteyen bir eda vardı. Kaleyi üç adım ilerleyip vezirimin hizasına koyarken merakla sordu:

"Eeee?"

"Eeesi efendimiz, Bohemya'da anlatılan bir Alaman masalı varmış..."

Odaya Aladule girdi. Elinde çubuk takımı, tütün, maşa ve tabla vardı. Bir an göz göze geldik. "Beni özledin mi?" diye sormamdan çok mutlu olacağı belliydi. Bir gün kendisine bu soruyu sormalı mıyım diye düşünmem gerektiğine karar verdim. Hem de Billure'yi anlatıp dururken. Çünkü bu sorunun ikisinden birine ihanet olacağı aşikârdı. Başımı eğdim. Hızır Reis'in çubuğunu hazırlayıp kapıdan çıkarken benden kaçırdığı gözlerinde nem olduğunu hissettim. Eskinin fahişesi, şimdinin zarif hizmetçisi ağlıyordu. İçim burkuldu. Dilimle gönlüm arasında çatışmalar yaşadım, Aladule'ye tam sesleneceğim sırada Hızır Hayreddin Reis'in sesiyle irkildim:

"Nasılmış şu masal Sidi?"

"Vaktiyle efendimiz, eski zamanlardan birinde, Hz. İsa'nın doğduğu zamandan neredeyse yarım yüzyıl geçmiş iken..."

"Bu arada hamle sırası sende, piyade ilerledim."

"Gördüm efendimiz... O vakitlerde Bohemya'nın kuzey taraflarında, Halys Irmağı'nın denize döküldüğü yere yakın bir malikânede asil bir kız yaşarmış. Adı Dorothea. Truva'nın mağlubiyetinden sonra ataları oralara kadar gelmişlermiş."

"Billure gibi öyle mi?"

"Billure gibi efendimiz... Fil!.. Akdeniz rüzgârlarının büyük ummanlara koştuğu akşamlarda Dorothea malikânenin sundurmasına oturur, güneşin kızıllığına tuttuğu deniz kabuklarında kırılan ışıkları seyreder, bazen de bir deniz salyangozunu kulağına dayayıp engin denizlerin sesini dinler, denizlerin ötesinde neler olduğunu düşünürmüş. Arada sırada annesi ona yeni bir peygamberden, yeni bir dinden bahseder, Hz. İsa'yı anlatır dururmuş. İşte öyle günlerden birinde Kappadozien'in inançsız valisi Fabriciur, malikâneyi ziyarete gelmiş. Sundurmada oturan kızı görür görmez beğenmiş ve onu babasından istemeye karar vermiş. Ne var ki aynı anda Dorothea'yı görüp beğenen, hatta ona vurulan bir çift göz daha varmış. Valinin özel kâtibi Theophilus. Theophilus, Sami ırkından bir asilzade iken savaşlarda yurdunu kaybedip valiye hizmet ederek yaşayan kibar ve zeki bir gençmiş."

"Sidi gibi öyle mi?"

Yine irkildim. Hızır Hayreddin Reis sık sık beni şaşırtmaya başlamıştı. Şaşkın, yüzüne baktım. Gülümseyerek geçiştirdi:

"Kibar ve zeki değil misin Sidi Can!"

İşin asilzade kısmı üzerinde şaka yaptığını anlayıp veziri üç hane sürerek sözüme devam ettim.

"Masal bu ya, Dorothea da Theophilus'u görür görmez tutulmuş efendimiz. İki genç gizli gizli buluşmaya, birbirlerini tanımaya başlamışlar. Her şey o kadar güzelmiş. Lakin âlicenap aşk tanrısının yanında düzenbaz bir kıskançlık tanrısının olduğunu unutmuşlar."

"At kaleyi alır!"

"Yanıldınız... Buluşmalarından birine Dorothea elinde bir demet çiçek ile gelmiş. Niyeti Theophilus'a vermekmiş. Ne var ki Theophilus onu görünce sitem ederek çiçekleri kimin verdiğini sormuş. Dorothea da çiçekleri uzatırken onu kıskandırmak için, 'Vali Fabriciur!' deyivermiş. Theophilus'un başı yere eğilmiş ve çiçeklerin hepsini ayağının altına alıp ezmiş. Dorothea özenle topladığı çiçekleri çamurlar arasında ezilmiş görünce öfkelenip bunu neden yaptığını sormuş. Theophilus bütün gururunu takınıp bir çiçek için bu kadar üzülmesine şaştığını söylemiş ve sırf inat olsun diye de çiçeklerin aynısından toplayıp getireceğini, ama bunları kendi çiçekleri olarak değil, valinin çiçekleri olarak ona sunacağını anlatmış. Gümüşlenen denizin dalgaları kumsaldaki karıncalarla oynarken Dorothea'nın küçük hileleri hüsrana varmış. Theophilus o günden sonra kendini Dorothea'dan uzak tutmuş, ama kalbinden onu uzak tutamamış. Dorothea ise teselliyi annesinin kendisine anlatıp durduğu peygamberin dininde aramaya başlamış. Allah'ın sözleri kalbine ışık salıyor, peygamberin anlattıklarında hayat buluyormuş. O kadar ki Theophilus'u unutabilmek için kendini tamamen dine vermiş ve bunun için vali Fabriciur'u bile karşısına almış. Theophilus uzaktan onu izler, evvelce çiçeklerini kabul ettiği halde valiye neden kızdığını anlayamazmış. Dorothea'nın inanıyor ve valinin inanmıyor olmasının arada bir soğukluk yaratacağını hiç düşünmezmiş bile. Bu yüzden Dorothea'nın yeni inanış biçimi yalnızca Dorothea'yı ilgilendirir diyormuş. Ne var ki gönlüne söz geçiremeyip

Dorothea'yı gizlice takip ettiği günlerden birinde onun semavi bir sevgiliden bahseder olduğunu duymuş. Hem de hasret duyduğu büyük bir sevgili... Theophilus, Dorothea'yı yine çok kıskanmış tabii. O, semavi bir sevgilinin ebedi güzelliklerinden, hasret ve gözyaşıyla anılan hatıralarından bahsettikçe kendisini daha kötü hissetmiş. Üstelik o sevgilinin söylediği semavi sözler Dorothea'nın dilinden düşmüyormuş. Rakibi vali iken bununla kolay başa çıkabiliyormuş ama şimdi hiç erişilemeyen bir sevgiliyle nasıl rekabet edebileceğini düşünüp harap oluyor, işittiği zaman etkilendiği sözlerin eksiğini bulmaya çalışıyor, kalbi ezik bir kızı kandıran bu semavi sevgiliyi kıskanıp duruyormuş. Tanrısal bir varlığı kıskanmak elbette gurur kırıcı bir şeymiş ama o Tanrısal varlık ile sevgili olduğunu söyleyen bir kadına karşı da merhametten başka ne hissedebileceğini bilemez olmuş. Böylece iki âşıktan biri kendisini terk edip giden sevgilinin ümitsiz aşkıyla, diğeri de içindeki ihtirasın dikenlerinin ıstırabıyla kendileri olmaktan çıkıp nefislerine esir düşmüşler. Öte yandan vali Fabricius bu dine karşı şiddetli tedbirler almaya başlamış."

"Vezir ve kale!"

"Kaleyi veriyorum, piyade ve vezir!"

"Sonra?"

"Sonra efendimiz, Fabricius, Dorothea'nın annesiyle babasını da -inançlarını bahane ederek elbette- yakalatıp hapsettirmiş. Kızı kendisine teslim etmeyişlerinin intikamını alırcasına işkencelere yatırmış. Dorothea annesiyle babasının başına gelenlerden dolayı yolundan dönmemiş, bilakis daha keskinleşip kendisini Tanrısal sevgili İsa'nın nişanlısı ilan etmiş. Vali buna çok öfkelenmiş tabii ki. Dorothea'nın sözlerini geri almadığı takdirde derhal yakalanıp idam edilmesini buyurmuş. O da sözlerini asla geri almamış. Askerler onu bir meydandaki demir bir ızgaranın üzerine yatırıp altındaki odunları tutuşturmuşlar. Zavallı kızın narin bedeni acıyla kıvranmaya başlamış. Alevler yükseldikçe çığlıkları da yükselmiş. Gözlerinde yaşlar bitmiş, kanlar akmış. Sonra gülümsemeye başlamış ama kimse neden gülümsediğini bilememiş. Bu tür sahnelerden uzak kalmaya çalışan Theophilus olayı duyar duymaz ateşin yandığı meydana koşmuş. Kendisine ne olabileceğini düşünmeden olayı izleyen kalabalığı yara yara ilerlemiş. Muhafızlar onu durdurunca da içlerinden birinin kılıcını kapıp ızgaranın üzerine fırlamış. Dorothea'nın zincirlerini koparmaya çalışırken sormuş:

"'Acı veriyor mu Dorothea, sevgilim?!.'

"Dorothea ona da gülümsemiş. Yüzünde bir mutluluk belirmiş. Sanki uzaklara bakar gibi sevgilisinin yüzüne bakıp fısıldamış:

"'Acı vermesi mümkün mü Theophilus? Görmüyor musun nişanlımın gülleri üzerinde yatıyorum ve bu benim düğün günüm.'"

"Şah!.. Vezirin gider..."

"Theophilus sevdiği kızın başkalaştığını, bambaşka bir âlemde olduğunu anlayınca sevinsin mi, üzülsün mü bilememiş. Yalnızca omuzları çöküvermiş ve kılıcı elinden bırakıp boynunu bükerek oradan uzaklaşmış. Tıpkı elindeki çiçekleri alıp yere attığı günkü kadar üzgünmüş. Arkasından Dorothea'nın sesi çınlamış:

"'Ah, Theophilus! Birkaç dakika sonra ayaklarımın altına serilecek efendimin gül bahçelerinin ne kadar güzel, elmalarının ne kadar leziz olduğunu bilseydin, sen de benimle gelirdin, orada kavuşurduk!'

"Theophilus kederler içinde ve aşkının yitip gittiğini görmenin üzüntüsüyle, bir rakibe mağlup olmanın acısıyla cevap vermiş. Sesinde ona inanmamanın kararlılığıyla hem de:

"'Sevgili Dorothea'm benim!.. Ne diyebilirim; en iyisi oraya vardıktan sonra bana o güllerle elmalardan birkaç tane gönder de sana inanayım! Şimdi efendimiz, vezirimi veriyor ve filimi ilerletiyorum! Sonraki günlerde Dorothea'nın darağacında sallanan cesedine bakanlar gözlerinden sızan iki damla kanın aslında Theophilus'un bu cevabı için olduğunu bilememişler.

"Sevgilisinin idamından sonra Theophilus avare ve derbeder dolaşmaya başlamış. Dalgın, şaşkın, perişan... On üçüncü günde onunla buluştukları sahile gitmiş. Irmağın denize döküldüğü sahile. Bir kıyıda oturmuş, Dorothea'yı düşünürken yanında bir hışırtı hissetmiş. Sarı saçlarında defne dallarından çelenk taşıyan küçük bir çocuk yanına yaklaşıp elindeki sepeti uzatmış:

'Bunu sana Dorothea gönderdi!'"

"Tıpkı sana sepeti getiren çocuk gibi öyle mi?"

"Evet efendimiz, tıpkı o çocuk gibi. Theophilus şaşkın, ne yapacağını bilemeden ve ne söyleyeceğini kestiremeden öylece bakakalmış. O sırada çocuk kayboluvermiş. Önce hayal gördüğünü sanmış, ama hayır, işte sepet yanındaymış. Gül yapraklarıyla dolu bir sepet. Elini daldırmış. İçinden üç elma çıkmış. Alınlarında küçük ısırıklar olan, sevgilinin dudak izlerini taşıyan üç elma. O zamanlarda âşıklar arasında âdet olduğu üzere o da elmayı ısırmış. Meğer o güne kadar böyle bir lezzet, böyle bir tat asla hissetmemiş.

"Theophilus koşa koşa Kappadozien'e varmış. Meğer vali Fabricius inananları cezalandırmak üzere meydanda halkı toplamışmış. Doğruca valinin huzuruna koşup elindeki sepeti göstermeden herkesin önünde haykırmış:

"'Ben, soylu Theophilus!.. Ve sen zalim Kral Fabricius! Haksız yere ölüme mahkûm ettiğiniz Dorothea'nın dinine giriyorum. Çünkü Tanrı Hak'tır ve siz batılsınız!'

"Vali kendi özel kalem memuru olan ve çok güvendiği birinin bu hareketini bir ihanet olarak değerlendirmiş ve halka gözdağı vermek için kılıcını çekip haykırmış:

"'O halde sen de cadından ayrı kalma!'."

Hızır Reis şaşkın, yüzüme baktı:

"Eee?!."

"Şah efendimiz... Ve mat!.. İki sevgili öylece buluşmuşlar."

"Kazandın Sidi. Şimdi söyle, sepetteki elmayı ısırdın mı, ısırmadın mı?!"

"Galiba ısırmaya korktum efendimiz, çünkü elmanın sahibi ısırmamı isteseydi yüzünü göstereceği vaadinde bulunurdu, o benden yalnızca haritasını geri istiyordu."

"Kaybettin Sidi, kaybettin... Ya onu bulmanı istediyse?"

"Bunu da düşündüm, ama efendimiz, eğer o Dorothea olduysa bana da Theophilus olmak düşmez mi? Göndereceği sepette üç elma yerine üç heykel olduğu gün onu yeniden arayacağım. Çünkü bulunmayı isteseydi, aramamı da istediğini belli ederdi. Elmalar onun hayatına, heykeller benim hayatıma ilham veriyor çünkü."

İkimiz de sözün bittiğini biliyorduk. Odayı sessizlik kapladığında birbirimize ne soracağımızı, ne cevap vereceğimizi bilememenin tedirginliği içindeydik.

Salih Reis'in habercisi içeri girdiğinde ikimiz de konunun değişmesinden dolayı rahat birer nefes aldık. "Bir mektuptur

Reis, Andrea Doria'dan gelmektedir," diyerek Hızır Reis'e sunduğu anforanın mühürlü tıpasını açarken yüzünün renginde başkalaşma hissettim. Hayır, korku veya ürküntü değildi, sevinç de değildi. Daha ziyade alaylı bir gülümsemeye benziyordu ve sanki beklediği bir haberin gelmesinden dolayı rahatlamış gibiydi. Tıpa iyi sıkıştırılmış veya kaynamış olmalı ki açılmakta zorlanıyordu. Akdeniz'de mektuplar sudan korunsun diye şişe veya anfora içinde gönderilme âdeti yeni icat olunmuştu. Doria Kaptan mektubunu üzerinde kükreyen bir ejderha nakşedilmiş sırlı bir anforaya koymuştu. Hızır Reis'in onu kırmak istemediğini ve kırmayacağını, hele de Doria gibi ezeli rakibinden gelmiş bir zarfı elbette saklayacağını düşünüyordum. Söğüt yaprağı bıçağımı çıkarıp mantarı keserek açmayı önerdim. İçinden çıkan rulo parşömen parçasına bakıp bana uzattı. Yazı Latinceydi ve yaldızlı sürh ile yazılmıştı. Okudum:

"Ben ki denizlerin tanrısı Poseidon'um ve sen ki firkate hırsızı Barba Roşşo'sun... Seni arıyorum ve sen saklanıyorsun!.. Seni ele geçirdiğimde kollarından ve bacaklarından dört kadırgaya bağlayıp Akdeniz'in ortasında bedenini parçalatıp filasalandıracağım!.. Bu mektubu gönderdiğim zarfa gelince, o da eşine armağanımdır. Ardından yas tutarken inci mercan gözyaşlarını koymak için çanak yapsın. Çünkü o gün geldiğinde ben de bu zarfın ikizinden, senin ölümün şerefine şarap içiyor olacağım!"

"Poh yesin!.."

Hızır Reis, Çiko'nun kafesine bir kelle şeker fırlattı. Tercümesini yaptığım sözlere öfkelenmediğini, bilakis Doria'nın mektuba yansıyan öfkesine sevindiğini anladım. Sonra sırlı anforayı eline alıp bana gösterdi. Aklımda hâlâ Billure vardı. Öylesine konuştum:

"Efendimiz, bu Doria denen ahmak kendisine 'Deniz Tanrısı' diye şirk koşuyor ama hediye gönderirken Tanrı gibi cömert davranmayıp ancak bir testi yolluyor."

"Öyle mi sanıyorsun Sidi Can. Bak şimdi!"

Birden elindeki anforayı yere çarptı. Çanak parçalarını toplamak bana düştü. Meğer anforanın iç duvarına çeşitli mücevherler hakkedilmiş, testinin hamurunu yoğuran usta belli ki bu parçayı özel üretmiş, Doria'nın kendisine verdiği incilerden mercanlardan bir hazineyi kakma usulüyle içine gizleyivermişti. Hayretler içindeydim.

"Bunları topla Sidi. Floransa sarraflarından bir ustaya gönder. Cemayma Hatun için bir halhal yapsın. Gözyaşı dökerken değil de sevinçten oynarken kullanılmak üzere. Öte yandan Süleyman Reis'i de Midilli'ye gönderelim. Orada pek mahir bir kılıç ustası vardır, Androki. Ona özel bir kılıç dövdürelim. Kabzasının içine yakut yerleştirilsin. Doria'nın hediyesine mukabelede bulunalım! Ne de olsa beni öldürmeyi Frengistan'da imal edilen Haçlı kılıçları başaramaz."

Odasından ayrılırken zihnimde bir soru vardı: Hızır Reis, anforanın iç yüzeyine mücevher kakıldığını nasıl bilmişti? Akdeniz'de birbirini kovalayan, birbirini arayan, birbirinden kaçan bu iki rakibin davranışlarından ne kadarı şahsi, ne kadarı vicdani veya dinî idi? İleriki zamanlar, iki yıl evvel tahta çıkan Sultan bin Sultan Kanuni Süleyman Han Hazretleri'nin -Allah milletine bağışlasın- geçen aylarda Rodos şövalyelerinden temizlediği Akdeniz'i bu iki cengâverden hangisine yâr edecekti ve bu kaç yıl sürecekti?Aklımdaki bütün bu soruları ona sorabilirdim ama sormadım. Çünkü denilmiştir: "Sözünü bitir, kimse yeter demeden!"

1528

Altı yıl sonra

"Anne!.. Clevesli Anne!.."

"Efendim dadıcığım!.."

"Ders zamanı küçük sincabım!.."

"Dadııı, bana sincabım deme artık, bak on bir yaşıma geldim!"

"Yine de sen benim küçük sincabımsın sevgili yavrum. Senden başka kime sincabım derim ben?"

"Conradina'ya elbette, ona de!.."

"Büyük sincabım diyeceğim öyle mi? Güldürme yine beni. Haydi bakalıım, gel yanıma da dersimize başlayalım artık! Ahd-i Atik okuyalım bugün, ne dersin, hani Tora'nın ikinci bölümünde kalmıştık. Musa'nın hurucunu anlatıyordu... Yahut da Süleyman ve Davut'tan..."

"Ama ben bugün Sultanlar ve Krallar dersinden anlatmanı istiyorum dadıcığım. Eskiden yaşamış ve ölmüş olanların yerine şimdi yaşayanları daha çok merak ediyorum çünkü."

"Anlaştık meleğim! Gel şöyle yanıma otur. Sultanlar ve Kralların hangisinden başlayalım."

"Şehzade Alkala'dan."

"Şehzade Alkala'nın anlatılacak bir hikâyesi yok Anne!.. Üstelik gerçek bir sultan veya kral bile değil. Senin için ve benim için bir hayalden ibaret."

"Ama bir gün mutlaka geleceğini söylemiştin, 'Gelecek ve bana, Beatrix, sultanım! diyecek, demiştin."

"Evet, geldi meleğim. Gelmesine geldi de galiba ben, bana 'sultanım' demesine müsaade etmedim. Belki de 'sultanım' demesinden korktum. Belki şu kıyafetlerimi görmesinden, görüp anlamasından, anlayıp kaçmasından, kaçıp gitmesinden, giderken nefret etmesinden korktum. Ona yalnızca bir sepet gül gönderebildim, o kadar."

"Bir erkek, eğer seviyorsa, sevdiği kadından neden nefret etsin ki dadıcığım? Üstelik de Alkala gibi nazik bir şehzade ise."

"Çünkü o beni Müslüman biliyordu meleğim."

"Ne var bunda dadıcığım, bir zamanlar sen de onu Hıristiyan zannetmemiş miydin? Üstelik onu Hıristiyan zannettiğin zamanlarda sevmemiş miydin?"

"Tamam küçük sincabım, Şehzade Alkala'dan bahsetmek yetişir artık. Şimdiii... Ehm... Sultanlar ve Krallar, birisinin ölümü diğerinin hayatı olan insanlardır. İnsandırlar ama yarı Tanrı gibi yaşarlar. Taçları, tahtları, atlarının koşum takımları ve kıyafetleri hep mücevherle parlar bu yüzden. Seninle benim de gördüğümüz şu güneşin altında nefes alıp vermekte olan bir kral ile bir sultan olduğunu biliyorsun. İmparatorumuz majesteleri Kral Carlos ile Grand Seigneur Sultan Süleyman..."

"Bir sepet gül gönderdiğin halde neden senden uzaklaşacağını düşündün ki dadıcığım?"

"Carlos ve Süleyman kelimeleri yalnızca iki isimden ibaretmiş gibi görünebilir. Ama bunlardan birinin diğerine üstünlüğü, iki inanç dünyası arasında da dengeleri altüst edecek güçtedir. Nitekim..."

"Peki ama bir sepet gül ile davetiye aldığı halde Şehzade Alkala neden Prenses Beatrix'ini bulmaya gelmedi?"

"Nitekim dört yıl evvel Fransa kralı haşmetli Fransuva ile kutsal kralımız Carlos arasındaki savaşta Fransuva, kralımıza esir olunca, annesi Louise de Savoie'nin ilk imdat istediği kişi Sultan Süleyman olmuştur. Savoie, Grand Seigneur'den oğlunu kurtarması ve Fransa'ya yardım etmesini isteyince o da imparatorumuz Carlos'un gücünü kırmak için bu yardım teklifini olumlu karşılamış."

"Şehzade Alkala..."

"Anne!.. Anlattıklarıma kulak ver meleğim. Grand Seigneur, imparatorumuz Carlos'a çatmış olmak için Osmanlılara karşı Eflak ve Boğdan voyvodalıklarıyla anlaşan Macarlara savaş açmış."

"Şehzade..."

"Anne!.. Anne!.. Sabrımı zorlama lütfen. Ehm.. Derken yaz sıcaklarının son günlerinde Grand Seigneur'ün askerleri ile kralımız Carlos'un haçlı askerleri Mohaç ovasındaki büyük meydan savaşında karşı karşıya gelmişler. Türkler kılıç kılıca, kalkan kalkana, göğüs göğse vurdukça vuruyor, öldükçe ölüyor, öldürdükçe öldürüyorlarmış. Yeni efendilerimiz olmak için şüphesiz..."

"Şehzade Alkala buna çok sevinirdi şüphesiz!"

"Peki küçük geveze, sen kazandın. Şehzade Alkala buna sevinir miydi bilemiyorum. Çünkü gül sepetinin içinde yalnızca güller yoktu."

"Nasıl yani?"

"Elmalar vardı, sevincini bölecek elmalar."

"Olamaz, gül sepetinde elma da mı vardı?"

"Evet küçük sincap, üç elma vardı!"

"Isırılmış üç elma olduğunu söyleme bana lütfen!.."

"Maalesef ısırılmış üç elma."

"Tıpkı bana sık sık anlattığın o masaldaki gibi..."

"..."

"Ve hikâyenin bu kısmını benden hep gizledin öyle mi?"

"..."

Billure o an farkına vardı; gül sepeti yedi sene geride kalmıştı. Hasretle geçen yirmi üç yıl üzerine hicran getiren yedi sene daha... Yakınına kadar gelen sevgiliyi geri çevirdiği yedi uzun sene. Her gecesinde haritasının biraz daha ıslandığı, her gündüzünde çizgileri bozulmasın diye yeniden kurutulduğu yedi sene... Zihnine takılıp kalan şekliyle Saint Alkala'ya hasret oluşu bitirmemek, belki bitirememek pişmanlığıyla geçen yedi sene...

Billure, manevi kızı saydığı küçük sincabın saçlarını okşamaya başladığında farkına vardı ağladığının. Gözlerinden sicim gibi yaşlar akıyor, Anne'in omuzlarına dökülüyordu. İspanya sahil sarayının ağaçlar, çiçekler ve heykellerle dolu bu tenezzüh bahçesinde, bir zamanlar Alkala ile okudukları mektebin bahçesini andıran bu yeşillikler arasında, havuzun fıskiyesinden savrulan serinliğin dokunuşlarıyla ürperen boynunda bir yangın çıktığını hissetti. Bir sevgili kucağı gibi bağrına sardığı haritasını, sevgilinin ikinci kez çizdiği ve süveyda hariç, eski hatıralara dair hiçbir şeyi unutmadığını gösteren haritasını yokladı. Aklındakini kalbine itiraf etmekten kaçınıyordu. Çünkü aklı, bir vakitler kalbini asıl korkutan ve karşılaşmalarına mâni olan şeyi, haritanın üzerindeki her çizgiyi onun da tıpkı kendisi gibi hatırladığını söylüyordu. Aksi takdirde bir gecede çizdiği bu yeni harita, Barba Rossa'nın vahşi korsanına kaptırdığı haritanın aynısı olamazdı. Bir haritacının yıllar önce çizdiği bir haritayı yıllar sonra tıpatıp yeniden çizmesi imkânsızdı. Arada değişik bilgiler bulunmalıydı. Ama o aynısını çizmişti. Derinin üzerindeki şekiller, desenler, tanımlar ve heykeller, süveydanın işaretlendiği nokta hariç, her şey yerli yerindeydi. Süveydanın kasten çizilmediği de o kadar aşikârdı ki. Bunu görünce yüreğinde bir alevin tutuştuğunu hissetmişti. Sevilen, her şeyi hatırlıyorsa, sevenin hatırlamaması düşünülemezdi çünkü. Seven sevgiliye bir şey hediye etse, sevgili o hediyeyi daima göreceği için aklından çıkarmaz, bu vesileyle seveni hatırlardı. Ama eğer seven hediyesini yıllar sonra da hatırlıyorsa o vakit âşık, aşk işinde sevgiliden daha itibarlı sayılmalıydı. Bu yüzden Billure, Alkala'nın ikinci kez çizdiği haritanın birincisi kadar itibarlı ve mükemmel olmasının ağır yüküyle ezilmiş, günlerce duygularını irdeleyip durmuş, kimin seven, kimin sevilen olduğuna karar veremeden o büyük hatayı yapmıştı. Maalesef şimdi şu küçücük çocuk bile onun hata ettiğini biliyordu ama o, bir vakitler bunu bilememişti. Yedi senedir her gece aynı pişmanlığa ağlamanın ne demek olduğunu ise artık kimseye anlatamazdı. Oysa her şey, şimdi bile gözlerinin önündeydi. Teşrin mevsimiydi. Geldiğini haber almıştı ve kendisini aradığını biliyordu. Yıllardır aradığını bildiği gibi emindi bundan. Ama -biricik dostu Conradina'nın ısrarlarına rağmen- ona kendini gösterememişti.

Sevenin sevgiliyi arıyor olduğunu bilmenin sevinciyle çılgına dönmüştü çünkü. Biliyordu, haddi aşan her şey zıddına evrilirdi. Yıllarca Alkala'ya o derece hasret kalmış, onu görmeyi yüreğinde o derece arzulamış, onu iştiyakla öylesine özlemişti ki görüşme vakti geldiğinde "kavuşma"nın, "özlem" derecesinde yüksek olmayacağını düşünmüş, "Ya özlediği Billure'yi bende bulamazsa!" fikri, kalbini vuslattan alıkoymuştu. Bu hal, hızlı dönen bir tekerleğin tersine dönüyor gibi görünmesini andırıyordu. Sevilenin seveni görmek istemeyişi gibi istiğnadan değildi bu, bilakis sevenin sevileni görmeye dayanamayacağı kadar özlemdendi. O vakitki hali, çöllerde kalıp da 'Ya suyum biterse?' diye yıllarca matarasındaki suyu içmeden susuzluk çeken bir divanenin hali gibiydi. Ömrünün yarısından fazlası onun bir gün çıkıp geleceğinin hayalini kurarak geçmişken, o geldikten sonra kaybetme korkusuyla vuslatı reddetmek... Çılgınlıktı bu...

"Evet, küçük sincabım," diye devam etti, gözlerindeki yaşları silerken, "Sevgili Conri'nin bana öfkesi ve yaptığım aptallık yüzünden o günlerde hasta olduğunu bile hatırlıyorum. Hatta babanız dük hazretleri Conri'ye ıtıknamesini vermiş, o da eline özgürlük fırsatı geçmiş ve özlediği Bohemya'daki köyüne gitme imkânı yakalamışken belgesini yırtıp atmıştı. Bu hareketini herkes delirdiğine yorabilirdi, ama ben, sırf bana ve kalbimde taşıdığım aşka mukayyet olmak için böyle davrandığını biliyordum. Dahası, o günden sonra rahibe olmayı ilk kez sevmiş ve rahibe gibi davranır olmuştu, hatırlayacaksın."

"Hı-hı... Hatırlıyorum tabii."

"Bense tam tersine, o gün bir rahibe olarak yaşama fikrini tamamen zihnimden atıp sana dadı olmaya karar vermiştim.

Ama o yine de bir rahibenin yapacağını yapmış, bana ısrarla saadeti önermişti de ben cennete varan yolda onu da tıpkı Alkala gibi üzmüştüm."

"Sen Conradina teyzemi sevmiyorsun dadıcığım... Sevseydin onu bir kez olsun dinlerdin!"

"Bir kere dinledim sevgili kızım, ama yalnızca bir kere... Ve şiddetli ısrarları üzerine Şehzade Alkala'yı uzaktan görmeye razı oldum. Yakından görmeye dayanamayabilirdim. İnsan güneşe ne bakabilir ne de onu kucaklayabilir küçük sincabım; gözü kamaşır ve bedeni yanar çünkü."

"Nasıl gördün peki?"

"Şehre gelmiş bir haritacıdan söz ediliyordu. Genç bir haritacı. Ve tanımlar Şehzade Alkala'ya pek uyuyordu. Çok heyecanlanmıştım. Babanızın dostu Mişon ustanın harita dükkânında çalışmaya başladığını biliyorduk. Tavırlarından sanki birini aradığı, ama dikkat çekmemek veya geçimini sağlamak için bu dükkânda adresini belli etmeye çalıştığı konuşuluyordu. Conri, her gece Mişon'un harita dükkânına gitmeye karar verip her sabah bu karardan dönmenin beni ne hale getirdiğini görmüş olmalı ki iri göbekli kâhyamızı pusula okumaya, kerteriz alıp uygun pusula tası imal etmeye ve usturlap öğrenmeye yönlendirerek şehirdeki bu yabancının Saint Alkala olup olmadığından iyice emin olmamı sağlamıştı. Anneniz hanımefendi Düşes Maria'nın lüks landosuyla tenezzüh bahçesine gezmeye çıktığı bir gün, -Conri'nin ısrarı üzerine- ben de seni kucaklayıp arabaya binmiştim. Evet, hırsız gibi peşimizden gelen kişi Saint Alkala'ya benziyordu. Sevdiğim adama... Bahçeye vardığımızda daha iyi seçebilirim diye düşünüyordum. Sen havuzdaki nilüferlere fesleğen yaprakları atarken gözlerime mâni olamadım ve çitlerin arkasındaki adama üç kez baktım. Üçüncü bakışım o kadar uzun sürmüş ki annenden azar bile işitmiştim. Çünkü az kalsın sen havuza düşecektin. Uzaktaydı. Yüzünü tam seçemiyordum ama duruşu, edası ve tavırları Saint Alkala'dan başkası değildi. Zaten yüzünü seçmeme de gerek yoktu. O olduğunu bilmek bana yetiyordu. O birkaç saat içinde defalarca sendeleyip yere düşecek gibi olmuştum. Bereket versin, yanımızdaki nedimelerin ihtişamlı kıyafetleri arasında kimin nasıl yürüdüğü anlaşılmıyordu. Üzerindeki kıyafetler yaşadığı hayatın yoksulluğa daha yakın olduğunu anlamama yetmişti. Bir yanda saray kıyafetli nedimeler, diğer yanda o nedimeyi seven yoksul haritacı. 'Keşke,' dedim içimden, 'keşke Alkala'nın da kaderi bu kızlar kadar açık olsaydı. Ama hayat ne garip, kimine nimet, kimine zahmet, kimi yürekte, kimi kürekte!' Daha da garibi, içimden bunları geçirirken bütün bedenimi bir titreme tutmuştu. Şehzade Alkala'nın bunu duyduğunu hisseder gibi oldum. O sırada umutsuzca bir duvarın üzerine oturup ayaklarını dalgınca sallayarak uzun uzun bize bakması hâlâ gözümün önünden gitmiyor. Her iki manada elinden tutmayı istediğim andı o an. Ama dedim ya, korkmuştum. Beni Hıristiyan bir rahibe olarak bulmasından, beni hayal ettiğinin gerisinde bulmasından, bulunca beni reddetmesinden, beğenmeyerek terk edip gitmesinden korkmuştum. Hayallerinin yıkılmasından, hayallerimin yıkılmasından korkmuştum. Çünkü sevgilinin gelişini beklemenin lezzeti bütün ömrümü doldurmuştu. Gelişini beklemek güzeldi de ya giderse korkusu içimi kemirip duruyordu."

"Seven birisi sevdiğinin eski bir rahibe olmasını neden umursasın ki? Bunun yanlış bir fikir olduğunu nasıl göremezsin dadıcığım?"

“Yanlış olduğunu görmek yetmiyordu küçük sincabım, yetmiyordu... Ondan ayrılmayı da, ayrılınca rahibe olmayı da ben seçmemiştim. Üstelik o günlerde bir rahibe olup kilisenin koruması altına girmeseydim, kimliklerin ve namusların birkaç kuruşa satıldığı şu Akdeniz’de onun aşkına her bakımdan sadakat gösterebilir miydim, bilmiyorum. Elbette bir zamanlar rahibe olmaktan hâlâ sevinç ve kıvanç duyuyorum. Kutsal Babamızın o günlerde bana Meryem Anamızın kaderini vermiş olmasına ise hep şükrediyorum. Vahşetin ve kötülüğün hükümran olduğu bir dünyada, maddeyi ve manayı birlikte yönetip yönlendiren bir dinin himayesinde olmak, madde ve mana yönünden mutlak zenginlik sayılır. Şehzade Alkala geldiğinde bütün bu zenginliği terk etmeye, onun eşiğinde tekrar köle olmaya hazırdım. Gelgelelim beynimi kemiren onun beni kabul etmeme ihtimalinin ıstırabını bir türlü teskin edemedim. Sevgiliye gülümsemek kolaydı da onun kaş çatmasına dayanılabilir miydi? O kaş çatışı bir kere gördükten sonra gülümsemelerin değeri kalır mıydı? Korkmuştum... İhtimallerden korkmuştum. O gelmeden de zihnimde ihtimaller dolaşırdı; ama bunlar onun gelişine dair ihtimaller idi. Geldiği günlerde ise zihnim ve kalbim, gidişine dair ihtimallerin istilasına uğradı. Şehzade Alkala beni reddederse dünyada kimse korumazdı artık. Köyünden kaçırılmış, kimsesiz bir köleye kim yard...”

Anne, sarılıp elleriyle onun ağzını kapattı:

“Sen bizim evimizde asla bir köle olmadın dadıcığım, böyle diyerek beni üzme lütfen. Avuçlarındaki şu yanık lekeleri Cleves prensesinin bedeninden bir parça iken sen nasıl köle olabilirsin? Onları her görüşte gerçek annemin kim olduğundan şüphe ediyorum ben. Evet, bedenimi Cleves Düşesi Maria sayesinde edindim ama onu Yazıköylü Billure -bunu söylerken, kimse duymasın diye çevresine bakındı- muhafaza etti. Ellerinde süngerleşen yanık izleri kalbimde aleve döne..."

Bu sefer Beatrix, eliyle Anne'in ağzını kapadı, cümlenin sonunu duymak istememişti:

"Ah benim küçük sincabım, bir daha böyle bir kıyaslama duymak istemiyorum senden! Hem neden ağlıyorsun sen bakayım?"

"Sen ağlıyorsun diye dadıcığım!"

"Kıyamam küçük sincabım... Silelim şimdi gözyaşlarımızı..."

Aralarında küçük bir sessizlik oldu. Billure konuyu değiştirmenin tam zamanı diye düşündü:

"Kutsal Roma Cermen imparatoru haşmetli kralımız Carlos ile Grand Seigneur muhteşem Sultan Süleyman, benim 'büyük sincabım', kalkanları birbirine çarpınca sultanınki güçlü gelmiş. Hatta Macar kralı Lajos savaş meydanında ölmüş."

"Toprağı bol olsun diyelim!"

"Mohaç'taki o şiddetli üç saatin sonunda Macaristan, Transilvanya ve Bohemya'nın Türklerin oluverdiğini biliyor muydun?"

"!"

"Sonrasını ben de hatırlıyorum sevgili sincabım. Buraya yeni gelmiştik, haşmetli Kral Carlos o yenilginin acısıyla Endülüs'teki bütün Müslümanlara eziyet etmeye, sürmeye, öldürmeye hatta yakmaya başladı. Tellallar çığırtıp çocuklarını kiliseye vermelerini, aksi takdirde hepsinin yakılacaklarını söyledi. Endülüslüler sahil dağlarına kaçtılar. Yıllar önce Şehzade Alkala ile saklandığımız metruk hisarda bile insanlar saklandığını duydum. Akdeniz'de güç dengeleri o sırada değişmeye başladı elbette. Avrupa'da çocuklarını korkutmak isteyen anneler artık "Türkler geliyor!" diyorlardı. Daha sonra "Barba Rossa geliyor!" dediler. Çünkü Barba Rossa'nın Deli Mehmet Kaptan'ı, kadırgalarla gelip Müslümanları kaçırmaya başlamıştı."

Hava serinlemiş, hafif bir rüzgâr çıkmıştı. Billure ile Anne ayağa kalktılar. Düşes Maria karanlık çöktükten sonra çocuklarının dışarıda fazla kalmasına izin vermezdi. Ne kadar büyümüş olurlarsa olsunlar, diğer iki kardeşi gibi Anne'in de tam vaktinde yatması gerekirdi. Eve girip birkaç meyve alarak odaya çıktıklarında Anne'in aklı hâlâ krallar ve sultanlarda idi:

"Sultana neden 'Grand Seigneur' diyorlar dadı?"

"Mohaç'ta kralımızın ordusu mağlup olunca Macar Kralı Layoş canını kurtarma umuduyla at boynuna düşüp kaçarken Gümüş ırmağına gelmiş. Meğer köprü hasar görmüş, atıyla birlikte ırmağa düşmüş. Onu kovalayan askerler yetişip boğulduğunu görmüşler ve durumu Sultan Süleyman'a bildirmişler. O da, 'Biz onların Oruç Reis kuluma yaptıklarını yapmayalım; varın kralın ölüsünü çıkarın, Belgrad'a götürüp atalarının yanına gömün!' diye emir vermiş. Askerler de denileni yapıp Kral Layoş'un cesedini günlerce taşıyıp Belgrad'da toprağa verilmesini sağlamışlar. Avrupa kralları ve kraliçeleri, dükleri ve düşesleri, azizleri ve papazları bunu duyunca hepsi ona saygı duydular. O günden sonra Sultan Süleyman'dan bahsedenler hep Grand Seigneur diye bahsettiler. Kralımız da âlicenap davranıp sultanın sırf bu asil hareketi için ona bir teşekkür mektubu bile gönderdi."

"Oruç Reis Kulum kim dadıcığım!"

"Oruç Reis, Kanca Oruç Reis meleğim, hani şu Barba Rossa'nın ağabeyi. Biliyor musun küçük sincabım, dün hürmetli babanızı ziyaret eden seyyahtan işittim; Grand Seigneur Barba Rossa'yı İstanbul'a çağırıp donanmasına amirale comandatore yapmayı düşünürmüş."

"Ben de bir gün bir amiralin gemisinde seyahat etmek isterdim"

"Barba Rossa'nın kadırgalarında değil elbette!"

"Hayır, elbette değil...Kaptan Andrea Doria'nın kalyonlarından birinde belki..."

"O halde babanız dük hazretleri İngiltere seyahatlerinden birinde seni yanında götürmelidir!"

"Sahi dadıcığım, babam neden sık sık İngiltere'ye gidiyor."

"Küçük sincabım, babanız III. John hazretleri gerçi biraz çok içiyor ama her şeyi doğru yapıyor. Cleves ailesi İspanya kralının yanında oturuyoruz, ama babanızın işleri ve ticareti hep İngiltere'de. Üstelik iki kral arasındaki anlaşmalar, sözleşmeler ve ilişkileri de o sağlıyor. O gidip gidip gelmese, biz bu sahil sarayda İspanya'nın en soylu misafiri olarak ağırlanır olur muyduk sence? Dük hazretlerinin bu itibarı sayesinde hepimiz bol imkânlara sahibiz. Ve şimdi Kutsal Babamıza dua edelim. Dük hazretlerinin işlerine kolaylık, anneniz Düşes Maria'nın hastalığına şifa, yüce kralımıza uzun ömür ve askerlerine güç vermesi için..."

Bohemya'nın geleceği adına Cleves Dükü John ile Düşes Maria'nın büyük umutlarla büyüttükleri Anne, Beatrix'in küçük sincabı Cleves prensesi güzel Anne, her gece olduğu gibi yine diz çöküp dua için ellerini birleştirdi, mırıldandı, mırıldandı, "Amen!" diyerek duasını tamamladı. Ve yine her gece olduğu gibi duanın sonunda Beatrix'in gözünün içine baktı. Duymak istediği son cümleyi söylemesini bekliyordu. Beatrix daima olduğu gibi onu alnından öpüp günün o son cümlesini mırıldandı:

"Eveeet... Küçük sincabım, uyku vakti. Başımızı yastığa koyunca ne diyorduk?"

"Yattım sağıma, döndüm soluma, melekler şahit olsun, dinime imanıma! Yattım Allah kaldır beni, nur içine daldır beni; can bedenden çıkmayınca, imanla uyandır beni."

Ve şimdi de birlikte küçük sırrımızı fısıldaşalım:

"Eşhedü en-la ilahe illa'llah ve eşhedü enne Muhammeden abduhu ve rasuluhu."

1530

İki yıl sonra

Hızır Reis'in Cezayir'den çıkıp giderken ne kadar üzüldüğünü görenler, Cezayir'i fethettiği zaman da o derece sevindiğine şahit oldular. Cezayir'i kaybettiği gün, gemisinin bahçeliğine çıkıp bütün levendlerinin gözleri önünde ağıt yaka yaka elbiselerini parçalayan, göğsünü tırnaklarıyla kazıyıp gözyaşlarıyla kanını birlikte akıtan, gemilerinin borda mataforalarında ağıt için ateşler yaktıran adam şimdi neşe içinde çocuklar gibi oynuyor, eğleniyor, seviniyordu. Afrikalı Berberi ve Zuzuvaların kendisine gösterdikleri düşmanlığı, kabileleri yöneten murabıt ve beylerin ne derece kaypak davrandıklarını unutuvermişti. Üç günlük kuşatmanın sabahında Cezayirli Müslümanlar, Saint Paola Kalesi'nin çevresindeki 36 parelik donanmanın zafer toplarını duyduklarında baharın güzelliklere güzellik kattığını düşündüler. Araplar ve Afrikalı yerlilerin görmek istedikleri kızıl çalı sakallı, fırça kaşlı adam şimdi limana giriyordu. Üstelik

İspanya valisi Don Martin de Vargas'ı da yanında yürüterek. Kaderkale ile güzel limanlara sahip Balear Adaları arasında geçen durgun zamanlar artık geride kalmıştı. Yaz aylarında kadırgalar, kalyonlar, fırkateler ve çektiriler avlayarak; kış gelince de oğluyla ata binip ok atarak, kuş avlayarak geçen sakin hayat bitmişti. Galiba Cemayma Hatun'un evcimen kadınlık otoritesi de sona eriyordu. Elli beş yaşına gelmiş, kızıl sakallarının rengi açılmış, gür kaşlarında ve şakaklarında beyazlar belirmeye başlamıştı. Hasan on beşine girmek üzereydi. Aladule kendini yuva kurmaya vermiş, kendi yuvasını kuramamış ama esir kızlar ile levendleri evlendirmek konusunda pek maharetli çıkmış, Kaderkale'de herkesin hürmetini kazanan asil bir kadın olmuştu.

Şimdi Cezayir'de hayat yeniden başlayacak, hatıralar yeniden gerçekliğe dönecekti. Bir tek ben hüzünlüydüm. Billure ile ayrı yaylalarda yeşermiş otlar gibiydik ve kavuşamadan sararıp solma mevsimi geliyordu. Yarım bir hayatın ortalarına geldiğimi hissediyordum. Bir yanım Billure, diğer yanım hayalet gemiler, Akdeniz'de av peşinde koşmak, yeni esirlerin kayıtları ve yeni gemilerin mühimmat defterleri, pusulalar, haritalar, usturlaplar, arada sırada bir ateşin çevresine toplanıp yanık türküler söyleyen levendlerin birbirine benzeyen hasretlikleri...

Hızır Reis'in Kuzey Afrika kıyılarındaki bölük pörçük Arap kabilelerini ve yerli Zuvuvaları tek bayrak altında toplama ülküsü, İspanyollara karşı Türk hâkimiyetini sağlama umudu yeniden belirmişti. Ötede Karlos Kral, Papalık'ta yapılan bir tören ile yetkilerini genişletip Kutsal Roma Cermen imparatoru olmanın sarhoşluğunu yaşıyor, kıyıda İngiltere Kralı Henry yeni hanımlar alıp veliaht sayılarını arttırmakla uğraşıyor, beride Grand Seigneur Kanuni Sultan Süleyman Han'ın orduları fetih üstüne fetihler yapıyor, kimse denizlerde kimin ne yaptığına bakmıyor, ne olup bittiğiyle fazla ilgilenmiyordu. Akdeniz'in, Hızır Hayreddin Reis ile Andrea Doria'ya kaldığı zamanlar demekti bu. Artık birinin mizanasında sancak dalgalandığında diğerinin pupa feneri sönecek, ötekinin başomuzluk topları gümbürdediğinde berikinin bodoslamasında baltalar ve kılıçlar işlemeye başlayacaktı. Aralarındaki kovalamaca yeniden suların sesini değiştirecek, adaların ve kıyıların sınırlarını çizecekti. Üstelik bu seferki mücadelede Hızır, Doria'dan üstün sayılırdı, çünkü hazırladığım ebad-ı kameriye cetveli kadırgalarımıza imkânlar sunuyordu. Eski Endülüs gemicilerinin bulduğu bu cetvele göre artık kesin zaman ölçümü yapabiliyor ve dümen suyundan takip edilen bir beylik geminin hızını ölçebiliyordum. Hızır

Hayreddin Reis bu vesileyle zamanı iktisatlı kullanıyor, ne vakit dirisa edeceği, nerede çaparizleyeceği, hangi rüzgârda ne kadar apazlama veya yollu gideceğini kestirebiliyordu. Bunu Cezayir fethi sırasında defalarca başarıyla uygulamıştı. Öte yanda Doria'nın da yelkenli gemileri üstün arma donanımına sahip olmaya başlamıştı. Her ikisi de denizcilik ilmindeki yenilikleri takip ediyor ve sahipleniyorlardı. Anlaşılan, her ikisinin de maksadı yekdiğerinin boğazını kendi elleriyle sıkmaktı ama bunu hemen yapmak istemiyorlardı. Sancak gemisinde Doria'nın kendisi yoksa Hızır Reis de kumandayı Aydın veya Salih Reis'e veriyor, Doria'nın denizde olduğunu öğrendiği an ise gecenin bir yarısı da olsa Vira Bismillah dalgalara atılıyordu. Doria cephesinde olup biten de bundan farklı değildi. Barba Rossa Avrupa yakasında bir kıyıyı vurduysa, o da Cezayir yakasında başka bir kıyıyı vurarak misilleme yapıyor veya tam tersi Doria Müslümanlara bir eziyet ettiyse Hızır da Hıristiyanlara aynısını reva görüyordu. Bütün Akdeniz ikisi arasındaki bu rekabeti artık çok iyi biliyor ve birinden zarar gören hemen diğerine koşup sığınıyordu. Birbirlerini öldürmeyi erteleyip durmalarının bir sebebi de galiba bu idi. Çünkü her ikisi de hasım olmaktan dolayı menfaat elde ediyorlar, birinin diktiğini diğeri sökerken, birinin yaptığını öbürü bozarken, birinden kaçanı diğeri kucaklarken gemilerdeki denizcilere gün doğuyor, geçim oluyor, zaman zaman da ganimet yağıyordu. Doria, Karlos Kral için bir sefere çıktığında Barba Rossa nakliye himaye faturasını üç veya dört katına çıkarıyor, aynı şeyi bir zenginin yükünü emniyetle taşıttığında Andrea Doria yapıyordu. Akdeniz'e açılan her Hıristiyan gemisine, Doria'nın elini zayıflatmak için Hızır Hayreddin Reis tarafından nasıl rahatça el konabiliyorsa, her Müslüman gemi de Doria için aynı ganimet değerini taşıyordu. Şüphesiz birbirlerinin can düşmanlarıydılar ve canlarını almak istiyorlardı ama her ikisi de sanki bu arzuyu erteleyip duruyorlardı. Deniz mevsimi başladığında her ikisi de birbirlerine tuzak hazırlamakta maharet sahibi bile olmuşlardı. Bir tek hayalet gemiler konusunda Doria, Hızır Hayreddin Reis'ten gerideydi ve bu sırrı bir türlü çözemiyordu. Hızır Hayreddin Reis ise bu amaçla Akdeniz'in beş ayrı yerinde beş ayrı firkateyi kılıçlar, baltalar ve zincirleriyle birlikte kumlara batırıyor ve gerektiğinde altmış adam ile kullanılabilecek şekilde bekletiyor, hatta bütün yaz boyunca her ay bir bakım ekibini gönderip bakımlarını da yaptırıyordu. Bilhassa gevşeyen halatları mürnel sararak façuna ettirmek biraz masraflı oluyordu ama işe de yarıyordu. Denize açılmanın vakti gelip fırışka rüzgâr ile filiz koparan fırtınası başladığında, Akdeniz'de hayalet gemilerin Doria için hazır bekliyor olması Hızır Hayreddin Reis'i keyiflendiriyordu.

Uğraşacak meşgalesi olanlar için yaş ilerledikçe yıllar daha hızlı geçiyormuş gibi gelir; ama yüreğinde dert taşıyanlara göre gün gelir, asra bedel olur. Cezayir'deki hayat hızla akarken benim yüreğimdeki dert kanıyor, hatıralar devamlı zihnimi kurcalıyor, sırlarım beynimde zonkluyordu. Bir satranç akşamında Hızır Hayreddin Reis, "Sen yaşlanıyorsun galiba, bir an evvel Billure'yi bulsan iyi olacak Sidi Can," diye şaka yaptı, sonra da anlattı:

"Gençliğe göre yaşlılık -eğer değerlendirilirse- nimet sayılır. Tecrübeler ve yapılacak işler vardır, meşgale ve hayat vardır. Genç birine göre bir yıl çok uzun bir zamandır ve her şeyi hemen yapıvermek ister. Oysa yıllar ilerledikçe damarda kan durulur, hayat tecrübeleri birikir ve her şeyin zamanı kollanır. Gençler için yaşayacak daha çok uzun yıllar vardır ama yaşlılar için hayat sanki sona gelivermiştir. Gençler için yılların uzun, yaşlananlar için kısa gelmesi de bundandır. Yirmi yaşında bir genç için bir yıl, ömrün yirmide biridir ama bencileyin ellilerinde bir adam için bir yıl ömrün ellide biri kadar kısadır. Başlangıçlar ve bitişler, duruşlar ve yürüyüşler, ilgiler ve ilgisizlikler, hedefler ve başarılar hep bu açıdan değerlendirilerek bir yıla sıkıştırılır. Artık kaybedilecek zaman kalmamıştır. İşte bu yüzden senin bir an evvel Billure'yi bulman gerekiyor."

Yüreğimi yokladım. Bir yıl, benim için hâlâ uzundan da uzundu. Uzundu, çünkü her gün Billure'den bir haber alabilme umudu, her seferden dönen levend veya her esir ile neredeyse tek tek konuşup onun izine rastlayabilmek emeli beni yiyip bitiriyordu. Mohaç'taki muharebeden sonra Cleves ailesinin Bohemya'yı terk ettiklerini biliyordum ve Endülüs'ten ayrılırken ettiğim yemin de zihnimde çakılı duruyordu. İspanya sarayına gönderdiğimiz heykellerden sonuç çıkmamıştı. Rahip de bu konuda bir bilgi elde edemiyordu. Eğer yaşıyorsa kim bilir hangi diyarda, hangi şartlarda yaşıyordu. Eğer tahmin ettiğim gibi bir rahibe hayatı yaşıyorsa kim bilir hangi dağ başında, hangi manastırdaydı? Peki ama neden böyle yapmış, neden Bohemya'da bana kendini göstermemişti? Peki ya şimdi ben onu hangi ilde, hangi sahilde, hangi denizde aramalıydım? İrkildim:

"Gemileeer!.. Gemileeer!.. Aydın Reiiiis!.. Otuz üüüüç!.."

Aydın Reis otuz üç gemiyle limana girdi. Bunlardan on biri ganimet idi. Çok geçmedi; Aydın Reis'in şerefine kurulan mecliste sofraya otururken Hızır Reis'in gözleri ayakta bekleyen iki gence takıldı. Mavi gözleri ve sarı saçları kadar tavırları da ecnebi olduklarını gösteriyordu:

"Misafirlerimiz kimdir Aydın'ım!"

"Takdim edeyim Reisi Babam. Bu genç, Doria kaptanın yegâne oğlu, yasak aşkının meyvesi Giovanni Doria'dır. Vesayetini üzerine almış ve himaye etmiştir. Yanındaki de onun kâtibi ve yardımcısıdır, Türkçe bilir. Babası İspanyol donanmasıyla Karlos Kral'ı götürürken bu Giovanni'yi de beş beylik kadırgasıyla Akdeniz'de sizden haber alması için bırakmış, tutup getirdik."

Hızır Reis ayağa kalktı. Giovanni'nin yanına kadar gitti. Elinden çekerek hemen dizinin dibine, sofraya götürdü. Giovanni'nin dizleri yer sofrasına oturacak kadar bükülmüyordu. Başköşeye oturtulmaktan da ayrıca şaşırmış durumdaydı. Hızır Reis onu rahatlatmak için bana baktı. Tercüme etmemi istiyordu:

"Babanız Truvalı denizcilerden sonra Akdeniz'in gördüğü en büyük kaptanlardan biridir. Yemeği sizinle beraber yemek beni bahtiyar eder. Buyurunuz!.."

"Babam da aynı sözleri sizin için söylerdi şüphesiz. Ama sizin oğlunuzu sofrasına oturtma âlicenaplığını gösterir miydi bilemiyorum."

Aralarında sıcak bir rüzgâr esmişti. Ona başından geçenleri anlatması gerektiğini söyledim. Sakin konuşuyordu. Kolay tercüme edebiliyordum. Macerasını öğrendik:

"Babam, kutsal kralımızı götürmüştü. Ben de beş adet beylik kadırga ile Akdeniz'de istihbarat toplayacaktım. Barselona'dan Valensiya'ya gidip kumanya ve levazımat almam gerekiyordu. Oliva kontunun beni beklediğini söylediler. Kont, işe yarar ve zanaatkâr taifesinden çok sayıda Müdeccen'in Türk korsanlar tarafından Cezayir'e götürüldüğünü, hepsinin geri getirilmesi gerektiğini, bu sorumluluğun babamda olduğunu, üstelik götüren üç geminin de Formentera açıklarında görüldüğünü söyledi. Biraz daha konuşunca Türklerin bol miktarda para ve mücevher de alıp gittiklerini ağzından kaçırdı. Götürülen servetin kendisine ait olduğu belliydi. Onu geri getirirsem esirlerin hepsiyle birlikte hazinenin yarısını da bana vermeyi taahhüt etti. Hesap ettim. Beş kadırgam vardı ve üç gemiyle başa çıkarım diye düşündüm. Bu da yaklaşık on bin duka şahsi servet demekti. Ne çare, kadırgalarımda yeteri kadar cesur askerim olmadığını unutmuştum."

Barbaros sözün burasında güldü.

"Gemiye yeterli askeri almadan denizde ava çıkmak ha? Hah, ha!.. Sen iyi bir korsan olamazsın evlat."

Aydın Reis elini dizine vurdu:

"Ben de kadırgaları fark ettiğimde hınca hınç askerle dolu zannetmiştim."

"Siz İspanyol askerlerinin kralın taç giyme töreni için İtalya'ya gittiğini de bilmiyordunuz Aydın Reis!"

"Sen de benim Mağribileri karaya çıkardığımı ve esir damlarına yerleştirdiğimi öğrenememiştin."

"Hayır öğrenmiştim; palamarlarınızı çözüp üstümüze hızla dirisa ettiğinizde kadırgalarınızda avlanmaya hazır kuşlar gibi titreyip duruyorlardı."

"Siz öyle zannedecektiniz, çünkü askerlerin başlarını kadın gibi bağlamaları için bütün Müdeccen kadınların örtülerini toplamak zorunda kalmıştım."

"Yaa!.. Biz de sizi o halde görünce teslim olmaya geldiğinizi düşündük."

"Pruvamda beyaz bayrak gören de kim? Hah, ha!.. Genç arkadaşım, sen açgözlülüğün yüzünden bir zaferi kaçırdın, üstelik hayatını kaybettin."

"Poh yesin!"

Çiko'nun söze girdiği sırada Hızır Reis imalı şekilde öksürdü. Herkes anladı ki bu ima Çiko'nun değil, Aydın Reis'in ağzından çıkan son cümle içindi. Hızır Reis dururken Aydın Reis nasıl olur da bir esire "hayatını kaybettin" diyebilirdi? Bu kararı vermek Osmanlı'nın Cezayir Sancakbeyi Hızır Reis dururken Aydın Reis'e nasıl düşerdi? Belki de bu yüzden Aydın Reis'in cümlesini tersine çevirdi:

"Cezayir'i fethettiğimde burada bir düşman ile karşılaştım genç arkadaşım; adı Don Martin de Vargas idi. Yiğit ve asil bir düşman... Sen Paolo kalesini öyle savundu ki ona hayran kaldım ve bağışladım. Şimdi misafirimdir, tıpkı sizin gibi."

Hızır Reis konuşurken Don Martin ile aralarındaki konuşma hatırıma geldi. Gerçekten de iki asil askerin birbirlerine verdikleri değeri ve askerlik sanatına kattıkları zarafeti göstermek bakımından dikkate şayan idi. Hızır Reis "Kumandan Don Martin," demişti, "sizin asil ve kahraman biri olduğunuzu anladım. Eğer Müslüman olursanız sizi özgür bırakacağım. Bununla da kalmayıp sizi muhafız alayıma komutan atamaktan onur duyacağım. Ne buyurursunuz?" Don Martin'in cevabı taş gibi ama asilceydi: "Kaptan Barba Rossa!.. Don Martin canından korktuğu için din değiştirdi mi desinler? Mağlubiyetimin onursuzluğu beni zaten öldürmüş sayılır. Teklifinize teşekkür ederim ama boynumu vurunuz, daha güzeldir!" O sırada Hızır Reis, "Duydunuz değil mi?" der gibi yüzümüze bakmış ve mırıldanmıştı: "Asla!.. Güneş sizin gibi kahramanı çok sık görmüyor. Umulur ki şu denizciler sizden ibret alırlar diye söyledim." Hızır Reis şimdi de aynı cümleyi tekrar eder gibiydi:

"Mademki Don Martin'i bağışladım, seni de bağışlıyorum. Çünkü seni de mert bir delikanlı olarak gördüm aziz Giovanni. O hınzır baban ile arama kan davası sokmak en son isteyeceğim şeydir. Birkaç gün misafirimiz ol. Çok gecikmez, biz sefere çıktığımızda seni de İspanya kralına hediye olarak yollarız. O vakte kadar oğlum Hasan sana eşlik edecektir. Kılıcın ve tercümanın da her daim yanında olacak."

Aydın Reis konuşmanın sonuna gelindiğini hissetmiş, biraz da yaptığı hatadan dolayı mahcup olmuştu. Ortamı yumuşatmak için olsa gerek, Hızır Reis'ten izin alıp Giovanni'ye sordu:

"Bir şeyi hiç anlayamadım genç denizci! Her geminizde yaklaşık üç yüz forsa bulunuyordu değil mi?"

"Doğrudur, hepsi Müslüman esirlerden kürek mahkûmları!"

"Peki ama neden hepsi çırılçıplak idi?"

"Sizi takibe çıktığımızda giysilerini ben parçalattım. Onların çıplak kalmaktan dolayı çok utandıklarını ve bir an evvel giyinmek isteyeceklerini biliyordum. Ancak sizi ele geçirdiğimiz vakit giyinebileceklerini, bunun için çaba sarf etmeyenin kırbaç izlerinden bir elbisesi olacağını söyledim. Önce hepsi karşı geldi, neredeyse isyan çıkıyordu, ama sonra küreklere bir asılışları vardı ki anlatamam!.."

Bu alaylı cümleler Hızır Reis'in öfkesini yüzüne sıçratmıştı. Bir an sözünden dönüp kılıcına el atacağını ve bu küçük küstahın kellesini uçuracağını düşündüm. Ama hayır, öyle yapmadı, bilakis, "Senin için yapabileceğim başka bir şey var mı Doria?" diye sitemle sordu. Giovanni minnettarlıklarını bildirirken onu dinlemedi ve içeri giren Hasan'a dönerek fazla içten olmayan bir üslup ile, "Evlat!.. Sana bir arkadaş veriyorum. Var her ne münasip ise öyle eyle!" deyip göz kırptı. Hasan babasının bakışlarındaki iltifatı görebiliyordu. Çünkü bugüne kadar ondan her ne vakit bir esir istese arzusunu geri çevirmişti. Şimdi ona bir arkadaş veriyordu. Demek artık kendisini farklı görmeye başlamış, belki büyüdüğüne kanaat getirmişti. Hızır Reis'in Giovanni'yi oğluna emanet etmesi, mecliste bulunan herkes gibi bana da ilk bakışta şaşılacak bir şey olarak göründü. Çünkü Hasan'ı denizlerden bilerek uzak tutuyor, on beşine basmış olmasına rağmen onu annesinin dizi dibinden ayırmıyordu. Cemayma Hatun'un zaman zaman şikâyet etmesine rağmen daha hiçbir seferinde oğlunu yanında götürmemişti. Bu yüzden Kaderkale adı en ziyade Hasan için bir kader kalesi ve ömür zindanı olmuştu. Anladım ki Cezayir Hasan için de bir fethin adı olacaktı.

Hızır Reis, yıllarca babasının kendisine yaptığını yaparak oğlunu denizlerden uzak tutmuş, kendi kaderini oğlundan esirgemişti. Ama şimdi, rakibinin oğlunu donanma başında görünce Hasan'dan sakladığı geleceği ona sunuyordu. Gerçi Giovanni Hasan'dan beş altı yaş büyüktü, ama hiç şüphesiz konuşacakları ve anlaşacakları en azından iki konu vardı. Babaları ve Akdeniz.

O sırada şölene kopuzuyla katılan bir ozan söylemeye başladı:

Yedi kral düştü senin kastına
Gaflet uykusundan uyan Cezayir
Donanmalar tayin oldu üstüne
Hazır ol vaktine dayan Cezayir

Gazilerin ekberleri sendedir
Rüstemlerin bihterleri sendedir
Koç yiğidin defterleri sendedir
Beylerbeyi yurdu vatan Cezayir

Yaz baharda gemilerim yağlanır
Kış gelince tersaneye bağlanır
Yalıkapı'da koçyiğitler eğlenir
Kızına kısrağına Sultan Cezayir

Gönül bir kadırga limana akar
Hızır Reis kaleye sancağın diker
Yedi kral hasret duyup ah çeker
Taşına toprağına Sultan Cezayir

Hızır Reis o şölen gecesinde, el ayak çekilince, "Gidişatı nasıl görüyorsun Sidi?" diye sordu. Bunu her zaman yapar, ikimiz baş başa kaldığımızda olup bitenleri ve yapıp ettiklerini değerlendirmemi ister, ben de saygıda kusur etmeyerek hakikati söyler, doğru veya yanlış, gördüğüm şeyleri bir bir anlatırdım. Eleştirsem bile hiçbir keresinde bana kızmazdı. Bilhassa adaletten sapmamak için benim kendisini uyarmamı tembih eder, Hz. Ömer'in doğruyu söylemek üzere maaşlı adam tuttuğunu anlatıp beni rahatlatırdı. Olup bitenlerin hep Allah'ın lütfu olduğunu, doğru yolda ilerlediğimizi falan geveleyip onu rahatlattım.

İki hafta sonraydı. Bir gemi hazırlanmasını ve mürur tezkiresi ile liman giriş izinleri yazılmasını emretti. Hazırlanacak gemi Don Martin ile Giovanni Doria'yı Malaga'ya bırakıp dönecekti. Don Martin özgür kalacak; Giovanni, Kuloğlu Memi Reis tarafından İspanya kralına hediye olarak sunulacak, kralın huzuruna çıkınca her şeyi olduğu gibi anlattıktan sonra "Majesteleri, Barba Rossa size üç altın heykel göndermiş, cevabınızı merak ediyor!" diyecekti. Onların hazırlıklarını tamamlayıp uğurlama görevi bana düşmüştü. Gemiler limandan çıkasıya kadar refakat edecektim. En son, esir yolcularımızın her ikisine de ayrı ayrı ganimetlerden armağanlar ve altınlar verdim. Her şey tamam olunca Hasan ile birlikte yolculara arkadaşlık ederek gemiye geldik. Don Martin'in adada çok malı mülkü vardı ve kendisi misafir kabul edilince eşyasına el konulmamıştı. O sırada tayfaların kontrolünde dört siyahi kölenin baş üstü kamarasına iki sandık eşya yüklediklerini gördüm. Kölelerden biri gelip Don Martin'e veda ederken bir çanta sundu. Don Martin çantayı açıp kölelerin her birine değerli hediyeler veriyordu, kanımı donduran, heyecandan dizlerimin dermanını tüketen şey işte o anda oldu. İspanya kralına gönderdiğimiz heykellerden sarı olanını, Billure'min sonbaharını, o çantanın içinde gördüm. Don Martin çantanın kayışını bağlayıp koltuğuna aldı ve vedalaşmak için elini uzattı. Ne yapacağımı şaşırmıştım. Sormam gerekiyordu ama dilim tutulmuş gibiydi. Çantayı elinden almalıydım ama hareketsiz öylece bakıyordum. Onu böylece gönderemeyeceğimi biliyordum, ama çektirinin kürekleri denize değmişti. Hasan, Giovanni ile vedalaşmayı bitirmiş, iskeleye yönelmek üzere beni bekliyordu. Ne yapmalıydım, nasıl yapmalıydım, kararsız kalmıştım. Aklıma hiçbir şey gelmiyordu. Rahip Mateo'ya haberci kuzgunlar uçurup heykelin akıbetini öğrenmesini istemek geçti içimden. Karar veremiyordum. Ayaklarım titremeye başladı. Forsalar küreklere asılmak için vardiyanın silistreyi üflemesini bekliyorlardı. Acele karar vermeliydim. Sonunda Hasan'a dönüp, "Reis Babama söyle ki misafirlerimizi Kuloğlu yerine ben bırakıp geleceğim!" diyebildim. Bunu aklım mı söylemişti, yüreğim mi, yoksa yalnızca dilimden mi dökülmüştü, bilemedim. Kuloğlu şaşkın, kendisini uğurlamak üzere alesta çimariva duran kadırgalara bakarken hayretle gözlerini gözlerime çevirdi. Çantadaki heykelin sırrını elde etmeye niyetlenmiştim bir kez, iktidarımı kullandım ve, "Haydi bre Kuloğlu Reis! Sen limana, ben sefere!" dedim. Sonra da babasına bunu nasıl izah edeceğini hesaplayan Hasan'ın kulağına eğilip mırıldandım:

"Ona Billure dersin, anlar!"

1530

Kraliyet sarayının geniş salonunda şamdanlar ve kandillerin yarısı söndürülmüş durumdaydı. Papadan aldığı "Kutsal Roma Cermen imparatoru" unvanıyla birlikte Kral Carlos, devlet işlerini akşam görüşmeyi tercih eder ve her ne vakit üzüntülü bir haber alsa ışıkların yarısını söndürtür, konuşmayı yarı aydınlıkta devam ettirirdi. Kralın huzurunda bulunanlar yüzlerinin aldığı şekli kimseye göstermemek için, kral da sanki karanlığa konuşur gibi huzurundaki adamların yüzlerine karşı en ağır hakaretleri ve küfürleri sıralayabildiği için yarı aydınlık meclisten hoşnut olurlardı.

Don Martin'i yurduna sağ salim getireli yaklaşık altı ay olmuş, ama kral hazretleri huzuruna kabul etmeyi durmadan ertelediği için, Giovanni Doria'yı kral hazretlerine teslimde gecikmiştim. Hızır Hayreddin Reis'in elçisi olduğum için beni kasten kabul etmediğini ve benim kendisine söyleyeceğim hemen her şeyi haber aldığını biliyordum. Yapacağım işlerim, buluşmam gereken insanlar, aramam gereken bir sevgilim vardı. Karlar yağmaya başlamıştı ve Rahip Mateo haberler gönderip duruyordu. Altı ay bu yolda avarelikten sonra nihayet saraydaki yarı karanlık şu meclise kabul edilmiş, Doria'yı teslim etmiş, işimi tamamlamış, kapıdan çıkmak üzereydim. Kral Carlos çok zeki idi ve her şeyi mutlaka bilerek ve bir amaç için yapıyordu:

"Seni tanıyor muyum, ne demiştin adına?"

"Söylememiştim haşmetmeap, Alcala benim adım, Saint Alcala!"

"Bu ismi hatırlamalıyım değil mi?"

"Hafızanızı Yüce İsa korusun efendimiz, yine böyle bir akşamdı, Tudor dükünün şatosunda..."

"Evet, kıvrak dansların efendisi soytarı Alcala!"

"Doğru efendimiz, o vakit..."

"Şimdi de Barbaroşo'ya mı soytarılık yapıyorsun? Galiba onun elçisi olarak bir kere daha gelmiştin?"

"Evet majesteleri, gelmiştim. Barba Rossa'nın harita kâtipliğini yapıyorum ve dil bildiğim için de beni elçi gönderiyor efendimiz; Akdeniz'e olan bağlılığımın ge..."

"Hımm!.. O halde hemen gitme Alcala, bu akşam konuştuklarımızı Barbaroşo denen iblise iletmek üzere kal yanımızda. Onun için hazırlayacağımız ölüm şeklini öğren. Sonra gider kendisine anlatırsın! Belki merak edecektir."

Giovanni'ye baktım. O da bana bakıyordu. Terlemeye başlamıştım. Kral Carlos neyi ima etmeye çalışıyordu? Neden kalmamı istemişti? Yeminimden dolayı başıma bir çorap örme ihtimali var mıydı? Bütün bunları bertaraf etmek ve konuyu değiştirmek için Giovanni'ye, "Haydi!" der gibi başımla işaret ettim. Ne demek istediğimi anlamıştı. Adeta fısıldar gibi mırıldandı:

"Majesteleri, Barba Rossa size üç altın heykel göndermiş, cevabınızı merak edermiş."

"Sus, beceriksiz sümsük! Benim donanmamla, benim iznim olmadan Oliva kontuna hizmete kalkışacaksın, sonra gemilerimi Barbaroşo denen o hırsız köpeğe teslim edeceksin... Bir de kalkmış huzurumda izinsiz konuşacak, hatta bana düşmanımın neyi merak ettiğini soracaksın... Muhafızlaaar!"

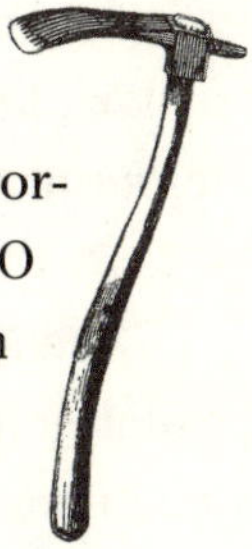

Ortalık bir anda karıştı. Uğultular yükseldi. Dizlerim titremeye başladı. Pek çok savaş görmüştüm ama hayatımda hiç bu kadar korktuğumu hatırlamıyordum. Sanki muhafızlar beni yakalayacakmış gibi. O sırada iki kişinin muhafızlardan evvel Giovanni'nin ayakları dibine kapaklandığını gördüm. Oliva kontu ile Andrea Doria. Her ikisi de Giovanni'ye bedel kendilerinin alınmasını istiyorlardı. İspanyol asaletinin gereğiydi bu. Kralın da bu durumda büyük cezalar karşılığı Giovanni'yi affetmesi gelenektendi. Elbette affetmeyebilirdi de. Bu durumda Kral Carlos hata işleyen asilzade hakkında kararını vermeden diyet teklif eden kefiller başlarını yerden kaldırmayacaklardı. Kral asasını kontun başına bastırıp sordu ve sordukça başlangıçta kendisini tasdik eden, destekleyen ve haklı çıkaran kısa cevaplar aldı. O konuşuyor ve asiller, murahhas üyeler, ülke temsilcisi diplomatlar ve elçiler başları yerde kısık kısık cevaplıyordu. Sonra cevaba fırsat bırakmayacak şekilde arka arkaya sormaya başladı. Sesinin gittikçe yükselmesi salondaki havayı derece derece ağırlaştırıyordu:

"Barbaroşo Akdeniz'e geldikten sonra bütün Avrupa sarayları gibi sizler de doğunun lüks mallarından mahrum oldunuz mu?"

"Evet majesteleri!"

"Doğrudur yüce kralımız!"

"Olduk, efendimiz!"

"Evvelce elde ettiğiniz ganimetler azaldı mı?"

"Azaldı efendimiz!"

"Evet haşmetmeap!"

"Hem de nasıl!"

"Colombus'un yeni dünyaya açtığı kapı ve oradan gelen mallar olmasaydı bugün asker besleyebiliyor olur muydunuz, ticaretiniz yürür müydü, evinize ekmek gider miydi?"

"!.."

"Diyelim ki bize Atlas Okyanusu'nun ötesinden hazineler ve mallar gelir, peki ya Cenova, Venedik ve Floransa limanlarında neden pazar kurulmaz bilir misiniz?"

"Barbaroşo şeytanı yüzünden elbette!"

"Peki kardeşlerimiz olan Germenler, Macarlar, Franklar ve İngilizler, Akdeniz'de gemilerine el konuldukça, malları ganimet diye, kızları, kızanları cariye niyetine alındıkça Barbaroşo'dan memnun mu olmaktadırlar?"

"Hâşâ!"

"Kahrolsun diyavolo!"

"Şimdi de Cezayir'de devlet sahibi oldu. Öyle değil mi?"

"!"

"Haydi iyi niyet gösterip şu sümsüğü geri gönderdi diyelim, ya elinde hepinizin akrabalarından, dostlarından, arkadaşlarından daha kaç esir var? Kaçınızın oğlu, kardeşi, karısı veya babası onun esir damlarında çürümekte?"

"Çok..."

"Benim de..."

"Barbaroşo'nun kadırgalarında küreğe oturmuş kaç forsa bugün evinden, ocağından uzakta, kim bilir hangi adanın hangi tarlasında prangalı bir köle olarak ter dökmektedir?"

"Doğru..."

"Tabii ya..."

"O halde kutsal kilise adına, içinizden şu azgın kâfiri bulup kadırgaları ve adamlarıyla birlikte ateşe vererek cesedini deryanın dibine, canını da cehenneme gönderecek bir kişi de çıkmayacak mı?"

Artık salonda nefesler tutulmuştu. Kralın azarlamalarından başka bir sinek vızıltısı bile duyulmuyordu:

"Don Martin en iyi askerimiz idi. Meğer Cezayir'i ona teslim edip gelecek kadar yüreksiz imiş. Barbaroşo'ya özgürlüğünü vermektense başını verecek bir kahramanımız da yok mu?

"Yalnızca bir adamı, Aydın dedikleri o hergele bile bizim dokuz teknemize el koyarken vicdanı sızlayan bir İspanyol çıkmayacak mı aranızdan?

"Kimsenin cesaret edip yaklaşamadığı Cezayir'i almakla kalmayıp burçlarını ve kalelerini yıktırırken hanginizin gözünden bir damla yaş döküldü? Cephane ve levazımat yüklü on adet barçamızı alırken kim ağladı? Teknelerle elini kolunu sallayarak varıp sahillerimizi, kasabalarımızı, köylerimizi, yalılarımızı talan eder, içindekileri esir alıp götürürken kim dur dedi? Ta burnumuzun dibine kadar gelip topraklarımızdaki kahrolası Müdeccenleri kim kaçırıyor sizce? Hepsi yanına mı kalsın şimdi?

"O bütün bunları yaparken gemilerinden bir tanesini olsun ele geçirip intikam alacak aranızda bir Hıristiyan yok mu? Mesih'in has kulları yeryüzünden çekilip gittiler mi?"

"Krallar arasında şanımız şöhretimiz var diye yürürdük; Barbaroşo'dan sonra başımız yere eğildi, maskara olduk. Papa bize olan güvenini sorgulamaya başladı. İspanya kralı Mukaddes Roma Cermen imparatoru olsun da bir haydut karşısında çaresiz kalsın, öyle mi? Size vaktiyle ejderha yılandan olur demiştim, yılanın başını küçükken ezmezseniz sonunda size musallat olur, demiştim."

"O halde şimdi de siz deyin bana, şu başına buyruk sümsüğün başı için deyin, hanginiz onun hakkından gelecek? Hanginiz onun cesedine saman doldurup sarayımın cümle kapısına asacak?"

"Ben!.."

Ses yerde yatmakta olan Andrea Doria'nın sesiydi. Kral bastonunu bu sefer onun başına bastırarak sordu:

"Ne ile ve ne karşılığında Amiral Doria!"

"Yüce Mesih İsa'nın yardımı ile ve oğlumu bana bağışlamanız karşılığında yüce majesteleri!"

"Peki, nasıl yapacaksın?"

"Önce gemi tedarik ederek, sonra Akdeniz'in her yerinde o diyavoloyu arayarak ve gerekirse Cezayir'i basarak!"

"Güzeel!.. Bunun için Fransa kralına bir mektup yazıp on pare kadırga ile sekiz pare çektiri göndermesini de istemelisin. Böylece kralın Grand Seignior ile dostluğu mu önemli, yoksa Kutsal Babamıza imanı mı, öğrenmiş oluruz."

"Asker de temin etmemiz gerekir yüce kralım!"

"Sana askeri de ben veririm Amiral Doria. Eski hasmındır, onu yenmek istediğini de bilirim. Bu sefer başarmanı dilerim, aksi takdirde şu anda başına dayalı duran asam oğlunun başına da dayanmış olacaktır. Ve bütün bunları ülken için yapacaksın; oğlun için ise bana Barbaroşo'nun oğlunu getireceksin. Değil mi ki ben sana bir oğul veriyorum, senden de bir oğul isterim!"

Kral bastonunu Andrea Doria'nın çenesine dayayıp ayağa kalkmasını işaret etti. Herkes Oliva kontunun da başını yerden kaldıracağını umarken o bastonuyla muhafızlara işaret etti. Apar topar kapıdan çıkarılırken de kararını bildirdi:

"Oliva kontu kraldan ayrı iş yürütülemeyeceğini, zebanilerden öğrenmek üzere cehenneme gitsin, Vasalı beyzade Fabricio da kont olup yerini alsın!"

Denizlerde hayatların çok kolay harcandığını, bir kaptanın "Atın bunu denize!" dediğinde, herhangi bir mahkûmun ayağına taş bağlanarak ölümü boyladığını çok görmüştüm; ama bir kralın iki kelimesiyle, özellikle de asalet unvanı taşıyan birinin böyle kolayca ölüme gönderilmesine şaşırdım. Üstelik kralın her adımını bir amaç uğruna attığını, her ne yaparsa planlı yaptığını biliyordum. Yüzümü yıllarca önce görmüş olduğu halde derhal hatırlayacak kadar da zeki bir adamdı. Oracıkta, ayaküstü aldığı kararlarla amacına ulaşmış, herkese gözdağı vermiş, Doria'yı kışkırtmış, benimle de Hızır Hayreddin Reis'i tedirgin edeceğini hesap etmişti. Belli ki Hızır Reis ile Andrea Doria'nın şahsi kinleri ve savaş oyunlarını şiddetlendirmek istiyordu. Anladım ki gelecekte kötü şeyler olacaktı, hayal bile edemeyeceğim şeyler. Elbette o hengamede kralın bana sesleneceğini de beklemiyordum:

"Sana gelince Roşo'nun soytarısı, din haini Saint Alcala! Heykellerin ne dediklerini çoktan öğrendim. Bunu sana söylemeyeceğim, lakin öğrenmen için yedi gün daha şehrimde kalmana izin vereceğim. Sonra gider, efendine her şeyi anlatırsın! Ta ki vaktine hazır olsun!"

Madrid'in en büyük hanında gizli bir oda tuttum ve daha ilk akşamdan Rahip Mateo ile buluştum. Don Martin, yaptığımız iyi niyetli yolculuktan sonra bana yardım etmeye söz vermişti. Heykelin sırrını o da benim kadar merak ediyordu üstelik. Vaktiyle sarı heykeli kendisine Kral Carlos gizlice göndermiş ve güvendiği insanlara göstererek tanıyan ve sırrını bilen birini aramasını istemiş. Hızır Reis'in gönderdiği heykelin sırrını Hızır Reis'in evvelce yaşadığı topraklarda araştırmanın akıllıca bir yöntem olduğunu düşünüp kralın zekâsına bir kez daha şaştım.

O gece yine düşüncelere daldım. Heykeller hakkında bildiğim her şeyi gözden geçiriyor, hatıraları yokluyor, sözleri tartıyor, yine de bir yorum yapamıyordum. Aynı şeyleri kaçıncı kez düşünüp bir çıkış yolu aradığımı artık unuttum. Ama eldeki bilgiler basitti. Heykelin ilk sahibi Decan Ojeda artık hayatta olmadığına, Rahip Mateo'nun da konudan haberi bulunmadığına göre eskiden beri heykellerin bir sırra sahip olduğunu bilen üç kişi kalıyordu. Hızır Reis, Billure ve ben. Kralın sırrı öğrenmiş olması -eğer büyük bir tesadüf veya yanlış uydurulmuş bir sır değil ise- Billure'nin işe karıştığını gösteriyordu. Gündüzleri Don Martin ile buluşup araştırıyor, gece de Hızır Reis için şehirde istihbarat toplayan sipahi Cebrail Ağa -elbette herkes onu Gabriel olarak biliyordu- ve Rahip Mateo ile sonuçları değerlendirmeye karar verdik. Mateo'nun gizli Müslüman olduğunu o günlerde öğrendim ve güvenim tazelendi. Dördüncü gün elde ettiğimiz ipuçları bize yine Clevesli Düşes Maira'nın kızı Anne'i işaret etti. Sarayın şarap ustalarından biri heykellerle alakalı olarak düşes ile kızından bahsetmiş. "O halde," dedim içimden, "heykellerin biri de Bohemya'ya gönderilmiş olmalı." İyi ama Cleves artık Grand Seigneur Kanuni Sultan Süleyman Han'ın toprağı olduğuna göre Anne ile Kral Carlos nerede karşılaştılar? Cebrail Ağa soruma gülerek cevap verdi:

"Sarayında elbette, üç ay evvel Roma Episkoposu şerefine düzenlenen yortu gününde. Şarap ustası, kraliyet ailesinin ve elçilerle asilzadelerin de hazır bulunduğu o geceye Düşes Maria ile kızı Anne'in de katıldığını söyledi. Gecenin ilerleyen bölümünde İsa Ruhullah'ın son yemeği anısına kutsal şarap ayini için özel bir odada toplanan on iki hanedandan on iki kişi, ellerindeki heykellere bakar ve sırrın ne olduğunu merak ederken Clevesli Anne, 'Ben söyleyeyim size!' diye atılmış öne. O sırada Kral Carlos bizim şarap ustasına çıkmasını söylemiş. Kendileri dışarı çıktıklarında ise her birinin gözlerinde hayret dolu ifadeler varmış."

Cebrail Ağa anlatırken zihnimde sorular uçuşuyordu. Cleves dükünün küçük kızı ile Billure'nin yolları yine nerede kesişmişti? Bohemya'ya gittiğim zaman yolum Düşes Maria'ya çıktığına göre acaba Billure, hâlâ Maria'nın hizmetinde veya himayesinde olabilir miydi? Eğer öyle ise yine Beatrix diye çağrılıyor olmalıydı. İyi ama neredeydi? İspanya topraklarında olabilme ihtimali yüksekti ama vaktiyle evinin etrafında dolaşırken bile beni görmek istemediğine göre şimdi ona ulaşabilecek miydim? Yortu gününde Clevesli Anne ile birlikte onun da sarayda olma ihtimali vardı elbette. Adı Beatrix değil miydi? Peki ama o gece sarayda idiyse heykellerle ilgili bildiklerini kendisi değil de neden Anne açıklamıştı? Sırrı Clevesli Anne'e söylemesinin özel bir anlamı var mıydı? Var ise bu tavrını bana bir davet olarak yorumlamalı mıydım? Çünkü bir zamanlar, "Heykeller konuştuğunda seni bana getirecekler," demişti. Yoksa bütün bunlar benim kuruntularımdı da Cleves dilberi Anne heykellerin ne dediğini başka bir yerden mi öğrenmişti? Belki de sır diye başka bir şey ortaya atmıştı ve Beatrix'in sözünü ettiği sır hâlâ bilinmeyi bekliyordu. Düşüncemin sese dönüştüğünün farkında değildim:

"Peki ama Beatrix şimdi nerede?"

"Hemen şurada, kuş uçuşu iki saat mesafede. Dük III. John ile karısı Düşes Maria'ya tahsis edilen kraliyet malikânesinde."

İnanamamıştım. Cebrail Ağa'nın bilgisini doğrulamak için sordum:

"Güzel kızları Anne ile..."

"Ve diğer çocukları William ile Sybilla ile birlikte..."

Çıldıracak gibi olmuştum. Billure'yi uzun zamandır Beatrix diye anmamıştım. Belki de yanıldığım yer burasıydı. Onun hemen şuracıkta, iki saat kadar yakınımda olma fikri ruhuma zaptedilemez bir heyecan verdi. Bohemya'da onu aradığım vakit de demek ki Düşes Maria'nın yanındaydı ve onunla birlikte buraya geldi. Allah'a şükürler ettim. Zaten burada olmasa Kral Carlos heykellerin neyi anlattığını nasıl öğrenebilirdi ki? İçim içime sığmıyordu. Billure, bu sırrı dillendirdiğine göre demek artık kendisini bulmamı istiyordu. Bulursam beni yeniden geri çevirmeyeceğinden emin olabilir miydim acaba? Yine yanlış umutlara kapılmak istemezdim. Ama şimdi acele etmeliydim. İçimdeki özlem ve kralın verdiği yedi gün bitmeden onu bir kerecik olsun görebilmeliydim. Özlemek düşünmeyi, düşünmek hayal etmeyi, hayaller de şekil ve kalıplar içinde görmeyi getiriyordu. Yıllar yılı yüzünün şeklini, gözlerindeki ışıltıyı her hatırlayışımda, 'Acaba şimdi nasıl?' sorusunu takiben ona yeni bir çehre, başka bir bakış yakıştırıp durdum. Çakır gözleri, sarı saçları, berrak teni ve al al yanakları, gerçekten de şimdi nasıldı? Gözlerimi yumup hayal etmeye çalıştım. Özlemimin çokluğu zihnimde bir hayal kirliliği oluşturmuş gibiydi. Onu en son gördüğümde on üçündeydi. Şimdi otuzunu aşmış olgun bir kadın olmalıydı. Yirmi yıl evvelki görüntüsünü çok iyi biliyordum ama şimdiki halini daha çok merak ediyordum. Sesinin tonunu özlemiştim, saçının rengini ve kokusunu.

Cebrail Ağa ve Rahip Mateo ile sabaha kadar samimi planlar yaptık, planlar bozduk. Kendimizin olmayan giysiler içine gizlenen üç kişi, gizli bir işi başarmaya çalışıyorduk. O yıllarda İspanya da, Akdeniz de kendini gizleyen insanlarla dolup boşalıyordu. Casuslar, hırsızlar, rahipler, hahamlar, imamlar, caniler, düzenbazlar... Don Martin'e sorsak belki o da başka bir ülkünün peşindeydi. Çünkü sabah geldiğinde bize Dük III. John ile ahbaplığı olduğunu söyleyiverdi. Gece yaptığımız bütün planları iptal edip doğruca malikâneye yönelmemiz bu yüzdendi. Cebrail Ağa bizimle gelemiyordu. Yolda diğer iki arkadaşıma Billure'yi anlattım. Saklamadan, olduğu gibi. Gerek Rahip Mateo, gerekse Don Martin benimle pek çok bilgiyi paylaşıyor, heykelleri biliyorlardı ama henüz Billure'den haberleri yoktu. Benim yalnızca sırrı öğrenme merakında olduğumu düşünmeleri samimiyetsizliğime ve güven eksikliğine yol açardı. Ayrıca onu bulmak için dük hazretleriyle görüşmemiz de yetmeyebilirdi. Bu yüzden onlara hikâyenin tamamını anlatmam gerektiğini düşündüm. Ancak o vakit Anne ile görüşebilir, ona Beatrix yerine Billure'yi sorabilirdim.

Rahip Mateo sırlarımı ve yeminimi Billure ile aynı kaba sığdıramadı. Başlangıçta beni anlamadı, daha doğrusu anlamak istemedi, çünkü onunla yürüttüğümüz çalışmalarda bir aşka asla yer yoktu. Ama Don Martin anlattıklarımı merakla dinledi. Diyebilirim ki onu kendimden daha âşık buldum. Ben Billure'yi anlatırken onun Gitana adlı Çingene bir sevgili uğruna neler yaşadığını öğrendim; soyluluk geleneklerinin kendisine yâr etmediği Çingene kızını uzayan patikada öyle anlattı ki sonuçta birbirimize ağladık.

Kuşluk vaktiydi. Malikânenin kapısında atlarımızdan indiğimizde dizlerim titriyordu. Kâhya bizi büyük salona götürdü ve beklememizi söyledi. Az sonra içeriye dük girdi. Zavallı adam, elinde şarap şişesiyle güne erken başlamıştı ve konuşurken dili dolanıyordu. Ne heykellerden ne de sırdan bir haberi vardı. Bize kraldan dert yandı ve o gece yortuya kendisinin davet edilmediğini ve gitmediğini söyledi. Don Martin samimiyetle her şeyi öğrenmeye çalıştı, Rahip Mateo birtakım dinî vaazlar ile onu çözmek istedi ama nafileydi. Soylu karısı ile iki kızı, üç hafta evvel annesi ve dadısıyla birlikte İngiltere'ye bir düğüne katılmak üzere gitmişti ve ancak düğün bittikten sonra döneceklerdi. İngiliz Kralı Henry'nin kadın düşkünü olması ve salon eğlencelerine meraklı bulunmasından dolayı düğünün de öyle kolayca bitivermeyeceğini falan anlattı. Üstelik araya kış girecek, belki orada kışlayacaklardı. O zamana kadar beklememizi ve yeniden gelmemizi söyledi. Suratlarımız yıkık, müsaade istedik. Avlu kapısından çıkacağımız sırada bir kadının elinde bir ağaç dalıyla üzerimize geldiğini gördük. Bağırıyordu:

"Şehzade Alcala!.. Seni sersem!... Sonunda geldin demek! Yazıklar olsun sana..."

Rahip Mateo araya girmese elindeki sopanın sırtıma inmesine ben mâni olamazdım.

"Durun hanımefendi, delirdiniz mi? Ne şehzadesi, o bir haritacı!"

"Elbette biliyorum... Bir haritadan iki tane çizecek kadar usta ama bir sevgiliyi ikinci defa arayacak kadar da ahmak!"

Başımın döndüğünü hatırlıyorum. Gözlerimi yumuşak bir şiltede ve esans kokuları arasında açtım. Rahip Mateo ile Don Martin yanımdaydılar ama yine o kadın konuşuyordu:

"Beatrix kadar sadakatli bir kadını aramakta ve bulmakta gecikmenin bedeliydi bu. Öfkemi yenemedim, kusura bakma. Benim adım Conradina, sen Conri diyebilirsin, tıpkı Beatrix gibi."

Billure'den bahsettiği ortadaydı da emin olmak istedim:

"Beatrix de kim, bana biraz tarif eder misiniz? Gözleri ne renk mesela?"

Conradina eli maşalı cinsindendi anlaşılan, hiç nezaket göstermedi:

"Unuttun da mı soruyorsun?"

"Hayır, özledim de..."

Birkaç dakika sonra asıl konuyu tartışmaya başlamıştık. O Beatrix dedikçe yüreğime bir hançer saplanıyor, bense içimden Billure diye tekrar ederek hançeri çıkarmaya çalışıyordum. O ismimi telaffuz ederken "şehzade" dedikçe de ikinci kez tedirgin oluyordum. Neden bana şehzade diyordu, hakkımda bildikleri neler idi. Sorduğumda, "Beatrix böyle dediği için," cevabını aldım. Yine de tedirginliğim geçmedi.

Öğrenmem gereken şeyleri biliyordum artık: Billure'm, güzel Anne'in dadısıymış ve annesiyle birlikte onu İngiliz sarayında bir düğüne götürmüş. Kral Henry'nin Anne Boleyn ile yapılacak düğününe. Bir yıl evvel geçirdiği yangın sebebiyle Westminister Sarayı'ndan ayrılan kral bu düğün için Whitehall Palace'ı hazırlatmış. Dükün söylediği gibi birkaç ay sonra, düğün biter bitmez geri döneceklermiş. Tabii Conradina damarıma basmak için sözlerinin arasına Kral Henry'nin kadın düşkünü olduğunu ve belki Billure'yi güzel bulup kendine alacağı fikrini sıkıştırmayı da ihmal etmedi. İngiltere'ye gitmekten başka bir çözüm yolum olmadığını o da biliyordu anlaşılan.

Conradina mert bir kadındı. Kıskanılacak kadar da şanslı. Yirmi yıldır benim hasretini çektiğim sevgili, hep onun yanındaymış meğer. Yolları bir gemi sintinesinde kesişmiş ve benden koparılanı ondan kimse koparamamış. Billure'yi tanıyan biriyle konuşmak bile beni heyecanlandırıyordu. Dinlerken ellerinde ellerinin kokusunu, yüzünde yüzünün hayalini, oturuşunda ve kalkışında onun iz ve işaretlerini arayarak dinliyordum. Meğer Billure'yi ne kadar çok sevmişim ki Conri ile konuşmak bile ruhumda fırtınalar koparıyordu.

"Sicilya'da Aragonlu valiye giderken o Rum levendin böğründen haritayı çekip aldığı gün, hayatının en kötü günüydü Şehzade Alcala. Günlerce o harita için ağladı."

"İkinci kez çizdiğimde peki?"

"O zaman da sana kavuşmuş kadar mutlu oldu."

"Kendisini bulmama müsaade etmeyecek kadar mutlu, öyle mi?"

"Hayır, ne kadar zor olursa olsun, arayıp bulmanı isteyecek kadar... O senin onu bulmanı her zaman istedi Şehzade Alcala."

"Saint Alcala hanımefendi, adım Saint..."

"Sen de bana hanımefendi deyip durma o halde Alcala, ben bu evin eski bir emektarıyım, Rahibe Conri."

"Pekâlâ Rahibe Conri."

"Anlaşılan siz ikiniz hem kavga edecek hem ağlaşacaksınız, en iyisi biz gidip işleri tamamlayalım."

Don Martin ile Rahip Mateo gittikten sonra Conri ile hiç kavga etmedik. Bilakis birbirimizi tamamlayacak hatıralar üzerinde konuştuk. İki saat sonra ben açık açık ağlıyordum, ama o da içini çeke çeke ve gözlerini sile sile anlatmaya devam ediyordu. Hemen her şeyi konuşmuştuk. Nihayet merak ettiğim asıl soruyu sormam gerektiğine karar verdim:

"Sevgili Conri, Malaga'daki hisardan heykelleri neden alıp gitmemiş, hiç anlattı mı?"

"Onun yerine haritayı almış, öyle söyledi. Hem heykeller senin daha çok işine yararmış. Kralın sarayında onları geçen yıl görmüş. Mabeyin kâtiplerine sorup buraya nasıl geldiğini araştırmış. Barba Rossa'dan hediye olduğunu öğrenince ipuçlarını birleştirmiş. Senin Barba Rossa'nın yanında olduğunu tahmin ediyordu. Hatta son baharda iki kez seni bulması için Akdeniz'e adam çıkardı ama ikisi de eli boş döndüler. Birisi Barba Rossa'nın reislerinden Aydın Reis'in kadırgalarında, diğeri de Serşel'de seni arayıp sormuşlar. Barba Rossa'nın kâtibi olduğun bilgisini edindi ama seni bir türlü bulduramadı. O günlerde başka yerlerdeymişsin."

Bir zamanlar beni arattığını öğrenince heyecanımdan kalbim duracak gibi oldu. Nasıl mutlu oldum, titredim!.. Conradina'nın bunu tekrar söylemesini istedim. Ama o heyecanımı anlamadı. Geveledim:

"Bulsa ne yapacaktı?"

"Senin yapmadığını elbette!.."

"Yani?"

"Bir vuslat haberi ulaştıracaktı. Zaten heykellerin ne dediğini Anne'e söyletmesi de bu yüzdendi. Sen heykellerin konuştuğunu öğrenirsen onu bulmaya gelirdin. Çünkü galiba heykellerdeki sırra sahip olduğun zaman buluşmaya ant içmişsiniz."

"Ant içmedik ama o ancak böyle buluşabileceğimizi söyledi. Peki sevgili Conri, heykeller ne diyormuş?"

"Bunu benimle hiç konuşmadı. Hatta Anne'den başka kimseye de söylemedi. Anne de son akşam yemeğini yiyenlerden -ki hepsinin ortak özelliği o akşamın sırrını saklamaktır- başkasına söylemedi. Muhtemeldir ki o sırrı yalnızca sana seslendirecek."

Cezayir'e dönerken kabak meltemi esiyordu. Akdeniz'de bir hüzün hissettim. Her zaman bir umut ile geçtiğim kıyılardan, seyrettiğim adalardan kurşuni düşünceler yayılıyordu sanki üzerime. Endülüs'teki çocukluğum, hisarda geçen günlerim, kraliyet okulunda harita çizimleri... Şimdi şakaklarıma aklar düşmeye başlamıştı. Billure neredeyse yolun yarısına yaklaşıyordu. Hızır Reis'in tavsiye ettiği gibi, elimi çabuk tutmalıydım. Çünkü ben onu ararken o da beni aramıştı. Düşündüm, ömrümüzün yarısından çoğu beklemekle geçmişti ve daha fazla bekleyemezdim, beklemeyecektim. İngiltere'ye gidecek, fırsatını bulup Whitehall-Palace'a girecek ve onu görecektim. Ama önümüz kış idi. Karlar yağmadan İngiltere'den Madrid'e yetişmem gerekiyordu. Yeminimi elbette unutmuş değildim. Ne yapacaksam çabuk yapmalıydım. Cezayir'e varmalı, Hızır Hayreddin Reis ile görüşmeli, acele İngiltere'ye geçmeli ve nihayet karlar düşmeye başladığında Rahip Mateo ile buluşmalıydım. Bu mevsimde Akdeniz'den açık denize gidecek bir gemi kolay bulunamazdı. Bir çaresine bakmalıydım. Her ihtimale karşı Rahip Mateo, Don Martin ve Conradina'ya ayrı ayrı tembih ettim. Cebrail Ağa'ya da bilgiler bıraktım. Billure Madrid'e döner dönmez bana haber yollayacaklardı. Belki Londra'ya gitmeye gerek kalmayabilirdi. Cezayir'e varınca Hızır Reis sevinecekti. En kısa zamanda bu işi sonuçlandırmayı o da isterdi çünkü.

Forsaların kürekleri dalgaları köpürtürken Akdeniz başka bir Akdeniz olmuştu. İçimde umutlar vardı ve tabii hüzünler...

1533

Üç yıl sonra

Üç yıl önceydi. Sevinçli haberlerin üst üste gelip harman olduğu bir günde Cezayir'e varmıştım. Hızır Reis'e Billure'yi bulduğumu ve İngiltere'ye gideceğimi söyleyecektim. Benden bir gün evvel sultanımızın elçisi Sinan Ağa gelmiş. Şerefine kurulan ikindi divanına yetiştim. Hızır Reis onu başköşeye oturttu. Getirdiği mektubu eline almadan evvel bütün askerlerinin, ağalarının, murabıtlar, Cezayir ve Tunus beyleri ile reislerinin hazır olduğunu görüp iftihar etti. İçeride kahveler, şerbetler içilip toy ve şölen kurulurken, Cezayir şehrinde 700 kurban kesilip fukaraya dağıtılmaktaydı. Gece donanma düzenlenmesi için emir verdiği sırada yüzündeki sevinci gözlerinden okuyabiliyordum. Neşeliydi:

"Sevgili oğlum Sidi, hele okuyasın."

Sinan Ağa'dan alıp bana uzattığı mektubu hürmetle öptüm. Önce herkesin bakışları altında mührü açtım. İlk kez sultanın elinin dokunduğu bir şeye dokunuyordum. Heyecanlanmıştım. Gümüş çemberli kubur zarfın kapağını çıkardım. İbrişim ile bağlanmış fermanı ve üzerindeki tuğrayı herkese göstermem gerekiyormuş, gösterdim. Sultan bir beyine name gönderdiği vakit böyle yapılırmış. Sonra yavaş yavaş okudum:

"Cezayir'de emirler emiri, kudret ve ihtişam sahibi lalam, Sancakbeği Hayreddin Reis'e,

Selâmdan sonra,

Şöyle bilesin ki, Allah izin verirse, niyetim İspanya kralı denen melunun kulağını çekmektir. İmdi sen mücahit kulum, o tarafların ahvâlini bilmekle, fermanımı alınca, acele olarak kutlu eşiğime gelip yüz süresin. Zira bu mühim işte bana lâzım ve yarar kulumsun. Yerine bir bahadır aslanı halife bırakasın. Ol gazi ocak benim şeref-i iftiharımdır. Benim alem ve sancağımı taşıman da, o diyardaki Müslüman memleketlerini kendi topraklarım gibi koruman da muradımdır.

İşbu ferman Sinan Çavuş ile gönderildi, gereği üzere hareket edesin."

Hızır Hayreddin Reis, titreyen bir ses ile, "Emir baş üzeredir; hünkârımız ben kulunu buyurmuşsa, ferman efendimizindir," derken gözlerinin yaşardığını gizlemek ister gibiydi. Neden yaşarmasındı ki, haşmetli hünkâr Sultan Süleyman Han hazretleri -devleti daim olsun- bizzat eliyle mektup yazıp ona, "Lalam Hayreddin" diye hitap ediyor ve yanına çağırıyordu. Sultanlar mektup yazar da birini yanlarına çağırırlarsa, mektupta söylenmeyen daha başka vazifeler verecekleri veya vazife teklif edecekleri anlaşılırmış.

Billure'yi bulma hayallerimle baş başa kalmıştım. Hızır Hayreddin Reis'i böyle bir günde kendi derdimle meşgul edemezdim. Cezayir'de insanlar sevinç içindeydi. Ertesi ve daha ertesi günlerde hummalı bir çalışma ile gerekli hazırlıklara başlandı. Gemilerin bakımları yapılıyor, palangalar ve bocurgatlar gıcırdaya inleye çalışıyor, serenler, gabyalar, borinalar ve direkler elden geçiriliyor, armada donanımları yenileniyor, sancaklar ve flamalar atlas kumaştan diktiriliyordu. Bu telaş arasında ancak bir hafta sonra beni yanına çağırıp İspanya hakkında bilgiler edinmek istedi. Ona iyi ve kötü haberler verebilecek durumdaydım. Haçlı donanmasının diğer vazifelerini askıya alıp yalnızca kendisini öldürmek üzere Akdeniz'e açıldığını, başında da ezeli rakibi Doria'nın bulunduğunu bilmesi gerekirdi. Henüz yeni fethettiği Cezayir'i ikinci defa elden çıkarma fikri hoşuna gitmese de bunu düşünmeliydi. En çok da Karlos Kral'ın, oğlu Hasan'ı bedel olarak istemesine öfkelenip köpürdü:

"Soysuza bak, oğlumu, kan bağım olan yegâne varlığımı istiyor Sidi. Bunu iyi düşünmeliyim. Onu vermemenin yollarını bin çare ile düşünmeliyim. Midilli'de hiç kimsem kalmadı. Öldüğüm zaman cenazemi nerede, kim kaldıracak bilmiyorum. Üstelik Cemayma Hatun böyle bir acıya dayanamaz."

Bu haber üzerine Hızır Reis kederlenmişti. Evlat acısı yüreğine düşmüş gibiydi. Adını yaşatacak olan Hasan'ı gizli kimlik ve, tebdili kıyafet ile saklamaktan başka çaresi olmadığını biliyordu. Bunun için hasretini çekmeyi göze almasını önerdim ve "Bence," dedim, "sultanın davetine onu da götürmelisiniz. Çünkü Hasan'ı en iyi saklayabileceğiniz yer, yüce hükümdarın sarayıdır. Üstelik sizin oğlunuz olduğunu kimsenin de bilmesine gerek yoktur. Şu andan tezi yok, İstanbul'a gidiş hazırlıklarınız arasına Hasan'ın yolculuğunu da koymalısınız."

"Doğru dersin Sidi, lakin neden sen gelmiyormuş gibi konuşuyorsun?"

"Ben, efendim, kış geliyor, müsaadeniz olursa Londra'ya, oradan da Madrid'e gitmek niyetindeyim. Billure'nin izini İngiltere'de buldum."

"Bu mevsimde İngiltere'ye gitmek!.. Kesinlikle açık denize çıkmana müsaade etmem. Hem bu kış da artık Madrid'e gitmeyiver, işini ertele."

"Ama efendimiz, Billure..."

"Elbette Billure'yi alırız. Gizliden hazineyle veya açıktan donanmayla gidip alırız. Lakin sen de bilirsin ki donanmamdaki hiçbir gemi bu mevsimde açık denize açılamaz. Cebel-i Tarık'tan öte yenidünyaya giden üç ambarlıların bile kızağa çekildiği fırtınalar mevsiminde istediğin şeye bak. Yüzerek de gidemezsin ya?!. Hem Billure düğünden sonra İspanya'ya dönecekse, baharda o geldiğinde biz de İstanbul'dan dönmüş oluruz. Aceleye mahal yoktur. Yirmi yıl hasretle bekledin madem, yirmi hafta da kavuşma hayali kursan ne çıkar!?"

"Efendimiz, ben Billu..."

"Sidi Can. Ben seni sokakta bulmadım ve ömrüm olursa Billure'yi gelinim görmek emelindeyim. Billure'nin izini bulmana senden çok sevindim. Bundan böyle onu nasıl alıp getireceğimizi düşünmekten uykularımın kaçacağını belki sen bilmiyorsun. Düşes Maria'nın yıllarca hizmetinde bulunmuş birisinden söz ediyoruz. Üstelik kızının dadısı. Dük ve düşesten ayrılmaya razı olur mu; olursa onlar izin verir mi; verirlerse karşılığında ne alırlar, can mı, mal mı; hepsini düşüneceğiz. Senin için yüklüce hazineleri gözden çıkarmaya hazırım. Çizdiğin her harita için yüz, her pusula için on altın hesabıyla zaten öyle bir hazineyi hak etmiş durumdasın. Ama hazineyle ölçülemeyecek bir dostluğun var ki ona servetimi veririm. Satrançta kazandığın her piyade için sana bir esir bağışlasaydım herhalde esir damlarından birinin sahibi sen olurdun. Seni mutlu görmek için Cezayir'i değilse de Tunus'u gözden çıkarırım. Artık söz burada bitmiştir. Sen var bu sevinçli haberi Aladule'ye nasıl anlatacağını düşün!"

Yıkıldım. Kolum kanadım kırıldı. Hiçbir şey diyemedim. Billure ile arama açık denizler girmişti, dalgalar girmişti. Çapariz yemiştim. Buna rağmen kaçıp gitmek, ucu Whitehall-Palace'a ulaşacak bir yol aramaktı emelim. Kaçmak, bir daha geri dönmemek demekti. Billure için Hızır Reis'ten ayrılmaya elbette gönüllü olurdum, lakin işin ucunda Malaga veya Barselona limanında yakayı ele vermek de vardı. Kral Carlos, ülkesini terk etmemi söylemişti ve açık denize gidecek bir gemi bulabilirsem o gemi mutlaka İspanya limanlarından kalkacaktı. Açık denizde yolculuğun en kolayı İspanya'dan alınmış bir pasaporta ve mürur tezkiresi sayesinde yapılırdı. Sonra da palamar vergisi ödemem gerekiyordu. Pasaporta edinmem imkânsızdı ve vergi öderken yakalanma ihtimalim yüksekti. Bir gemide forsa olarak da gidebilirdim, ama bu durumda da İngiltere'ye varıldığında kürekte prangalı olacaktım. Akdeniz'de geminiz ele geçirilirse en kötü ihtimal ile köle olur küreğe bağlanırdınız, ama okyanusta kendi geminiz her şeyinize el koyup sizi köleleştirebilir, köpekbalıklarına ziyafet olsun diye denize atabilir veya babafingo çanaklığında iskelet olmanıza karar verebilirdi. Kaçma fikrinden vazgeçtim, ama içimi kurtlar kemirmeye başladı. Ya Billure'yi dünya gözüyle göremeden ölürsem. Hiç olmazsa bu kışı sağ ve esen geçirmeliydim ki bahar geldiğinde vuslata erişeyim. O güne kadar beni barındıran denizler şimdi beni prangaya vuruyor, dalgaları zincir zincir her yanımı bağlıyordu. Billure'nin nerede olduğunu bilmek taşıyamayacağım bir yük haline geliverdi. O oradaydı ve ben eli kolu bağlı oturup yalnızca ona giden ufuklara bakarak teselli bulmaya çalışıyordum. Gecem ve gündüzüm sahilde ona doğru uzayıp giden denizlere bakarak geçiyordu. Güneşe bakıyor, aya bakıyor ve onun da aynı ay veya güneşi görüyor olduğunu düşünüyor ama doğrudan ona bakmanın yolunu bulamıyordum. Meğer nerede olduğunu bilmeden onu özlemek ne kadar kolaymış. Yirmi yıldır vuslata hiç bu kadar yakın ve hiç bu kadar uzak olmadığımı düşündüm. Vuslat denizlerin arkasındaydı ve maalesef yarınlara kalmıştı.

Rahip Mateo ile olan dostluğumuza dayanarak ona haritamın bir kopyasını gönderdim. İngiltere'ye gitme imkânı bulacak birisine rastlarsa bu haritayı Beatrix'e ulaştırmasını rica ettim. Umudum yoktu, ama eğer imkânsızlar mümkün olursa, Billure benim kendisini bulduğumu anlayacaktı.

Hızır Reis benim anlattıklarımı birkaç açıdan tahlil etmiş ve Karlos Kral'ın Akdeniz'de Türk gücünden korktuğu sonucunu çıkarmıştı. Hazırlıklarını ona göre sürdürmeyi tercih etti. Cezayir kalesine toplar yığdırdı, muhafızlar koydurttu. Kendisi yokken yapılacak bir saldırı için her şeyi planladı ve gereğince hazırlık yaptı. Doria'ya da bir mektup yazıp İstanbul'a gideceğini, Akdeniz'de kendisini arayıp durmak yerine yüreği yetiyorsa Serşel ile Mayorka arasında kozları paylaşmak üzere çıkıp gelmesini bildirdi. Eğer gelirse kendisine çok eziyet etmeyeceğini, yalnızca canını alacağını söyledi. Serşel baskınında mağlup olmasının intikamını almak üzere kendisine bir fırsat vereceğini de ilave etti.

Andrea Doria, Hızır Hayreddin Reis'in bu kışkırtmalarına aldırış etmedi elbette. Sultan Süleyman'ın donanmasına karşı bir yıl evvel Kaptanıderya Lütfi Paşa'yı mağlup ettikten sonra Mora'yı vurup Macar ovasındaki Osmanlı ordusunun gücünü zayıflatması ona yüksek bir özgüven vermiş olmalıydı. Sultana bile güç yetirdiği halde şu Türk korsanıyla başa çıkamamanın öfkesiyle şimdi daha ince düşünüyor ve planlı hareket ediyor olmalıydı. Hızır Reis'in İstanbul'a çağırılmasının altında sultanın zedelenen itibarını tamir arzusu yattığını düşündüğü kesindi. Ama buna sevinemezdi; çünkü Osmanlı gemilerinin, Cenevizlilere karşı başarı elde edemedikleri Doğu Akdeniz'e karşılık, İspanya da Batı Akdeniz'de, Hızır Reis ve levendlerine karşı aciz kalıyordu. Ben Doria'nın Doğu Akdeniz'de tıpkı Hızır Reis gibi davranacağını tahmin ediyordum:

"Efendimiz, Doria Kaptan bir yandan Cezayir sularında size ağır kayıplar verirken diğer yandan Adalar Denizi'nde kolunu sallayarak dolaşıyor. Bence o, sizi taklit ediyor ve Akdeniz'in batısında siz ne yaparsanız doğusunda onu yapacak."

"Serşel'de haddini bildirdiğimizden mi bahsediyorsun?"

"Evet efendimiz, o da Mayorka'da size öyle yapmak istiyor. Mayorka'ya kale inşa ettirdiğini söylemiştiniz."

"Hımm!.. Ama biz kaleye Endülüs Müslümanlarını yerleştirip güçlendirmiş idik."

"Hiç şüpheniz olmasın o da Venedik ve Ceneviz'den asker getirecektir."

Hızır Reis İstanbul'a gitme hazırlıkları yaparken üç aylar geldi. Artık levendler sevinçlerinden Cezayir fukarasına daha fazla yardım ediyor, esirlerin azatlık ücretlerini düşürüyor, hatta bazılarına hürriyetlerini bağışlıyorlardı. Limanda da ayrı bir hareketlilik yaşanıyordu. Vaktiyle Hızır Reis'in Akdeniz'de ticaret için pasaporta verdiği bir Venedik kalyonu gelmişti. Vazifesi elçilik imiş. Dinledik. Papa, Grand Senieur'un Hızır Reis'i çağırdığını haber almış, İstanbul'a giderken Cezayir'deki esirleri öldürür de gider korkusuyla Hıristiyanlık adına esirleri satın almayı teklif ediyordu. Üç milyon pezant göndermişti. O zaman anladık ki esir damlarında ya Papalık için ya da Venedik için önemli birileri vardır. Tek tek bütün listeleri ve mevcutları gözden geçirdim. Önemli birileri yoktu ama dikkatleri çekecek önemsiz birileri vardı. Üzerinde durmadık. Papanın gönderdiği pezantlar iki milyona yakın Osmanlı altın lirası ediyordu ve bütün esir damlarındaki esirlerin fiyatından fazlaydı. Hızır Reis üç gün içinde üç bin civarındaki esirin hepsini serbest bırakıp şehirden çıkmalarına izin verdi. Papa'nın gönderdiği bütün altınları da hükümdar Sultan Süleyman hazretlerine peşkeş sunmaktı niyeti.

Yirmi dört pare gemi yağlanıp her şeyi gereği gibi hazır edildiği gün, İstanbul'a götürülmek üzere hazırladığı hazinesini gemilere taşıtmamı benden istedi. Yüklenecek iki kalyon vardı ve borda mataforalarını kaç kez indirip kaldırmam gerekeceğini bilemiyordum. Cunda ve çarmık palangalarını elden geçirttim. İzbarço yahut kanca bağı bilen levendlerden iki, camadan bağı bilenlerden de üç neferi ayırdım. Hızır Reis, Allah'ın doksan dokuz isminden kinaye tam doksan dokuz sandık taşınacağını söylemişti. Murassa kılıç ve hançerlerden mücevher kakma kâselere, altın işleme Kur'an cüzlerinden mercan ve yakut tespihlere, parça elmaslardan inci halhallara kadar sayısız eşya vardı içlerinde. Yanınca ipekliler, gümüş yemek takımları, altın şamdanlar... Taşıma ve istiflemede en dikkate değer olanı da Latince kitaplar, Endülüs kütüphanelerinin nadir yazmaları, cilt malzemeleri, altın mürekkep ve varaklarla dolu sandıklar idi. Bunlara su değdirmeden götürmek gerekirdi. Hele de bu mevsimde. Halatları hazır etmiş, ilk sandığı güverteye çıkarmak üzereyken tayfalardan biri bağırdı:

"Çengelde adam... Çengelde adaaaam..."

Bütün gözler kalyonun babafingo serenine çevrildi. Gemilerde makaraya bağlı bir çengel, serenin ucunda, çanaklık denen gözcü sepetinin yanında asılı dururdu. Şimdi orada bir adam sallanıyordu. Makara ile yukarı çekilip gözcü maymunların beklediği sepete çengelle asılmıştı. Üzerindeki mintan esir damındakilerin giydiklerinden idi. Yakından bakıldığında bağrının açık olduğu fark ediliyordu. Levendlerden birisi mırıldandı:

"Tam sefere çıkacağımız zaman, bir uğursuzluk gibi..."

Aynı şeyi başkalarına da söylemesi moralleri bozabilirdi. Cezayir esir damlarında her gün birkaç adam ölürdü. Kulağına eğildim:

"Birileri sultana giderken kurbanı koçtan değil kâfirden seçmek gerektiğine inanmış anlaşılan. Hani uğur getirsin diye..."

Hızır Reis gelesiye kadar cesedi serenden indirmedik. Adamı tanıyan birini buldurduk. Kızıl ceketlilerin zabitlerinden olduğunu söyledi. Fakat ilginç olan, bağrına dağlama usulüyle bir hilal dövmesi yapılmıştı. Tıpkı İspanya'daki cinayetler gibi. Hızır Reis hiç bu meselenin üzerinde durmadı. Sanki çıkılacak yolculuğu bulandırmak istemiyor gibiydi. Cesedin iki mil sonra denize atılmak üzere ayağına taş bağlanmasını emretti, o kadar. Sonra da sandıkların bir an evvel yüklenmesi emrini yeniledi. Hiçbir şey olmamış gibi işimizi yaptık. En mahfazalı kısma kitap sandıkları konuldu. Kuşluk vaktinde Reis Babamıza işimizin tamamlandığını, "Hazinenize hayran kaldım efendimiz!" diyerek bildirdim. "Billure için sakladığımı görmelisin!" diye karşılık göreceğimi hiç ummamıştım.

Kuşluk vaktinde bir divan topladı. Oğlu Hasan'ı yanına oturttu. Gaziler, âlimler, şeyh ve murabıtların hepsini davet etmişti. Küçük bir veda konuşması yaptı. Konuşmasının sonunda da yerine oğlu Hasan'ı oturttu, evlatlığı Hasan Reis'i de ona yardımcı bıraktığını ama tecrübesinden dolayı her türlü resmi iş ile öz oğul Hasan'ın değil, evlatlık Sinan Reis'in meşgul olacağını açıkladı. Şaşırmıştım. Oysa Hasan'ı İstanbul'a götürüp saklamayı düşünüyordu. Sesimi çıkaramadım. Cuma namazından sonra limanda önce dualar okundu, kurbanlar kesildi, ardından da Zuzuvaların def, bendir ve sipsili bir tür zurnaları eşliğinde "Getir elini İstanbul!" deyip yola çıktık. Vardiyanların tok sesleri bütün kadırgalarda aynı kelimeyi belli bir ahenk ile tekrar ediyordu. Heey-yaa-moo-laaaaaaa!.. Heey-yaa-moo-laaaaaaa!.. Cezayir evlerinin seçilmez olduğu vakte kadar Hızır Reis ile ikimiz limana bakıp durmadan flama salladık. Çünkü Cemayma Hatun ile Aladule, konağın hayatında bizi uğurlamaktaydılar.

Hareketimizden birkaç saat sonra Hızır Reis beni çağırıp "Sidi Can," dedi, "sen sır saklarsın, kaptan köşküne bir hücre çattırdım. Orada kalacaksın!" Sonra da başıyla kamaraya gitmemi buyurdu.

Küçük dilimi yutayazdım. Cumadan sonra bizi kadırgalara kadar uğurlamaya gelen, sonra da dualar eşliğinde arkamızdan el sallayan Hasan, içeride oturmuş kitap okuyordu.

"Şaşırma Ağa Sidi!.. Peder beyin tedbiri böyle."

Doğrusu güzel plandı. Herkes Hasan'ı Cezayir'de bilecek ama işleri Sinan Reis görecekti. Andrea Doria'ya, "Hazır ol cenge. Yüreğin hâlâ yerinde duruyorsa İstanbul yolunda görüşürüz!" haberinin gönderildiğini Hasan'dan öğrendim. Kaptan köşküne kamara çattırmak da bir tedbir gereği idi. Hasan İstanbul'a kadar hiç dışarı çıkmayacak, aynı hücreyi birlikte paylaşacaktık. Tabii herkes o hücrede benim kaldığımı zannedecekti. Hızır Reis, Hasan'ı korumak adına her şeyi düşünmüştü. Beni de böyle sahiplenmek üzere babamın hayatta olmayışına ilk o vakit hayıflandım.

Hızır Hayreddin Reis İstanbul'a girerken Haçlı donanmasını batırmış olarak girmeyi istiyordu ama olmadı, Doria ile hesaplaşmaları başka zamana kaldı. Doğan güneşin ilk ışıkları Ayasofya'nın geniş kubbesi üzerindeki kızılelmayı parlattığı bir sabah, Sarayburnu'nu döndük. Sultanımız bizi beklermiş, her kadırgamız için bir tane olmak üzere yirmi dört pare top atılmasını ferman buyurmuş. Top seslerini duyan İstanbullular limana akın ettiler. Bir şenlik ki ancak İstanbul'da olurmuş. Sultan Süleyman Han hazretleri sahile varıp halkının arasında Hızır Reis'i kucaklamaya ve alnından öpmeye niyetlenmiş ama yanındaki devletlular, "Töreden değildir," diyerek vazgeçirmişler.

Padişah hazretleri ertesi gün derhal bizi huzura çağırttı. Meğer âdeti, ancak bir ay sonra görüşmek imiş. Hızır Reis'e muhabbetini bu aceleden anladık. Biz de saraya sunulmak üzere peşkeş getirdiğimiz genç kızların her birerini İspanya prensesleri gibi giyindirdik, başları üzerine birer tepsi koyduk, tepsilere de mücevherleri yığarak hünkâr huzuruna, Topkapı Sarayı'na girdik. Arkamızdan üç yüz köle kılıçların, yemek takımlarının, kitapların olduğu sandıkları taşıyordu. Hızır Reis etek öpüp okudu:

"Hızır Reis kulun geldi, sen ol şâh-ı Süleymân'e
Sana lâyık nemiz varsa kabul eyle fakirâne."

Padişah halkın arasında yapamadığını orada yaptı ve onu alnından öperek sağ yanına oturttu. Hızır Reis hediye takdim merasimini benim yönetmemi istemişti. Hünkârın huzurunda silahtan ve pusattan, erden ve avrattan, tazıdan ve doru attan her bir peşkeşin özelliklerini sayıp niçin eşiğine sunulduğunu yüksek sesle anlattım. Kumaşlar, ecnebi baharatlar, yemek takımları ve avaniler derken bir saat kadar müddetle hediyelerimizi sunduk. Sultan hazretleri bazı peşkeşler hakkında sorular sordu. Başımı yerden kaldırmadan ve asla yüzüne bakmadan cevaplar verdim. Hediyelerin tamamı bitince avluya av hayvanları ve kafeslerinde elvan elvan kuşlar getirilmeye başlandı. Sultan pek memnun oldu. Dualar edip ayağa kalktı. Onun kalkmasıyla birlikte vezirler, ağalar, şeyhülislam, defterdar ve diğer devletlular derhal fırladılar. Hızır Reis kalkmakta geciktiği için çok mahcup oldu. Sultan onun elinden tuttu. Yanına yaklaştırıp üç kere sırtını sıvazladı. Sonra bir samur kürk giydirdi:

"Bre Hızır Reis! Sen benim evvelden yarar kulumsun. Babamız cennetmekân Selim Han senin ve ağabeyin için, 'Oruç Nasreddin ve Hızır Hayreddin lalam düşmanlar üzerine muzaffer olalar!' duasında bulunmuş. İmdi ben dahi buyurdum ki sen 'Hayreddin Lalam' olasın, namın bu dine hayırlar getire. İstanbul'dan gideceğin vakit Cezayir vilayetimin beylerine bey olarak gidesin, Tunus diyarına musallat olan küffarı bertaraf edesin. Karlos Kral'a ve İspanya'nın had bilmez beylerine karşı Endülüs'ün ve Fransa'nın haklarını gözetesin. Daha mühimi de, evvelce mağlup olan donanmama güç katasın, tersanemi yenileyesin ve geçen yıl Koron'da düşen sancağımızı kaldırasın. Bu maksatla şimdi seni kaptan-ı derya naspettim."

Sonraki ve daha sonraki günlerde İstanbul'un güzelliği ile Billure'nin hasreti, içimde birbiriyle çatışıp durdular. Sevinçliydim ama buruk bir sevinç hissediyordum. Hasret ve hicran, şehrin güzelliklerini tam olarak görmemi engelliyordu. İstanbul'un kışı bile cennete benziyordu ama içinde huri olmayan bir cennet...

Hızır Hayreddin Reis, fırsat el verince Halep'e gidip oğlu Hasan'ı vezir Pargalı İbrahim Paşa'ya emanet etti ve ben onu bir daha hiç görmedim. Halep dönüşü kaptan-ı derya olarak çalışmaya başladığında, "Cezayir'deki her şey bir sancakbeyliği içindi, buradaki her şey Halîfe-i Ruy-ı Zemin Sultan Süleyman Han Hazretleri için olacak!" diyordu. Ve İstanbul'da günler daha hızlı akmaya başladı. Yapılacak çok iş vardı. Tersâne-i Âmire'ye bir nizam vermek gerekiyordu. Doria'nın hasara uğrattığı Lütfi Paşa donanması ıslah edilmeliydi. Azap askerlerinin denizcilik eğitimlerine alınması ve yeni gemiler inşa edilmesi gerekiyordu. Bunun için taş kızaklar hazırlanması lazımdı. Bütün reisleri Haliç'teki tersaneye toplayıp görev taksimi yapıldı. O günden sonra arılar tersaneyi terk edip gitti. Çünkü biz gelmiştik.

Bahar yüzünü gösterdiğinde tersanede gemi yapılır olmuş, Akdeniz'deki denizcilik fenni Haliç yamaçlarına yansımıştı. Ben de levendlerden ve azaplardan otuz kişiye pusula ve harita yapmasını, gemilerde çok önemli olan düğüm atmasını ve bağ çeşitlerini öğretmiştim. Badem çiçekleri açarken İstanbul'dan ayrıldık. Tam seksen dört pare gemi ile. Hızır Reis'in adı artık herkesin dilinde Hayreddin Paşa veya Kaptan Paşa idi. Kaptanpaşa kadırgasının pruvasında da bunu teyit eden bir Osmanlı sancağı dalgalanıyordu. Bir alt gönderdeki yeşil Cezayir sancağımızın üzerinde ise bir nakış artmıştı. Bu, Sultan Süleyman'ın adına izafeten Hz. Süleyman'ın mühründeki yıldız idi. İç içe geçmiş iki üçgenden ibaret olan bu altıgen yıldız eskiden beri Müslümanlar tarafından kullanılan bir tılsım gibiydi. Hz. Süleyman Allah'tan cinlere ve rüzgâra hükmedebilme gücünü istediğinde, Allah ona yüzüncü adını öğretmiş. O da yüzük şeklinde bir mühür yaptırıp üzerine yüzüncü adın sembolü olarak bu mührü kazıtmış. Böylece cinlere ve rüzgâra karşı yüzüğünü tuttuğunda onları yönetebilir olmuş. Cinleri yöneterek Mescid-i Aksa'yı inşa ettirmiş; rüzgâra hükmederek de Melike Belkıs'ın tahtını getirtmiş. Hz. Süleyman bu yüzüğü yalnızca tuvalete giderken çıkarır ve eşine teslim eder, geri gelince hemen alırmış. Günlerden birinde cinlerin büyüklerinden bir dev Süleyman kılığına girip hile ile eşinden yüzüğü teslim almış. Sonra da cinlere ve rüzgâra hükmederek Süleyman Peygamber'in yerine geçmiş. Süleyman Peygamber de kendini ispat edemeyip sahtekârlıkla suçlanarak sarayından kovulmuş. Dev, bir daha bulunmasın diye yüzüğü derin denizlere atmış. Süleyman böyle imtihan olunacakmış. Aradan fakirlik ve çaresizlik içinde yıllar geçmiş. Bir sahil kasabasında bulunurken sıradan bir hizmetkâr gibi bir balıkçının tuttuğu balıkları taşımış. Balıkçı da hizmetine karşılık ona para yerine bir balık vermiş. Süleyman Peygamber akşam yemek için balığın karnını yarınca kendi yüzüğüyle karşılaşmış. Meğer denize atılan yüzüğü Allah'ın izni ile bir balık yutup sahibine getirmiş. Sonra Hz. Süleyman sarayına varıp o dev ile yüzleşmiş. Herkes, bir türlü işin içinden çıkamıyormuş. Nihayet, "Yüzük kimde ise Süleyman odur," demişler. Hz. Süleyman da yüzüğü çıkarıp rüzgâra hükmederek devi oradan kovmuş. Hayreddin Reis sancağına bu mührü işleterek rüzgâra hükmedeceğine inanıyordu. Müslümanlar ondan önce de bu mühürdeki işaretin rüzgârı yönettiğine ve insanları kötü cinlerden koruyacağına inanırlarmış. Mimarların cami, tekke, mescit gibi dini mekânların kubbesindeki kilit taşını bu mühür şeklinde yontmaları bu yüzdenmiş. Hatta kapıların sövelerine karşılıklı bu yıldızı oydurup işleyenler bile olmuş; ta ki içeriye kötü niyetli cinler ve şeytanlar girmesin.

İstanbul'dan ayrıldığımızın altıncı gününde ben bir sandal ile Menteşeoğulları'nın eski yurdunda donanmadan ayrılmak istedim. Niyetim Datça civarındaki Yazıköy'e gitmek, Billure'nin akrabası veya tanıdıklarından birisi var ise onu bulmak, sevdiğim kadının sağ olduğunu söylemek ve belki onu tanıyan biriyle konuşup hasret gidermekti. Bindiğim sandal denize indirilmek üzere ceraskal donanımı harekete geçtiğinde, kulağımın dibinde bir fısıltı duydum. Hızır Reis'in sesiydi:

"Çengeldeki cesedi hatırlıyor musun Sidi?"

Sahile vardığımda kulağımın içinde Hızır Reis'in sorusu çınlıyordu, dışında ise Osmanlı donanmasında daha sonra çok söyleneceğini sandığım güzel bir türkü:

Deniz üstünde yürürüz
Düşmanı arar buluruz
Öcümüz komaz alırız
Bize Hayreddinli derler

1534

Kendisi misk ü amber kokuyordu ve salon gül suyuyla yıkanmıştı. Yok edilen Endülüs'te âdet böyleydi.

Ağladı. Başını yere eğdi ve ağladı. Gözlerinden sicim gibi yaşlar dizlerine dökülerek ağladı. Hiç konuşmadı, bir heykel kadar hareketsiz, ağladı. "Nasılsın, ne zaman geldin, seyahatin nasıl geçti?" gibi sorularla dilini açmaya çalıştım, beni hiç duymadı, duymak istemedi, anlamadı, bilmedi, ağladı.

"Renkleri göz alan bir kuş idin de kurduğum tuzaklara doğru hiç uçmadın. Gönül gemisini bela fırtınalarıyla dolu deryalara saldım da bir kerecik yolculuk yapmadın. Canım şeker isteyip dururken kader yıllar yılı perhiz verdi de sen bir kez tatlılık eylemedin. Gözüm temaşa istedikçe sen kendini gizledin de gönül sıkıntılar çekti, dönüp bakmadın. Güneş senin yüzünü sakladıkça, gençliğim karanlığa battı; gündüzsüz gecelerde takatlarım kesildi, bilmedin."

Beni duyuyor, dinliyor, anlıyordu; lakin her şeyi içine atıyor ve yalnızca ağlıyordu. Gözünden yanaklarına yaşlar süzüldüğünü görmesem orada öylece donup kaldığına hükmedecektim. Ağlıyor ve dinliyor, dinliyor ve ağlıyordu:

"Sayılı günler idi, metruk bir hisarda yalnız kalmıştık, baht idi, devlet idi... Esir idim, sultanlık süren bir esir; köle idim, efendilik yaşayan bir köle; dilenci idim, zenginliğe boğulan dilenci... Devlet idi... Baht idi... Billure Sultan idi."

Bir kerecik olsun başını kaldırıp yüzüme bakmasını istiyordum. Yüzünü görmeyi, yıllar yılı hiç unutmadığım, unutma ihtimaliyle bile titrediğim çakır gözlerini yeniden görmeyi istiyordum. Gördüğüm zaman dayanabileceğimden de emin değildim, ama ta Malaga'daki hisarda baktığım gibi bakmak, içinde derinleşip giden hayallerde yeniden kaybolmak istiyordum. O günleri hatırlatmak, hatıralara tekrar tekrar vurgu yapmak istiyordum:

"Benim ki sana geldim ey gözümün kıblesi, ömrümün sermayesi!.. Benim, Saint Alcala. Hani yosun kokulu akşamlarda beraber saklanırdık. Hani denizde güneşin batışını birlikte izler, hayaller kurardık. Benim, Şehzade Alcala. Bak işte, fırsat el verdi, kapına geldim. Kavuran bir ateş ile perişan, eşiğine geldim. Aşk, temmuz güneşi başımda; ayrılık, özlem serabı içimde... Susuzluğum kalbimi kuruttu, ciğerimi yaktı. Dilim damağım buruk, elim ayağım kırık. Bir yudumcuk su olsan, hararetimi dindirsen. Damlaya dursan, karanlıklarıma ab-ı hayat kesilsen..."

Zaman nasıl geçti, güneş ne zaman battı bilemedim. Conradina kapıyı tıklatmış ve yarı aralık halde fısıldamıştı:

"Şehzade Alcala!.. Artık gitmelisiniz efendim."

Evet, gitmeliydim. Öğleye yakındı geldiğim. Yememiş, içmemiş, acıkmamış, susamamış, öylece oturmuştuk. Ağlayarak ve ağlaşarak; susarak ve suskunlukta söyleyerek. Söyleyerek ve dinleyerek; dinleyerek ve ağlayarak. Ama artık gitmeliydim.

Billure'min adını dile düşürmemek, yaşadığı insanlar katında itibarını zedelememek için gitmeliydim. Ona erişecek bir zarar için bile can vermeye hazır iken onu zarara uğratacak bir tavrın vebalini taşıyamazdım. Otuz beş yaşına kadar iffetiyle yaşamış bir kadının benim yüzümden iffetine laf söylenmesine, akşamları bir erkekle buluştuğuna dair söylentiler çıkmasına razı olamazdım. Son bir kez daha yalvardım:

"Benim ki sana geldim ey hasta canıma derman, ey nefesime biçilen ferman. Haberini alınca iğnenin mıknatısa koşup geldiği gibi geldim. Ecel, senin aşkının sıkıntılarıyla kavrulduğumu görüp acıdı da uçup geldim. Ne olur, bir kez baksan yüzüme..."

Bu kaçıncı yakarışımdı, bilmiyorum, başını kaldırır gibi oldu. Gözlerini de kaldırdı mı, yoksa bana mı öyle geldi, anlayamadım. Ama başını kaldırır gibi olmuştu. Heyecanlandım. Daha iyi göreyim diye yaşlı gözlerimi sildim. Başını hareket ettirir gibi olmuştu. Sanki sesime ses verir gibi olmuştu. Daha heveslendim, ısrar ettim:

"A sevgili!.. Neden sabrın tutuklu da gözyaşların özgür? Neden ağlamaktasın da gülmüyorsun? Bin mihnette bile beni unutmamışken, şimdi tanımazlığın neden? Ya neden yüzüme bakmıyor, benimle konuşmuyorsun?"

Gözleriyle gözlerim işte o anda buluştu. Sesi adından daha billur idi:

"Ben demek yakışmaz burada sen var iken; düşer mi söz söylemek, sevgili söylerken?"

Eski bir şiirden bir parçaydı bu. Endülüs'te herkes bilirdi. Bilirdi de kimse inanmazdı. Mecnun'un vuslat deminde Leyla'ya söylediği cümlelerden sayardı. Ama işte o bunu söylemişti. Söylemiş ve ağlamaya devam etmişti. Artık dayanacak gücüm kalmadı. İçimden dolup gelen hıçkırıklar yavaş yavaş boğazıma düğümlenmeye ve ara ara omuzlarımı sarsarak dışarı çıkmaya başladı. Boğulur gibi oldum. Billure'nin okuduğu şiirin devamındaki bir beyti hatırladım: *"Sevgiliye vuslat yaşarken vedalaşmak da nedir ya Rabbi!.. Gülmek gereken zamanda ağlaşmak da nedir ya Rabbi?"*

Aşksızlıktan taşlaşan kalplerimiz, eski bir şiirin mısraları arasında birbirine çarpmış ve kıvılcım çıkarmıştı. Öylece kalakalmıştık. Perişan, pejmürde, dağınık ve düşkün... Rüzgârların savurup bir yere biriktirdiği çerçöp gibi. Ve sanki o kıvılcım o çerçöpü yeniden tutuşturmak üzereydi. Şiirden okumaya devam etti:

"Beni evvel öldürmüştün, şimdi geri dönüp geldin. Maktulüne ciğeri mi yandı katilin? Özlemek, usanmaktan iyi değil mi? Hasret de vuslattan? Eğer kıymet bilirsen."

Bana bir şeyler anlatıyordu. Çok şeyler anlatıyordu. Ama o anda bunu yorumlayacak mecal ve akla sahip değildim. Dervişlerin hayret makamına çıkmaları gibi kendimden geçmiştim. Tek düşünebildiğim şey oradan gitmek zorunda olduğumdu. Vuslat geçip gitmişti de, veda vakti de geçiyordu. Elimi uzattım, bir kerecik olsun parmağım avcuna değsin istiyordum. Elini tutmak, bir kerecik el ele olmak. Son yirmi yıl boyunca hemen her gecemin son hayali, her sabahımın ilk düşüncesiydi o. Şiddetle elini çekti. Avuçlarında bir beyazlık görür gibi oldum. Sanki uzun müddet ayazda kalmaktan pörsümüş bir elmayı andırıyordu. Pamukçuklanmış, buruşmuş gibiydi. Zihnimin beni yanılttığını düşündüğüm sırada hiç ummadığım şekilde dili çözüldü. Elini çekerken tane tane ve kalbinden geçenleri yalanlar şekilde söyledi:

"Hayır, henüz olmaz Şehzade Alkala. En büyük arzum sana kavuşmak iken bana dokunman, sana dokunmam olmaz. Sana kavuşmayı bana bağışlayan yüce Tanrı'ya şükretmem gerekirken olmaz. Yıllar yılı ettiğim duaları kabul eden Allah'a layıkı vechile teşekkür etmeden olmaz. Ve O'na teşekkürün en güzel yolu, senin şu anda yapmak istediğini reddedip O'nun emrine uymaktır. Hani hisardaki o gece, sırtın ile sırtımın arasında yalnızca bir karışlık mesafe var iken sen yapmak istediğini yapmamıştın ya, onun gibi..."

Bunu söylediğinde damarlarımdan kanımın çekilip gittiğini zannettim. O gece uyuduğunu düşünmüştüm hep. Demek biliyormuş, demek kendisini sevdiğimi daha o zaman anlamış. Sevinmeli mi, hayıflanmalı mıydım, kestiremedim.

"Sana karşı duyduğum aşkın saflığı içinde kirlenmekten, yanlış yaparak temiz kalplerimizi lekelemekten Allah'a sığınırım. Şehzade Alkala!.. Sen sultan ben kulunum, sen efendiye ben cariye olayım, illa ki bizi çirkinliğe götürecek sebepleri ortadan kaldırmadan uzatma elini. Hani o gece bana dönmek istemiş de dönememiştin; sana dönmek istemiş de dönememiştim, öyle say. Şehzade Alkala, cennetin en güzel tasvirleri bile cennetin berisinde kalmaz mı?"

Elim uzanmıştı, duyduklarımdan sonra öylece kaldım. Göklere açık ve şehadet parmağım ona yönelik... Başını elime doğru uzattı. Dudağını avucuma yaklaştırdı. Nefesinin sıcaklığını hissettiğimde avucum yandı. Başını geri çektiğinde yanağından süzülen bir damlanın avucumda olduğunu gördüm. Aramızda yanan mum alevinin yansıyıp ışıklandırdığı bir damla. Dağılmamış, küçük bir billur tanesi. İşte yusyuvarlak, öylece duruyordu. Bozulmasını, dağılmasını istemedim. Kolumu hareket ettirsem dağılacak diye öylece dondum. Ama havada duran elimi kıpırdatmadan ne kadar durabilirdim? O sırada kendimden mi geçtim, yoksa hayal miydi, bilemedim; gözlerim her şeyi, billura dönen gözyaşı damlasında kırılan mum ışığının içinde görmeye başladı. Baktım, baktım... Kaç zaman geçti bilmiyorum; birden o tek damlayı, bozulmadan avcumda tuttuğum o gözyaşı tanesini, devasa bir küre gibi görebildiğimi fark ettim. İçinde hayatların aktığı, hareketlerin ve renklerin çoğaldığı, mekânlar ile zamanların yaşandığı sihirli bir küre... İçinde benim ve Billure'nin olduğu... Öylece bekledim. Kulağıma çarpan sesi doğrudan kalbime iniyordu:

"Kalplerin uyanma ve uyandırılma zamanındayız Şehzade Alkala. Onu çevreleyip kapatan örtüleri kaldırma zamanında. Kurtuluşa doğru koşma, kurtuluşu paylaşma zamanı, kötülüklerden, hasretliklerden, firkat ve hicranlardan kurtulma ve kurtarılma zamanında. Sana olan aşkım, bugüne kadar nasıl iştiyakla geldiyse bugünden sonra da öylece devam edecek, sonsuza kadar sürecek. Bilesin ki ne azalacak, ne tükenecek. Bizi tek candan yaratan yüce Tanrı, o tek canın gönlü ısınsın diye nasıl kendisinden eşini yarattı ise beni de senden yarattı. Öyle olmasaydı yirmi iki yıldır, sen güneş de ben zerre, ben dolunay da sen hale olmazdık. Biz şimdi o gündeyiz ki, Allah buyurur: 'Dünya için birbirini sevip dost olanlar, o gün düşman olurlar. Ancak Allah'tan korkan, Allah için dost olanların dostlukları sürer.' İşte bu kurtarma ve kurtarılmayı ipiyle bağlayan sır, zamandır, Şehzade Alkala. Evet, şimdi git... Git ve kurtulduğun zaman yine gel."

Kendimi dayanıklı, azimli sanırdım. Her şey birden tükeniverdi sanki. Heyecanım kırıldı, düşüncem kuvvetten düştü, kuruyan gözlerim yeniden yaşardı. O sırada ölsem beni mazur görebileceğinden emin değildim, o yüzden ölemedim bile. Çok şey istememiştim, parmağım avucuna bir kerecik dokunsun istemiş, elimi uzatmıştım. Oysa elim yanıyordu. Yanağından süzülen o bir damla elimi yakıyordu. Saf aşkın ne olduğunu, sevmenin salt ve katıksız görüntüsünü bir damlaya döndürüp avucuma koymuş, sanki o saflığa dayanabilme gücümü sınıyordu. Bozulmasın diye bütün hücrelerimi kolumdaki dirence yönlendirsem de bunu başaramadım. Ama bir şeyi öğrendim; avucumdaki damla ne derece billurlaşmış ise sözlerinden de aşkının o derece billurlaştığını anladım. Sevgiliye hiç dokunmamak ve kalbini, kalplerin gerçek sahibi olan Allah'a teslim edip aşkı öylece tatmak. Aşkın hamurunu dostlukla yoğurmak ve o dostluğun sürmesini istemek.

Acaba söyledikleri benim iman zincirimdeki zayıf halkayı sağlamlaştırmak için miydi? Evet, karşımdaki Billure'nin ta kendisiydi; ama bir dadı gibi değil sanki bilge bir akıldâne gibi konuşmuştu. Eskiden bir rahibe olmasının da izleri vardı konuşmasında. Onun için, kalplerin uyanma zamanını anlıyordum da uyandırılma zamanı derken ne anlatmaya çalışmıştı? Kurtuluşa doğru koşmayı anlıyordum ama kurtuluşu paylaşmanın dışında kurtulma ve kurtarılmayla neyi kast etmişti? O söylerken bütün bunlara boyun eğmiş, canla başla kabul göstermiştim. Zaten avucumdaki damla da, söylediklerinin bana hangi sorumlulukları yüklediğini fark ettiğim anda dağılıvermişti.

Yerimden doğrulur gibi yaptım. Gözümdeki yaşlar bir kez daha kurumuştu. Gözlerinin ta içine tekrar baktım. Akşamın koyulaşmaya yüz tutan karanlığı cılız ışıklar yansıtıyordu. Bakışımda ısrarım vardı. Sakladığı sırları bir bir görmek isteyerek baktım, ama bana söylediği şeyleri belli bir gayeyle söylediğinden başka bir şey görmedim. Nihayet kirpiklerini yavaşça, ama yavaşça kapatıp açtı. O yavaşlıkta benim için bir gece daha başlayıp bitti sanki. Çünkü bakışıyla da bana artık git diyordu, git ve kurtulduğun vakit yeniden gel... Neyden, kimden, nasıl, niçin kurtulacağımı bilmeden o bakışa itaat etmem gerektiğini düşündüm.

Vedalaşmanın hakikatini o güne kadar meğer hiç kavramamışım. Vedalaşmak... Tekrar ne zaman buluşacağımı bilmeden vedalaşmak... Ne dayanılmaz bir keder. Bir ömür, bir yıl, bir ay, bir gün, bir saat veya bir dakika sonra buluşacak olunsa bile bu kederin kalbi helak edeceğini düşünerek vedalaşmak... Sökün edip gelecek hayal kırıklıkları, tükenen umutlar, bedeni sarsacak kalp atışları, neşe ve sevincin acı ve eleme dönüşmesini kabullenerek vedalaşmak... Billure ile vedalaşmak... Kirpiklerini yavaşça yumup açarken iç geçirdiğini ve o anda yüreğinin yerinden heyecanla çıkacak gibi attığını bile bile vedalaşmak... Yüzündeki mimikleri, sonra gözünü kaçırmasını, başını öteye çevirmesini izleyerek vedalaşmak... Bin anlam yüklü bir tebessümün ağırlığıyla vedalaşmak...

Endülüs'te vedalar sarılarak yapılırdı. Sırf bir kere sarılabilmek için tekrar tekrar ayrılığa razı olan âşıkların hikâyeleriyle büyümüştüm. O yüzden her gün kavuşma olması için her gün vedalaşmaya, her gün vedalaşma tekrarlansın diye her an ayrılığa tahammül edileceğini düşünürdüm. Billure'nin geldiği yurtlarda vedalaşmaların böyle soğuk olduğunu elbette söyleyemem. Çünkü kardeşi Yusuf'u bulduğumda bana bir sarılışı vardı ki, Billure'ye de öyle sarılacağımı düşünmekten kendimi alamadım. Yusuf yaşıyordu ve ona, "Kardeşin yaşıyor, onu gördüm!" diyemeden şimdi veda ediyordum. Ruhumu bedenimden kopardığı zamanlarda bile ayrılığın elinden hiç şikâyet etmemiştim. Bilakis bir gün ona kavuşacağım diye ayrılığı hoş tuttum, yıllar süren umutlarımı hep onun koynunda besleyip büyüttüm. Sevgili, yaptığını Allah'a teşekkür için yapmıştı, bu yüzden beni vedaya zorlamış ve bununla da bir şeyler anlatmak istemişti. Artık, küçücük bir tebessüm için bile ısrarcı olamadım. Avucumdaki billur tanesi dağılmış, iç çekişlerim ateş yerine geçmiş olsa da. Kurtulacak ve yeniden gelecektim. Vuslat için gelecektim. İyi ama bugün zaten benim vuslat günüm değil miydi? Dudaklarımdan çıkan söze ben de şaşırdım: "Ayrılık gününe gıpta eden bir vuslat günü!.."

Sonraki birkaç gün, onunla vedalaştığımız yere gidip gelirken buldum kendimi. Kokusunu duymak, oturduğu yeri görmek, tozlu yollarda ayak izlerini seyretmek... Çaresizdim. Ayrılık vaktinin de vuslat anının da kıymetini bilmemekten pişmandım. Meğer Billure hasretiyle benden sakladığı sevgiyi o gün cömertçe vermiş ve özlemimi iki katına çıkarmıştı. Öyle bir özlem ki gecenin karanlığını ikiye katlıyor, düşlerimi ve umutlarımı tekrar tekrar tüketiyor, ihtiraslarımı silip vuslat umudunu kökünden kazıyor, beni kendimden kurtarıyordu. Günlerce dilim tutulmuş gibi yaşadım. Sabırdan başka çarem olmadığını biliyordum. Tedavisi imkânsız bir mide sancısı, sonu gelmeyen bir kalp ağrısı gibi. Ve karar verdim, tekrar ona kavuştuğum güne kadar üstümdekinden başka bir giysiye ihtiyaç duymayacaktım. Ona sahip olmadan ikinci bir giysiye sahip olma arzusunu kendime yasakladım. Dünya ve dünyalık olarak bana ondan başka bir şey gerekmeyeceğine inandım ve mümkün olursa ondan ayrıldığım giysi ile ona kavuşmaya ahdettim. Mintanım eskiyesiye yahut ben ölesiye kadar böyle sürecek olsa bile sözümde duracak ve kurtulmam gereken her ne veya her kim ise kurtulacak ve yalnızca onun için, onunla, ona doğru olacaktım. Öyle olmak zorundaydım.

O akşam konuştuğumuz bütün cümleleri kendime tekrarlayıp duruyordum. Fiili söylemiş, özneyi ve nesneyi söylememişti. Evvelce bana, "Heykeller konuştuğunda seni bana getirecekler," demişti. Şimdiyse, "Kurtul da öyle gel!" diyordu. Arada bir bağ var mıydı? Belki de heykellerin ne dediğini öğrenmeli ve kurtulacağım şeyin ne olduğuna o vakit karar vermeliydim. Bunun için Cezayir'e dönmeli, Hayreddin Reis'le buluşmalıydım. Gitmeden evvel son bir kez Conradina'yla konuşmak istedim. Kurtulmanın yönü veya hedefi için bir ipucu elde edebilirim diye düşünüyordum. Gizlice buluştuk ve Madrid'in Çingeneler mahallesindeki bir fiesta okulunda kızlara raks öğreten bir hanımın odasında, zil ve topuk sesleri arasında uzun uzun söyleştik. Beatrix'in İngiltere'den dönüşündeki gecikmeden bahsettik. Anlattığına göre Yorklu Elizabeth'in oğlu Kral VIII. Henry, Anne Boleyn ile evlendiği zaman Aragonlu Catherin ve bazı asiller buna karşı çıkmışlar. Kral da uzun müddet Whitehall-Palace'tan dışarı adım atmamış. Cleves Düşesi Maria ve güzel kızı Anne'i de beraberinde tutarak elbette. Kışı Londra'da karları seyrederek geçirmişler. Bahar çiçekleri açarken -muhtemelen ben Yazıköy'de onun akrabalarını aradığım ve Yusuf Efendi'yi bulduğum günlerde- bir denizci ona haritamı vermiş. Rahip Mateo baharda İngiltere'ye giden ilk geminin kaptanından rica ettiğini ama eline ulaşıp ulaşmadığını bilemediğini söylemişti. Conradina'nın dediğine göre haritayı eline alınca hem sevinmiş hem üzülmüş. Sevinci, onu bulduğumu anlamasından, üzüntüsü de haritamı göndermek yerine neden kendimin gitmediğimden dolayı imiş. Bunu öğrenince ben de hem sevindim hem üzüldüm. Sevindim, Billure'mi bulduğumdan; üzüldüm, kendim gidemediğimden...

Conradina durup dururken soruverdi; yine her zamanki iyi niyeti ve samimi edasıyla:

"Sana Şehzade Saint Alcala mı demeliyim, yoksa Hayreddinli Sidi mi?"

"Nasıl isterseniz öyle deyin sevgili hanımefendi. Beni başka başka isimlerle yaşamaya zorlayanlara lanet olsun."

Conradina bir duyan oldu mu diye çevresine bakındı. Dışarıdan zil ve topuk sesleri geliyordu. Krala lanet okumamı tasvip etmediği belliydi.

"Kimsin sen? Gerçekten yıllar yılı alıp da veremediğimiz, koyup dolduramadığımız, çekip de getiremediğimiz, uçurup da konduramadığımız kimsin?"

Bu sorusuyla neyi ima ettiğini biliyordum. Hakkımda bazı gerçekleri öğrendiğini daha evvel de hissettirmişti. Bana karşı çok dürüst davranıyordu ve ben de dürüst olmaya karar verdim. Hiçbir şeyi saklamayacaktım:

"Henüz dört yaşımdaydım. Babam anlatırdı. Hunharca katledilmeden evvel yani. Endülüs sultanlığı yok edilince Müslümanlar başsız kalmışlar. O sırada Sultan Muhammed bin Ahmer, Gırnata Emirliği'ni kurup insanları yanına toplamış. El Hamra Sarayı'nı yaptırdığı yıllarda eski Kral Ferdinand ile aralarında yazılı olmayan bir centilmenlik anlaşması yapmışlar. Siz de çok iyi bilirsiniz ki Kral Ferdinand, Kastilya Kraliçesi Kirli Isabel ile evlendikten sonra, Gırnata Emirliği düşman ilan edilmiş. Kral, önce Emir Muhammed'den Gırnata'nın teslim olmasını istemiş.

Emir geri çevirince de Santa Fe'ye karargâh kurdurtup tacize başlamış. Gırnata halkı Osmanlı Devleti'nden yardım almayı umuyormuş. Ne var ki Osmanlı Şehzadesi Cem Sultan kralın adamlarının elindeymiş ve Osmanlı Devleti yardımda bulunamamış. Gerisini biliyorsunuz, Gırnata düştü."

"Şimdi daha iyi anladım ve inandım ki sen osun."

"Kimim?"

"Sevgili Beatrix'imi ürküten ve tabii ölesiye sevdiği âşık."

Bu cümleyi duyunca Billure'nin "kurtul da gel" demesindeki maksadı anlar gibi oldum. Sanki beni yalnızca kendisi için istiyor, başka emellerden ve ilgilerden arınmamı şart koşuyordu. Belki de hâlâ kim olduğuma dair şüpheleri vardı ve asıl kimliğine bürün de karşıma öyle çık demek istiyordu. Conradina'nın yüzüne merakla baktım. Bunu nasıl anladıklarını, sırlarımı ve yeminimi nasıl öğrendiklerini düşünüyordum. Zeki kadın yüreğimi okuyor gibiydi. Birden kendimi karşısında çırılçıplak hissettim. Sanki bütün sırlarımdan soyunmuş, yalın bir Endülüslü oluvermiştim. Meraklı bakışlarıma fazla tahammül etmek niyetinde olmadığını gösterdi:

"Son Endülüs emiri olduğunu anlamak zor olmadı, Seydi Alkala," dedi, 'k' harfine kalın bir vurgu yaparak ve sanki nefes almadan sürdürdü sözünü, "emirlik yıkılınca Sultan Muhammed ile çocuklarının başına neler geldiğini merak ettiğimiz vakit öğrendik her şeyi. Beatrix'i şaşırtan ilk şey de, Malaga'da saklandığınız hisarın Emir Muhammed'in kendi mülkü olduğunu işitmek oldu. Bohemya'daki günlerinde hep bu hisar ile senin aranda özel bir bağlantı var mı diye düşünüp durur, oraya gelince çok hırslı davrandığını söylerdi. 'Belli ki bir şeyin peşindeydi de o vakitler farkında değildim,' diye ilave etmişti bir keresinde ve arkasını getirmişti; 'Viraneye dönen evlerle, bozulmuş ocaklarla hesaplaşır gibi.' Sonra da bir sayıklamadan bahsetti. Yeminler ettiğin bir sayıklama..."

O günleri çok iyi hatırlıyordum. İçimde çatışmalar vardı. Henüz yeminimle Billure'nin aşkı arasında bocaladığım dönemdi. Devamlı kendimi sorgular, ne yapmam gerektiğine karar vermeye çalışırdım. Tedirginliğimi ona hissettirmemeye çalışırdım ama bu mümkün olmazdı. Bir yanda gizli bir yemin, diğer yanda aşikâr bir sevgili vardı çünkü. Biri diğerini kovan iki tutku.

"Beatrix o hisarda hatıralarının olup olmadığı konusunda şüphelere sahipti. Merakını gidermesi için Madrid'e gelmemiz gerekiyormuş. Grand Seigneur'un askerleri Bohemya'yı ele geçirdiklerinde apar topar İspanya topraklarına kaçmıştık. Beatrix'in tek merakı Gırnata Emirliği'ni hatırlayan kişilerin anlattığı hikâyeleri dinlemekten ibaretti. Yaklaşık bir yıl öyle geçti. Ve bir gün sarayın artık emekli olmuş eski mabeyin kâtibiyle karşılaştı. O günkü bol altınlı sohbette ben de vardım. Adamın yaşı ilerlemişti ama hafızası keskin, sesi tiz idi. Bir masal gibi anlatmıştı:

"Meğer Emir Muhammed, Gırnata'nın düşüşünden yalnızca üç ay evvel evlendirdiği kızı Esma ile damadı Abdullah'ı Malaga'daki bu hisara gizlice yerleştirmiş. Kral Ferdinand ile Kraliçe Isabella bunu öğrendikleri vakit muhafız alayından iki müfreze asker gönderip hepsinin kılıçtan geçirilmesini emretti. Müslümanların kurban bayramıydı. Ojeda isminde genç bir rahip de infaz için Engizisyon tarafından görevlendirilmişti. Tam yirmi kişi, iki hafta sonra karlı bir günde, ellerinde sarı bir sancak ile Madrid'e döndüler. Üzerinde, "Allah'tan başka galip yoktur!" anlamında Arapça bir ibare yazılı idi ve sancağı sokaklarda Müslümanlık ile alay ederek günlerce gezdirdiler. Ahmeroğulları'nın son sancağı imiş. Orada şiddetli kıyımlar olmuş. İnfazları bizzat izleyen Ojeda, çocuk, ihtiyar, bebek ve kadın herkesin öldürüldüğünü ve bağırlarına haç işareti damgalandığını veya dağlandığını anlattı. Kral da müfrezedeki askerlerin hepsini ödüllendirdi. Ojeda'yı terfi ettirip Decan olarak saray okulunda görevlendirdi. On yıl sonraydı. İnfazda görev alan askerlerden biri katliamın yıldönümü olan karlı günlerde hisarın kapısında asılı bulundu. Bağrında dövme biçiminde hilal damgası vardı. Sonraki yıl aynı tarihlerde bir kilisenin çan kulesinde bir muhafızın daha cesedi sallanıyordu. Onun da bağrında hilal dövmesi vardı. Sonra her yıl karlar yağdığında bir yerlerde ölü muhafızlar bulunmaya başlandı. Bir tanesi de kralımız Carlos'un tahta çıktığı gece, Tudor dükünün konağındaki kulede infaz edilmişti. Öldürülenlerin sayısı beşe ulaştığında ölümlerin arasında bir bağ olduğu anlaşıldı ve halk arasında Esma ile Abdullah'ın hayatta kalmayı başaran beş yaşlarında bir erkek çocukları olduğuna dair dedikodular yayıldı. Güya askerleri bu çocuk öldürüyormuş. Ama çocuktan hiçbir iz bulunamadı. Kral bunu öğrenince yine adamlarını göndertip bütün hisarı yerle bir ettirdi. Halk hisarın lanetli olduğuna inandı ve yakınlarından bile geçmemeye başladı. Meğer hisara korsanlar uğrar olmuş, öyle ıssız ve tenha. Tabii katliama katılan muhafızlar tedirgindiler, her yıl kış yaklaştığında hummalı ölüm nöbetlerine yakalanmaya başladılar. Bazıları askerliği, bazıları ülkeyi terk edip gitti. Ama ölümler durmadı. Hep aynı hilal ve hep aynı tarihlerde... Geçen yıl on dördüncü askerin cesedi bir kilise çanına bağlanmış olarak bulundu. Geriye kalan askerlerden birinin korkudan çıldırdığı, birinin de bir gemi yolculuğu sırasında Barbaroşo'ya esir olduğu ve Cezayir damlarına konulduğunu duyduk."

"O damlarda yalnızca kışa kadar kaldı. Şimdi etlerini balıklar çoktan yiyip bitirmiş olmalı."

"On yedinci de gitti öyle mi?"

"Hayır on sekizinci!.. Peki ama Beatrix onları benim öldürdüğümü nasıl anladı?"

"O hisarda bir gece sırt sırta uyumuşsunuz ya hani..."

"Ben uyumamıştım."

"Zaten o da uyumamış. O geceyi hiçbir zaman unutmadı. Ertesi gece gizlice senin odana geldiğini de. İçeri sessizce girmiş. Bu sefer sen uyuyormuşsun. Yanına uzanmış. Tıpkı senin yaptığın gibi. Sonra sen sayıklamaya başlamışsın. Bir rüyadasın zannetmiş. Ama sayıklamalara çırpınmalar eklenince bunun bir karabasan olduğunu anlamış."

"Ne duymuş peki?"

"Diyormuşsun ki, 'Allahım, adının anıldığı şu hisarda akıtılan kanlar için... Din-i mübin yolunda feda olan canlar için... Kâfir kılıcıyla boğazlanan kurbanlar için... Küfrü ihya diye susturulan ezanlar için... Bana can ver, can alanların canlarını berbad edeyim... Ömrüme ömür kat, mazlumlara imdad edeyim...'"

Conradina, o günlerde her gece rüyamda tekrarladığım yeminimin başını ve sonunu bilmiyordu. Billure sayıklamamı sonuna kadar duymuş ama bu kısımları ona söylememiş olmalıydı. Bütün ömrüm boyunca en ziyade tekrar ettiğim o cümleler birden dilime dolanıverdi:

"...Ey intikam alanların en hayırlısı olan yüce Allah, ey inkârcıları ve dinsizleri bile gözeten, kendi dostlarına bol bol ikram eden Allah... Bana da ikram et, alayım zalimden intikamımı; sabaha döndüreyim Kerbela'da akşamımı. Yalvarırım matemimi ıyd eyle... Sonra istersen beni şehid eyle... Şahit ol, bu yoldan dönersem kıblem dönsün... Şahit ol, korkarsam ebediyen ocağım sönsün!.."

"Elbette Beatrix bu sayıklamaların ne anlama geldiğini kolayca çözdü. O çocuk sen olmalıydın. Esma ile Abdullah'ın oğlu olan emir sen olmalıydın. Çünkü o hisarda beraber kaldığınız vakit her yeri avucunun içi gibi bildiğini anlattı bana. O çocuk sendin değil mi Alcala, Emir Alcala?"

"Kalbim ezikti, Conradina, yüreğimde ateş vardı, çaresizdim, zulme uğramıştım. Edeceğim duanın geçeceğini biliyordum. Gençtim, yalnızdım, tutunacak dallarımı kırmışlardı. Annemin, babamın ve hisarda kıyıma uğrayanların ruhları her gece rüyama giriyor, benimle konuşuyorlardı. İki yaşındaki kız kardeşim yeni dönmeye başlayan diliyle 'in-ti-kam' diye fısıldayıp duruyordu. Her gece uykularım bölünür, uyanırdım. Yine öyle bir gecenin seherinde ellerimi açmış ve gözyaşları içinde işte öyle yakarmıştım."

"Bunu keşfettiği günden sonra senden Şehzade Alkala diye bahsetti. Emir Alkala diyemediği için. Hangi şaşkın, bir katile şehzade diyebilir ki zaten? Gözü aşk ile kör olmuş benim sevgili Beatrix'imden başka?"

Başımı yere eğdim. Galiba onun beni sevdiğini duymakla gururum okşanmıştı.

"Sonraki zamanlarda işaretler birer birer ortaya çıkmaya başladı tabii. Bir Müdeccen lakabı olan "Seyyid el-Kal'a"yı Hıristiyan azizlere benzetip "Saint Alcala"ya döndürdüğünü düşündüğümüzde zekâna hayran kaldık."

"O Decan Ojeda'nın dehası idi. Beni bulduğunda henüz beş yaşımdaydım ve katliamdan sonra beni himaye eden o muhteşem adam, Kalenin Efendisi olduğumu söylüyor ve bunun için bana "Seyyid el-Kal'a" diye hürmet ediyordu. Hisardaki katliamı engelleyebilecekken, bunu yapmamış olmanın vicdan azabını ömrünün sonuna kadar taşıdı ve bunun için Müdeccenlere hep yardım etti. Beni saray okulunda saklama fikri onundu. Adımı Hıristiyan azizlerine benzeterek Saint Alcala diye söyledi. Sonradan bana, Kutsal Kitap'taki Musa kıssasından esinlenerek böyle yaptığını söylemişti. Hani Firavun'un sarayında bir Musa..."

"Kafan dönsün, boynun kırılsın seni aşağılık kâfir. Kutsal Roma imparatoru hazretlerini benzettiğin kişiye bak. Eğer Beatrix seni seviyor olmasaydı, bağrına hilal dağladığın muhafızlar gibi ben de seni işkenceye yatırır, alnına istavroz çizerdim. Hem de demir kalıplarla değil, kor alevlerle. Bir de kalkmış, kralın emrini yerine getiren askerleri suçlu diye öldürmeye intikam diyorsun. Seni pis katil!"

"Hayır, yanılıyorsunuz hanımefendi, ben katil değilim ve onları kralın emirlerini uyguladıkları için öldürmüyorum. Hayır, bunu asla yapmıyorum sevgili hanımefendi. Eğer öyle olsaydı Endülüs'te öldürülen bütün Müslümanların intikamını almaya kalkardım."

"Ya neden öldürüyorsun?"

"Kralın emrini yerine getirirken haddi aştıkları, savaşı bir katliama döndürdükleri için elbette. O hisarda parçalanmış cesetleri, ırzına geçilmiş kadınları, annesinin karnı deşilerek dışarı atılmış ceninleri, oraya buraya savrulmuş kol ve bacaklar üzerindeki işkence izlerini görseydiniz..."

"Yine de bu sana öldürme hakkını değil, adalet isteme hakkını verir."

"Adalet istemek öyle mi? Hem de engizisyondan... Reconquista'dan... Üstelik de bir Müslüman öldürüldü diye... Güldürmeyin beni. Her gün yeniden ölerek yaşamanın ne demek olduğunu anlatamam size hanımefendi... Yaşayarak ölme hakkını yitirmiş gibi ve yaşadığını zannederek nefes alıp vermenin ne demek olduğunu anlatamam. Her kış geldiğinde kendinle yeniden çatışarak ve aşkına yeniden ihanet ettiğini sanarak... Karların yağışını sevmem bu yüzdendir benim."

"Bak işte vicdanın bile seni haklı çıkarmıyor. İnandığın Allah'a ne diyeceksin?"

Benim de durmadan kendime sorup durduğum soruyu sormuştu Conradina. Hiç cevap bulamadığım soruyu. Lafı karıştırmaya çalıştım:

"Senin bu kadar dindar olduğunu bilmiyordum azize Conradina?"

"Şükret ki değilim!.. Yoksa seni kiliseye teslim eder, sevaba girerdim."

"Lakin hanımefendi, ben o askerleri cezalandırmakla, İspanya'da Müslümanların her şeye reva görülecek zavallı yaratıklar olmadığını gösteriyorum insanlara. Benzer katliamların önünü almaya çalışıyorum."

Aramızda bir sessizlik oldu. O sırada Billure'yi Conradina'nın sevdiği kadar sevemediğimi düşündüm. Onu kendime rakip gibi gördüm. Dostluk ile aşkın kesiştiği alanı kestirmeye çalıştım. İkisi arasında sırdaşlıktan öte bir sevgi bağı vardı. Bunun adı ülkü birliğine giden yoldaşlık olabilirdi. Conradina ile Billure'nin bir ülkü birliğinde buluşmaları da garip sayılırdı üstelik. Bir yanda hafifmeşrep bir rahibe, diğer yanda mazbut bir dadı... Adaletten bahsediyordu ama beni bir cani ve katil olarak gördüğü halde dostu hatırına ele vermeyebiliyordu. O kadar da mert idi. Conradina isteseydi beni kızıl ceketlilere ihbar edip ödül bile alabilirdi. Galiba Billure'yi sevme konusunda onu kıskanmakta haklıydım. Kendimden utandım.

1536

İki yıl sonra...

Uzaktan, çok derinlerden forsaların seslerini duyuyordum, bir de küreklerin dalgalara girerken çıkardıkları fışırtıyı. Gitgide zihnim dağılıyor, duyduklarımın ne olduğunu anlayamaz oluyordum. Günlerdir aynı karanlıktaydım. Bir kadırganın sintinesinde, zincirlerle boşlukta yüzüstü gerdirilmiş çıplak bedenim ile baş başa. Küreklerin her manevrasında kalın zincirlerin paslı halkaları el ve ayak bileklerimin kızıl etlerine tazyik yapıyor, her kıpırdanış bir kez daha acının ciğerime inmesine yol açıyordu. Kendime gelir gibi olup zihnimi toparlamaya çalıştığım bir sırada halsizlik, biriktirdiğim düşünceleri sürükleyip götürüyor, beni yeniden zihnimi toparlamaya zorluyordu. Boşlukta asılı kalmak bedenimin dengelerini bozmuştu anlaşılan. Artık başım tamamen sarkmış durumda. Karnımın aşağıya doğru torbalanması yüzünden bel kemiğimde ağrılar var. Neler olduğunu hatırlamaya çalışsam da zihnim uyanık kalamıyor.

Hayır, bütün bunlar rüya değildi, hayal de olamazdı. Ölmüştüm de burası cehennem miydi? Karmakarışık bir ıstırabın çengelleri beynimi parçalıyordu. Sayıklamalar, halsizlik, karabasanlar... Zannederim en kötüsü de geminin her alabandasında ters esen rüzgârın genzimi yakan o iğrenç kokuyu yeniden estirip midemi kaldırması. Banklardaki forsaların eğlencesi de sidikleriyle bedenimdeki yaralara konan sinekleri nişan almaları. Elbette bunu küfürler eşliğinde yapıyorlar ve onların her kahkahasında işkence yaralarımdan birinin daha kavrulacağını iyi biliyorum artık.

"Barbaroşo!.. Barbaroşo!.."

Duyduğum bağrışmaları, hafakanlar geçiren zihnimin bir oyunu zannettim. Ama hayır, vardiyanlar kırbaçlarını daha hızlı şaklatıyor, kürekler denize daha kısa aralıklarla girip çıkıyordu. Geminin ani hız ritimleri ve sağa sola alabandası bileklerimdeki zincirleri bir işkence mengenesine döndürüverdi. Çığlık atmamak için dilimi ısırıyorum. Önce güvertede olup bitenleri anlamam lazım ama nafile, sanki ben ben değilim de yalnızca bir ıstıraptan ibaretim. Önce beni uyandıran, sonra dayanma direncimi kırıp bayıltan, sonra tekrar uyandıran ve tekrar bayıltan bir ıstırap... Bu arada duyduğum gülle sesleri, seren direğinin yıkılırken çıkardığı gürültü, forsaların zincirlerini şakırdatmalarını bastıran bağırış ve çığlıklar, kılıç ve baltaların kopardığı eller, ayaklar ve parmaklar arasındaki feryatlar...

Hayır, hayır... Bu bir rüya olmalı... Gözlerimi açmaya korkuyorum. Yumuşak bir yatakta bütün ağrılarım dinmiş ve üstelik de sırtüstü yattığımı hissediyorum. Uyanıp da yanılmış olmaktan korkuyorum. Birden, küfürlerden, acılardan, çığlıklar ve iğrenç kokulardan çok uzaklarda hissediyorum kendimi. Çoktandır unuttuğum huzurun böyle bir şey olduğunu düşünüyorum. Gözlerimi açarsam her şey yeniden eski haline dönecek diye korkuyorum.

Elimin üzerinde gezinen eli işte tam o anda hissettim. Rüya değildi. Yine de gözlerimi korkarak açtım:

"A-la!.."

Sesim çok kısık çıkmıştı. Gerisini söyleyecek gücüm olmadığını hissettim. Aladule sevinçle gülümsedi. Elini alnıma koydu. Uzamaya başlamış sakallarımı okşarken dilinden şükür kelimeleri dökülüyordu. Neden sonra bedenimin sargılar içinde olduğunu fark ettim. Kıbrıs'ta başıma gelenleri düşündüm. Yaşamaktan umut kestiğim anları hatırladım. Neler olmuştu? Burası Hızır Hayreddin Paşa'nın konağıydı. Buraya nasıl gelmiştim? Hareket etmek istiyordum, kımıldayamıyordum.

"Şşşşş... Yorma kendini...."

Tam yedinci günde yatağın içinde doğrulabildim. Her gün Hızır Hayreddin Reis başta olmak üzere hekimler, sınıkçılar, merhemciler ve reisler ile levendler gelip gittiler. Elbette Aladule başucumda hep oturdu, alnımı okşadı, sargılarımı ve zihnimi değiştirdi. Hekimler tehlikeyi atlattığımı, gerisini istirahat ile halledebileceğimi düşünüyorlardı. Yavaş yavaş zihnimi toparlamış, konuşmaya başlamıştım. Artık yaşadıklarımı en ince teferruatına kadar hatırlayabiliyordum. Aladule'nin yüzünde bir bahar neşesi vardı:

"Bu sabah kahvaltınızı kendiniz yapın efendim!"

Bir şefkat cümlesini ne kadar özlemiş olduğumu anladım. İçimden ona sarılmak geldi; teşekkür etmek, şefkat ve merhametini kutsamak... Hayreddin Paşa içeriye girdi:

"Korkuttun bizi Sidi Can... Hem, çok korkuttun... İyisin değil mi?"

"Sayenizde efendimiz!"

"Daha çok da Aladule'nin sayesinde. Akşama kadar kendini toparlamaya bak. Satranç oynamayı özledim. Hem biraz sohbet ederiz."

Akşam ona soracağım şeyler dolanmaya başladı zihnimde. Ama onun da bana soracakları olmalıydı. Burada, Cezayir'de, bu döşekte olduğuma göre!.. Ama bana aramızdaki son cümleyi soracağından hiç kuşkum yoktu: "Çengeldeki cesedi hatırlıyor musun Sidi?" demişti. Muhtemelen bunca zamandır nerelerde olduğumu da soracaktı. Hesap ettim, iki yıldan çok olmuştu. Neden yanına gelmediğimi, dostluğumuzun akıbetini ona açıklayabilmeliydim. Ve elbette Billure'yi soracaktı. Bütün bunlar için cevaplarım hazırdı. Hatta konuya nereden başlayacağımı, hangi ses tonunda anlatacağımı bile kararlaştırdım. Ama o başka bir şey sordu:

"Yusuf'u buldun mu Emir Alkala?"

"Buldum efendimiz, incir bahçelerinde buldum. Gözleri aynı ablasına benziyordu."

"Öyleyse anlat gerisini?"

Keşke bana Emir Alkala demeseydi de eskisi gibi Sidi Can deseydi. Emir dediğine göre artık her şeyi biliyor olmalıydı. Kendimle ilgili bazı gerçekleri ondan sakladığım için bana gücenmiş olmalıydı. Evet, saklamıştım, bu doğruydu, ama ona söylediğim hiçbir şeyde yalan söylememiştim. Eksikti, ama doğruydu. Şimdi bana emir demekle eksik bırakma ihtimalini ortadan kaldırıyordu. Ben de öylece anlattım:

"Yazıköy'den Rodos'a geçtim Hayreddin Paşa'm. Bana gemi babafingosundaki cesedi sorarsınız diye Cezayir'e gelmekten çekindim. Görevimi tamamlamadan yakalanırım korkusuyla İspanya'ya da gidemiyordum. Üstelik Billure 'kurtul da gel' demişti. Yaz boyunca Melila, Sardunya, Balear, Venedik dolaşıp durdum. Kurtulmanın yollarını düşündüm. Neden ve kimden kurtulacağım konusunda içimde şüpheler taşıyarak. Bir ara İstanbul'a geri gidip Yahya Efendi'ye kapılanmayı ve her şeyden orada kurtulmayı bile aklımdan geçirmedim değil, ama dedim ya, Billure'nin kurtulmamı istediği şeyin ne olduğunu, hangisi olduğunu bir türlü kestiremiyordum. Ne de olsa eski rahibeydi; dünyadan kurtulmamı, nefsimden kurtulmamı, cinayetlerden kurtulmamı, hatta kendimden kurtulmamı ve yalnızca onun için olmamı bile kastetmiş olabilirdi. Bütün sırlarımı bildiğine göre emirliği hedefleyen bir kurtulma halini de söylemiş olabilirdi. Velhasıl ben emirlikten veya kendimden kurtulma arasında bocalarken siz Hafsiler'den Tunus'u kurtarmış, Osmanlı toprağına katmıştınız bile. Sultan Hasan'ın size karşı Karlos Kral'ı yardıma çağırdığı hengâmede İspanya'ya gittim. Ordusunun yarısı sizinle meşgul iken beni kimse bulamaz diye düşünüyordum. Üstelik oradan Aydın Reis'e haberler de uçurabilirdim."

"Evet, hepsini aldık ve çok da işimize yaradı. Haberlerin senden geldiğini öğrenince zafere ermiş gibi sevinirdik, bilesin."

"Biliyorum efendimiz, biliyorum. Ama huzurunuza gelmeye yüzüm yoktu. Zaten kış da yaklaşmıştı. Sessiz sedasız Madrid'e geçtim."

"Sen sessiz sedasız zannediyorsun. Cebrail Ağa'nın bildirdiğine göre hancı zaten seni bekliyormuş, saraya ihbar için."

"Ben de o yüzden hana değil, Rahip Mateo'ya gittim."

"Kaçıncı ceset için?"

Hızır Reis Conradina gibi sert bir söylemle "cinayet" dememiş, "ceset" demişti. Bu, sevindiriciydi. Lakin yaptığım işi yarım bırakmayacağımı takdir ettiği için mi böyle söylemişti, yoksa beni bir katil olarak görmediğini ima için mi, kestiremedim. Ama o sırada alnımdaki ter damlacıklarını silen Aladule'nin yanında bunları konuşmaktan rahatsız olduğumu belli ettim. Beni anlamıştı:

"Keder etme Emir Alkala. Cezayir'de senin hikâyeni bilmeyen kalmadı."

Buna sevinmeli miydim, üzülmeli mi, karar veremedim.

"Sonuncu ceset için efendimiz, son zalim için. Zor olacağını biliyordum. Her gün kılık değiştirmek, her yerde başka bir dil ile konuşmak, her yaklaşan kişiden şüphelenmek... Allah kurbanımın kaderini bana vermişti sanki. Aradığım adam da aynı benim gibi yaşıyor olmalıydı. Tedirgin, her an tehlikeye açık ve ölümcül."

"Zor tabii!"

"Hem de çok zor efendimiz, kendinizle çatışarak, yaşadığınızı bir başkasının da yaşıyor olduğunu düşünerek. Kılıç sallarsanız kendinize sallayacağınızı hissederek."

"Decan Ojeda biliyor muydu?"

"O öldüğünde henüz işin başındaydım ve daha yedi muhafızın canını cehenneme göndermiştim. Gerçi bu bahsi hiç açmadı, ama zannederim her şeyi biliyordu. Öyle olmasaydı Rahip Mateo gibi biriyle yollarımız kesişmezdi. Mateo bir Yahudi çocuğuydu, koyu bir Hıristiyan biliniyordu ama Müslüman idi."

"Billure'nin zıddı desene? O da Müslüman çocuğu iken Hıristiyan bilinmiyor mu?"

"Doğru dersiniz efendimiz; lakin ben Billure'nin hâlâ Müslüman olduğunu düşünüyorum. Müslüman, ama İslam hakkında bilgisi az."

"Neyse, yine meseleye gelelim Emir Alkala, ölüm fermanın nasıl çıkmış?"

"Efendimiz, Karlos Kral, sizin elçiniz olarak huzuruna vardığımda, hani Giovanni Doria'yı teslime gittiğimde, beni hatırlamış ve Tudor dükünün şatosunda gördüğünü söylemişti. O gece cihannümaya çengellediğim adamı hatırlamamasını elbette bekleyemezdim. Zannederim heykellerin sırrını öğrenmek istediğim sırada benden şüphelendi. Sonraki kış ölen muhafızdan sonra, benim şehirde olup olmadığımı sordurmuş, beni aratmış."

Hızır Hayreddin Paşa'nın "Genç Doria'yı senin götürmeni istememiştim bu yüzden!" diye mırıldandığını duyunca donup kaldım:

"Efendim, siz ne vakit anlamıştınız?"

"On yıl önce. Ben değil, Cebrail Ağa anlamış. Onuncu muhafızın Madrid Santa Maria Sinagogu'nun çan kulesinde asılı duran cesedine bakarken."

"Adam Sefarad idi efendimiz, üstelik Sefaradlar da tıpkı Müdeccenler gibi Kraliçe Isabella tarafından takibata uğruyorlardı ve bu alçak, Müslümanlarla birlikte engizisyona karşı mücadele edeceğine onlara kılıç sallamıştı. Benim intikamım değilse bile kendi milleti adına ölümü hak etmişti."

"Gemiler dolusu Sefarad'ı İspanya'dan çıkarmak için levendlerimin nice tehlikeler atlattığını düşünürsek bu seninki gerçekten aşağılık bir kancık imiş."

O sırada Çiko aklıma geldi. Sanki ince sesi kulağımda çınlıyordu. Sanki aynı şeyleri düşünmüştük. Hayreddin Paşa hayıflanarak sözünün devamını getirdi:

"Çiko ölmeseydi 'Poh yesin!' derdi ya. Her ne ise, sonraki yıllarda Cebrail Ağa'yı senin arkanı kollamakla görevlendirdim. Cesetlerin bağrını dağladığın tunç hilali çizmenin altına kabara diye çaktırdığını o vakit keşfettik."

"Bütün Endülüs Müslümanları o hilal için çıldırıyordu efendimiz. Dağladığım bedenlerde seçilemiyordu ama hilalin üzerinde 'La Gâlibe illallah' yazıyordu."

"Gırnata Emirliği'nin bayrağındaki yazı öyle mi?"

"Evet efendimiz, Allah'tan başka galip yoktur."

"Elbette Karlos Kral buna sessiz kalamazdı"

"Kalmadı zaten. Bu yüzden on birinci muhafız için çok ince planlar yapmam, her adımı birkaç kez prova etmem gerekti. Muhafızların sayıları azaldıkça çemberin daralacağını biliyordum. Sonraki her muhafız için ben daha ince işçilik yaptım, Endülüs halkı daha çok sevindi. İspanya'ya ilk karlar düşmeye başladığı zamanlarda herkes bunu konuşuyor, muhafızlar birdenbire önemli kişiler haline geliyordu. On ikinci muhafızdan sonra kral hepsinin aynı yerde kışı geçirmesini ve korunmaları için iki müfreze tahsisini önerdi. İçlerinden ikisi bunu kabul edemeyeceklerini ve kendilerini koruyacaklarını iftiharla söylediler. Tabii benim çetelemdeki isim sıralaması da böylece değişmiş oldu. En zor görevim, Billure'yi bulduğum zamankiydi efendimiz. Ya kendime, ya Billure'ye ihanet edecekmişim gibi geliyordu. Zannediyorum, 'Kurtul da gel!' derken biraz da bunu ima etmişti."

"Bitir de gel, öyle mi?"

"Hayır, tövbe et de gel!"

"Peki neden etmedin?"

"Yeminim, efendimiz, yeminim Billure'den önceki zamanlara aitti. Ve bir de Endülüs Müslümanları için artık duramazdım. Ben onlara manevi güç veren bir ermiş gibiydim. Adıma 'Saint' denilmişti bir kez. Müstakbel Gırnata emirinin bir aziz gibi yaşadığını bilmek istiyorlardı. Eğer devam etmesem Endülüs'teki bütün dirençleri biter, kendilerini mağlup hissederlerdi. Endülüs'e karlar yağdığında yeraltlarındaki kandil ışıkları etrafında Kur'an okunurken hepsinin benim başarıma dua ettiklerini bilseydiniz siz bırakır mıydınız? Doğan bebeklerin adını Emir koyan anne ve babalara, birbirlerine benim gibi olacaklarını söyleyen çocuklara ihanet edemezdim. Muhafızların cehennemi boylaması artık Gırnata Emirliği'nin geleceğini ilgilendirmeye başlamıştı. Yirminci muhafız dâhil hepsi ölmeliydi. Yoksa zaten çoktan bıktığım ve kendimden nefretimin çirkinleştirdiği bir hayatı ister miydim?"

"Kıbrıs'a niye gittin peki? Başımıza onca çorap örmek için mi?"

"Yirminci muhafız Kıbrıs'a gittiği için gittim efendimiz. Planlarım içerisinde ilk kez karlar olmayacaktı. Alçak herif sıranın kendisine geleceğini üç yıl evvel bilip ortadan kaybolmuştu. Adı Xalvador idi. İzini bulmakta zorlanıyordum. Yaşı altmışı geçmiş bir adamın beni atlatmasını da kendime yediremiyordum. Yüzmüş yüzmüş kuyruğuna gelmiştim. Onu da çengele geçirip tövbe edecek, yüklerimden kurtulacak ve Billure'nin kapısına varacaktım. 'Kurtul' derken belki de pis yükünü temizle demek istemişti ve bu herif son pislikti. Çok araştırdım. Hayatı hakkında her şeyi biliyordum. Nihayet bir gün dizlerinin rutubetten çok ağrıdığını öğrendim. O zaman gizlenmek için seçeceği yerler listesi daralıverdi. Sıcak bir iklime kaçmış olmalıydı. Afrika'da bir yeri tercih etmesi zordu, çünkü Müslümanlarla karşılaşmayı istemeyecek kadar İslam'a düşmandı. Venedik toprağı olan Kıbrıs veya Girit uygun olabilirdi. Kıbrıs hem daha uzak hem daha sıcak ve kuraktı. Tahminimde yanılmamıştım. Xalvador, genç karısı ile Girne kalesinde bir ev satın almış Sureta limanda tuz nakliyesiyle ilgileniyordu. Artık her şey çok kolay olacaktı."

"Olmamışa benziyor, ha?"

"Karlos Kral da öyle düşünmüş efendimiz. Tudor dükü, heykeller, Giovanni Doria derken kıvrak müziklerin efendisi Saint Alcala ile Sidi'nin aynı kişi olduğundan tamamen emin olmuş. İspanya'ya vardığımda beni yakalatabilecekken yapmamış. Sıradan bir katil gibi yakalatmaktan çok kendi tahtı için tehlike gördüğü bir Endülüs hanedan mensubunu, bir Endülüs emirini cinayet işlerken yakalatmayı kafasına koymuş. Böylece hem Endülüs halkına gözdağı verecek ve hem de her yıl muhafızların ölümünden sonra meydanlara toplanıp intikam sevinci yaşayan adamların gösterilerini sona erdirecek, beni onların gözü önünde diri diri yakıp sonra da hepsini tutuklatacakmış."

"Yirminci muhafız bir yem imiş yani!"

"Bu yüzden Girne'deki evinin çevresindeki otuz evin tamamına kral kendi adamlarını yerleştirmiş."

"Girne kalesi Venedik mülkü olmaktan çıkmış, İspanya'ya tâbi olmuş gibi desene."

"Evet efendimiz, her an, her dakika Xalvador'u gözetleyen en az üç çift göz varmış yani."

"Nasıl fark edemedin?"

"Edemedim efendimiz. Aklım hep Billure ile meşguldü. Bir an evvel kurtulacak ve ona koşacaktım. Üstelik ihtiyar bir adama otuz beş yıl evvelki bir hesabı sormak o kadar zor görünmüyordu. Hatta acımıştım bile. Katliam gününde en ılımlı davranan adamın bu olduğunu da biliyordum üstelik."

"Ne yaptın peki?"

"Girit'ten küçük bir çekeleve ile otuz kadar forsa kiraladım. Kıbrıs'a kar yağmıyordu ama ben yine de fırtınalı bir havada Girne'ye varıp liman ağzına demirledim ve sandalla adamlarımı gönderip acil tuz satın alacağım haberini yaydım. Üç kişinin deposundaki tuzların tamamına yüksek fiyat verdim. Biri Xalvador idi elbette. Malları sandallarla gemime taşıttım. Üç adamım vasıtasıyla çuvalları kıçüstünden yükletip başüstünden gizlice denize attırıyordum. Kaçmak zorunda kalırsak yük olmasın diye. Nihayet yükleme bitince limanda diğer iki tacirin altınlarını ellerine saydım. Hesabımı ona göre yapmıştım. Kesem boşalınca Xalvador'a izzet ü ikram ederek ödeme için gemime kadar gelmesini rica ettim. Kabul etti."

"Ve elbette geri göndermedin!"

"Ben göndermedim elbette, ama arkamdan tam üç kadırganın birden geleceğini de bilemedim.

"Limandan ayrılınca rotamızı hızla Alaiye'ye çevirdik. Bütün muhafızlara yaptığım gibi buna da itiraf için zaman tanıyacak, sonra cesedini Rodos Feneri'nde sallandıracak ve doğruca haberi İspanya'ya götürecektim. Billure'nin de duyacağı şekilde üstelik.

"Çekelevemiz Alaiye'ye yol alırken ben Xalvador denen köpeği güvertede bağlayıp her şeyi anlatmasını istedim. Hazırlıklıymış. Bir gün başına geleceğini biliyormuş. Elimde küçük balık oltaları vardı. Bütün muhafızları aynı şekilde konuşturmuştum. Birinin söylediğini farklı anlatan, gerçeği saklayan olursa etlerine batırıp çekmeye başlıyordum. Her yalan için bir olta. Xalvador bunu tahmin ediyordu. Bir tek sille bile vurmadan anlatmaya başladı. Önce pişmanlığını dile getirdi. Yıllarca içini kemiren pişmanlığını. O sene on bir yaşında olan ağabeyimin ırzına geçen muhafızı nasıl men etmeye çalıştığını, teyzemin karnındaki çocuğu şişleyerek deşen diğer arkadaşına tokat attığını falan anlattı. Bunlar doğruydu. Hepsini çırılçıplak soyup sofaya doldurmuşlar. Giysilerini ateşe verip utançlarıyla alay etmişler. Sonra erkekleri bağlayıp gözleri önünde kadınların ırzına geçmişler. Bebeklerin gözlerini yerlerinden çıkarıp annelerine yutturmak istemişler. Annemin çırpınışlarını ve canına nasıl kıymak istediğini anlatırken dayanamadım, ilk oltayı gözkapaklarından birine takıp misinanın ucunu lumbuz menteşesine bağladım. Çok etkili bir yöntemdir. Adam gözünü kırpmaya çalıştıkça veya gemi sallandıkça gözkapağı yırtılmaya başlar, bildiği her şeyi dosdoğru anlatır. O sırada bir gümbürtü geldi. Akşam karanlığı yeni başlamıştı. Denizde dalga vardı. Birden dışarı çıktım. Serdümen ve forsalar şaşkındılar. Peşimizde üç İspanyol kadırgası vardı ve beyaz bayrak asmamızı istiyorlardı. Kaçıp kurtulma ihtimalimiz yoktu. Önce Akdeniz korsanları zannettim. Xalvador'un işini bitirip öldüğünden emin olduktan sonra cesedini başüstünden denize sarkıttım. Görevimi bitirmenin huzuru içindeydim ve ölsem de keder değildi artık. Adamın cesedi geminin karinası hizasında suyun içindeydi çünkü. Sonra teslim olduk. Tayfa ve forsaların canını kurtarmaktı niyetim. Başımıza bir şey gelirse hemen fener söndürüp kaçmalarını tembihlemiştim. Kadırgalardan üç kişinin çekeleveye çıkmasıyla başladı her şey. Adamlara bol altın vermeyi ve çekelevemizin yoluna devam etmesi halinde kendilerine Girit'te bunun on katı kadar tutan bir hazineyi teslim etmeyi vaat ettim. Gemiyi kontrol ettiler. Xalvador'un cesedini aradıklarını anladım. Durmadan benim kim olduğumu soruyorlardı. Alaiyeli bir tuz tüccarı olduğumu söylüyordum. İnanmış göründüler. Altınları ve beni alıp çekeleveyi göndermelerini böyle sağladım. Adamlarım fener söndürüp Alaiye sularına kerteriz çektiklerinde artık içim rahattı. Lakin kadırgaya çıkınca anladım ki ben paçayı fena kaptırmıştım. Önce Girit'teki altınların yerini söylememi istediler. Girit'e varınca kendilerine göstermeyi taahhüt ettim. Onlar da ellerimi ve ayaklarımı bağlayıp beni sintine kuyusuna sallandırdılar. Rotalarını Girit'e döndürdüklerinde adımı söyleyip bir şarap fıçısı açtılar. Kim olduğumu anlamışlardı. Birkaç tas şaraptan sonra yeniden altınları sormaya başladılar. Vaziyet kötüydü. Gün ışıyasıya kadar her türlü aşağılama, işkence ve eziyete maruz kaldım. Canıma tak etmişti. Elim bağlı olmasına rağmen birini ikisini haklayabileceğimi düşünüp üstlerine saldırdım. Birine omuz atıp denize bile düşürdüm. Sonra da ben atladım. Ne var ki ellerim arkamdan bağlıydı. Uzaklaşamadan beni kancabaş ile yakalayıp etlerime çengel batırarak güverteye çektiler. Sonra da çırılçıplak soyup sintineye zincirlediler. Bu sefer yüzükoyun bağlıydım ve her şeyi açık konuşmaya başladık. Başıma ödül konulduğunu, benim vaat ettiğim hazineden daha büyük bir ödülü Kral Carlos'tan alacaklarını söylüyorlardı. Beni şimdilik öldürmeyeceklerini böylece anlamış oldum. Girit'teki altınların iştahlarını kabarttığını biliyordum. Sabah işkenceye yeniden başladılar. Önce bedenimi birkaç yerinden dağladılar, ardından tırnaklarımı ve kaba etlerimi çekip kopararak devam ettiler. Sesim Akdeniz'in fırtınalarını bile bastırıyordu. Birkaç saat sonra kendimi kaybettim. Sonrasını hatırlayamıyorum."

"Sonrasını da ben söyleyeyim. Yolda tam bir gün bir gece içip sarhoş olmuşlar. İki gün evvel Cebrail Ağa'dan Xalvador dediğin köpeğin Kıbrıs'ta olduğu haberi gelmişti. İspanya'da başına ödül konulduğunu da biliyorduk. Bütün Müdeccenlerin seninle ilgili efsaneler üretmeye başladıklarını da öğrendik. Bir gün Gırnata Emirliği'nin yeniden kurulacağına dair teşkilatlanmaya bile başlamışlar. Hatta evlerde kadınlar kırmızı zemin üzerine sarı şeritler ile 'Ve la Gâlibe illallah' yazılı bayraklar ve armalar bile hazırlamışlar."

"Evet, Gırnata Emirliği'nde atalarımın hepsi, 'Allah'tan başka galip yoktur,' diyerek son nefeslerini vermişlerdi."

"Her ne ise, Endülüs ruhunu ateşlemek için bu gayreti diri tutmak gerekirdi. Seni sağ bulmayı ve Gırnata Emirliği'ni ihya etmeyi bu yüzden çok istiyordum. Elbette Karlos Kral'ın hayalet bir kahramandan bahsedilmesi hoşuna gitmeyecekti. Bu yüzden başına ödül koydurduğuna göre seni haklamayı düşündüğü ortadaydı. Kısa bir müzakereden sonra biz de derhal Cezayir'den demir koparıp sekiz çektiri ile yelken açtık. Niyetimiz Kıbrıs'a gelip kralın adamlarından evvel seni bulmaktı. O sırada Rodos şövalyelerinin İspanya'ya uçmakta olan bir güvercinine yol azdırıp ele geçirdik. Ayağındaki not, 'Kekliğimiz akbabaların pençesinde!' diyordu. Akbabaların pençesine düşen kekliğimizi öylece bırakamazdık elbette. Hah, ha!.. Biz de besili avlara çullanmak üzere kartal olmaya karar verdik. Kızanların hepsi senin için ölmeyi göze aldılar. Bütün Akdeniz'i tarassut ederek didik didik arama pahasına ilerliyorduk. Korkumuz, geç kalmış olmaktı. Girit açıklarında kadırgalara rastlayınca ölmüş olacağından çok korktuk. Sen olsan belki bu kadar karamsar olmayabilirdin ama beni bilirsin, sevdiklerimi yitirmek dengemi bozar."

Biraz durakladı. Zannederim Kanca Oruç Reis'i, İshak'ı ve İlyas'ın ezan okuyan sesini hatırlamıştı. Sonra da kadırgalarında can veren her bir levendi. Onun merhametini bilirdim, ama artık gözü de yaşarıyordu. İhtiyarladığını anladım. Mamafih sesi dinç çıkıyordu:

"Hiç dalga yoktu. Akdeniz'in kadife sesini diliyorduk." -o sırada iki avucunu yavaşça ileri geri birbirine sürterek küreklerin denize dalıp çıkarken duyulan o kadife sesini taklit etmekten geri kalmadı- "Kadırgalar görününce sanki hava birden değişmiş, ısı ve nem oranı düşüvermişti. Gökyüzünde nereden geldiğini bilmediğimiz bir toz bulutu belirdi. Az sonra buluttan üstümüze çamurlar yağmaya başladı. Lodos göz açtırmıyordu. Kürekçilerimiz neredeyse denize düşecek gibiydiler. Dalgalar bizi tam da avımızın üzerine sürüklemeye başladı. Yedekte emniyet için tuttuğum çektiriler bizden önce kadırgalara aborda oldular. Levendlerim gaza niyetine kılıçlarını ağızlarına alıp varagele donanımına yüklendiler. Birer ikişer kadırgaya atlamaya başladılar. Kâfirin forsaları bağırıyor ama askerler sarhoş oldukları için ayakta duramıyorlardı. Her üç kadırgayı da ele geçirdiğimizde en büyük korkumuz, sana kıymış olabilecekleriydi. Cesedini düşmanın illerine göndermeyi istemezdim elbette."

"Ben de efendimiz!"

Gülüştük. Aladule yüzüme bakıp sevindi. Normale döndüğümü düşünüyor olmalıydı.

"Her yeri aradık. Tek bakmadığımız yer sintinedeki hela çukuruydu. Levendlerimden biri burnunu tıkayıp içeri girmeyi akıl etmiş. Seni çıkardığımızda çırılçıplaktın ve titriyordun. O halinle bile bizi kokudan bayıltayazdın. Boktan elbiseni soyduk."

Aladule gülerken burnunu tutup yüzünü buruşturuyordu.

"Şaka bir yana, seni yıkadıktan sonra keçelere sarıp ısıtmaya çalıştık. Yaraların iflah olmaz türdendi. Yanımızda hekim getirmiştik. Yaralarını temizledi. Kurtulamayacağını söylüyordu. Cezayir'e dört günde geldik. Oruç Ağamın kolunu tedavi eden Bokrat misali bir hekim tanırdım. Onu buldurdum. Adam iyice yaşlanmıştı ama işini iyi yaptı. Tabii Aladule de."

O sırada Aladule'nin mahcup olduğunu hissettim. Gözü yaşarmıştı. Başını yere eğip dışarı çıktı. Hızır Hayreddin Paşa devam etti:

"Aladule'nin ellerini bırakıp ayaklarını öpsen hakkını ödeyemezsin Emir Alkala. Tam yirmi bir gün başucundan ayrılmadan dualar etti, durmadan merhem sürüp yaralarının sargılarını değiştirdi. Üzerindeki koku yedi günde çıkmıştı. Yanına yaklaşılmıyordu ama her gün sabah ve akşam hiç tiksinmeden bütün bedenini ılık su ile silen de oydu. Cemayma Hatun sırf bu hizmeti için yedinci günde ona ıtıknamesini verip özgür bıraktı. Ama o sen gözlerini açmadan gitmeyi kabul etmedi."

Bir sessizlik oldu. Hızır Reis, Billure ile Aladule arasında kıyaslar yapıyor ve yine Aladule'yi bana yakıştırmaya çalışıyordu. Öyle şeyler söyledi ki lafı nereye getireceğini tahmin ettim. Sanki Billure'den bahsedecek ve yabandaki sülünden evdeki bıldırcının iyi olduğunu söyleyecekti. Ondan evvel davranıp konuyu değiştirmeliydim. Her ikimiz de en duyarlı olduğumuz iki ismi aynı anda telaffuz etmiş olduk:

"Billure..."

"Doria Kaptan..."

Ve ben galip geldim. Doria adını duyunca hâlâ sinir uçlarına dokunulmuş gibi hissediyordu çünkü:

"Doria mı dedin? Geçen yaz yine kancıkladı bizi. Lakin sonbaharda dersini aldı. Limanda göreceksin, sekiz kadırga ile iki kalyon ondan yadigâr. Esir damında da yüzü aşkın askeri bekliyor. Bizim de üç çektirimiz ile tam iki yüz yetmiş üç forsamız onun elinde. "

Konuyu yeniden Billure'ye getirmemek için başka sohbet konuları bulmam gerektiğini biliyordum. En merak ettiğim soruyu sordum:

"Efendimiz. Artık kaptanpaşa olduğunuza göre devletlü Sultan Süleyman Han hazretleri..."

Sözümü kesti.

"Şimdi bırakalım bunları Emir Alkala. Sen biraz dinlen. Zaten satrancı da unutmuşsun. Billure'yi anlatacaksın bana ama artık yarın."

Gönlümü aldığına çok sevindim. Bana katil muamelesi yapmamıştı. Hatta dışarı çıkmadan evvel sımsıcak da sarıldı. Candan bir dostun ne demek olduğunu yeniden hissettim. Birkaç kez adımı tekrar etti:

"Sidi, Can... Akdeniz haritalarının efendisi... Sidi Can... Asiller asili köle... Sidi Can... Dostum..."

O kapıdan çıkarken ben ağlıyordum. Birden durdu. Başını döndürmeden sordu:

"Sahi, senin gerçek adın ne Sidi Can?"

Gözyaşlarımı silerken mırıldandım:

"Muradî efendimiz, adım Seyyid Muradî."

Gitmese iyiydi. Çünkü ona heykellerin konuşup konuşmadığını, konuştuysa ne dediğini soracaktım. Ayrıca Billure hakkında da ne düşündüğünü kesin olarak öğrenmem lazımdı, çünkü Aladule'nin yanında kafamı karıştırdı. Ve asıl konu Gırnata Emirliği'ydi. Bir devlet kuracaksam elbette onun tecrübelerinden yararlanmak isterdim. Bana yardım edip etmeyeceğini de öğrenmem gerekiyordu. Yirminci muhafızın Kıbrıs'ta infaz edildiği haberinin İspanya'ya ulaştığını ve Müdeccenlerin bir mehdi gibi benim ortaya çıkmamı, bayrak açmamı beklediklerini iyi biliyordum artık. İstikbalimi görür gibi oldum.

İki ay Cezayir'de Aladule'nin çorbalarını içerek ve yakılarını vurunarak tamamen sağlığıma kavuştum. Konaktaki en önemli değişiklik Çiko'nun artık kafesinde olmadığıydı. Onun yerine başka kuşlar gelmişti ama hiçbirisi artık "Poh yesin!" demiyordu. Kanca Oruç Reis'in hatıralarını kaybederken yaşlanmıştık. Hızır Reis artık Osmanlı'nın Cezayir Beylerbeyi Hayreddin Paşa idi ve elbette yetkileri de, teşkilatı da genişlemişti. İstanbul'dan döndükten sonra Akdeniz'in her yanına açılmıştı. İtalya kıyılarını vurduğunu, Papalık gemilerine dehşet saçtığını, ağabeyinin hatırası için Tunus'a hâkim olduğunu ama Tunusluların ikinci kez onu sattıklarını ve Karlos Kral'ın gönderdiği Haçlı donanmasına yardım ettiklerini, Tunus'u elden çıkarmasına rağmen İspanya'nın ayaklarına yönelmekten çekinmediğini ve Akdeniz'de İbiza başta olmak üzere Endülüslülerin Şark Adaları dedikleri on dört adayı ele geçirdiğini biliyordum. Şimdilerde de İtalya kıyılarına seferler düzenliyordu. Donanmasının bir kolu da Ege Denizi'ndeki Venedik adalarını Osmanlı topraklarına katmakla meşguldü.

Hızır Reis'in Akdeniz'deki icraatları, Osmanlı Devleti'ne sırtını dayamış eski bir korsanın faaliyetlerinden çok Osmanlı'nın Cezayir beylerbeyi olan kaptanpaşasının yönetim biçimi olarak görünüyordu. Karlos Kral o günlerde bilhassa Şarlken adını öne çıkarmaya ve Fransa'nın da onayını alarak Akdeniz'de hâkimiyet sağlamaya çalışıyordu. Bunun için bütün Avrupa saraylarına tek bir aile olduklarını hatırlatıyor, parçalanmış aileyi bir araya toplamayı da Hıristiyanlık adına kendi vazifesi olarak görüyordu. Ne de olsa o "Kutsal Roma imparatoru" idi. Fransa, İspanya, Cermen, Kastilya, Aragon, Napoli ve Sicilya'ya ilaveten Felemenk yurtları bile iki dudağının arasından çıkacak kaderleri uygulamaya hazırdı. Hıristiyan ailenin en büyüğü olarak yanına İngiltere'yi de aldığında tam bir Haçlı ittifakı oluşuyordu. Daha önce Barba Rossa'ya karşı tek başına başarılı olamamıştı ama şimdi bu ittifakın gemilerini bir araya getirdiğinde Hızır Hayreddin Paşa'yı Akdeniz'in dibine gömebilirdi. Bütün hazırlıkları buna göreydi. Burnunun dibine, İbiza'ya kadar gelen bu Türk'e bir ders verme zamanının geldiğini düşünüyordu. Başta

İspanya olmak üzere bütün ülkelerde asker alımları başlatıldığı haberleri geliyordu, gönüllü birlikleri için de kilise seferber edilmiş durumdaydı. Hıristiyan ülkeler, bir zamanlar Selahaddin Eyyubi için yapılanı bu sefer Barba Rossa için yapıyorlardı. Üstelik başlarında ne keşiş Pierre, ne Godfrey Bouillon vardı; başlarında yalnızca Doria vardı, Andrea Doria... Hızır Hayreddin Paşa'nın ezeli rakibi, deniz tanrısı Poseidon'un yeryüzündeki görüntüsü... Hızır Hayreddin Paşa'nın oğlu Hasan'ı Karlos Kral'a götürememiş olsa da Papalık nezdindeki siyasi manevralar ile itibarını korumayı başaran Doria Kaptan...

İki gün sonraydı. Aladule kapımı tıklatıp Hayreddin Paşa'nın beni çağırdığını söyledi. Satranç tablasını da götürecekmişim. Denileni yaptım. Yanına girerken Hasan çıkıyordu. Kucaklaşıp hasret giderdik. İstanbul'dan döndüğünü bilmiyordum.

İlk hamlesiyle birlikte Sultan Süleyman'dan bir ferman geldiğini, kendisini İstanbul'a çağırdığını söyledi. Meğer Hasan bu sebeple gelmiş, paşa rütbesiyle Cezayir sancakbeyi olacakmış. Hazırlıklar bitmiş de cuma günü yola çıkılacakmış bile.

Ne diyebilirdim. Elbette çok şaşırdım. Hayreddin Paşa Cezayir'i vatan bilmiş, burası için iki ağabeyini, bir kardeşini ve yüzlerce levendin kanını feda etmişti. Burayı bırakıp gideceğine inanmazdım. Şüphesiz İstanbul'da daha büyük işler yapacak, daha etkili vazifeler görecekti ama Cezayir'i Hızır Reis'siz düşünmek bana anlamsız geliyordu. Onun Cezayir'e olduğu kadar Cezayir'in de ona ihtiyacı vardı çünkü. Bunu dillendirdiğimde samimi bir şekilde kolunu omzuma atıp gönlümü almaya çalıştı:

"Oğlum Hasan, Cezayir'in yeni efendisidir Sidi Can."

Tabii, "Ama benim size ihtiyacım var, ona değil," diyemedim. Beraber gitmeyi teklif ettiğinde de, "Gırnata emirini İstanbul'a mı çağırırsınız efendimiz?" diye küçük bir sitemde bulundum ve ilave ettim:

"Billure'ye giden yolları ikinci kez bağlamanıza evet diyeceğimi ummayın hiç. Üstelik yaşım ilerliyor, umutlar tükeniyor, hayaller soluyor. Şimdi, zemin hazır iken İspanya'ya gitmezsem bir daha emirlikten de Billure'den de bahsetme hakkım olmaz."

"Böyle düşüneceğini biliyordum. Haksız da değilsin. O yüzden senin için bir hazine hazırladım. Haritandaki hazine kadar kıymetli olmayabilir ama emirliğini kurarken ihtiyacın olacaktır. Oğlum Hasan'a bıraktığım altmış altı kadırga her zaman sana imdat edecektir. Ben de sultanımız efendimiz hazretlerini bu hususta bilgilendireceğim; kim bilir sana yardım için belki bir donanma da ben alır gelirim."

"Allah ömür ve devletinize zeval vermesin efendimiz."

Başka bir şey diyemezdim. "Haritandaki hazine" derken Billure'den başka bir şeyi mi imaya çalıştığını kestiremedim. Çünkü haritamda bir hazineden hiç söz etmemiştim. Süveyda elbette bir kalp hazinesini temsil ediyordu.

Ona, Cezayir'i çok özleyeceğini söyledim. O da bu şehri bir daha görememekten korktuğunu ifade etti. Sonra hüzünlendi. Yanağından süzülen damlayı benden gizlemeye çalışıyordu. Sesi titreyerek benimle tekrar vedalaşmayacağını, bunun son görüşmemiz olmasını istemediğini, Hasan ile ikimizi asla ayırmadığını, Cemayma ve Aladule'nin de benim üzerimde hakları olduğunu, bana bakması için Aladule'yi bırakacağını falan söyledi. Teşekkür ettim ve Aladule'yi götürmesini istedim. O zaman Billure'den bahsettik. Bir kerecik olsun göremediği bu kadının çok şanslı olduğunu ifade etti. Aladule'nin onunla yarışma şansı olmadığını hep bildiğini ama Cemayma Hatun'un ısrarlarıyla ikimizi bir araya getirmeye çalıştığını da itiraf etti. Son sorusu yine Billure oldu:

"Ona mı gideceksin?"

"O, 'Kurtul, öyle gel!' demişti. Artık pek çok şeyden kurtuldum, kendimden kurtuldum. Sırlarımdan, yeminimden kurtuldum. Bir tek Gırnata emirliği kaldı. Bir âşık, emir de olsa âşık değil midir efendimiz?"

"Öyledir, Sidi, öyledir!"

İlk ve son defa olarak satranç tablasında oyun sona ermedi, taşlar öylece kaldı.

Cuma günü Cezayir'de kurbanlar her zamankinin aksine gözyaşları eşliğinde kesildi, tekbirler gözyaşlarıyla yıkandı. Hayreddin Paşa Cezayir'i bırakıp gidiyordu. Limandaki yüz altmış beş pare geminin doksan dokuzu İstanbul'a hareket ettiğinde ben de bezirgân kimliğine bürünüp adıma bağışlanan üç Venedik kalyonuyla, "Uzat elini Malaga, gel beri Gırnata!" dedim. İçinde pazara çıkarılacak baharat sandıkları -dördü tamamen altınla doluydu- ile tacir kılığında elli Endülüslü Müdeccen vardı. Emirliğe giden yoldaki ilk yoldaşlarım. Ve elbette taşıdığım en değerli hazine Billure'nin haritası idi. Limanda sallanan mendiller görünmez olduğunda Osmanlı Kaptan-ı Deryası Hızır Hayreddin Paşa'nın donanmasıyla da yollarımız yavaş yavaş ayrılmaya başladı. Puntellere yaslanıp gözleriyle beni takip eden Aladule'nin kırmızı şalı ufukta görünmez olasıya kadar gözüm başka bir şey görmedi. Aladule... Endülüs'ün hüzün çiçeği!..

1537

“Kim o?”

“Donmak üzere olan, yardımınıza muhtaç bir dilenci.”

Kapıyı açtı. Eşikte bekledi, başını yere eğdi. Sesimi tanımış olmalıydı. Takma sakalım ve dilenci kılığımla ne kadar değişik göründüğümü yüzüme haykırmasını istedim ama yapmadı. Ben ona bakarken o bana bakmıyordu. Elbette beni tanımıştı. Belki kokumdan bilmişti. Yüzü renkten renge giriyordu, ama hangisinin sevinç, hangisinin öfke belirtisi olduğunu anlayamıyordum.

“Sevgiliyi arama iddiasında olanların haberi yoktur. Haberi olanlardan ise bir daha haber çıkmaz. O halde neden geldin?”

“Bağışla beni. Cehennemde yaşamadığımı bilmem için sana gelmem gerekiyordu. Sen benim hayatımdaki en iyi şeysin çünkü.”

“Kurtuldun mu peki?

“Kurtulduğumu sanıyorum. Ayrılık cehenneminde yana yana her şeyden kurtulduğumu sanıyorum. O kadar ki senin arafını cennet anlıyorum ve cennettekilerin oraya cehennem demelerine hiç aldırış etmiyorum.”

“Zavallısın sen... Kurtulmayı yanmakla olur sanıyorsun belli.”

"Hayır sevgili, ölmekle olur... Eşiğine kurbana gelip ölmekle... Eğer kurtulmadığımı söylersen uğrunda ölmeye hazırım. Kurtularak ölmeme razı isen, ölerek kurtulacağıma yemin ederim. Ve bilirsin yeminlerimde dururum."

"Bana kurtulmaya geldiğini söylüyorsun ama neden kurtulduğunu bile henüz söylemiyorsun."

"Neden dersen ondan kurtulmaya ahdettim bir kez. Dile emirin olayım, dile emrinde olayım. İzin ver âşığın olayım, izin ver aşkında öleyim. Aşkınla kurtulmamı istersen de kulunum, aşk ile kurtulmamı istersen de; ama aşkından kurtulmaya takat yetiremem."

"Özlemek, usanmaktan iyidir demiştim."

"En büyük arzunun bana kavuşmak olduğunu da söylemiştin."

"Aşkın saflığı içinde kirlenmekten, yanlış yaparak temiz kalplerimizi lekelemekten de söz etmiştim. Beni iyi dinlememiş veya anlamamışsın belli. Aşkıma talipsin ama kalbinde hâlâ yirmi kara leke taşıyorsun... Kurtulduğunu söylüyorsun, ama tövbekâr olarak değil, katil olarak geliyorsun. Ben gül yaprağı özlüyorum, sen sepetteki elmaların kokusunu unutmuşsun. Ben seninle cennet hayal ediyorum, sen kalbinde bana cehennemi getiriyorsun. Kırk yaşında bile kendini kendinden kurtaramamışsın da, bana aşkta kurtulmaktan bahsediyorsun. Oysa sevgini kalbimden almasın, yüzünü bana unutturmasın diye her gece dualar eden ben, seni her gece rüyamda görmek için can atan ben, şimdi gözümü her yumuşta senin bir insanı daha öldürdüğünü mü görmeliyim? Kurtuluşa doğru koşma zamanı demiştim, kurtuluşu paylaşma zamanı. Emir Alkala!.. Git ve aşktan gayrı her şeyden kurtulduğun vakit beni götür."

Kapıyı kapatıp içeriye giriverdi. Öylece, elim açık, bir dilenci, kalakaldım. Ayaklarım kıpırdamıyordu. Onun da kapının arkasında aynı şekilde kalakaldığını biliyordum. Onun da ayakları gitmemiş, kapıya sırtını dayayıp öylece kalakalmış olmalıydı. Kapıyı kapattığına göre haddimi aşıp tekrar tıklatamazdım. Fısıldadım:

"Heykellerin sırrını çözemedim diye mi bu eziyet bana?"

"Sırların canı cehenneme, o yalnızca seni bana getirecek bir vasıtaydı. Artık önemi kalmadı."

"Bir sır yok idiyse neden kurtulmamı istedin?"

"Sır olmaz olur mu? Onu biliyor olsaydın zaten kapının dışında olmazdın."

"Heykelleri başkasına verdim diye mi?"

"Tam yirmi beş yıldır, senin anıldığın yerde heykelin de haritanın da batıl birer isimden ibaret olduğunu düşündüğümü anla artık."

"O halde haritayı neden çalmıştın?"

"Sen de kalbimi çaldığın için."

Soracağım her soruya vereceği bir cevabı olduğu belliydi. Üstelik kapıyı açmayacağını biliyordum. Eşiğine gelirken umduğum şey yine geri çevrilmek değildi. Öylece kalakalmıştım. Ne yapacağımı bilemiyordum. Gece başlamak üzereydi. Sert bir rüzgâr esti. Çaresiz, döndüm. Yılın ilk karı yolumu beyazlatmaya çalışıyordu. Aklımda binbir düşünce vardı. Konuştuklarımızı yeniden düşündüm. Belli ki Billure beni bir seri katil olarak görüyor, bunu kendisine izah etmekte zorlanıyordu. Son muhafızı öldürmeden tövbe etmemi kurtulmak olarak görmüştü anlaşılan. Öyle yapsaydım, belki de onun aşkını her şeyden önde tuttuğuma yoracaktı. Billure nasıl bir yüreğe sahipti ki kendisinin dışında her şeyden vazgeçmemi ve yalnızca kendisine âşıklık etmemi istiyordu. Peki ama ideallerim, hayallerim, bana umut bağlayan Müdeccenler, Gırnata emirliğim? Bunların hepsi onun rakipleri miydi? Beni çok sevdiğini, yirmi beş yıldır aşkımı içinde sakladığını söylüyordu ama neden kendisine yakınlaşmama hiç müsaade etmiyordu? Belki de yalnızca âşığı olursam, diğer iddialarımdan ve davalarımdan vazgeçersem Kral Karlos'un hışmından kurtulacağımı, böylece başımın gövdemin üstünde duracağını düşünüyordu. Hakkımda çıkartılan ölüm fermanları, başıma konan ödüller, bilhassa Hızır Reis'in adamı olmam, hepsi onu korkutuyor olmalıydı. Neyse ki bu sefer, "Kurtulduğun vakit götür beni," demişti. Kapıyı yüzüme kapatmakla beni korumak istediği de açıktı. İspanya'dan başka bir yere gidecek olsak şüphesiz böyle davranmayacaktı. İyi ama Gırnata adı tarihten silinsin miydi? Saklandığımız hisarda yeniden Gırnata veliahtlarının büyümesini, onun doğuracağı veliahtları hayal etmek suç muydu? Bunun için binbir tehlikeyi göze alıp limanlardaki pasaporta memurlarını atlatmak zorunda kaldığım, kendi kalyonumda dilenci kılığına girip kimliğimi unuttuğum boşuna mıydı?

Gırnata'ya gitmeye karar verdim. Kar yolları kapatmadan yetişmeli, kış boyunca Müdeccenleri teşkilatlandırıp baharda bir ateş yakmalı, istiklal bayrağını hazır etmeliydim. Cezayir'den getirdiğim yoldaşlarımı topladım. Beşer onar kişilik gruplar halinde Endülüs'ün dört bir yanına dağıttım. Malaga, Tuleytula, Mürsiye, İşbiliye... Hepsinde haberleşme için teşkilat kurulmasını istedim. Yirminci muhafızın öldürülmesinden sonra yalnızca Endülüs'te değil, İspanya'nın her yanındaki Müslümanlar taşıp köpürmeye başlamışlardı zaten. Halk arasında benim için "Muhafız", davamıza da artık "Muhafızlar" deniyordu. Bunu Gırnata'yı muhafaza edeceğim için değil, muhafızları öldürdüğüm için söylediklerini biliyordum. Kaderin intikamı çabuk olmuştu. Düşmanımın adıyla anılıyordum. Yolda haber aldık ki Kral Karlos da boş durmuyor, sırf Muhafızlar'a katılan Müslümanların tenkili için Kastilya ve Aragon'dan ihtiyat kuvvetleri getirtiyormuş. Kış uzun olacağa benziyordu. Silahlar depolamak, ücra yerlere erzak ve mühimmat yığmak, mücahitlerimin toplayıp getireceği gerillalar için kıyafet ve çarıklar tedarik etmek, barut satın aldırmak gerekiyordu. Her şeyi büyük bir gizlilik içinde yürütmeye başladık. Yine de Kral Karlos haberdar olmuş, Müslümanlar üzerine Kirli Isabella'dan daha büyük bir baskı uygulamaya başladı. Saint Alcala adını çoktan unuttum. Kimse beni bu isimle bilmiyordu artık. Muradî adımı kullanıyorum, annemin telaffuz ettiği şekliyle Seyyid Muradî. Arkadaşlarım bunu benim takma adım zannediyorlar. Cezayirli göçmen dilenci Muradî olmak da ayrıca işime yarıyor. Dilenci olarak her yere girip çıkabiliyorum. Karlı günlerde bile yarı çıplak dolaşmak pahasına tabii ki.

Zaman hızla akıyordu. Muhafızlar hazırlıkları arttırdıkça Kral Carlos'un adamları da tahkikatları arttırıyorlardı. Kış ortalarında daha da ileri gidip bazı Müslüman evleri kundaklanmaya, çarşıda pazarda sözü geçen âlimler, murabıtlar ve hocalar toplanıp götürülmeye başlandı. Ben bunların Müdeccenler üzerinde çarpan etkisi yapıp sayılarımızı arttıracağını düşünüyordum. Öyle olmadı. Maalesef ki öyle olmadı. Kralın şiddetli tedbirleri ve halk arasına yaydığı Engizisyon işkence metotları Müdeccenlerin azmini kırdı, bizden uzaklaştırdı. Nedense Müslümanlar çok korkak olmuşlar; artık ne Hz. Peygamber zamanındaki gibi, ne de Tarık bin Ziyad'ın askerleri gibi cesur idiler. İslamiyet'in özünde böyle bir pısırıklık ve korkaklık yok iken, ulülemre itaat geleneği Müdeccenleri sünepeleştirmişti. O kadar ki Muhafızlar'a malzeme satmaktan bile korkan Endülüslüler vardı. Bazıları Muhafızlar'a katılan çocuklarını geri çağırdılar. Umutları canlı tutabilmek için daha fazla para harcamam gerektiğini anladım ve yanıma birkaç mücahit alıp kar, buz demeden Malaga'daki metruk hisara gittim.

Senede bir günümü burada geçirdiğim için yıldan yıla çoraklaşan araziyi, harabe duvarların eriyişini, ağaçların kuruyuşlarını ezbere biliyordum. Yıkıldıktan ve terk edildikten sonra geçen yirmi beş yılda ne çok şey değişmişti. Haritam olmasa hatıralarım bile beni yanıltmaya başlardı. Kırık hisar kapısının tamamen çürüyüp döküldüğünü gördüm mesela. Yalnızca yerde aslan başını andıran halkası duruyordu. Onu alıp içeri gireceğimiz sırada iki kurdun saldırısına uğradık. Kışı geçirmek üzere yavrularını getirip viranelerin arasına in yapmışlar. Yavruları olduğu için zarar vermek istemiyorduk. Hisarda kalmaları bizim için iyi de olabilirdi. Sureta bir anlaşma yaptık ve azıklarımızı önlerine attık. Bereket versin, haritamdaki "Yağmurdan kaçtığımız mağara" ile işaretli yerde duruyorlardı. Bize şimdilik Diyar-ı Kalb ve içindeki "Süveyda" lazımdı. Arkadaşlarıma önce Diyar-ı Kalb'i anlattım. Gönül ülkesinin önemini, maddi bütün kaygıların dışında insanın asıl vatanının gönül ülkesi olduğunu, bu yüzden gönül ülkesiyle cennet arasında özel bir yol bulunduğunu, bu yolu tutturanların bahtiyar ömürler sürdüklerini söyledim. Süveydanın da kalbin merkezinde bir damla kan olduğunu ve her tecellinin buradan çıktığını ayrıca ilave ettim. Bu arada karları eşeleyip aradığım şeyin tam yerini tespite çalışıyordum. Evet, bulmuştum. Bir kayanın sivri ucu. Sonra yoldaşlarıma bu ucu merkez alıp bir sininin çevresi kadar olan yeri kazmalarını söyledim. Toprak sert ve hava soğuktu. Kurtların yeniden karınları acıkmadan işimizi bitirmeliydik. Zaten kazma seslerinden rahatsız olmuşa da benziyorlardı. Neyse ki çok sürmedi. Kazmalardan birinin tok sesini duyunca daire içinde kalan toprağı eşeleyip temizlettim. Aradığım şey işte oradaydı; bir değirmen taşı ve kutbunda bilek kalınlığında bir çukur. Kapı kanadından bir tahta parçasını çukura sokup üzerinden irice bir taş ile vurdum. Birden değirmen taşı kendiliğinden dönmeye başlayıp kenara kaydı. Sesten ürken arkadaşlarımın hepsi yüzüme bakıyordu. Meraklarını gidermem gerekti:

"Henüz beş yaşımda iken babam gizlice beni buraya getirir ve kimsenin bilmediği bu oyunu birlikte oynar, hangimizin değirmen taşını daha hızlı döndüreceğine bakardık. Katliamdan çok sonra Billu..., öhö, bir arkadaşımla burada saklanmıştık. Arkadaşımın gittiği gün elimde ona ait heykeller kalmıştı. Heykelleri saklayacak yer ararken babamla oynadığımız oyun aklıma geldi. Katliamdan sonra bu taşı ilk o zaman açtım. Hayret, içeride bir sandık ile üzerinde bir not gördüm; *'Şehzadem! Gırnata Müslümanları için harcanacaktır. Gafil olma!'* Anladım ki babam katliam başlamadan hemen evvel hazinesini buraya saklamış ve bana emanet etmişti."

"Peki ama şimdi nerede?" dedi muhafızlarım. Baktım, tekrar baktım. Çıldıracaktım. Sandık yoktu. Gırnata Emirliği'nin altınları yerinde yoktu. Geride kalan boşluğun tam ortasında kumlar vardı. Sarı kumlar. Dikkatimi çekti. Bu kumları tanıyordum. Billure'nin kaybolduğu gün üzerine kalp çizdiği kumlardı. Eğilip kumları dağıttım. Tahminim doğru çıkmıştı. Altında bir kâğıt parçası duruyordu. Heyecanla açtım:

"*Emir Alkala! Gırnata Müslümanları için harcanmıştır. Gafil olma!*"

Elbette ki Billure'nin yazısıydı. Peki ama ne zaman keşfetmişti, ne zaman almış, kimlere vermişti. Şimdi ben ne yapacaktım? Bunu yakın bir zamanda yapmış olmalıydı, beni amaçlarımdan vazgeçirmek, elimi kolumu bağlamak, kurtulmamı sağlamak için... Başarmıştı da. İşte elim boş kalmıştı. Muhafızlarım garip biçimde yüzüme bakıyorlardı. İtibarımı sorguluyor olmalıydılar. Billure'ye çok öfkelenmeyi istedim, yoldaşlarıma karşı beni mahcup düşürmesine kızmalıydım, bir milletin yürüyüşüne çelme takmasına kızmalıydım; ama hayır, yapamadım.

Eli boş Madrid'e dönüyorduk. Yolda her şeyi en başından hatırlamaya çalıştım. Nasıl olmuştu da Billure ile ayrı düşmüştük. Görünürde hiçbir sebep yokken neden ruhlarımız kavgalı gibiydi. Bu çatışmayı ortaya çıkaran duyarlılık aramızdaki aşkı bitirmeye azmetmiş olabilir miydi? Yirmi yıl yalnızca özleyen ve kavuşmayı bekleyen, bunun için çareler arayan Billure'ye ne olmuştu da kavuşma vakti gelince bunu ötelemeye başlamıştı? Belki de Hızır Reis'in dediği gibi, inanış biçimiydi bunun sebebi. Bir zamanlar rahibe olmak, âşık olduğu Müslüman'la birleşmesine mâni mi oluyordu yani? Akdeniz'in altı ile üstü arasında acımasız bir din savaşı vardı tamam da, kendisi de bir Müslüman çocuğu iken Hıristiyanlığı aşkına engel görecek kadar bağnazlık gösterebilir miydi? Yok, yok, böyle olamazdı. O beni asla din yüzünden reddetmezdi. Belki de o benimle yaşamaktan korkuyordu. Benimle hayatını birleştirmeyi hayal ederek geçen yıllar içinde özlemek, hasret çekmek, hayal etmek o kadar tabii hale gelmiş olmalıydı ki, şimdi onları değiştirmek istemiyordu. Yıllar yılı zihninde bana hangi kimlik ve tavırları biçtiyse, şimdi onlara uymayan bir Alkala ile karşılaşmaktan korkuyor olabilirdi. Hasretle geçen yıllarda ben de ona çeşitli kalıplar biçmemiş miydim zaten? Herhangi bir zamanda, herhangi bir kadını izlerken, "Billure olsaydı şöyle yapardı," gibi yakıştırmalar ile onun kimliğini zihnimde kendim oluşturmamış mıydım? Benim zihnimdeki Billure ile beni eşiğinden döndüren Billure tıpatıp aynı kişi olabilir miydi? Kaç kez, "O burada olsaydı, şöyle yapardık!" diye hayal ettiğim her şeyi belki öyle yapmayacak, hatta tam tersini yapacaktı, kim bilir? Onu zihnimde kendi istediğim şekilde yoğurmuş, gönlümün hoşlanacağı bir Billure'nin hayal görüntüsünü yaratmıştım da şimdi o görüntü gerçeği ile çakışıyor muydu, yoksa çatışıyor mu? Belki Billure de aynı şekilde düşünmüş, bana dair hayaller ile zihninde bir Alkala yaratmıştı da şimdi kalıplar birbirine uymuyordu. En azından onun sevdiği Alkala yirmi kişiyi öldüren biri olmamalıydı. Belki de o zihninde, yalnızca kendisini sevecek, hiçbir nefesini başkasıyla paylaşmayacak bir sevgili kurmuştu da şimdi Gırnata emiri olmak için çabalayan birini dışlıyordu. Aşk böyle bir şey miydi yoksa?

Öğrenmeliydim, öğrenmeli ve meraktan kurtulmalıydım. Muhafızlarım ile çıktığım kutsal yol bir hayal olmadan, Billure'nin beni neden öteleyip durduğunu öğrenmeli ve gerekiyorsa o vakit her şeyden kurtulmalıydım. Belki de Billure bana kurtul derken şüphelerden kurtulmamı söylemişti de ben farkına varamamıştım. Çünkü şüpheler içinde kıvranıyordum. Peşime takılıp gelmek için şüphelerimden kurtulmamı beklediğini kim inkâr edebilir? Ve kovulmak pahasına yeniden kapısına gitmeye karar verdim.

"Haritalar çizdiğimiz günleri hatırlıyor musun Sidi?"

Benden evvel o sormuştu ve bu sefer Şehzade Alkala dememiş, daha samimi bir ses ile ilk adımı telaffuz etmişti. Geleceğimi biliyor, beni bekliyor gibiydi. Ama yine yüzüme bakmaya çekiniyor, gözlerini benden kaçırıyordu.

"Her biri şakağımda ağaran saçım olacak kadar iyi hatırlıyorum Billure. Peki ya sen Diyar-ı Kalb'i hatırlıyor musun?"

"Hayatımı anlamlı kılan yegâne kelime... Seni her düşündüğümde, ileride bir gün yaşayacağımız yerin orası olduğunu hayal ettim çünkü. Sen ve ben Sidi, Diyar-ı Kalb'de, Gönül Ülkesi'nde, yalnız sen ve ben... İkimiz bir olarak, ikilikten kurtulup bütünleşmiş olarak... Gayrı her şeyden kurtularak... Her şeyi ve herkesi geride bırakarak, yalnızca sen ve ben..."

Billure, Diyar-ı Kalb'i yalnızca ikimiz için düşünüyor, içinde başka bir kişi veya nesneye yer vermiyordu. Altınları sormanın tam sırasıydı:

"Süveyda'yı bunun için mi yerinden çıkardın?"

"Hayır, onu yerinden sen çıkardın. Cleves'te senden haritamı yeniden çizmeni istediğimde Diyar-ı Kalb'i çizmiş, altın heykelleri de nakşetmiş, ama Süveyda'yı işaretlememiştin. Sonra İspanya'ya döndüğümüzde fırsat el verdi, hisara vardım. Haritamdaki her şey yerli yerinde tozlanmış, eskimiş, hatıralarımı saklamıştı ama bir tek Diyar-ı Kalb'in üzerinde yeni izler vardı. Senin izlerin olmalıydı. Demek ki oraya gelmiştin!"

"Senede bir gün, seni kaybettiğim günün yıldönümünde, birinci teşrinin son gününde, belki yine gelirsen diye, Diyar-ı Kalb'de hep seni bekledim."

"Her sene mi?"

"Her sene."

"Ah... Sidi..."

"Billure... Sevgilim!.."

Elim yine boşlukta kaldı. Oysa yanağındaki damlayı silmek için uzatmıştım. Başını çevirmişti. Sordum:

"Süveyda?"

"Haritana çizmeyişini, unuttuğuna yoramazdım. Belki gözden çıkardığını düşündüm. Seninle bana ait olan bir ülkede her şey, ama her şey yalnızca fazlalıktan ibarettir diye düşündüm. Süveydanın ne olduğunu o vakit araştırdım. Süveyda, insanın manevi varlığının ve idrakinin merkezi imiş. Kalbin tam ortasında bir kan pıhtısı, siyah nokta. Bütün kan dolaşımının ve bütün akışların merkezi. Kan damarlarda dönüp dolaşıp yine oraya gelirmiş. Her yıl aynı günde geldiğini bilmiyordum ama senin de dönüp dolaşıp oraya geldiğini anlamıştım. Mademki Diyar-ı Kalb'in içinde gönül, gönlün içinde de Süveyda vardı, o halde Süveyda'nın içinde seni ve beni anlamlı kılacak bir şeyin bulunması gerekirdi. Süveyda'nın sevda demek olduğunu da o vakit öğrendim ve sevdamızı yaşatacak şeyi oraya gömdüğünü anladım."

"Süveyda'nın yüksek anlayış noktası ve aşkın tecelli ettiği yer olduğunu bana Decan Ojeda söylemişti. Belki sana da söylemiştir diye haritamda oraya Süveyda diye ad koymuştum. Bu yüzden, seni kaybettiğim o son teşrin gününde, bana bıraktığın heykelleri oraya gömmek geçmişti aklımdan. Sırrını çözemediğim heykelleri..."

"Ben de heykelleri bulmayı ummamıştım zaten. Belki bir mektup, belki seni bulacağım bir adres..."

"Akıl edemedim."

"Bir sandık altınla karşılaşınca şaşırdım ve üzüldüm. Babanın sana bıraktığı notu okudum. Sonra da senin burayı bilmeme ihtimalini düşündüm. Hayır, haritada işaretlediğine göre biliyor olmalıydın. Ama ikinci haritadan Süveyda'yı çıkarmıştın. Aklımdan, hazineyi gözden çıkardığını geçirdim. Üç yıl evvel sana kurtulmanı söylediğim yıldı. Sen Cezayir'e gitmiştin ve İmparator Carlos, öldürdüğün muhafızlar yüzünden Endülüs

Müdeccenlerine eziyeti arttırmıştı. Senin yerini söylemedikleri için bin civarında insanı toplatıp sorguya çektirdi. Zavallı kral, her bir Müslüman'ın senin nerede olduğunu bildiklerini zannediyordu. Hepsini günlerce aç ve susuz bıraktı."

"Sonra hepsini Venedikli bir esir taciri satın almış galiba; hem de yüksek fiyattan."

"Biliyor muydun?"

"Rahip Mateo..."

"O Venedikli tacir kimdi dersin?"

"Aman Allahım! Yoksa?"

"Evet, her biri için üç altın ödedim."

"Süveyda'daki altınlar?!."

"Doğru, Süveyda'daki altınlar!.. Ve her birinin yerine bir kum tanesi bıraktım; senin için altından daha değerli olduğunu düşündüğüm kum tanelerini..."

Gözlerim dolu dolu oldu. Onun da içinden ağlamak geçtiğini biliyordum. Göğsüme yaslansa, ağlasa, ben de teselli etsem diye içimden geçirirken titreyen bir sesle mırıldandı:

"Sana ilk o gün öfke duydum Sidi. Sen adam öldürüyordun ve insanlar savruluyordu. Her şeyi yapabileceğini sanıyordun ama başkalarının acılarını hesaba katmıyordun. Yıllarca 'bencil bir sevgili' uğruna mı gözyaşı döktüm diye ilk o vakit sordum kendime."

Bu sitem bana Billure'nin kurtul derken neyi kast ettiğini tekrar düşündürdü. Acaba benim hırslarımdan, ülkülerimden, hayallerimden azade, sıradan bir insan olmamı mı istiyordu? Kendisini seven bir erkek; yalnızca onunla ilgilenecek bir âşık mı istiyordu? Hayır, bunu bencil olduğu için değil, beni korumak, hayatımı kurtarmak için istiyor olmalıydı. Yoksa bana bencillik yaptığım için kızan birini bencillikle suçlamam yakışık almazdı. Elbette onun da intikam duygusu yahut hürriyet, insanca yaşamak, millet, din gibi yüksek mefkûreleri vardı. Babası ve annesi gözleri önünde ölmüş Müslüman bir kölenin vatan edinmek isteyen mazlum Müslümanlara karşı bencillik hisleriyle hareket etmesi imkânsızdı. Böyle bir durumda insan kendisi için bencil olamazdı, ama sevdiği, çok sevdiği, çok çok sevdiği biri için bencilce davranabilirdi. Belki de o, sırf bu yüzden benim değişmemi, kimliğimden sıyrılmamı ve kendimden kurtulmamı istemişti. Bir vatan için acı çeken insanları benim yüzümden acı çekiyormuş gibi görmesinin sebebi de bu aşırı sevgiydi. Hemen oracıkta tövbe ettim:

"Allahım, bilerek ve bilmeyerek işlediğim her şey için beni bağışla. Bağışlamayıp mutlaka cezalandırman gerekiyorsa, mahşer yerinde beni kör olarak dirilt ki Billure'ye mahcup olmayayım!"

"Allahım, habibin Muhammed Mustafa'nın akrabalarından olan şu kulunun duasını kabul et, onun iyi niyeti adına beni de bağışla!"

"Amin!.."

"Amin!.."

O an kalbim Billure'den razı oldu. Rahibeliğin tesirinde yaşadığını zannettiğim Billure Allah'a yalvarırken Muhammed Mustafa'nın adını anmıştı. Irmak, tabii yatağına girmiş, akmadaydı. Beraberce Kelime-i Tevhid'i tekrarladık. Gözlerimizden yaşlar boşanıyordu. Elini uzattı... Elimi tuttu. Bütün bedenim alev almış gibiydi. Sesi kulağımda cennet cıvıltıları gibi akisler yapıyordu:

"Sidi, Türkçeyi çok özledim... Seninle Türkçe konuşulan yurtlara gitmek isterdim..."

1538

Eylülün sonlarına yaklaşıyorduk. On bir gün yunuslarla yarışarak çalkandıktan sonra nihayet Paksos adası geride kalmıştı. Karayelin çalkantısına dayanmaya çalışan mücahitlerime baktım. Yumuşak yataklara alışmış iken havaya asılı tentelerde sallanarak ve mideleri bulanarak uyumaktan, her sabah ve akşam kuru peksimet ve kaçarulalarda ıslatılmış bakla yemekten asla şikâyet etmeden bir amaç uğruna benimle gelmişlerdi. Yüzlerinde derin kederler olan, yaşadıkları acıların her birini bir çizik olarak yüreklerinde hisseden adamlar. Bunlar, Gırnata Emirliği için umut besleyen son erkeklerdi ve Kral Karlos'un zulümle sindirdiği Endülüs halkından koparmak için yüzlerce vaat ile bu gemiye bindirmiştim. Kralın şiddetli tedbirleri bütün Endülüs'teki erkekleri yıldırmış, her gün hepsinin yoklamaya tâbi tutulmaları kadınları çaresizlik içinde kıvranmaya alıştırmış, evinde eksik birey çıkan ailenin bir bireyini de kral eksiltmeye başlamıştı. Benimse kralın tedbirleri ile başa çıkmaya gücüm yetmez olmuş, param bitmiş, her gün ayrı bir kılığa girmekte bile zorlanır olmuştum. Mücahitlerim neyse de insanlar da benden aş istiyordu, ekmek istiyordu ve ben onlara vatan vereceğimi söylüyordum. Bazı dostlarım Endülüs Müslümanlığının her manada artık tükendiğini, yeraltında bile hayat hakkı bulamayan insanlardan mücahitler ve cengâverler çıkarmanın imkânsızlığını defalarca anlatıp durdu. Bense inatla ve sabırla davamı yürütmeye çalıştım. Üç ayda dört kez yakalanma tehlikesi atlattım. Kral Karlos çemberi her gün daraltıyordu ve neredeyse benim üzerimden Billure'ye kadar ulaşacaktı. Beni en çok korkutan da işte bu idi. Nihayet son umudum, son şansım diyerek bana inanarak Gırnata Emirliği'ni isteyen bu üç yüz adamı peşime takıp denize açıldım.

Uzaktan uzağa top sesleri duymaya başladığımızda heyecanımız daha da artmıştı. Geç kalmaktan korkuyorduk. Yoğun sis, yol almamıza müsaade etmiyordu. Akdeniz'de hiç böyle

bir sise rastlamamıştım. Bu siste bir kayalığa oturmak veya kendimizi papanın müttefik donanmasının kucağında buluvermek de vardı. Pusula ve haritalarım gözümüz ve rehberimiz olmuştu. Kıyıdan seyrediyorduk. Gomares Körfezi'nden Preveze Boğazı'na gireceğimiz sırada pruvamıza on kulaç mesafede bir gümbürtü koptu. Bizim göremediğimiz ama bizi gören birilerinin top ateşi altında olduğumuzu anladım. Pusula ve haritalarıma göre gülle karadan gelmemişti. Sis burada zifiri dumanın adıydı. Göz gözü görmüyordu. Mücahitlerimden beni derhal karinaya sarkıtmalarını söyledim. Deniz yüzeyinde asla sis olmadığını bilirdim. Su seviyesinden bakıldığında deniz ile sis arasında yaklaşık bir metre kadar bir boşluk bulunur ve görüş mesafesi kısa da olsa çevredeki herhangi bir gemi, fener veya kaya görülebilirdi. Suya elim dokunduğunda çevreme bakındım. Aman Allah'ım, burası açık deniz değil de sanki ıskarçaya dönmüş Cezayir limanıydı. Sağ yanımız bordalarında haç nakışları bulunan gemilerle doluydu ve her birinden benim gibi etrafı gözetleyen adamlar sarkmış durumdaydı. Deniz ile sis arasındaki boşlukta bir panayır kurulmuştu da biz içine düşmüştük anlaşılan. Orsa boca eğleşen kalyonlar, kadırgalar, çektiriler ve onların aralarında ihtiyatla dolaşan nöbetçi flikalar, işkampaviyeler. Derhal yukarı çıkıp iskele alabanda komutu verdim. Birkaç gülleyi savuşturup hızla uzaklaştığımız sırada pruvadan bir gümbürtüyle sarsıldık. Üzerimize palaketeler yağıyordu ve yelken donanımımız çatırdayarak yeri indi. Tunç bir gülle isabet etmişti. Gelgelelim bu güllenin istikameti değişikti ve onu başkaları takip ediyordu. Bu siste nasıl isabet kaydettiriyorlar diye aklımdan geçirdiğim sırada pruva serenlerimiz bir kadırgaya pupadan koçbaşı bindiriverdi. Bağrışmalar, haykırışlar arasında mücahitlerim kılıçlarına davrandılar. Forsalarımın her biri -ilk kez çatışma gördüklerinden mi nekürekleri bırakarak savunma durumunda bir köşeye sindiler. Bir anda ortalıkta sessizleşti. Bekleyen gözler şimdi olacak şeyi kolluyor, olacak olduğunda nasıl karşılık vereceğini düşünüyordu. Çarptığımız kadırgaya baktım. Zincir bosalanıp terk edilmiş gibiydi. Çıkan rüzgâr sisi dağıtmaya mı başlamıştı, yoksa burada yoğunluğu mu daha azdı, yavaş yavaş çevremizi seçmeye başladık. Olacakları kıpırtısız beklemekte olan mücahitlerim yavaş yavaş çarptığımız kadırgayı gördükleri, hatta birkaç adım ilerledikleri sırada her şey birdenbire karmakarışık oldu. Çevremizde, kulağımızın dibinde, kolumuzun uzandığı her yerde kılıçlar, oklar, baltalar, teberler ve topuzlar savruluyordu. Herkes saklandığı yerden bir anda çıkmış, üzerimize atılmıştı. Bu türlü savaşmayı Hızır Reis'in levendlerinden hatırlıyordum. Zaten saldıranlar da "Allah Allah!" diyerek üzerimize atılıyorlardı. Kendimizi vuruyorduk. "Müslüman!.. Müslüman!.." diye bağırıp kelime-i tevhit okumaya başladım. Mücahitlerim de Endülüs aksanıyla kimisi tekbir getiriyor, kimisi salavat okuyordu. Ortalık yatıştığında iki mücahidim şehit olmuş, elli kadarı da yaralanmıştı bile. Bizi yedekleyip Hızır Reis'e götürdüler.

Yanına vardığımda sis açılmıştı ve görebiliyordum; göbeklenmiş, ihtiyarlamıştı. Yaşının altmışı geçtiğini düşündüm. Ama hareketleri hâlâ çevikti. Güverteye adım attığım sırada, "Dinle bak, İlyas yine ezan okuyor, duyuyor musun?" diye sordu. Dinledim, bir şey duymuyordum ama duyuyormuş gibi yaptım. Elbette inanmadı, kendisini kandıramayacağımı çok iyi bilirdi. Fazla zorlamadı ve, "Bir sen eksiktin Sidi Can!" dedi gülerek, sonra da sarıldık. Çok sevindiğini yine "Sidi Can, Sidi Can" diyerek adımı tekrar edip durmasından anladım. Bir yandan çevresine emirler yağdırıyor, bir yandan dürbünüyle müttefik donanmanın tabyalanışını seçmeye çalışıyor, bu arada benimle de sohbet ediyordu.

"Neden geldin?"

"Yardım etmeye elbette!"

"!"

"Papa III. Paolo bütün Akdeniz devletlerini bir araya getirip seni Akdeniz'den kovmak isterken ben öyle dursa mıydım?"

"Burada bulunmamız papanın hayaline ulaşması için değil Sidi Can. Akdeniz'de Allah'ın adını yaymak ve Roma Germen İmparatorluğu'nun bozgunculuklarına bir son vermek."

"Papa da sizin gibi düşünüyor efendimiz, o da Akdeniz'i Sultan Süleyman'ın ve Osmanlı Devleti'nin bozmasına müsaade etmeyeceğini söylüyor. Krallara mektup yazıp kutsal haçlı ittifakı istemesinin sebebi Korfu adasını kuşatmanız değil, Türkleri bu sulardan ta Orta Asya'ya göndermeyi istemek."

"Mısır'dan sultan hazretlerine her yıl gönderilen vergiler ile hazinelere el koyması için Girit'e şu donanmayı göndermesi de bundandır, zahir."

Geçen yıl, Barselona limanına bakan Montjuic kalesinde bir gemiciden o donanma amiralinin Andrea Doria olduğunu duymuştum. Ama Hayreddin Paşa adını anmamıştı. Eski rekabet hislerine ne olduğunu bir anda merak ettim. Çünkü bu savaşın görünür sebebi Allah'ın adını yayma veya Akdeniz'i temizleme olabilirdi, ama iki kaptan arasındaki adı rekabetten ibaretti. Merakımı giderecek tarzda konuştum:

"Siz de İstanbul'dan Doria'ya mâni olmak için geldiniz, öyle mi?"

Hiç bozuntuya vermedi. Doria adını telaffuz etmeme bile aldırmadı, maksadımı çok iyi anladığı halde kesinlikle muhatap almadı. Sesinin tonu ve hitap şekli değişti:

"Adalar denizini Venedik'ten kurtarmak lazımdır Emir Alkala! Yoksa Mısır hazinesini korumaya, emniyetle İstanbul'a ulaştırmaya yirmi kadırga ile bir Salih Reis yetip artardı."

"Venedik yanında Portugal, Malta ve Ceneviz de var. Tabii hepsinin üstünde Kral Karlos ve kızıl ceketlileri. İspanya'daki söylentilere göre Akdeniz'de bugüne kadar görülmüş en büyük donanma imiş!"

"Doğrudur, eğer bir yerlerden daha yardıma gemiler gelmese üç gündür savaştıklarımızın sayısı yüz kırk pare yelkenli kalyon, yüz altmış sekiz kadırga ve elli iki nakliye gemisiyle toplam 270 parelik bir donanmadır. İçinde de elli beş bin kadar asker olduğunu öğrendik. Arada dolaşan işkampaviye, karakulak, karaka ve sandalları hiç hesaba alma. İblisin bir de hastane kalyonu getirdiğini biliyor musun?"

Dürbününü gözünden çekip yanındaki yaverlerine emirler yağdırdı. Sis tamamen dağılmıştı ama rüzgâr hâlâ Doria'nın lehine esiyordu. Elbette onun da her şeye bir çözümü vardı. O sırada fark ettim. Eski Hızır Reis gitmiş, yerine ihtişamlı Kaptan-ı Derya Hayreddin Paşa gelmişti. Evvelce yanında kâtip olarak ben bulunur, bir emir verdiği zaman o emri sahibine ben ulaştırırdım. Şimdi kâtipleri ayrı, yaverleri ayrıydı. Ne de olsa emrinde altmışa yakın reis ve subaşı vardı. Yeniçeriler, levendler, nakliyeciler, humbaracılar, hamlacılar, kalyoncular. Yüz yirmi iki kadırga ve yirmi bini aşkın asker... Kaptan-ı Derya demek tek başına deniz devleti demekti. Yine de sayısal üstünlük Doria'daydı. Sanki bu sefer Preveze'de ezeli rekabeti sonlandırıp öyle gitmeye, Hasan'ı esir edip Kral Karlos'a teslime azimli görünüyordu. Üstelik Akdeniz'in en ünlü kaptanları General de Gonzaga, Marco Grimani, Vicenzo Kapello ve Alessandro Condalmiero da papanın emriyle hep ona hizmet ediyorlar, gemilerini yönetiyorlardı. Karşılarında Seydi, Salih, Cafer, Sinan ve Şaban reislerin olduğunu öğrenmiştim ama yine de Doria üstün görünüyordu. Cevap vermeyeceğini, planını açıklamayacağını biliyordum ama sormadan da edemedim:

"Nasıl başa çıkacaksınız efendim?"

"İşte sen geldin ya! Şahin gibi bir kalyon da getirmişsin!"

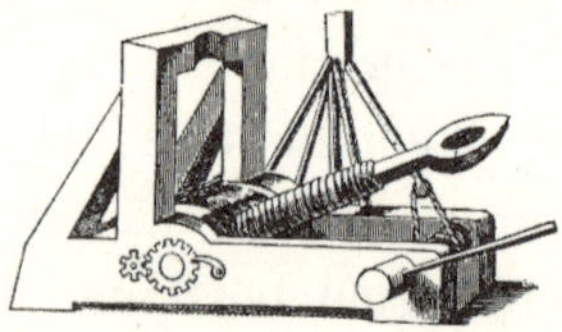

Güldü. Sonra yine emirler yağdırdı. Hangi gemiler nerede dursun, rüzgârı pupadan mı pruvadan mı alsınlar, cengâverler nasıl davransın, hemen her şeyi bulunduğu sancak gemisinden yönetip yönlendiriyordu. Her an değişen şartlara göre hesaplar yapması, kararlar vermesi gerektiğinin bilincindeydi. Preveze sahiline asker çıkarıp tabya kurdurtması da böyle bir planın gereğiydi. Doria'nın askerlerini karada imha etmekti niyeti. Ama önce onu buna mecbur bırakması lazımdı. Ben işte tam da bu amacına yardımcı olabilirdim. Doria'nın gemilerini kontrolden çıkartıp karada savaş kararı almasını sağlayabilirdim. Bunu önermek için Hızır Reis'in az evvelki şakasını sürdürdüm. Benim kalyonumu küçümsemişti; ben de kendime güvenimi açıkladım:

"Kartallar ve akbabalar arasında bir şahin..."

"Bakma şahin dediğime Sidi Can, bülbül, bülbül! Sahi, bunca ateş içinde ne işi var bülbülün?"

"Efendimiz, size bir hikâye anlatayım mı?"

"Tam zamanıdır ya!"

"Küçükken babam anlatmıştı. Nemrut, Hazreti İbrahim'i bağlatıp meydanda büyük ateşler yaktırmış. Yanına varılamayacak ateşler. Sonra bir mancınık ile İbrahim'i ateşe fırlatmışlar. İbrahim havada ateşe doğru giderken yanında serçe kadar bir kuş belirmiş. Ona yetişmek için nefes nefese kanat çırpıyormuş. İbrahim, 'Ne yapmaya çalışıyorsun?' diye sormuş. Kuş, 'Sana yardıma geldim, varsa bir isteğin derhal yapayım,' demiş. O zaman İbrahim 'Sen, şu cirminle bana nasıl yardım edebilirsin ki? Derhal uzaklaş yanımdan, bari yanma, kendini kurtar!' deyince kuşcağız, 'Evet belki sana yardım edemem, ama seninle yanarım, değil mi ki ben de senin inandığın gibi inanıyorum, bari safımız belli olsun!' demiş."

Hızır Reis etkilenmişti. Bir an dürbünü gözünden çekti, uzun uzun yüzüme baktı, yaptığı şakaya pişmanlık gösterip konuyu dağıtmak istedi:

"Sonra ne olmuş kuşa?"

"İbrahim ile beraber ateşe düşmüşler. Allah o kuşun hatırına düştüğü kızıl ateşi kızıl gülistana döndürmüş. Güller şimdi onun için kırmızı açarmış ve o kuş bülbül imiş efendim."

Hayreddin Paşa boynuma sarıldı. Gözünde Cezayir'den son ayrıldığı günkü gibi bir damla yaş vardı. Sesim titreyerek sordum:

"Ben de size yardım için kuşlar getirdim efendim, bülbül değil, ama tarlakuşları. Hem de üç yüz tane. Her bir mücahidim için bir tane. Bunların yakalanmaları çok zordur, efendimiz; neden bu kadar geciktim sanıyorsunuz?"

"Hah-ha... Tarlakuşuyla ne işimiz olur Sidi Can!"

"Bugün Doria'yı yenemezsek gece uçuralım, yarın ne işe yaradıklarını görürsünüz efendim! Yeter ki gece bana bir ateş kayığı verin."

"Ateş kayığı ha?"

"Efendimiz, tarla kuşları geceleri az görür ve çok uçamazlar. Bu gece bir ateş kayığıyla Doria'nın donanmasına kadar gidip orada hepsini serbest bırakacağım."

"Sonra?"

"Tarlakuşu çok güzel ses taklit eder efendimiz. Özellikle de ıslık sesini."

"!?.."

"Şu duyduğunuz silistre sesleri var ya efendim, hani şu tiz sesler?"

"Vardiyanların düdüklerinden mi bahsediyorsun?"

"Forsalar ve cenkçilerin o sese göre davrandıklarını, kürek çeker, durur, oturur, kalkarken hep o sesle yönetildiklerini bilirsiniz efendim."

"Bilirim, bizim vardiyanların her kürek çekişte 'Yeeek-di-rAllaaaah, Yeeek-di-r Allaaaah' veya 'Hu-daaa Hakk, Hu-daaa Hakk' dedikleri gibi."

"İşte kâfir gemilerinde de her bir kesik veya uzun düdük sesinin ayrı bir anlamı vardır efendimiz. Ve forsaların ilk öğrendikleri şey bu komutlardır..."

"Bunları biliyorum Sidi, sadede gel."

"Efendimiz. Tarlakuşlarını gemilerine kondurduk mu gerisi kolay. Kuşlar duydukları silistre seslerini taklit etmeye başladıklarında forsalar artık vardiyanları duymaz olacak, pasaparolanın sesini tanımayacak, Doria'nın bütün gemileri farklı bir komutla hareket edecek ve değiştirilen her komut bir öncekiyle çatışıp forsalar itaat edecekleri seslerden hangisinin silistreden hangisinin tarlakuşundan geldiğini anlayamayacaklar."

"Akşama ateş kayığı hazır, ama bu kadırga dalaşının arasına seni gönderemem, başkası gitsin."

Akşam ateş kayığı geri dönmedi. Sekiz levend orada şehit olmuştu. Böylece daha savaş başlamadan kadırga dalaşının altıncı gününde şehit sayısı doksan altıya yükseldi. O gece iki saat kadar uyuduk. Gün ışırken bütün gemilerin fenerleri yanıyor ve sahildeki yeniçerilerin ateşleri etrafında cenk türküleri duyuluyordu. Güneş doğmasına yakın yedi hafız aşırlar ve temcitler okudular. İşlerinden birini bulup her gece böyle mi yaptıklarını sordum, "Hayır," dedi, "Kaptan-ı derya Hayreddin Paşa hazretleri bu gece emretti!" O zaman anladım ki bugün Doria ile hesaplarını göreceklerdi. İnsanlık hafızası ya Hayreddin Paşa için 4 Cemaziyelevvel 945 Cumartesi, veya Andrea Doria için 28 Septiembre 1538 el Sabado diye bir zafer tarihi kaydedecekti. Ama şimdilik kaderin hangisine güleceği belli değildi.

Sancak gemisinde, Hızır Reis'in kamarasında kandiller yanıyordu. İzin isteyip yanına vardım. Ateş kayığının geri gelmeyişine üzülmüştü. Girdiğimi görünce yerinden doğruldu:

"Bir rüya gördüm Sidi Can!"

"Hayırdır inşallah efendimiz!"

"'Allahım, İslam'ı kâfirler üzerine kuvvetli kıl! İslam'a nusret ihsan eyle!' diye tazarru ve niyaz edip başımı grandiye yaslayıvermiştim. Uyku ile uyanıklık arasındaydı. Şu gördüğün limanın yalı kenarında, sanki karaya ufacık ufacık serdin balıkları çıkmış. Aralarında da iki tane karnı yarık balık vardı. Ben onları seyre daldığım sırada al küheylana binmiş alperenlerden biri doludizgin yanıma geldi, atın başını çekip durdu. Bir peştemal dolusu ufacık balığı elime verip, 'Al bunu Hayreddin, şevketlu Sultan Süleyman'a peşkeş eyle,' dedi. Sonra çıkarıp elime bir küçük kâğıt tutuşturdu ve kayboldu. Kâğıdı açıp baktım. Yeşil mürekkep ile, *'Nasrun min Allahi ve fethun karîb ve beşşiril mü'minin'* yazılmıştı. Bunun bir ayet olduğunu bilir misin Sidi?.. "*(Ey Muhammed), mü'minleri müjdele ki Allah'tan bir yardım ve yakın bir fetih vardır,'* demeye gelir. Rüyadan uyanır uyanmaz şükürler edip sultanımın bize verdiği kutlu sancağımı istettim. Sonra da hattat ile terzimizi çağırdım."

"Gemi imamlarından birini çağırmadınız mı efendim?"

"Çağırmadım, çünkü rüyayı kendim tabir ettim. İnşallah ol ufacık balıklar kâfir donanmasının firkateleri ve sandalları olacaktı. Erzak ve ganimetlerle İslam askerinin çok doyum olacağını düşündüm. Karnı yarık balıklar ise kâfirlerin kadırgalarıydı. Hepsi Sultan Süleyman'a peşkeş olacaklar. Kâğıttaki fetih ayeti de Allah'ın yardımı, Peygamberin mucizesi, enbiyanın himmetiyle mansur ve muzaffer olmamıza işarettir."

"Peki ama tedbirleriniz de tabirlerinize göre midir efendimiz?"

"Bütün tedbirlerim bu tabirime göredir. Gelgelelim reislerimin tedbirlerinde şüphelerim vardır."

Hayreddin Paşa'nın iş yönetmek hususunda ne kadar tatlı sert davrandığını biliyordum. Bu söylediğine şaşırmıştım. Cezayir'de onun bir dediğini ikileten hiç kimseye rastlamamıştım, hiç kimse sözünün üstüne söz söyleyemezdi. Osmanlı Devleti'nin hizmetine girince işler değişmişti anlaşılan. Rütbe ve makam kaygıları arada rekabeti doğurmuştu. Şu kadırgalarda kendisini kaptan-ı deryalığa layık gören kim bilir kaç reis veya devletlu paşazade vazife yapıyordu?

"Size muhalefet mi ederler?"

"Muhalefet değilse de tedbirsiz iş görmeye yeltenir, düşmanla küçük dalaşlara girerler. On dört askersiz firkateyle Turgut Reis'i gönderdiğim vakit niçinini sordular. 'Gerektiği içindir!' dedim.

"Hayalet gemiler?"

"Evet hayalet gemiler, üç mil ötedeki sığ suların kumlarında. İskandiller bizi yanıltmadı ve hayalet gemiler suyu suyuna demirlemiş ihtiyat birliklerimiz oldu... Her birinde ziftlenmiş fıçılarda bol miktarda barut ve mühimmat mevcut. Kaçacak kâfir gemilerini de toplamak lazım değil mi? Lakin reislerin hepsine bütün bunları söyleyemezdim. Turgut'un on dört gemiden yalnızca ikisiyle döndüğünü görünce aralarında dedikodular üretmişler. Sonra da beş altısı karaya çıkıp düşman donanmasına bakarak gözüpeklik etmişler, erken hücum etmemiz için askeri bölmüşler. Her yerde karakulak eksik olmaz derler, birileri de bunu bana yetiştirdiler. Yüzlerine vurmadım, ama divan toplayıp müzakereye başladık. Nezaketle, 'Oğullar, gaziler! Müşavere, Peygamber'in sünnetidir. Ve akıl akıldan üstündür. Her kimin gönlünde, derya işlerine dair bir tedbir varsa, söylesin. Bazı yoldaşlar bizim hakkımızda, Paşa kendi tedbir eylemez ve tedbir edenin dahi sözünü dinlemez, demişsiniz. Hâşâ, yolunda olan söze muhalefet etmem, isterse bir çocuk söylesin. Her ne ki söyleyeceksiniz, şimdi söyleyin, illa ki dedikodu etmeyin. Katarda deve bir öter. Nizam ve intizamı bozacak iş size yakışmaz,' dedim."

"İyi yapmışsınız efendimiz, haddini bilmeyene haddini bildirmek, öksüze kaftan giydirmek kadardır."

"Ne çare onların kaftan giymeleri bize üç kadırga ile beş yüz askere patladı. Dün hezimet günümüzdü."

"Bugün de zafer gününüz olur inşallah efendimiz, gönlünüzü gen tutunuz."

"İnşallah Sidi Can. Çünkü tan yeri ağardığında artık ihtilaflar bitecek, hepsi benim sözümü dinleyecekler, yemin verdirdim."

Barbaros Hayreddin Paşa rakibini o gün yenmeyi kafasına koymuş, bütün hesaplarını ona göre yapmıştı. Düşmanını Preveze'de gömmek niyetindeydi. Bu yüzden karaya asker çıkarıp tabya kurdurmuştu. Doria'nın onu yenebilmek için gemilerindeki askeri karaya dökmesi kaçınılmaz olacaktı. Bu durumda Hayreddin Paşa askerden boşalan gemileri kümeleme balyemez ateşine tutup asker ile donanmanın arasını kesecekti. Böylece hem donanma hem de asker topluca imha edilecek, kesin zafer olacaktı. Elbette Doria'nın da buna göre bir hesabı olmalıydı. Kim bilir o ne tuzaklar hazırlıyordu. Bunca yıl sonra, ikisinin birbirinden ayrı düşündüklerini, birbirlerinin planlarını kestiremeyeceklerini zannetmiyordum. Birbirlerinin o kadar çok manevralarını görmüşlerdi ki... Birisi kutup yıldızına baksa, diğeri ayın ışığını arar, birisi bir ada alsa, diğeri karşılığını ondan büyüğüyle verirdi. İşte oğullarını da bu savaşa getirmişlerdi. Birbiriyle arkadaş olan oğullarını... Her iki donanmanın da göbeğinde oğullar çarpışacaktı ve korkarım ki bu rekabet babalardan sonra oğullara da aktarılacaktı. Tabii eğer Doria, Hasan'ı esir alıp İspanya kralına verdiği sözü tutamazsa.

Bir zamanlar Antonius'un Kleopatra ile utanç dolu kaçışını gören Preveze yamaçları, kestane karası kuzey fırtınasına gebe parlak bir sabaha merhaba desin diye güneş, kör boğazdan yavaş yavaş başını çıkardı. Doria ile Hızır'dan birinin zaferini görmekti amacı. Preveze sularındaki her asker, Müslüman olsun, Hıristiyan olsun, akşam zafer naraları atmak üzere uyanmıştı. Her iki tarafın gemilerindeki hareketlilik bunu gösteriyordu. Rüzgâr Doria'dan yanaydı ve Ayamavra adası önlerindeki donanmada hareketlilik görünüyordu. Kadırgaların kürekleri şahin kanadı gibi inip kalkmaya ve Akdeniz'in kekremsi suyunu köpüklendirmeye başladığında Hayreddin Paşa'nın reislerine yalnızca, "Gün bugündür, hazır olun!" diye mırıldanarak görevlerinin başına yolladığını gördüm. Yarım saat kadar yalnızca Doria'nın gelişini seyretti, rüzgârı dinledi, rüzgârgülünün hızını ölçtü. Doria kalyonlarını ortaya almış, yelkenleri fora etmiş, kadırgaların hızını ona göre düzenlemiş, süzülerek ilerliyordu. Kartaca'ya giden Romalılar zamanında bile Akdeniz'in bu denli ihtişamlı bir donanmayı görmediğini düşündüm. İkmal gemilerini hariç tutarsak yan yana ve arka arkaya dizilmiş iki yüz pare gemi... Görenlerin tüylerini diken diken etmeye yetiyordu.

İşte zincirlerin şakırdayacağı, çığlıkların ve haykırışların birbirine karışacağı bir kovalamaca daha başlamak üzereydi. Forsaların ağzından çıkan farklı dillerdeki küfürler yahut dualara, turna kanadı giden kadırgaların kürek fışırtıları ile silistre sesleri, her bir kadırga yahut çektirideki küreklerin denize dalış ve çıkışları esnasında ıskarmozlara sürtünerek çıkardıkları uğultu ve dalgaların tırmalayıcı vınlaması birbirleriyle boğuşuyor, bunu vardiyanların çıplak forsa bedenlerinde şaklattıkları kırbaçların tehditleri bastırıyordu. Azıcık acıma hissine sahip olanlar, o anı yaşamış olsalar, ya küreklere beşerli sıra ile oturtulmuş çıplak forsaların özgürlük için yanıp tutuşan yürekleri ile kendini küreğe mahkûm eden efendilerinin hırsları arasındaki dehşet verici tezadı görüp ağlayabilirler ya da her bir kürek hamlasının ayrı bir yürekte tutuşturduğu hürriyet ateşiyle yanabilirlerdi. Akdeniz'de bir kadırgayı kovalayan veya bir kadırganın kovalanışını gören çok insan tanıdım. Ama bugün buradaki herhangi bir kadırgayı kovalarken veya kaçarken görülebilen türde bir çatışmaya şahit olan insanlar bulunduğunu sanmıyorum. Bugün, sırım gibi kavrulmuş sırtlara indirilen kırbaçların acısı, kaderde forsa yazılanların aylardır oturmakta oldukları iki karış enindeki bankın altına zincirle bağlanan ayaklarının ağrısını çoktan geçmiştir. Zavallılar, başkalarının savaşları için insanüstü bir güçle haykırarak nefeslerini boşaltıyor, bir sonraki kırbaç darbesinin saniyelik gecikmesi için var güçleriyle küreklere asılıyorlardı. Küreklerini çektikleri kadırga veya çektiriler, kalyon veya kalyetalar atmaca olmuş bir ava mı koşacaklar, yoksa alıcı kuşların önünde besili güvercinlere mi dönecekler, onların gücüne bağlıydı.

Doria'nın gelişini seyrederken rotasını Preveze'ye çevirmiş bu ıstırap ve çığlık dolu haçlı kadırgalarının gökyüzünden nasıl göründüğünü hayal ettim. Bir martı olup yükseklere çıkabilseydim, herhalde her kürekte beşer forsadan iki yüz altmış kişinin aynı anda öne doğru eğilerek yaptıkları hamleden sonra küreklerin bir an havada bir şahin kanadı gibi hareketsiz kalıp beklemesi ve forsaların serbest kalan ayaklarını güç almak üzere öne dayayarak bedenlerini geriye doğru ittirmelerindeki ahengi görebilir, forsaların nefes boşalttıkları anda küreklerin kadife sesi çıkararak sulara gömülmesini, birkaç saniye sonra da kadırganın koca gövdesinin ileriye doğru kaymasını izleyebilir, belki mucize eseri suda yüzen bir kuşun, seyre doyum olmaz hareketlerine şahit olabilirdim. Ama bu bir savaştı ve seyir için değil can almak için gözler açılıyordu. Yine de düşünmeden edemedim; acaba Akdeniz suyuna tadını veren şey, şu acımasız vardiyanların elindeki kırbaçların, kürek mahkûmlarının sırtlarından sızdırdığı kan veya alınlardan dökülen terler miydi? Belki de acımasızlığın kanı ile gayretin teri kadırgaların dışında bir yerlerde meza-meza karışıp Akdeniz'e o tuzlu tadı veriyorlardı da biz bilmiyorduk. Gelen kadırgalara bakındım. Dolap beygirleri gibi gözleri bağlanmış şu forsalar bile o anda işlerini başarmış olma heyecanıyla küreklere asılıyorlardı. Her biri seksen okka tartan devasa küreklerin topacına yapışan eller kadar, suya giren palalarına da hükmedebilmek ve aynı anda kaldırılıp köpükler saçarak denize ritimle girip çıkmasını sağlamak, yüzlerce bela ve sıkıntı arasında, bu forsalara bir heyecan veriyor olmalıydı. Gençliğimde, Billure'yi aramak için bir gemiye gönüllü forsa yazıldığımda hissetmediğim şeyleri şimdi hisseder gibiydim. Birden, borçları yüzünden küreğe mahkûm olmuş fakir ama dürüst insanlar aklıma geldi. Gündüz güneşten, gece soğuktan emin olmaya çalışan yahut dış dünyayı ancak güverte ve borda tahtalarının yarıkları ile küçük lumbuzlardan görebilen adamlar. Aile reisleri, babalar, kocalar, evlatlar... Bürümcük mintan veya don giyebilenler, çok zaman bakla ve somundan oluşan tayınlara razı olanlar, gün doğumu ile gün batımında zincirlerinden ayrılıp güvertede kısa süreliğine dolaşabilen yahut başkalarıyla yüksek sesle sohbet edebilenler. Şimdi hepsi tek sınıf olmuş, Papalık donanmasında küreklere asılıyorlardı. Kim bilir şu gemilerde yalnızca kaçarula ile doymaya çalışan, bakla ve tayın yanında arada sırada tatlı yüzü gören kaç masum Akdeniz çocuğu vardı? Sırf azık masrafı yüzünden forsanın hesabını kabartan, küçük borçlar için yıllarca onları kürekte bırakan, bir kaçarula lapa için bir yıl forsalık hizmeti isteyen kaptanlar az değildi çünkü. Anladım ki bu savaş, acımasız insanlar arasında bir özgürlük ve ölüm kalım mücadelesi olarak sürecekti ve yine anladım ki Doria ile Hayreddin Paşa arasındaki rekabeti bilmeyen binlerce insan burada ne uğruna öldüklerini bilmeden dünyadan geçeceklerdi. Peki ama Preveze'de ne işi vardı bu insanların? Çocuklarına rızık aramanın yolu yalnızca bu muydu?

Yamaçlarda karargâh kurmuş askerler ile tepelere kaçmış halkı dışta tutarsak o gün Osmanlı gemilerinde nefes alıp veren her kişi mutlaka ölümü aklından geçirmişti. Kalyonum gelişte hasar gördüğü için limana çekilmiş, Endülüslü mücahitlerim de benimle beraber Hayreddin Paşa'nın sancak gemisine verilmişti. Sonradan öğrendim, acemi mücahitlerimi himaye etmek için bunu kendisi istemiş.

Bu savaşta benim vazifem Barbaros'un emirlerini işaret flamaları ile filo reislerine bildirmekti. Her bir komutu o söyleyecek ben ilgili flamaları art arda toka ederek emirleri ilgili reislerin kâtiplerine ulaştıracaktım. Varagele sisteminin düğümlerini sağlamlaştırdım, makaralarını yağladım, halatları yedekledim ve can pazarı kurulduğunda lazım olacak belli komutları ifade eden flamaları yanıma yığdım. Nihayet her biri üç veya dört flamanın dizilişiyle ile ifade edilebilen komutlar: "66 hücum et!", "28 yelken dök!", "93 iskele alabanda!", "17 çengel at!" "35 top ateşle!", "71 sağındakine çat!", "60 kaç!" vs.

Haçlı donanması yaklaştıkça her şey daha iyi seçilmeye başlandı. Donanma tertibinde Venedikliler, İspanyollar, İtalyanlar, Portugal ve Cenevizliler ayrı ayrı filolar halindeydiler. Borda düzeninde üç saf olmuşlardı ve en önde siper görevi yapacak kalyonlar üç filo halinde ilerliyordu. Bunlar sırayla Giovanni Doria, Malta şövalyeleri ve Kaptan Gonzaga'nın yönetimindeydiler. Andrea Doria'nın amiral gemisi kadırgaların başında ikinci kademede yer alıyordu. Oğlu Giovanni de hemen yanında. Onun arkasında Marco Grimani ve Vicenzo Kapello'nun kumanda ettiği asker taşıyan gemiler vardı. En arkadaki nakliye ve ikmal gemileri Alessandro Condalmiero yönetimindeydi. Hayreddin Paşa dünkü savaş meclisinde sanki bunları biliyormuş gibi reislerine anlatmış ve gemilerini hilal şeklinde dizeceklerini herkese bildirmiş. Seydi Reis sol cenaha, Salih Reis de sağ cenaha kumanda edeceklerdi. Savaş başladığında kendi sancak gemisi dâhil kuvvetleri ortada olacak ve yanında oğlu Hasan, Cafer, Sinan ve Şaban reisler yer alacaktı. Bu savaşın itibarlısı ise genç Turgut Reis idi.

Hayreddin Reis sancak gemisinin bahçeliğinde puntellere dayanmış etrafı gözetlerken bana ortada seyreden beş gemiyi işaret etti. Baktım. Bordasında kızıl haç armaları bulunan büyük gemiler... Neredeyse hayranlık uyandıracak kadar da asil ve süslü... "Malta şövalyeleri," dedi, dürbünü gözüne götürürken, "hepsine yazık olacak." Kendini savaşın ruhuna adamış gibiydi. Dikkatle rüzgârı dinliyor, arada bir rüzgârgülüne bakıyor, yelkenleri gözlüyor ve henüz bir emir vermiyordu. Doria'nın gemileri çeyrek saatlik mesafedeydiler. Biraz sonra top menziline gireceklerdi. Şimdilik vardiyanlar hep "Yol ver!" komutunu tekrarlıyorlardı ve silistre sesleri ritmik devam ediyordu. Hızır Reis çok sakin görünüyordu. Beklediği bir şey var gibiydi. Beni yanına çağırdı. Koşarak gittim. "Yaz, Sidi Can," dedi, "divit, kâğıt bul ve yaz." Köprüüstü'nden yazı takımını getirip o söyledi ben yazdım. Kur'an'dan kısa iki ayeti ikişer defa yazdım: "*Allah dilerse rüzgârı durdurur ve denizin üstünde kalakalırlar* (Şura, 33)." ve "*Ey iman edenler Allah'ın size olan nimetini hatırlayın. Hani size ordular saldırmıştı da biz onlara karşı bir rüzgâr ve sizin görmediğiniz ordular göndermiştik* (Ahzab, 9)." Bitirince ayetlerden birerini iskele ve sancaktan denize bırakmamı söyledi. Dediğini yaptım. Sonra diğer iki ayet yazılı kâğıdın birini kendisi başüstünde, diğerini ben kıçüstünde aynı anda yakıp dumanlarını düşmana doğru üfledik. O sırada gemi imamlarından ikisi bu ayetleri Hüseyni makamından yüksek sesle okumaktaydılar. Kâğıtların külleri denize savrulup gitti. Tekrar koşup yanına vardım. Yedi tane hafız levendin onun çevresinde oturmuş okumakta olduklarını gördüm. Fetih suresini okuyorlardı ve onlar okumaya başladığında Cezayir'deki sancağımızı göndere toka ettim. Sancak bildiğim sancaktı ama artık üzerinde benim hiç görmediğim bir yazı okunuyordu. Fetih suresinden bir ayet: "*Nasrun min Allahi ve fethun karîb ve beşşiril mü'minin*" Meğer o ayeti sancağına gece gördüğü rüyadan sonra yazdırmış. Ayetin sonuna da hitaba mazhar olan İki Cihan Güneşi'nin adını "*ve beşşiril mü'minine (ya Muhammed)*" diye ilave ettirmiş. Bana "Hattatı ve terziyi çağırdım," dediğinde dikkat etmemişim. Meğer yeşil sancak kıvamını bulmuş, hattat ve terzi marifetiyle başka türlü dalgalanmaya başlamıştı. Kaptan-ı Derya'nın sancak gemisinde, bildikleri şu zaferlere alışkın sancağın yeni bir yazıyla yükseldiğini gören bütün levendler, pasaparolanın ilanına gerek kalmadan tekbir getirmeye başladılar. Tam 122 gemi aynı anda tekbir sesleriyle dolmuştu. Birkaç dakika boyunca gittikçe yükselerek süren o sesin tüyler ürperten heyecanı altında Hızır Reis gözlerinden yaşlar akarak dua ediyordu:

"Yüceler yücesi, azamet sahibi Rabbim!.. Musa'ya boyun eğdirdiğin deniz gibi şu denizi de benim irademe boyun eğdir. Süleyman'a itaat ettirdiğin rüzgâr gibi şu esen yelleri de bana itaat ettir. İbrahim'e serin ve selamet kıldığın gibi düşman ateşini de bana serin eyle. Davud'un emrine verdiğin demir gibi şu gemileri emrime ram eyle. Levendlerimi bizzat Sana emanet ediyorum, onları muhafaza eyle. Senin düşmanlarındır diye düşman edindiğim kâfirlerin gözlerini ve kalplerini levendlerim karşısında kör eyle. Ha-Mim, Taha ve Yasin hakkı için… Habibin Muhammed'e verdiğin müjdeyi bize verip tarafından bir yardım gönder, fethi bize yaklaştır. Ta ki şu denizlerde kıyamete kadar adın azametle anılsın!.. Amin, ey yüceler yücesi, azamet sahibi Rabbim!.."

Hayreddin Reis'in duasına paralel olarak gittikçe yükselen tekbir sesleri herkesi ölüme koşmak için hazırlamaya yetip artmıştı. Gözlerindeki yaşı silip ellerini yüzüne sürdükten sonra bana baktı ve ilk emrini verdi:

"Vira Bismillah!.. Gönder Sidi: 'Cümle gemiler hazır ol!'"

Flamaları toka ettiğim sırada levendler tekbir getirmeye ara verdiler. O arada bir sessizlik oldu. Sonra ortalığı kuş sesleri kaplamaya başladı. Tiz düdükleri andıran sesler. Herkes çevresine bakınırken seslerin Haçlı donanmasından geldiğini fark ettik. Akdeniz'de bulunmuş her levend, kâfir gemilerindeki silistre sesini tanırdı. Bizim gece saldığımız tarlakuşlarından haberleri olmadığı için düşmanın bu kadar hızlı ve tekrarlı komutlar vermesinden önce korktular. Çünkü her bir komut neredeyse hiç aralıksız tekrar ediliyordu. Sanki bütün forsalar vardiyan olmuş da silistrelere üflüyorlar, sanki bütün kırbaçlar susmuş da forsalar kendileri gittikçe hız ediniyorlardı. Bu gidişle gözleri bağlı forsaların çatlaması içten bile değildi. Levendler ise hiçbir savaşta donanmanın bu derece şiddetli hücum emri vermediğini bildiklerinden, Doria'nın öfkesinden ürktüler.

Hızır Reis ile göz göze geldik. Bana teşekkür eder gibi baktı. Çünkü haçlı donanmasındaki komutların ikizleştiğini, hatta üç komutun aynı anda verildiğini duyabiliyorduk. Vardiyanlar yeni komutlar verdikçe tarlakuşları öğrendikleri sesi olduğu gibi taklit etmeye devam ediyor, forsalar, hamlacılar ve cenkçiler kuşların sesiyle vardiyanların silistre seslerini ayırmaya çalışıyor ama hepsi birbirine benzeyen sesler karışınca forsalar hızlıyı mı, yavaşı mı; iskeleyi mi, sancağı mı; pruva veya pupayı mı önceleyeceklerini şaşırıyorlardı. Dahası, kuşlar yeni sesleri de taklit etmeyi çabuk öğreniyor, bunu kendi aralarında her gün batımında yaptıkları tabii ayinler gibi durdukları yerde kanatlarını açarak yapıyorlardı.

Doria'nın gemileri top menziline girdiklerinde rotalarında tereddüt olduğu ve ne yapmak istediklerindeki kararsızlık hemen fark ediliyordu. Top menziline giren Doria'nın gemilerinde bütün cenkçiler, tüfenkçiler ve okçular artık levendleri bırakmış, gabya çubuğunda, mizana kösteğinde, babafingo marsipetinde, grandi ucunda, velhasıl yelken donanımının her paresinde, pruva ve baş omuzlukta, gözcü çanaklığında veya sancak gönderinde komutlar vermeye devam eden tarlakuşlarını avlamaya çalışıyorlardı. Elbette her kurşun, her ok, her kılıç darbesi geminin aksamında hasarlar açıyor, kendi gemileriyle savaşan cenkçilere bakan Doria'nın tapası atıyordu. Hayreddin Paşa rakibinin düştüğü hale kahkahalarla gülerken gözü hâlâ rüzgârgülünün hızında ve yönündeydi. Erinde gecinde rüzgârın değişeceğini ve kendi lehine esmeye başlayacağını umut ediyor ve buna inanıyordu. Ömrü boyunca rüyalarının hepsinin doğru çıktığını biliyordum. O ayetlerin kendisine rüyada bildirilmesini Hz. Peygamber'in yardımı olarak algılıyor ve sanki gayb ordularının gelmesini bekliyordu. Gerçekten de birkaç dakika içinde gayb orduları rüzgâr biçiminde geldiler ve birdenbire Türk gemilerini harekete geçirdiler. İkinci emrini o vakit verdi. Gökte kuşluk güneşi parlıyordu:

"Bütün gemiler! Gazanız mübarek olsun!"

Islık çalarak gelen güllelerin uçurduğu bahçelikten, güverteden, şahnişinlerden kol ve bacakların savrulmaya başladığı andı. Levendler birer ikişer şehit düşüyordu. Gemiler birbirine ok mesafesinde yaklaşmış, cenkçiler her iki taraftan birbiri üzerine atılıyorlardı. Her bir levend, heybetli bir öfkenin görünür kılınmış haliydi ve ben o gün Haçlı gemilerinde ilk kez zırh ve cevşen kuşanmış askerler gördüm.

İki saat süren çatışmaların sonunda gitgide mesafeler daraldı, gemilerden çengeller atılmaya ve adamlar birbiri üzerine salınıp uçmaya başladılar. Denizin üzeri tam bir cehennem gibiydi. Yanan ateşler, gümbürtüyle patlayan ve ikiye ayrılan gemiler, çığlıklar, küfürler... O sırada bir şey oldu ve bir anda bütün Müslüman gemilerden kelime-i tevhit yükselmeye başladı. Levendler hocaların tekrarıyla coşmuşlar, bir ahenk ile haykırıyor, Allah'ın adını, kılıçların her hamlesinde bir uğultu haline getirip gök kubbeye yükseltiyor, sonra can veriyor, candan geçiyorlardı. Top ve arkebüzlerin gümbürtüsü; kılıç ve hançerlerin çakıntısı veya zincir ile cevşenlerin şakırtısı duyulmaz olmuş, tek bir ağızdan tek bir ses tekbir getirmeye başlamıştı. Yorulmadan, korkmadan, coşarak, ölerek ve ölürken gök kubbeyi çınlatarak...

O velveleden itibaren zaman nasıl akmıştı, gün nasıl geçmişti, farkına varamadık, güneşin son ışıkları Barbaros'un sancağına işlenen ayetin altın ibrişimlerinde kırılıp kaybolurken Preveze açıklarında sevinç ile hüzün, kahkaha ile gözyaşı gündüz ile gece gibi birbirinden ayrışmak üzereydi. Hafızlar yedinci hatmi de tamamladıkları sırada artık zafer kesinleşmiş, denizin üzeri yanmaya devam eden kalyonlar, batmak üzere yatmış kadırgalar, parçalanmış gemilerden arta kalmış parçalarla dolmuştu. Karıntıdan kurtulamadığı için orsaya kaçıp akıntı payında karaya oturmuş haçlı gemileri ise takip toplarıyla yakayı ele vermişlerdi. Elbette hayalet gemilerin topladığı kadırgalar, kalyonlar... Ve bir de deniz üstünde yanmakta olan gemilere tutunmaya çalışan askerler ve yaralılar ile başıboş yüzen kimsesiz cesetler... Doria kaçmaya başladığında karanlık çöküyordu ve fenerlerini yakmadan gitmişti. Bu, Akdeniz'in Osmanlı hâkimiyetine girdiğini gösteren bir işaretti. O akşam, Venedik'in Akdeniz'deki pek çok kale ve adası, kendiliğinden Osmanlı egemenliğine geçmiş oluyordu. Savaş tazminatı olarak istenecek altınlara ise Grand Seigneur Sultan Süleyman karar verecekti.

Sevinç çığlıkları ve şükür dualarının, mevcut sayımları ve kayıp tedariklerinin, şehit definleri ve gazi tedavilerinin, gemi tamir ve ikmal önlemlerinin, velhasıl her zaferin sonundaki koşturmacanın bittiği gün padişahın kapıcıbaşısı, Boğdan'ın fethi haberiyle geldi. Hayreddin Paşa sevinç üstüne sevinçtir diye Preveze limanında herkesin katılacağı bir şölen tertipleyip kapıcıbaşının getirdiği nameyi okuttu:

"Sensin ki lalam Hayreddin Paşa!.. Derya gazan mübarek olsun. Kış mevsimi yakındır. Gayri ayak ayak Âsitâne'ye gelmeye acele edesin."

Sultanın donanmayı İstanbul'a çağırmış olması gaziler üzerinde bir müjde etkisi yaptı. Herkes esirlerinden ikisini bağışladı. Hayreddin Reis o akşam hemen herkesin eğlencesine ortak oldu, sık sık Doria'dan bahsederek, "Nasıl da fenerlerini yakmadan kaçtı ama!" diye göbeğini hoplata hoplata kahkahalar attı. Evet, galip gelmiş, ezeli rakibine diz çöktürmüş, İspanya'dan Kanca Oruç'un intikamını almıştı. Bunu, "Sidi, bilir misin, Cezayir'i kaybettiğimde kederimden bütün levendlerimin önünde gömleğimi yırtmış, kendimden utanmıştım, bugün de Doria'nın gömleğini yırtma günü," deyişinden anladım. Bundan böyle adı tuzlu sularda sıradan bir rakip olarak değil, büyük bir kahraman olarak anılacak, Barba Rossa denilince kıyamete kadar Akdeniz titreyecekti.

Zafer akşamında herkes eğlenirken hüzünlenen yalnızca ben idim. Mücahitlerimle sureta eğlenmeye devam ediyordum ama aslında içim burkuluyordu. Hızır Reis istediğini almıştı. Peki ya ben, ben istediğimi alabilecek miydim? Buraya gelirken ona yardım etmek ve sonra da ondan Gırnata Emirliği için yardım istemekti niyetim. İşte padişahın fermanı okunmuştu. İstanbul'a gitmesi gerekiyordu. Baharda tekrar Akdeniz'e açılması, Cezayir'e gelmesi ve Endülüslülerle yapamadığım şeyi yapması için ona ne demeliydim? Ona, "Bütün ordum işte bu kadar, Gırnata Emirliği için üç yüz mücahit yeter mi?" desem acaba nasıl karşılardı. Ben bütün ordumu alıp ona yardıma gelmiştim de o bütün ordusunu alıp bana yardıma gelir miydi?

O akşam ve diğer akşamlarda bu konuyu hiç açamadım. Kimseden bir şey istemeyi oldum olası becerememiştim. Bu sefer belki başarırım diye yutkundum durdum. O ise bana hep Billure'yi sordu, hiç Gırnata'yı sormadı. Bunu bilerek yaptığını sanmıyordum; belki de İstanbul'a gidecek olmanın, Cemayma Hatun'u özlemiş bulunmasının heyecanıyla böyle davranmıştı. Yalnız vedalaştığımız gün tıpkı Cezayir'den ayrıldığımız günkü gibi bir sandık altın verip teşekkür etmiş, "Bunlar Gırnata Emirliği için..." demişti.

Mücahitlerim İbiza açıklarına gelesiye kadar tam dört gün boyunca karaların görünmediği sularda zafer heyecanıyla eğlendiler, gülüp oynadılar. Bazıları bana göstermeden kıç güvertesinde ve sintinede, zaferi şarap ile kutlayıp sarhoş bile oldular. Gece denizin üzerini zifiri karanlık örttüğünde, dalgaların kadife sesine karışan rüzgârın sesi, yelkenlerin çırpınışına karşılık veren naralar, santur ve bendir nağmelerine eşlik eden türküler kulaklarımızda çınlayıp durdu. Söylenenler hep neşeli ve hasret kokan türkülerdi:

Bir gemimiz vardır telli varaklı
Yelkeni kırmızı yeşil direkli
Mücahitler gelir aslan yürekli
Mevlam nasip etsin bize karayı
Evvelden karayı sonra sılayı

Bütün yolculuk boyunca onların zihnini meşgul eden düşüncelerle benim zihnimdekilerin farklı olduğunu anladığım halde, dinlediğim ezginin devamını ben içimden kahramanlık türküsüne dönüştürüyor, benimle birlikte mücahitlerimin de aynı hamasi heyecanı duymalarını ister gibi mırıldanıyordum:

Gırnata önünde var idi bağlar
Endülüs yurdunda görünür dağlar
İçinde mazlumlar durmadan ağlar
Mevlam nasip etsin bize devleti
Evvelden devleti sonra nimeti

Nafile... Dünyalarımız ayrışmış gibiydi. Malaga tepeleri göründüğü sırada içlerinden beş kişilik bir heyet yanıma gelip ganimetin ve Hayreddin Paşa'nın verdiği altınlardan paylarına düşenlerin dağıtılmasını istediler. Söylediklerine göre hepsinin ortak arzusu buymuş. Hayreddin Paşa'nın verdiği altınların ganimet olmadığını, Gırnata Emirliği için harcanacağını söyledim. Buna itiraz etmediler ama sevinmediler de. İşte ne yaptığımı o anda sorgulamaya başladım. Ben Akdeniz'in batısından doğusuna milli bir ülkü uğruna gelmiştim ama onlar ganimet istiyorlardı. Ben Billure'yi gücendirmek adına bu davaya baş koymuştum, onlarsa karılarını, çocuklarını özlediklerinden bahsediyorlardı. Ben ganimetin her pulu için bir ihtiyacın giderilmesini planlıyordum, onlar çocuklarına alacakları hediyeleri düşünüyorlardı. Ben kuracağımız emirliğin Müslümanları İber Yarımadası'ndan ve Endülüs'ten kazımak isteyenlere karşı bir kale olmasını planlıyordum, onlar yaşadıkları sefil hayata rıza gösteriyorlardı. Ben milletim adına cihat istiyordum, onlar sarhoş oluyorlardı. Yürüttüğüm davanın samimiyetine inanmayan bir alay adamla, -adına mücahit bile denilse- nasıl yol yürüyebilir, nasıl yoldaşlık edebilirdim? Anladım ki Gırnata'yı ihya için henüz vakit gelmemiştir veya çok geç kalınmıştır. O anda, "Belki de maya tükendi," dedim içimden. Bu ruhsuz kalabalıktan bir ordu kurma ihtimalim olmadığını anlıyordum. Sindirilmiş, itilip kakılmaktan kimliksizleşmeye başlamış, fakirlikten altın derdine düşmüş üç yüz adamdan ne çıkardı. Üstelik bazıları da yaşlı ve heyecansız. Anlamıştım, Müdeccenlerin çekecekleri daha çok çile vardı. Bunu göremeyişlerine acıdım. Çilelerin demlenmesi, şikâyet makamında naz ehli olanların dillendirecekleri zamana kadar bekletilmesi gerektiğine karar verdim. Kalyondan evlerine dağılırken hepsi birer mücahit gibi değil, korsan gemileriyle sefere katılmış forsa veya hamlacılar gibiydi. Ellerinde ganimet malları ve çocuklarına götürecekleri umutlar. Onlara hiç gücenmedim. Hepsiyle helalleştim, altınlarını dağıttım, evlerine yolladım. Gün inmek üzereydi ve ertesi gün birinci teşrinin son günüydü. Hisara bir gece erken gitsem ne çıkar deyip yine dilenci kıyafetlerime büründüm. Yokuşu tırmanırken gözlerimden akan yaşlar ayaklarımın üzerine, bağrıma dökülüyordu. Hava ayazdı ve ben ağlamamı durduramıyordum. Neye ağlıyordum, niçin ağlıyordum, bilmiyordum; yalnızca ağlıyordum. Ağlayacak o kadar çok derdim vardı ki, hangi damlanın hangisi için aktığını bile kestiremiyordum. Uğruna yıllarımı harcadığım Gırnata'nın artık tükenmiş bir hayale dönüşmesine mi; bu hayal uğruna çeyrek yüzyıldır içimde sakladığım aşka sadakat gösteremeyişime mi, Billure'nin kapısından hep geri çevrilişime mi; intikam hissiyle öldürdüğüm yirmi adam yüzünden Kral Karlos'un Müslümanlara ettiği eziyetlere mi, babamdan miras kalan emirliğimin gereğini yapamayışıma mı, yaşım ilerlediği halde bir yuva kuramayışıma mı, hangisine ağlıyordum, hiç bilemiyordum. Ağlıyordum. Yaşlar gözlerimden boşanırcasına, içimden çoşup gelen ırmaklar çağlarcasına ağlıyordum. Ne zaman adımlarımın hızlandığının ve koşmaya ne zaman başladığımın farkında değildim ama hisara geldiğimde nefes nefese ve kan ter içinde ağlıyordum. Diyar-ı Kalb'in taşını kaldırdım. İçine girdim. Terim kurumuştu ve iliklerim donuyordu. Billure'nin kumlarını avuçladım. Kar dinmişti ve gökte yıldızlar parlıyordu. Usturlaba gerek kalmayacak kadar yakınımdaydılar üstelik. Ömrümün her dakikasını yeniden yaşıyor gibiydim. Mutlu çocukluğum, suskun okul yıllarım, Billure, vatanım, Akdeniz, dostum Hayreddin Paşa, öldürdüğüm muhafızlar ve daha pek çok şey... Kumları avuçladım, savurur gibi kollarımı göklere uzattım, öylece bekledim, ağladım, ağladım, ağladım... Gözlerimden akan her damlada Allah'a halimi yandım; ağladım. Sayıklamaya ne zaman başladığımı bu yüzden bilemedim:

"Ey hiçbir zaman unutmadığım; sen de beni unutmazsın değil mi? Sen bana benden daha yakın iken ya neden hep ben senden uzağa düşüyorum? Sen benim yanımdasın, biliyorum da neden ben senden hep ayrı kalıyorum? Ey kaderleri elinde bulunduran, ben kendim için yol bilmiyorum, bana yol öğret. Ey her şeye kadir olan, Gırnata'yı taşıyamadım, mağlup oldum, beni affet. Hareketlerde ve sakinliklerde, kelimelerde ve ifadelerde, hayallerde ve hatıralarda şüpheler ve zanlar taşıdım, beni affet. Acizlik ve tembellik göstermedim, korkaklık ve cimrilik eylemedim, zalimlere boyun eğip gaddarlara eyvallah demedim, illa ki suç işledim, kendimden kurtulamadım, nefsime mağlup düştüm. Gırnata'yı taşıyamadım, emaneti yükseltemedim. O halde artık al onu benden, ta ki taşıyacak olana ver, yükseltecek olana ver. Senden başka ilah yoktur Rabbim ve seni tenzih ederim."

Ne oldu, gece nasıl geçti, orada ne yaptım, ayaza nasıl dayandım, neden üşümedim, hiç bilmedim. Tan yeri ağarırken ellerimi göklere açık buldum. Dilim hâlâ bir şeyler mırıldanıyordu ama ne dediğimi ben de anlayamıyordum. Üzerimden birkaç kanadın kalkıp kuş misali yükseldiğini hisseder gibi oldum. Bedenimde bir hafiflik vardı. Kendimi kurtulmuş, arınmış hissediyordum. Ellerim sanki yirmi cana kıyan eller değildi. Doğruldum. Diyar-ı Kalb'in taşını kapattım. Kapıya yöneldim.

Yok, hayır, bir hayal olmalıydı... Mutlaka zihnim beni yanıltıyordu. Yoksa sabahın bu saatinde burada ne işi olabilirdi ki? Gece olup bitenler beni çok etkilemiş olmalıydı. Hem Madrid nere, Malaga nereydi? Ama ne kadar özlemişim ki gülümseyen çehresine baktıkça bakasım geliyordu. İlerledim, gördüğüm hayal gözümün önünden kaybolmasın, biraz daha benimle kalsın diye iç geçirerek, gözlerimi hiç yummayarak ve bakışlarımı hiç ayırmayarak ilerledim. Doğmakta olan güneşin ilk ışıkları alnına vurmuş gibiydi ve o güne kadar hep benden kaçırdığı gözleri ta gözlerimin içine bakıyordu. Onu çok ama çok sevmemin, çok ama çok özlemiş olmamın ödülü gibi hâlâ yüzüme bakıyor ve gülümsüyordu. Birden kayboluvereceğini düşünüyor ve kaybolacağı ana kadar öylece bakmak istiyordum. Adımlarımı yavaşlattım. Hâlâ öylece duruyor ve bana bakıyordu. Bunu bana yaşattığı, hayal de olsa özleyişimi dindirdiği için şükretmek geliyordu içimden. Her uzak hayal gibi, denizin üstünde bir serap gibi ben yaklaştıkça onun uzaklaşacağını bekledim. Ama hayır, işte yanına kadar varmıştım. O anda korktum. Bu bir hayal değilse aklım bana oyun oynuyor olmalıydı. Gözlerimi yumdum. Kendimi dinleyip, belki kolumu çimdikleyecektim. Sıcak, sımsıcak bir ses duydum:

"Şehzade Alkala!.. Sevgilimmm!.."

1546

Sekiz yıl sonra...

"Sultan efendimizin yanındaki kim babacığım?"

"Sağındaki Şeyhülislam Ebussuud Efendi'dir Yusuf'um, solundaki Vezir-i azam Rüstem Paşa hazretleri. Arkasındakiler..."

"Sen ağlıyor musun babacığım?"

"Eeeer kişi niyyetine!"

"Allaaahu Ekber!"

İstanbul'un bir eşini daha yaşamadığı o günde Fatih Camii'nin musallası önünde, bütün namaz boyunca ağlayan yalnızca ben değildim. Hayreddin Paşa'nın en sevdiği komşusu Beşiktaşlı Yahya Efendi, elini tabutun üzerine koyup cemaate ölüm hakkında nasihatler ettikten sonra bir milletin böyle bir kahramana yüzyıllar boyunca ağlasa az olacağını söylemiş, başta sultanımız efendimiz kanun koyucu Süleyman Han olmak üzere -Allah uzun ömür versin- avludan taşan insanları gözyaşlarına boğmuştu. Bilhassa helalleşme faslında herkesin samimiyeti dikkatimi çekti. Hayreddin Paşa sevilerek yaşamıştı. Musallası önünde el bağlayan devlet erkânının haline bakınca huzurunda el bağlanacak ve saygıyla durulacak pek az insandan biri olduğunu düşündüm. Gözlerimdeki yaşları sildim. Fatih Camii'nden Zeyrek yoluyla Haliç'e inen tozlu yollarda İstanbul halkı dizilmiş, tabutu geçerken hayır dua etmeyi bekliyorlardı. Yaz ortasındaydık ama şiddetli bir rüzgâr çıkmıştı. Tabut omuzlara alındığında neredeyse savrulacak gibi oldu. Avludaki mahşeri kalabalıktan tabut yol alamıyor, yalnızca elden ele ilerletiliyordu. Haliç'e vardığımızda denizdeki çalkantı şiddetlendi. Sular kabarıyor, dalgalar sahildeki yalıların sundurmalarına çıkıyor, sur gediklerinden şehre su doluyordu. İstanbul'u bilenler, Haliç'te o güne kadar böyle bir su hareketliliği yaşanmadığını, bu devasa dalgaların normal olmadığını söylediler. Denizin üzerinde cenaze alayını götürecek bine yakın her boydan kayık, işkampaviye, çektiri, hanım iğnesi ve donanmanın küçük gemileri kâh yükselip kâh düşüyor, birbirlerine çarpıyorlardı. Haliç'teki herkes bu kötü havadan dehşete düşmüş, şehadet getirmeye başlamıştı. Ben de hayretler içindeydim. Onca yıl Hayreddin Paşa'nın yanında kalmış, Akdeniz'de her türlü havayı görmüş, böyle sığ alanda büyük bir çalkantıyla karşılaşmamıştım. Hele de kapalı sularda. İnsanlar tedirgin olmaya, korkmaya başladılar. Sahilde ayaklar ilerlemiyordu. Sultanın atı ürkmüş, solaklar ve peykler kendisini kalabalıktan ayırmaya çalışıyorlardı. Her kafadan bir ses çıkmaya başladı. Yusuf'u sürükleyerek tabuta doğru koştum. Hayreddin Paşa'nın Preveze gününde açıp rüzgâra hükmettiği atlas sancağı dört kat edilmiş, tabutun üzerinde örtülüydü. Derhal onu alıp açtım ve denize tuttum. Ne de olsa üzerinde Mühr-i Süleyman vardı. Allah'ın hikmeti, sancak açılınca rüzgâr bir anda durdu, deniz sakinleşti, İstanbul yine bir yaz gününe döndü. Şeyhülislam Efendi hazretlerinin çavuşları tabutu bir Kâbe kaftanıyla örttüler. Ben de elimdeki sancağı Peleng-i Derya'nın pruva gönderine toka ettim, Boğaziçi'ne çıktık.

İstanbulluları hayrete düşüren ikinci hadise burada gerçekleşti. Herkes gibi, şaşkınlığımdan benim de dilim tutulayazdı. Başlangıçta benim gördüğümü onlar da görüyor mu diye şüphe etmiştim. Evet, bütün gözler Boğaziçi'nin sularındaydı. Az evvel köpüren dalgaların sakinleşmesi yeni bitmişti. Şimdi de Boğaz sularının tersine doğru aktığını görüyordum. Sanki Barbaros'un cenazesini donanması değil de sular taşıyor gibiydi. Üstelik denizin üzerinde yunus balıklarıyla birlikte serdin balıkları sıçrıyor, sandalların arasından kafileye eşlik ediyorlardı. Levendleri gözyaşları içinde, "Hey-ya-Mev-la" derken hiç de akıntıya karşı kürek çekiyormuş gibi değildiler. Anladım ki benim gördüğümü herkes görüyordu ama hiç kimse gördüklerine inanamadığı için sesini çıkarmıyordu. Beşiktaş açıklarına demirleyen donanmanın hizasına geldiğimizde top atışları başladı. Cenazeyi taşıyan Peleng-i Derya koydan içeri giresiye kadar Allah'ın her bir ismi için bir top İstanbul semalarında yankılandı. Hafızlar Mülk suresini okurken tabut eşik taşına gelmiş oldu. O sırada Hızır Hayreddin Reis'in sahilsarayını andıran konağında bir feryat ve figan yükseldi ki yürekler yakar. Cemayma Hatun ile Aladule'nin seslerini tanıyabiliyordum, ama bir ses daha vardı ki diğerlerinden yüksek çıkıyordu. Hızır Hayreddin Paşa'nın ihtiyar gönlünü çalan ve ona genç kalbini feda eden cariyenin sesi olmalıydı bu. Seslere karışan başka feryatlar da duyuluyordu. Sundurma ve hayatı dolduran kalabalığa bakınca sırtlardaki Rum köyünün kadınları ve çocuklarını gördüm. Hepsi velinimetlerini yitirmiş oldukları için üzülüyor, belki bundan böyle kendilerine yardım edip aydan aya gizlice kapılarına erzak yığdıracak bir Hayreddin daha çıkar mı diye hasretle ağlaşıyorlardı. Vasiyet etmişti, tabutu eşik taşına koyacaktık ve Cemayma Hatun onunla bu taşta vedalaşacaktı. Cemaat durdu, Cemayma Hatun'un gelmesini bekliyorduk. Yusuf elimi çekiştirip sordu:

"Bu taşa neden eşik taşı diyorlar babacığım?"

Önce parmağımı dudaklarıma götürüp, "Sssss..." demek geldi içimden. Cenaze orada beklerken konuşmanın uygun olmayacağını düşünüyordum. Sonra bir çocuğun, yavrumun öğrenme merakını da geri çevirmek istemedim. Sesimin en kısık haliyle anlattım:

"Paşa deden, şehzadem, bu mermer taşı İskenderiye'den getirtmiş ve gemilerinden karaya çıkacağı zaman aborda olmak üzere diktirtmiş. Yanına da sütunlar biçiminde beş baba taş koydurtmuş ki gemileri aborda olacağı vakit çımacılar halatlarını bu taşlara bağlasınlar. Taşlar şu gördüğün meydana bir güzellik katınca halk buralarda eğleşmeye, hatta çarşı pazar kurmaya başladı. Ancak gemilerin bağlandığı beş taştan ziyade üzeri motifli şu eşik taşına itibar ettiler ve taşın bir beşiğe benzediğini görüp buna beşik taşı falan demeye başladılar. Hatta geçtiğimiz yıllarda efsaneler uydurup bu taşa Hz. İsa'nın beşiği diyenler bile çıktı. Sonunda şehzadem, beş taş, eşik taşı, beşik taşı derken Deve Meydanı'nın adı değişti, eski adı unutulup gitti. Hayreddin Paşa da, 'Madem burası halkın uğrak yeri oldu ve levendlerim de her daim buraya gemi bağlıyorlar, o halde mezarımı şuraya kazın ki öldüğüm vakit onlardan ayrılmamış olayım,' diye Sinan Usta'yı çağırdı ve suyun içine, gördüğün şu türbeyi yaptırttı."

"Paşa dedem suyun içinde mi yatacak?"

"Hayır, hayır, dikkatle bakarsan türbenin bulunduğu yerdeki kayalıkları görebilirsin. Paşa dedenin türbesi şimdi suyun içinde, ama naa'şı suyun altında, yani toprakta duracak şehzadem. Ben öldüğüm zaman da kabrimi şuraya, Paşa dedenin hemen başucuna gelecek şekilde türbenin dışına kazdır e mi?"

Yusuf, vasiyetimi idrak ettiği vakit garip garip yüzüme bakıp gözlerini ovuşturdu. O sırada Cemayma Hatun tabutun başına gelmişti. Uzun uzun dua etti. Vezir Rüstem Paşa ona başsağlığı dileyip ekledi:

"İnsanlar! Bir gün gelir herkesin beden mizanası çöker, serenleri kırılır, halatları kopar. Dünyada hiçbir gemi hep pupa yelken gitmez. Pusulası kıbleyi, haritası istikameti göstermeyen hiçbir gemi ebediyet denizinde sağ ve salim seyredemez. Bugün dünya durdukça adı duracak olan denizlerin efendisi için hepimiz çimariva el bağladık. Merhumun bu son seferiydi ve beden gemisi Allah'ın huzuruna varmak üzere pupa yelken sonsuzluğa dümen tuttu. Hazreti Nuh'tan sonra denizlere o hükmederdi. Lakin ecel rüzgârı ona da fırsat vermedi ve maksat yelkenlerini açtırmaz oldu. Artık deniz bitmiştir ve denizlerin efendisi gördüğünüz gibi kayalıklara baştankara bindirmek üzeredir. Deryalar kaptanı merhum, murat denizinden muradını almıştı, şimdi de şu kayalar içinde kadırgasını orsa alabanda eğlendirme zamanındadır. Reisimiz, bizim çırpınıp batacağımız denizlerde emniyetle kulaç attı, bizim gemi paralayacağımız taşlıklarda ebedi mekân tuttu, ruhunu gabya sancak cennete fundo eyledi. Merhum, bela tufanına tutulduğunda tevekkül yelkenlerini açar, ihlas firkatesinin dümenini daima sahil-i selamete kırardı. Ahının dumanlarını direk, göklerin mavi atlasını yelken, yeryüzünü de o ummanlarda çalkanan bir kadırga olarak yönettiğini bizzat ben bilirim. Devlet-i Aliyye'nin Akdeniz'deki seyrini, sahil-i selamete o çıkarmıştı, Allah da onun için şu sahili selamete çıkarsın."

Vezir Rüstem Paşa hıçkırıkları boğazına tıkanınca sözlerine ara verdi. Bütün cemaat ağlıyordu. Neden sonra yeniden titrek bir sesle devam etti:

"Sultanımız efendimizin buyruğudur ki bundan böyle Hızır Hayreddin Paşa'nın aziz hatırası için Osmanlı donanması ne vakit sefere çıksa önce buraya gelip ruhuna Fatiha okuyacak, dönüşte zafer duasını onun huzurunda yapacaktır. Bundan böyle türbesinin önünden geçen her gemi, hız kesip onu selamlayacak, eğer vakit gece ise fenerlerini kısacaktır. Devletimizin kaptan-ı deryaları bundan böyle onun hatırasına hürmeten buraya itibar gösterecek, türbesinin civarında dualar edilip fakir fukaraya aş dağıtılmasına dikkat edecektir. Devletimizin cümle donanma merasimleri, onun eşik taşlarını sıraladığı şu meydanda, onun huzurunda yapılacak, adı kıyamete kadar yaşatılacaktır."

"Teşekkür ederim devletlu paşa hazretleri! Lakin vasiyeti vardı ki gece ve gündüz, her daim türbesi ışıkla nurlandırılsın, dili Kur'anlı gönlü imanlı bir türbedar her daim türbesini beklesin."

"Vasiyyetini emir biliriz hatun ana, derhal tertibat aldırırım!"

"Ve sancağını türbesinin tavanına asmamızı da tembih etmişti paşa hazretleri!"

"İsabet buyurmuş Seyyid Muradî, bereket olur."

Bu son cümleyi sadrazam hazretlerinin yanına sokulup kısık sesle söylemiştim. Teklifimi kabul ettikten sonra elimi tutup samimiyetle sıktı ve Yusuf'un yanağını okşadı.

Hayreddin Paşa'nın naa'şı toprağa verilip sancağı tavana asıldıktan sonra uzun süre oradan ayrılamadım. Oğlu Hasan Paşa ile taziyeleri kabul ettik. Hafızların hatimleri, levendlerin ağıtları, şairlerin tarih manzumeleri derken ikindi oldu. Yusuf sabırsızlanıyordu. Beş yaşında bir çocuk için, hele de temmuz güneşinin altında... Eve yöneldik.

Yolda oğlumun büyüdüğünü hissettim. Ölümü görmüştü, öleni görmüştü. Dağ gibi bir adamın kara toprağa girişini görmüştü. Galiba bunun etkisiyle sordu:

"Babacığım, paşa dedem Gırnata'yı hiç görmüş müydü?"

Oğlumun merakları beni her zaman sevindiriyordu. Gırnata'dan bahsetmek de nedense hep hoşuma giderdi. Anlattım:

"İki kez gitmek istedik şehzadem, iki kez gitmeye çalıştık. Birincisinde amacımız ziyaret idi ve sen henüz doğmamıştın. Anneni Prenses Anne'in -biliyorsun o senin ablan sayılır- İngiltere sarayındaki düğününe götürmem gerekiyordu. Bunu Paşa Dede'ne söylediğimde tebdil-i kıyafet ederek bizimle gelmeyi düşündü. Hani oynadığın altın heykeller var ya, onları İspanya Kralı Karlos'un, ablan Clevesli Anne'e düğün hediyesi olarak verdiğini haber almıştık ve Paşa Deden de heykellerin ne dediklerini hep çok merak etmişti. Ama daha da önemlisi Cezayir'i yeniden görmeyi istiyordu sanırım, öz yurdunu, kendi ülkesi ve vatanını. Ama hünkârımız hazretleri kaptan-ı deryasının hırsız gibi gizlice seyahat etmesine müsaade edemeyeceğini söyledi ve o da ısrar edemedi."

"Heykellerimi anneme Anne ablam mı vermişti?"

"Düğün akşamıydı. Anne ablan gelinliğinin içinde pek güzel ve elbette çok heyecanlıydı. Her duygusal anda yaptığı gibi, yine yüzünü annenin avuçlarına gömüp, 'Bunlar bir zamanlar senindi dadıcığım, ellerin henüz pamuk gibiyken tutmuştun onları, avuçların benim için yanıp süngerleştiği günün şükrânesi olarak şimdi yeniden kabul et lütfen!' demiş ve yüzünü çekip avuçlarına bu heykelleri koymuştu. Annen de boynuna sarılmış ve, 'Benim tatlı, küçük sincabım!' diyebilmiş, ağlamaktan, başka hiçbir şey söyleyememişti."

Billure'nin o anda dolu dolu olan gözleri geçti hayalimden. Onun her görüntüsünü, her edasını, her sözünü unutsam bile o dolup gelen çakır gözlerin neler anlattığını ömrüm boyunca hiç unutamazdım. Bunun lezzeti ile yanımda yürüyen Yusuf'un yüzüne baktım. Cenazenin hüznünden çıkmış, neşeyle yürüyordu.

"Düğün çok güzel olmuştu Yusuf'um. Ablan İngiltere kralı ile evlenmişti ve biz mutluyduk. Bir yıla yakın onun yanında yaşadık. Kral Karlos'tan gizlenerek elbette. Dönüşte annenle Malaga'da bir hafta kalmaya karar verdik ve her gecemizi bir vakitler saklandığımız metruk hisarda yıldızları seyrederek geçirdik. Annenle ikimiz de bebek istediğimizi orada birbirimize söyledik. O yüzden sen bir Gırnatalı sayılırsın."

Yusuf cümlemin ne manaya geldiğini anlamadı elbette. Ama ben, Billure ile bir zamanlar en kötü günlerimizi geçirdiğimiz o hisarda, tam yirmi sekiz yıl sonra en mutlu günlerimizi de geçirdiğimizi hatırladım. Yusuf, elimi çekiştirdi:

"Paşa Dedem sonra neden Gırnata'ya gitmedi babacığım?"

"Onunla ikinci kez aynı hayalleri kurduğumuzda Yusuf'um, Fransız Kralı Fransuva, Sultanımız Efendimiz hazretlerinden yardım istemişti. Bu sefer bütün donanmamızı alıp gittik. Ne çare Kral Karlos'un donanması bizi İspanya'da değil de daha beride karşıladı. Cenevizlilere çatıp Nice kasabasını fethettiğimizde düşmanın bütün amiralleri aman diledi. Keşke dilemeseydiler. Çünkü niyetimiz Endülüs'e varmak, bir zaman benim eksik bıraktığım işi tamamlamaktı. Ama Müslümanlıkta aman dileyene kılıç üşürülmez. Akdeniz'in ortasında sayılırdık, Paşa Deden, batısına gidip Gırnata'ya varmakla, doğusuna gidip İstanbul'da zafer şenlikleri yapmak arasında kararsızdı. Tam iki gün oyalanıp durduk. Ama donanmamızın levendleriyle, Fransuva'nın askerleri çoktan geri dönmeye hazırlanmışlar. Olmadı... Rahmetli dedene Gırnata'yı görmek nasip olmadı. Keşke görseydi... O Gırnata'yı görseydi ben yarım kalmazdım."

"Yarım kalmak ne demek babacığım!"

"Büyüyünce anlayacaksın şehzadem, Gırnata'yı gördüğün vakit anlayacaksın."

"Gırnata çok mu güzel?"

"Hem de çok güzel oğlum, çok güzel. Bütün Endülüs... Çok güzel..."

Yusuf'a güzellikten bahsederken içimi yokladım. Gırnata'yı beş yaşıma kadar ancak görmüş ve cennet olarak bilmiştim. Sonraki yıllarda Gırnata işgal edilmiş vatanım idi ve işgalciler cehenneme döndürdüler. Cennet vatan ile cehennemi karşılaştırdım. Belki de çocukluğun hayalhanesinde her şey daha güzel görünüyordu. Yusuf da şimdi İstanbul'u öyle görüyor olmalıydı. Birden hatırladım. Yusuf dün beş yaşını doldurmuştu. Dedesinin Hakk'a yürüdüğü günde. Babamın bana Gırnata'daki hikâyesini anlattığı gün ben beş yaşımdaydım. Demek ki benim de Yusuf'a dedesinin hikâyesini baştan sona öğretme zamanım gelmişti. Zaten onun hatıralarını okumak veya maceralarını dinlemek için can atıyordu. İyi ki dedesinin Gazavât-ı Hayreddin Paşa nam hatıralarını haşmetlu hünkârımız Sultan Süleyman Han hazretlerine -Allah devletini daim etsin- sunmadan evvel bir nüsha kopyalamışım. Eve varınca oğlumu dizime oturtur, yazdıklarımı bir masal gibi okurum. Belki dedesini kaybettiği gün hikâyesini baştan sona öğrenmek Yusuf'u heyecanlandırır, hatta hiç unutmamasını sağlardı. Ben de teselli bulurdum, belki annesi bile bize iştirak edebilirdi. O da üzgündü çünkü. Velinimetimizin vefatı onu da sarsmıştı. "Biraz hatıralardan bahsetmeye ne dersin Billure?" desem belki de çok sevinecekti.

Deve Meydanı'nı tepeden gören evimize vardığımızda hatıraları dinlemek üzere bir kişinin daha geldiğini gördük. Yusuf'a adını verdiğimiz dayısı, Billure'nin kardeşi. Senede bir İstanbul'a yol uğratırdı. Bu sefer Azrail'in ardından gelmiş, sanki evimize teselli getirmişti. Hasretle kucaklaştık. İçeriye girdiğimizde hepimiz ölüm ile kavuşma, hüzün ile sevinç arasında bocalıyorduk. Zannederim uzun yıllar birlikte yaşayan insanlar artık birbiri gibi veya birbiri yerine düşünüyorlar. Çünkü Billure, aklımdan geçeni yaptı, kardeşini bağrına basıp hasret giderdikten sonra sanki ölümün kasvetini dağıtmak ister gibi bir aile meclisi kurdu, sundurmada bize taze meyveler ikram etti. Hepimiz bir arada olmanın mutluluğunu yaşıyorduk. Bir ara Billure'nin dalgınlaştığını ve süngerleşip pamukçuklanan avuçlarına baktığını fark ettim. Anne'i hatırladığını biliyordum. Ne zaman onu düşünse gözleri avuçlarına düşerdi. Bir keresinde, "Seni hep avuçlarımda tutuyorum küçük sincabım," diye hasretle iç geçirdiğine bile şahit olmuştum. Evet, onun uzakta olması, Billure'nin aile meclisimizi toplamasına imkân tanımamıştı. Hafiften rüzgâr esiyordu ve karşımızda Üsküdar'ın yeşil yamaçlarında akşam güneşi hareleniyor, camlarında yangınlar başlıyordu. Barbaros Hayreddin Paşa'nın türbesinin kapısında iki levend fenerleri yakmaya hazırlanıyorlardı. Peleng-i Derya'nın fenerleriydi bunlar. Billure oğlumuzu dizine oturtup sergende duran üç altın heykeli ellerine alarak anlattı:

"Yusuf'um, biliyor musun senin şu heykellerini Decan Ojeda -toprağı bol olsun- bana verdiğinde ben de senin gibi çocuktum. Avuçlarım henüz taptazeydi, sıkıca yapışmıştım. Decan Ojeda, bu heykellerin aynı gibi görünse de birbirinden farklı olduğunu, eğer keşfedebilirsem benimle konuşacaklarını söylemişti."

Yusuf'un, Paşa Dede'sinin hatıralarından daha fazla dikkatini çekecek bir konuyu açmıştı Billure. Üstelik beni de heyecanlandırmıştı. Çünkü o güne kadar heykellerin ne dediklerini -bütün meraklarıma rağmen- bana hiç anlatmamıştı. Ne zaman sorsam, "Konuştular ve seni bana getirdiler," diyerek eski macerayı ima ile yetiniyordu. Gerçekte ne söylediklerini sorduğumda ise, "İleride belki anlatırım," diye beni hep merakta bırakıyordu. Oysa o heykellere bütün ömrünü yüklemiş, geçmişinin mavi sevinçlerini, hisarda geçirdiğimiz toprak rengi sıkıntı ve heyecanları, geleceğe dair sarı hayalleri hep o heykellerde biriktirmiş, bana yegâne varlığım, bütün ömrüm diyerek vermişti. Hayatı boyunca onu arayışım zaten bu yüzdendi. Süveydadaki kumların üzerine çizdiği kalplerin içinden geçen okun işaretini takip ederek bulduğum kâğıdı, üzerinde, "Bu üç heykel benim geçmişim, halim ve geleceğimdi... Artık hepsi senin oldu," yazılı kâğıdı hâlâ saklıyordum. Onca yıldır bana söylemediği sırrını şimdi Yusuf ile paylaşması hem hoşuma gitmiş, hem beni kıskandırmıştı. Bütün ömrünü dolduran bir sırrın ifşa edilme anında kim olsa heyecanlanmaz? Anlatmaya başladığında dizlerimdeki bağın çözülür gibi olması bu yüzdendi. Hatta kâğıdı sakladığım yerden alıp getirmeyi bile düşündüm. Alıp getireyim ve avucunun içine sıkıştırayım istedim. Ama yapamadım, ayaklarım dermandan kesildi ve şiltenin üzerine masal dinleyecek çocuklar gibi oturuverdim. Anlatıyordu:

"Sonra da, 'Bilge kişi, kulağından gireni kalbinde saklayan kişidir,' demişti Decan Ojeda.. Şehzade Alkala'nın, -bu arada çakır gözleri bana en manalı gamzesini gönderdi- saklandığımız o hisardan her gidişinde ben biriyle konuşma ihtiyacı duyar, heykelleri karşıma koyar, onlarla oynar, benimle nasıl konuşacaklarını merak ederek sayıklardım. Önceleri aralarındaki farkın ne olduğunu keşfetmeye çalıştım. Mavi, kahverengi ve sarı... Üstelik üçü de aynı boyda, aynı ağırlıkta görünüyorlardı. Yapan ustaya gıpta etmemek elde değildi. Her üçünü de birbiriyle eşdeğer yapmıştı. Güzellikleri birbirine denkti. Farklı hiçbir yan bulamıyor, bulamadıkça da kendi kendimi yiyip bitiriyordum. Nihayet bir gün Decan Ojeda'nın bilgeler için söylediği o söz, hani 'kulağından gireni kalbinde saklama' öğüdü aklıma geldi ve heykellerin kulaklarına baktım. Öğle sıcağında, hisarda bir ıssızlık hâkimdi ve güneş her şeyi parlatıyordu. Heykellerden birinin kulağında sanki içeriye doğru uzanan bir delik görür gibi oldum. Çok dikkatle bakınca fark edilecek kadar küçük bir delik. Fistanımda annemin işlediği sim bir nakış vardı. O nakıştan bir tel çekip heykelin kulağına soktum. Hayret! Bükülgen sim kıvrılmadan ilerledi ve diğer kulağından çıkıverdi. Decan Ojeda biri diğerlerinden farklı dediği için farklı heykeli bulduğumu düşündüm. Tabii bundan emin olmak için aynı simi mavi heykelin kulağına da soktum. Bu sefer şaşkınlığım daha da büyüdü. Çünkü simin ucu heykelin ağzından çıkıp geldi. Son heykeli elime aldığımda oldukça heyecanlanmıştım. Simi yavaş yavaş ittirdim. Hayır, içeride belli bir miktar ilerliyor ve daha gitmiyordu. Defalarca bunu yaptım ama hiçbirinde sim dışarı çıkmadı, belli bir mesafeden sonra ilerlemedi. Yalnız göğsüne doğru kıvrıldığını hissediyordum. Sonra simi, heykelin kulağına girdiği yere kadar ölçüp dışarı çektim. Bu sefer aynı işlemi heykelin dışından yapıp ölçtüm. Sim, heykelin kalbine kadar uzanıyor ve orada son buluyordu. Defalarca denedim ve emin oldum. O zaman anladım ki asıl farklı olan heykel buydu. Çünkü heykellerin üçü de bana bir şeyler anlatıyordu ama en kıymetli olanını bu sonuncu söylüyordu."

Billure o güzel sesiyle konuşurken yıllarca bağlı kalmış bir düğümü çözer gibi yavaş yavaş anlatmış, merakımı kamçılamıştı. Arada sırada kaş altından bakıp heyecanımın derecesini ölçtüğünü bile hisseder gibi oldum. Benim kadar olmasa da kardeşi Yusuf da meraklanmıştı. Ama sessizliği oğlumuz bozdu:

"Anneciğim, ne söylüyordu?"

"Birinci heykel Yusuf'um, öğüt dinlemeyen kişilerin halini anlatıyor ve sözler bir kulağından girip diğerinden çıkanların ziyanda olduklarını fısıldıyordu. İkinci heykel her duyduğunu dillendiren boşboğazları yeriyor, böylelerin hayatta sevilmeyen insanlar olacağını ima ediyordu bir tanem. Bu iki heykele benzeyenler, yani duydukları bir kulağından girip diğerinden çıkanlar ile, her duyduğunu hemen başkalarına dillendiriverenler değersiz insanlar olarak yaşarlardı. Oysa Decan Ojeda, 'biri diğerlerinden farklı' demişti. Bu üçüncü öğüt gerçekten de farklıydı ve buna göre davranan kişi toplum içinde itibar kazanırdı."

Billure değerli olan sözü hâlâ söylememiş, sırrı açmamıştı. Ne zaman beni meraklandırmak istese, şirinlik ederek sözü dolandırır ve sol kulağını sağ eliyle gösterirdi. Yine öyle yaptığını anladım. Belli ki Hayreddin Paşa'nın vefatı üzerine evimize çöken kasveti dağıtmak istiyordu. Üstelik Yusuf'un dayısı da misafirimizdi. Herkesi bir meyve tepsisinin etrafında bu derece meraklandırmayı zaten ancak o başarabilirdi. Bu sefer üçümüz birden patladık:

"Heykel ne diyor?"

"Heykel diyor ki: 'Kulağından gireni kalbinde saklayan kişi makbul kişidir.'"

Yusuf'a baktım. Makbul kelimesini anlamamıştı galiba:

"Makbul, değerli demektir şehzadem."

Yusuf düşündü. Aklından neler geçirdi bilmiyorum. Zihninde bir soru olduğu belliydi. Ama bu soruya muhatap olarak dayısını seçmişti:

"Dayı! Babam bana neden şehzadem diyor?"

"Seni çok sevdiği içindir adaşım!"

Billure ile birbirimize baktık!.. Bakışlarımızda binlerce anlam yüklüydü... Gözlerini benden ayırmadan Yusuf'un başını öptü ve mırıldandı:

"Bunu da baban anlatsın..."

Gözler bana çevrilmişti. Evet, oğluma neden şehzade dediğimi açıklamanın, benim başaramadığımı, yarım bıraktığımı onun başarması için yüreğinde bir ateş yakmanın zamanı gelmişti. Beş yaşını bitirmişti ve her şeyi anlayabilirdi. Sözlerimi doğrudan birkaç cümle ile özetlemek yerine eve gelirken verdiğim kararı uygulayıp yazdıklarımı okumayı yeğledim. O sırada Deve Meydanı'ndan insanlar dağılıp gitmekteydi. Barbaros

Hayreddin Reis'in konağına baktım. Cemayma Hatun ile Aladule hayatın parmaklıklarına yaslanmış türbeye bakıyorlardı. Yanlarında o cariye de vardı. Muhtemelen üçü de ağlıyordu. Boğaziçi'nde, Üsküdar cihetlerinden ılık bir lodos esmeye başladı. İstanbul, tıpkı teşrinlerin Endülüs'ü gibi hüzünlüydü. Bir an kendimi metruk hisarda hissettim. Yusuf dizlerimde oturuyordu. O sırada Hayreddin Paşa'nın türbesinde kadırga fenerleriyle birlikte kandiller yandırıldı. Evimizde hayat durmuş gibiydi. Herkes beni dinlemek üzere hazırlanmıştı. Cemayma Hatun'un başını bizden yana çevirdiğini gördüm. Türbede yanan kandillerin alevleri bize doğru dil vermeye başladılar. Yankılı bir ses yükseldi. Buram buram hasret kokan bir Cezayir türküsüydü bu. Aladule'nin sesindeki güzelliği ancak o vakit fark ettim. Üsküdar'da lambalar uyandırılmaya başlamıştı. Feneri yanıma koydum ve ezbere bildiğim hatıralar kitabının ilk sayfasını açtım. Billure ağlamamak için kendini zor tutuyordu. Dolagelen gözlerimi kitabın satırlarına kaçırdım ve içimden, "Rahmet denizinde eğleşesin Akdeniz'in reisi!" deyip başladım okumaya. İki Yusuf'lar beni dinliyordu:

"Efsaneler denizindeydiler ve gittikleri yerlere kendi efsanelerini de götüreceklerini henüz bilmiyorlardı. Midilli'den görülebilen ufuklar dört kardeşin büyüklerine göz kırpıp duruyor, köpüklü bağrını göstererek ötelere, daha ötelere çağırıyordu. O ve İlyas, küçük olan ikisi, henüz kendilerine uğur getirecek süslü kalyetaları bile seçmemiş, bir akşam limana demir atıp seherde yola çıkar gibi kaderlerini etkileyecek zarif kadırgaları beklemeye bile başlamamışlardı..."

Gemici Dili

Aborda: Bir teknenin diğer bir tekneye, bir iskeleye veya rıhtıma bordasını tamamen vererek yanaşması

Alabanda: 1) Tekne Borda kaplamalarının, levhalarının iç yüzeyleri. 2) Dümenin 35°'ye kadar bir tarafa basılması.

Alarga: Bir geminin veya deniz aracının bir yere yanaşmamış olarak açıkta bulunması, durması, yatması.

Alesta: (Uyarı) Hazır olma anlamında kullanılır. Yapılacak bir işin yapılması yönünde hazır olmak için verilen komut.

Apazlama: Bir teknenin bordasına dik olarak (kemere istikametinde) esen rüzgâr ve bu rüzgâr ile yapılan seyir.

Armada: Bir donanmanın amiral gemisi.

Arya: Serenlerin, yelkenin, sancağın aşağıya indirilmesi [Arya sancak, arya yelken]

Babafingo: Yelkenli bir teknede eğer direk üç kısımdan ibaret ise; en üstteki parça.

Bandıra: Gemilerin milliyetini gösteren milli sancakları.

Barbarişka: Volta edilmek üzere olan bir halatın kaymaması ve tutulması için bosalık halatla veya zincirle mezo volta alınıp halatın gemi tarafındaki bedeninden dolaştırılmak suretiyle yapılan bosa.

Barça: Eskiden Akdeniz'de kullanılan tek yelkenli bir tür küçük ticaret gemisi.

Baştarde [Baştarda]: Osmanlı donanmasında filo komutanlarının gemisidir. Yelkenlerle ve küreklerle hareket edebilen, durgun ve sığ sularda manevra yeteneği çok fazla olan çektiri denilen savaş gemilerine benzeyen bir gemidir. Çektirilerden farkı, filo komutanlarının filoyu denetlediği yüksekçe bir yerin varlığıdır.

Bocurgat: Ağır cisimleri çeken manivela ile döndürülerek çekilen urgan veya zincirin üzerine sarıldığı dolaptır. Balıkçılıkta yardımcı işçilere de denir.

Bodoslama: Gemi omurgasının baş ve kıç tarafından yukarıya uzanan ağaç ya da demir direklerden her biri.

Borda: Teknenin yan tarafı, duvarları, dış tarafının su kesiminden yukarıda kalan kısmı.

Bordalama: Bir deniz fenerinin, geminin veya sahil yapısının geminin tam kemere yönünde bulunması. Başka bir deyimle geminin puruva hattına dikey bir hat üzerinde bulunması.

Bosa: Gemide, demir zincirinin akmasını önlemek için, abosa komutuyla zincir üstüne takılan kilit.

Camadan: Dört köşe (seren) yelkenlerin üst yakalarından boğmak suretiyle yüzey alanlarının küçültülmesi.

Ceraskal: Ağır cisimleri kaldırmakta kullanılan bir çeşit palanga.

Cıvadra: Geminin baş tarafından havaya doğru biraz kalkık olarak uzatılmış bulunan direk.

Cunda: Seren, bumba, gönder direk gibi çubukların serbest olan ucu. Yatay serenlerin her iki ucu.

Çanaklık: Gemi direklerinin üstünde, çanak biçiminde, etrafı delikli gözetleme yeri.

Çapariz: 1) Yapılmakta olan bir işin ya da manevranın engellenmesi. 2) Demir zincirlerinin birbirine karışması, dolaşması.

Çarmık: Ana direklerini ve gabya çubuklarını kapelesinden güverteye veya küpeşteye tutturmak için her iki yan taraflarından gerilmiş kalın halatlar.

Çekdiri: Kürekle yürütülebilen ancak yardımcı olarak yelken de kullanılabilen bütün gemilerin Osmanlı donanmasındaki ortak adı. Bu gemiler şunlardır: Karamürsel, Aktarma, Gırap, Kadırga, Baştarde, Kancabaş, İşkampaviye, Şahtur, Çekeleve, Üstüaçık, Celiyye, Çamlıca, Kütük, Pergendi, Mavna, Kırlangıç, Firkate ve Kalite.

Çekeleve: Osmanlı donanmasında kullanılmış kıç tarafı yüksek, iki kısa direkli, yelkenli ve hızlı gemi.

Çıma: Halat, elincesi veya yomaların uç kısmı.

Çimariva [Çımarıva]: 1) Gemicilerin, eratın armaya çıkması için verilen komut. 2)Personelin tekne boyunca yan yana selamlama için dizilmesi.

Darbzen (topu): Osmanlı zamanında kullanılan uzunluğu yedi karış her biri 56,5 kg ağırlığında ikisi bir ata yüklenebilir top. Bunlar büyüklük sırasına göre Şahi Darbzen, Miyane Darbzen, Darbzen olmak üzere üçe ayrılır.

Denizkulağı [Lagün]: Denizle irtibatlı ve denizin etkisi altında bulunan göller.

Dirisa: 1) Yön değiştirmek, bir taraftan diğer tarafa dönmek. 2) Rüzgârın yön değiştirmesi.

Dümen: Gemiyi istenilen yöne çevirmek için sac veya tahtadan yapılmış olup kıç bodoslaması üzerindeki iğneciklere takılı olan levhalardır.

Façuna (etmek): Badarnanın tel veya mürnel ile sıkı sıkıya bağlanmasıdır.

Fırışka: Çok hafif rüzgâr, rüzgâr hızının saatte 4-6 deniz mili arası esmesi.

Filasa (bağı): Kısa ve saf selüloz liflerini bir arada bükerek istenilen uzunlukta yapılan tel. Denizcilikte halat yapımında kullanılır. Bu tellerin birçoğu yeniden bir arada bükülerek halatların kolları meydana getirilir. Üç veya daha fazla kolun birlikte bükülmesiyle halat elde edilir.

Firkate: Osmanlı donanmasında, ince donanmanın ağır gemilerinden, kürekle yol alan, çektiri türünden, hızlı bir savaş gemisi.

Flama: Gemilerde işaret için kullanılan dört köşe uçkurlukları enli, çımaları sivri olan sancaklar.

Flandra: Gemilerin grandi direğine çekilen, direğin yarısı uzunluğunda ve mızrak ucuna takılan uzun ve ensiz bayrak.

Forsa: Bir yere bağlı bulundurularak kürek çeken esirler.

Fundo: Demirlemek için verilen komut.

Gabya: Ana direk ile babafingo çubuğu arasındaki çubuk veya yelken.

Grandi (direği): Birden fazla direkli gemilerdeki en yüksek direk.

Güverte: Gemilerde ve teknelerde bastan kıça kadar döşenmiş tahta veya madeni platform.

Hanım iğnesi: Osmanlı devleti döneminde, deniz gezintilerinde hanımlar için kiralanan, çok zarif ve ince uzun kayıklara verilen isim.

Heyamola: "Hey ya Mevla!" nidasının sonradan dönüştüğü haldir.

Iskarça: Bir liman veya koy içindeki kalabalık ve karışık olarak demirlemiş vaziyette bulunan gemiler/tekneler topluluğu.

Iskarmoz: Kürekli teknelerde küreğin bağlanması veya oturması için ay veya çelik şeklindeki lumbar ıskarmoz denilen aygıtlar.

İskandil: 1) Nehir veya denizin su yüzünden itibaren derinliğini ölçmek üzere bir veya birçok noktadan iskandil halatı ile veya akis sesi ile yapılan ölçüm. 2) Yerleşik kayanın derinliğini ölçmek için zemine çelik çubuk çakılması.

İskele: Teknenin sol yarısı veya gemiye girip çıkmak için kullanılan sürme veya inip kalkan merdiven.

İşkampavya [İşkampaviya]: Harp gemilerinde personel ve malzeme taşımakta kullanılan motorlu büyük filika.

İzbarço (bağı): Halatın iki ucunun halat bedenine düğüm atarak yapılan bağ.

Kadırga: Kürek ya da yelkenle hareket edebilen yelkenli tipi.

Kadina: Esirlerin ayaklarına bağlanan topuz.

Kalyon: Yelkenli, küreksiz bir yük gemisi.

Kanca (bağı): Kanca üzerine bindirme yapılacağı zaman düğümsüz ve sadece kilitleme prensibi ile çalışan bir çeşit bağ.

Kancabaş: Altı veya sekiz çift kürekle çekilen, dar ve uzun kayık.

Karaka: Altı düz, iki veya üç direkli yelkenli savaş gemisi.

Karina: Bir teknenin su altında kalan ıslak kısmı (dış kısmı).

Kastanyola: Demir zinciri akarken durdurabilmek için ırgat etrafına konan demir veya çelik şerit çember (bir çeşit fren balatası).

Kıçtankara (olmak): Geminin arkasından sahile ya da rıhtıma bağlanmak.

Loça: Demir zincirinin akması için açılmış deliklere geçirilmiş madeni oluk.

Lumbar: Gemilere girip çıkılan bordada açılan dört köşe kapak.

Lumbuz: Gemideki pencerelere verilen isim.

Marsipet: Seren ya da bastonların altlarında bulunan doblin halatlar. Gemiciler yelken işlerini yaparken bu halatlara basarlar. Şeytan çarmıhı halatları arasına konulan küçük üçgen ağaç parçalar.

Matafora: Teknelerde veya sahilde filika veya botların asılabilmesi için uçlarında palanga bulunan aygıt.

Mayıstıra [Mayistra]: 1) Grandi direğinin en alt sereni ve bu serene çekilen yelken. 2) Kuzeybatı rüzgârı.

Mizana (direği): 3 direkli bir yelkenli gemide en kıçtaki direk.

Mürnel: Gevrek bükümlü hafif katranlı kendirden yapılmış ince halat.

Orsa: Yelkenleri elden geldiği kadar rüzgârın estiği tarafa yaklaştırarak seyretmek. (Orsasına seyir)

Orsa alabanda: Teknenin başını rüzgâra alıp bir kuntradan diğer kuntraya geçmektir.

Pala: Küreğin tutamacı.

Palakete: Gemilerin armalarını parçalamak için kullanılan birbirine bağlı güllelerin adı.

Palamar: Gemileri iskele, rıhtım veya şamandıraya bağlamaya yarayan halat.

Palanga: Bir halat ve en az iki makaradan oluşan kaldırma mekanizması.

Pasaparola: Askerî gruplarda bir birliğe verilen ve ağızdan ağza bütün askerlere yayılan emir.

Perkende [Parkende]: Hafif ve hızlı, vurkaç akınlarında kullanılan çekdiri tipi. İki sekiz karışlık, bir on karışlık olmak üzere üç top ve bordalarda iki kolomborne taşır. İki yüz savaşçıya maliktir.

Portolan (haritası): 14. ve 15. yüzyılda Avrupa'da kullanılan, kıyılar ve limanlara dair bilgiler içeren el yazması denizcilik haritaları. İtalyanca "liman" anlamına gelen "porto"dan türetilmiş olan portolano, "kılavuz kitabı" anlamına gelir.

Praçol: Kemerleri postalara bağlamada kullanılan levhalar.

Pruva: Geminin ön tarafı, baş bölümü.

Pruva direği: Birden çok direkli teknede baş taraftaki ilk direk.

Puntel: Güvertenin kuvvetlendirilmesi için alttan dikine konan destek veya güverte üzerindeki vardevelalarin tutmak için güverteye dik olarak konulan demir çubuklar.

Pupa: Geminin tam arka tarafı, kıç bodoslamanın baktığı yön.

Sancak: 1) Bayrak, bandıra. 2) Teknenin sağ yarısı, sağ tarafı.

Sancak alabanda: Dümenin sancak tarafa doğru en çok basılabilmesi için verilen emir.

Sancak gönderi: Kıç tarafa güverteden sancak çekmek için dikilmiş gönder.

Santabarba [Santabarbara]: Kürekli gemilerin güvertesinde yer alan sohbet mahalli.

Seren: Direkler üzerinde yelken açmak için ve işaret çekmek için yatay olarak bağlanmış gönder.

Silistre: Silistre çalınması, denizci dilinde emirlerin iletilmesi anlamına gelir. Sözlü emir vermeden belirli standart emirlerin icra edilmesi maksadıyla da bazı çalma metotları günümüzde kullanılmaktadır.

Sütre: Fiziki engel. Denizcilikte, ateş edildiğinde aşılacak engel (dağ gibi) olarak kullanılır.

Şamandıra: Denizde bir konumu işaret etmek, durumu belirtmek veya gemilerin bağlama işlerinde kullanılmak üzere denize demirlenerek konulan yüzer cisim.

Tavlon güverte: Çok güverteli gemilerin üsten itibaren aşağıya dogru beşinci güvertesi. Eski harp gemilerine ait bir güverte katı.

Tayfa: Ticaret gemilerindeki gemiciler.

Tirinket: Pruva direğinin en alttaki yatay serenine açılan yelken.

Toka: Serenlerin, yelkenin, sancağın göndere çekilmesi.

Usturlap: Gök cisimlerinin yükseltisini ölçmekte kullanılan araç.

Varagele: İki nokta arasında gerilmiş olan kuvvetlice bir halat üzerinde hareket eden bir makaraya bağlı sepet veya iskemle donanımlı insan ve eşya taşımak için kullanılan donanım.

Vardiyan: Gemi süvarisi.

Yeke: Kayıklarda dümen vazifesi gören kol.